그들의
특종

그들의 특종

1판 1쇄 찍음 2017년 3월 8일
1판 1쇄 펴냄 2017년 3월 15일

지은이 | 최효희
펴낸이 | 고운숙
펴낸곳 | 봄 미디어

기획 · 편집 | 김민지, 김자우, 홍주희, 김현주

출판등록 | 2014년 08월 25일 (제387-2014-000040호)
주소 | 경기도 부천시 원미구 소향로17, 304(두성프라자)
영업부 | 070-5015-0818 **편집부** | 070-5015-0817 **팩스** | 032-712-2815
E-mail | bommedia@naver.com
소식창 | http://blog.naver.com/bommedia

값 9,000원

ISBN 979-11-5810-303-3 03810

그들의 특종

최효희 장편 소설

their scoop

Contents

띠링.

현관문이 닫히는 순간 태완의 시선이 닿은 곳은 현관 입구에 나란히 놓인 색깔도 디자인도 모두 다른 네 켤레의 구두였다. 흐트러짐 없이 일렬로 놓인 구두들은 모두 그가 처음 보는 것들이었다.

"태완이 왔니?"

곧이어 들려온 송현화의 목소리에 그는 고개를 들었다. 마흔이라는 나이의 흔적을 어디에서도 찾을 수 없는 아름다운 여인. 배우이자 대한민국 제1 야당인 한국당 서우찬 대표의 아내 송현화가 환하게 미소 짓는 얼굴로 그에게 다가왔다. 그렇다면 나머지 세 켤레의 구두는 누구의 것일까.

"어서 들어오렴."

태완의 시선이 자신의 손을 잡은 송현화의 손을 잠시 스친 뒤 거실을 향해 빠르게 움직였다.

"누구 와 있어요?"

그가 이 집에서 지낸 지도 벌써 5년이라는 시간이 흘렀다. 하지만 도우미 아주머니와 1년에 두세 번 방문하는 송현화 외에 다른 이가 찾아오는 일은 거의 없었다.

"잠깐 이리 와 볼래."

그녀의 매끄러운 손이 그의 손을 더욱 꼭 움켜잡았다.

"너한테 소개시켜 줄 사람이 있어."

"누구……?"

높은 천장의 넓은 거실은 커다란 창을 통해 새하얗게 쏟아져 들어오는 햇빛으로 가득했다. 눈을 몇 번 깜빡이자 비로소 중앙에 놓인 쇼파에 앉아 있는 사람이 보였다. 어림잡아도 일흔은 넘어 보이는 노파가 허리를 꼿꼿이 펴고 그를 바라보고 있었다. 노파를 발견한 순간 태완의 입에서 나오려던 질문은 흔적도 없이 사라져 버렸다. 단순히 노파의 존재가 낯설어서만은 아니었다. 입고 있는, 흠잡을 데 없는 짙은 보라색의 정장에서 뿜어져 나오는 설명할 수 없는 기운과 마치 먹이를 눈앞에 둔 사자 같은 서늘한 눈빛 때문이었다. 그녀 양옆으로 선 검은 정장 차림의 남자들도 움직임 없이 태완을 응시하고 있었다.

"네가 태완이냐?"

송현화의 손에 이끌려 쇼파 앞에 다다른 태완의 발걸음이 느리게 자리에 멈춰 섰다.

"누구시죠?"

상대의 머릿속까지도 꿰뚫을 듯 차가운 눈빛의 노파가 앉은 자세 그대로 비스듬히 고개를 들어 올렸다. 그녀의 목소리 또한 상대방을 압도할 거만함을 품고 있었다.

"어미를 닮았구나."

뜻밖에도 노파는 세상 모두에게 비밀로 부쳐진 그의 비밀에 대해 너무 자연스럽게 말하고 있었다. 그건 비밀의 내용을 분명하게 알고 있다는 뜻일 텐데, 그에 대해 송현화는 어떤 반응도 보이지 않고 있었다.

가늘어진 태완의 시선이 자신의 옆에 선 송현화에게로 옮겨졌다. 하지만 그녀의 시선은 여전히 소파에 앉은 노파에게 향해 있었다. 지금의 상황을 어떻게 받아들여야 할지 알 수 없는 태완의 눈꼬리가 더욱 날카로워졌다.

"누구……시죠?"

태완의 시선이 다시 노파를 향해 움직였다.

"나 말이냐?"

"네. 누구신데 집주인 허락도 없이 남의 집에 들어와 계신 겁니까?"

그가 차분한, 하지만 열일곱의 나이보다는 성인에 좀 더 가까운 중저음의 나직한 목소리로 다시 물었다. 노파에게 고정된 그의 눈동자 또한 대답을 재촉하고 있었다.

"집주인? 훗, 어린놈이 호기는 있구나."

"누구신데 허락도 없이 남의 집에 들어와 계신 건지 물었습니다."

"내가 누군지 궁금하냐?"

노파는 여전히 생각을 알 수 없는 눈빛으로 그를 응시하고 있었다. 거실 안에 있는 누구도 움직이지 않았다. 다만 그의 눈빛, 숨결, 작은 미동, 그 어느 것 하나도 놓치지 않고 집요하게 살피고 있다는 건 알 수 있었다. 그 눈빛은 경박하거나 섬뜩하기보다는 작은 짐승을 산 채로 잡아 삼키기 전 몸을 낮추고 때를 기다리고 있는 포식자처럼 민첩하고도 예리했다. 오후의 만개한 태양은 그런 노파를 포식자의 왕이라도 되는 듯 오묘하게, 백발은 더욱 신비롭게 감싸고 있었다.

노파의 질문에 태완은 어깨에서 흘러내린 가방을 다시 고쳐 매며 대답했다.

"연세가 있으셔서 잘 들리지 않으시는 모양인데, 누구신지 정확히 네 번 물었고 왜 남의 집에 들어와 계신지는 두 번 물었습니다."

"버르장머리 없는 놈."

어릴 적부터 어디에 있어도 눈에 띄는 외모와 또래보다 큰 키 탓에 평소 최소한의 말 외에 쓸데없는 말이나 행동은 삼가며 살아왔던 그였다. 만약 지금 서 있는 곳이 다른 장소였다면 그는 어떤 상대를 만나든, 상대가 어떤 식으로 자신을 자극하든 분명 평소와 다름없이 행동을 했을 것이다. 그러나 지금 이 기묘한 광경이 펼쳐지고 있는 곳이 자신의 집 안이라는 사실은 그를 평소처럼 행동할 수 없게 만들고 있었다.

태완은 고개를 돌려 다시 송현화를 바라보았다. 텔레파시라도 통한 듯 때마침 고개를 돌리던 그녀와 시선이 마주쳤다. 태완은 지금 묻고 싶은 말들이 너무 많았다. 저 노파는 누구이며, 왜 지금 이곳에 있는 것인지. 그리고 어째서 끌어내지 않고 있는지.

하지만 어떤 질문도 그의 입 밖으로 흘러나오지는 않았다. 자신의 질문으로 인해 듣게 될 말들에 그는 이유 없이 두려움을 느꼈기 때문이다.

"지금 당장 이곳에서 나가지 않으신다면 경찰을 부르겠습니다."

겨우 감정을 억누른 그의 입술 사이로 거친 음성이 흘러나왔다.

"너는 도대체 애를 어떻게 키운 거냐?"

그 순간 태완의 눈이 짙은 빛을 띠며 어둡게 가라앉았다.

"저 눈빛하고는……."

"그런 말씀 하실 입장은 아니신 것 같은데요."

태완이 입을 열기 전 그의 앞으로 팔을 뻗어 막으며 송현화가 말했다. 처음으로 노파를 향해 입을 연 그녀의 목소리와 눈빛은 그가 지금껏 들어 본 적 없는 싸늘하고 날카로운 것이었다.

송현화, 그녀는 20년 전 대한민국을 떠들썩하게 만들며 데뷔와 동시에 최고의 스타 자리에 올랐던 여인이었다. 여전히 그녀의 이름은 그 시대를 대표하는 미인으로 사람들의 기억 속에 각인되어 있었다. 아니, 굳이 먼 과거의 이야기를 끄집어 내지 않아도 변함없는 그녀의 모습에 남녀노소를 가리지 않고 시선을 빼앗겼다. 마치 시간이 그녀만은 비켜 가고 있는 듯 여전히 비현실적으로 아름답고 우아했으며, 미모를 더욱 돋보이게 할 여유와 겸손까지 겸비하고 있었다.

아마 그의 생부도 처음엔 그녀를 동경하던 수많은 사람들 중 하나로 그녀를 바라봤을 것이다. 하지만 많은 것, 혹은 감춰야 하는 무언가를 가진 사람에게 그 아름다움은 호기심으로 한 번 꺾어 보고 싶은 꽃일 뿐 시들해지면 처치 곤란한 것이 되어 버리는지도 모른다. 어린 나이에 스타가 된 송현화는 자신이 속해 있는 세상 밖 현실의 냉혹함은 미처 알지 못했을 것이다.

"태완이 앞에서 말씀 조심해 주셨으면 합니다. 그렇게 말씀 하실 자격, 없으시잖아요?"

"너도 많이 컸구나. 허긴 밤낮없이 거짓말만 늘어놓는 놈과 함께 사니 쓸데없이 배포가 커진 탓이겠지."

노파가 입가의 비릿한 냉소를 감추지 않은 채 싸늘한 목소리로 말했다.

"전 볼일 있어서 나가 볼게요."

"태완아."

몸을 돌려 다시 나가려는 그의 팔을 송현화가 재빨리 잡았다.

"약속이 있어요. 가방만 놓고 나가려고 잠깐 들어왔던 거예요."

지난겨울에 마지막으로 봤으니 6개월 만이었다. 송현화의 표정에는 그 시간만큼 자라난 그리움이 고스란히 담겨 있었고 그의 이름을 부를 때마다 눈자위로 어른거리는 붉은 기운은 태완의 가슴을 뜨끔거리게 만들었다.

이제 더는 나 때문에 마음 아파할 필요 없다고, 당신이 힘들어 하는 걸 원치 않는다고 말해 주고 싶었다. 그러나 그는 자신이 송현화에게 감춰진 멍에란 사실을 너무나 잘 알기에 어금니를 악 물며 모든 감정을, 어설픈 위로를 삼켰다.

"그리고 사람들 눈도 있는데, 다신 찾아오지 마세요."

그는 담담한 손길로 그녀의 가녀린 손을 자신의 팔에서 떼어 냈다.

"그럼 조심해서 돌아가세요."

그는 송현화를 향해 깍듯이 고개를 숙였다.

"태완아, 저 분⋯⋯."

자신 앞에 그림처럼 아름답게 선 송현화의 입에서 흘러나오려다 녹아 없어진 말을 태완은 그녀의 미세한 떨림으로 짐작할 수 있었다. 하지만 그는 그대로 돌아섰다.

그가 알지 못했으면 더 좋았을 자신의 태생에 대해 알게 된 것은 외삼촌을 통해서였다. 외삼촌에게 이제 어머니의 나라로 가 혼자 지내야 할 것 같다는 얘기를 들었을 때 그 이유를 묻자 언젠가 말해 주려 했었다며 모든 사실을 털어놓았다.

외삼촌에게 전해 들은 이야기의 시작은 그가 송현화의 배 속에 있을 때부터였다. 태완의 생부, 혹은 생부의 가족들은 그가 생겼다는 사실을 알게 되었을 때 그를 원하지 않았다고 했다. 신사적으로, 혹은 상의나 부탁의 의미로서가 아니라 의학적으로 한 치의 실수도 없이 완벽하게 일을 처리하고 싶었던 것이다.

하지만 거칠게 반항하다 실신 상태로 옮겨진 병원에서 송현화는 자신의 유일한 혈육인 오빠가 살고 있는 하와이로 도피해 그를 낳았다. 이후 몇 년간 죽은 듯 그곳에서 숨어 살다 오빠 부부에게 그를 맡기고 다시 국내로 귀국했다고 한다.

그런 연유로 세상 누구도 그가 송현화의 숨겨 둔 아들이라는 사실을 알지 못했다. 그녀는 국내로 돌아와 소위 말하는 대박 작품에 연이어 출연한 뒤 다시 스타 자리에 올랐다. 그러다 당시 정치계의 떠오르는 샛별이었던 지금의 남편을 만나 결혼을 했고, 그 뒤로 그녀에게 아이는 없었다. 어쩌면 그녀가 지금껏 남편과 전부인 사이에서 태어난 딸만을 키우는 이유를 세상 사람들은 그녀가 아이를 낳지 못하기 때문이라고 생각하고 있을지도 모른다.

그녀가 불행과 행복 사이를 롤러코스터처럼 타고 달리는 동안 그는 외삼촌 부부의 호적에 올라 자랐다. 평범한 어린 시절이었다고는 할 수 없었으나 크게 불행하다는 생각을 한 적도 없었다.

하와이에서 사업을 했던 외삼촌은 부유했고, 송현화는 1년에 한두 번 반드시 그를 보기 위해 하와이로 날아와 주었으니까.

하지만 외삼촌이 친아빠가 아니라는 사실을 너무 어린 나이부터 알아 버렸기에 태완은 일찍 철들 수밖에 없었다. 물론 그 덕분에 외삼촌 부부가 파경을 맞은 5년 전 담담하게 한국행을 받아들일 수 있었던 것인지도 모르지만.

그래도 고모라고 부르는 것조차 어색하고 조심스러웠던 송현화의 나라에서 지내게 된 것은 그에게 분명 도전이었고 모험이었다. 이제야 조금씩 모든 것에 적응해 가고 있다고 생각했는데.

태완은 서둘러 현관으로 걸어가 조금 전 벗어 두었던 신발 안으로 한쪽 발을 밀어 넣었다. 그사이 송현화가 다시 그에게 다가와 팔을 잡았다.

"태완아."

"……."

"저분이 네 할머니야."

태완은 한쪽 운동화만 신은 채 고개를 들어 자신의 팔을 잡고 있는 가는 손을 떨쳐 냈다.

"태완아."

"다신 찾아오지 마세요."

아무 얘기도 듣지 못한 것처럼 그의 목소리는 여전히 냉정했다.

"널 데려가려고 오신 거야. 더 이상 너 혼자 외롭게 살지 않을 수 있게. 네가 있어야 했던 자리로 데려가기 위해서……."

붉어진 송현화의 눈자위가 경련하듯 바르르 떨렸다. 그녀는 두려워하고 있었다. 언제나 그를 두고 돌아설 때면 감추려 해도 파리하게 젖어 들었던 눈동자였지만, 지금은 다른 이유로 잔뜩 겁을 먹은 채 사시나무처럼 떨고 있었다.

저 노파가 자신을 데려갈까 무서운 것이 아니라 그가 자신을 원망할까 봐, 미워할까 봐, 용서하지 않을까 봐, 다시는 볼 수 없게 될까 봐 두려워하고 있는 것이다.

그동안 자신들이 평범한 모자 사이일 수 없는 이유가 누군가의 존재 때문이 아닐까 생각해 왔는데 이제는 분명하게 알 것 같았다. 저 노파와 연관이 있었다는 걸. 때문에 이런 결정을 내린 송현화의 마음을 모르는 건 아니었지만 그는 더욱 차갑게 쏘아붙였다.

"이러려고 절 낳으셨던 거예요? 낳기만 하면 제 인생을 마음대로 해도 된다고 생각하셨던 거냐고요?"

그 순간 송현화의 양 볼을 타고 눈물이 주르륵 흘러내렸다.

"그런 게 아니야……."

"앞으로 죽을 때까지 눈앞에 나타나지 않고 살아 드릴 테니까."

"아니야, 태완아. 어, 어떻게……."

"절 낳았다는 기억도 깨끗하게 지우고 사세요."

그가 나머지 발도 운동화 안으로 밀어 넣으려는 순간이었다.

"나이 열일곱에 이제야 사춘기가 온 모양이구나."

노파가 자리에서 일어서자 그녀 양옆으로 서 있던 검은 정장 차림의 남자 둘이 재빨리 그의 곁으로 다가와 결박하듯 양팔을 잡았다.

태완은 이미 180cm가 넘는 키에 운동으로 다져진 날렵한 몸을 가지고 있었다. 그러나 그의 키와 덩치를 웃도는 남자 둘이 팔을 붙잡자 쉽게 그들을 뿌리칠 수는 없었다.

"죽을 때까지 네가 무슨 수로 숨어서 살 건데?"

"놔요!"

"머리 깎고 산에라도 들어가겠다는 거냐?"

태완은 대답 대신 붙잡힌 팔을 더 힘껏 비틀었다.

"너, 내가 누군 줄은 알고 있는 게냐?"

그제야 그는 잔뜩 힘이 들어간 눈으로 노파를 노려보았다.

"네 애비가 누군지는 알고 있고?"

어느새 노파가 그의 앞으로 다가와 있었다.

남자들의 힘에 몸을 옴짝달싹할 수 없는 처지였기에 태완은 입을 더욱 굳게 다물었다. 지금껏 송현화를 어머니로 생각하지 않고 살기 위해 몸부림치며 산 세월이 17년이었다. 그것만으로도 벅찬 시간이었다. 생부가 누구인지, 얼마나 대단한 사람인지, 여전히 자신을 눈엣가시로 여기고 있는지까지는 알고 싶지 않았다. 알지 않아도 된다면 죽을 때까지 모른 채로 살고 싶었다.

"그 사람이 누군지 알고 싶었던 적 없습니다."

"왜?"

사내들에게 붙잡힌 팔 아래 그의 손이 제힘을 이기지 못하고 멋대로 비틀렸다. 눈앞의 노파나 송현화, 또는 자신을 인정하지 않으려 했던 생부 때문에 화가 난 것이 아니었다.

이렇게 환영받지도 못할 주제에 세상에 태어나 평범한 사람인 척, 남들과 다르지 않은 척 살려 했던 자신에게 화가 난 것이다.

"유전자 검사 결과는 분명 우리 재우 아들이 맞았는데. 하긴 뭐 하나 제대로 보고 배운 적이 없었을 테니."

마뜩잖은 눈길로 그를 보다 나직하게 중얼거리는 목소리는 정말 그의 존재를 변변찮게 여기는 듯했다.

"재원그룹."

살기 어린 태완의 눈빛을 우습게 외면한 노파가 송현화를 향해 시선을 옮기며 서슬 퍼런 목소리로 다시 입을 열었다.

재원그룹. 대한민국 국민이라면 대부분이 알고 있는 기업이었다. 설마 그의 생부란 사람은, 눈앞의 노파는 재원그룹과 관련 있는 사람인 것일까.

"내 아들이 바로 재원그룹 창업주의 아들이자 2대 사장이었다."

노파가 다시 그의 눈을 똑바로 마주 보았다.

놀랍긴 했으나 그 순간 태완의 가슴 속에는 커다란 분노가 솟구쳤다. 그 정도로 대단한 재벌가의 사람이, 누구보다 많은 교육을 받고 자랐을 사람이 세상에 태어나지도 않은 제 자식을 없애려 했던 것이다.

　가진 것이 없어서도, 배우지 못해서도, 그에게 어떤 문제가 있어서도 아니었다. 그에게는 자신으로 인해 잉태된 생명도, 자신의 아이를 가진 여인도, 모든 것이 우습고 사소하고 마음에 들지 않았던 것뿐이다.

　그들에게 자신이 고작 그런 존재인 것이라면 지금껏 그랬던 것처럼 앞으로도 모르는 관계로 살아가는 것이 옳았다.

　"그런 내 아들, 네 애비가……."

　자신을 노려보고 있는 그의 눈을 똑바로 마주한 채 노파가 잠시 말을 끊었다. 둘 사이에 흐르는 정적은 태완을 더없이 고통스럽게 했다.

　"죽었다. 네 이복형과 함께."

　"……."

　"너도 내가 퍽이나 마음에 들지 않는 모양이지만 나도 네가 마음에 들지 않기는 매한가지다. 허나 어쩌겠느냐? 네가 이 세상에 남겨진 내 아들의 유일한 핏줄인 것을."

　그래서였던 것이다. 그가 노파를 경계하며 본능적으로 몸을 사렸던 이유가.

　"그건 당신들 사정이죠."

　중얼거리듯 나직한 소리로 말한 태완은 젖 먹던 힘까지 끌어 모아 몸을 비틀며 사방으로 발길질을 해대기 시작했다. 단정했던 머리는 어느새 엉망으로 흐트러져 있었고 악문 입술 끝 어딘가에서 비릿한 피 맛이 느껴졌다.

단정했던 모습보다 흐트러지고 볼이 붉게 상기돼 씩씩거리는 모습이 오히려 송현화와 더욱 흡사해 팔을 잡고 선 사내들의 시선까지도 빼앗아 갔다. 그러나 태완은 살이 찢기고 팔다리가 다 떨어져 나가도 눈앞의 노파에게 순순히 굴복하지는 않겠다는 생각뿐이었다.

단지 재벌이라는 이유로 지금껏 자신들의 모든 죄를 손쉽게 용서받으며 살아왔을지 모르겠으나 그는 그들을 용서할 생각 따위 조금도 없었다.

"필요 없을 땐 그렇게 쉽게 버리더니, 이제 와서 용서 따윈 구하지도 않고 마음대로 하겠다고요? 내가 왜 그런 당신들 뜻대로 순순히 따라 줘야 하는 겁니까? 당신들이 뭐라고!"

하지만 반항이 거세질수록 더해지는 고통과 괴로움을 감당해야 하는 것 역시 그였다.

"그래 봐야 네 몸만 상한다."

노파의 말대로였다. 그가 아무리 발악을 해도 그를 옥죄고 있는 남자들의 아귀힘은 조금도 느슨해지지 않았다. 마치 벽에 팽팽하게 고정돼 그의 힘으로는 도저히 끊어 낼 수 없는 쇠사슬에 묶인 것 같았다.

"애 상한다. 적당히 해라."

노파의 말에 남자들의 손에서 재깍 힘이 빠져나갔다. 그렇다고 그를 놓아준 것은 아니었다.

"너한테 선택권은 없다. 하지만 내가 필요해져 널 찾은 이상 너도 분명 얻게 되는 것들이 있을 게다."

노파가 그의 앞으로 조금 더 가까이 다가왔다. 다른 듯 닮은 싸늘한 두 개의 시선이 허공에서 부딪혔다.

"가령 송태완으로 산다면 죽어도 넘볼 수 없는 재원그룹을, 강재우의 아들 강태완이라면 통째로 가질 수도 있다는 말이다."

태완의 눈동자가 치밀어 오르는 격노로 꿈틀 움직였다. 이 노파는 지금 그에게 거래를 제안하는 것이 아니었다. 재원그룹이라는 이름 안에 그를 가두고 자신이 가진 힘으로 그를 평생 조종하고자 하는 것이다. 그리고 필요 없어지면 또다시 버리겠지. 흔적도 찾을 수 없도록 완벽하게.

"어디로 데려가실 겁니까?"

이번엔 송현화가 물었다.

"네가 그건 알아서 뭘 하게?"

"우리 태완이, 재원그룹의 주인으로 세상 사람들 앞에 세워 주신다고 하셨던 약속은 반드시 지켜 주셔야 합니다."

"네가 말하지 않아도 저 망아지 같은 놈은 내 아들 재우의 핏줄이다."

"어느 누구도 무시하지 못하게 회장님 친손자로…… 꼭 그렇게 지켜 주셔야 합니다."

"누가 이 아일 무시한다는 게냐? 감히 우리 재우 아들을 누가!"

나직한 목소리였으나 엄포와 같았다.

노파의 말에 송현화가 길을 터주듯 옆으로 비켜섰다.

"너는 한 시간 더 머물렀다 나오너라."

노파가 뒤돌아보지 않은 채 송현화에게 한마디를 툭 내뱉었다. 그러자 태완을 잡고 선 남자 중 하나가 재빨리 그의 팔을 놓고 현관으로 달려가 문을 열었다.

1. 운명의 새벽

　주변은 온통 암흑뿐이었다. 귓가에 들리는 소리 또한 자신의 숨소리가 전부였다. 연주는 몸을 더욱 웅크리고 입을 틀어막으며 숨소리까지 은밀하게 숨겼다.

　"저쪽이다!"

　그때였다. 완벽하게 숨었다고 생각했는데 누군가 소리치자 그녀가 몸을 숨긴 방향을 향해 구두 소리가 다급하게 다가오기 시작했다.

　제길.

　연주는 자리에서 벌떡 일어섰다. 그리고 신고 있던 구두를 벗어 소형 카메라를 들지 않은 손에 든 뒤 전력 질주를 하기 시작했다.

　새벽이었다. 침묵에 잠긴 거리는 간간이 보이는 가로등 외에 불빛이라고는 존재하지 않았다. 주변 상가들도 모두 불이 꺼진 상태였고 거리를 지나는 사람도 없었다. 말 그대로 지루한 고요함에 잠식당한 풍경 속에서 오직 그녀만이 목적지도 없이 눈앞의 길만을 보며 달려 나가고 있었다.

새벽을 가르는 연주의 발소리는 그녀를 쫓고 있는 남자들에게 더할 나위 없이 좋은 먹잇감이 되고 있는 듯했다. 타닥타닥, 발바닥이 아스팔트 도로와 마찰하는 소리가 울렸다. 숨도 제대로 고르지 못하며 그녀가 벌이고 있는 사투가 우습게 뒤따르는 발자국 소리는 점점 더 가까워지고 있었다. 이대로라면 번화가는 고사하고 다시 몸을 숨길 시도를 해 보기도 전에 저들에게 붙잡히게 될 듯싶었다.

머릿속으로 자신과 뒤를 쫓고 있는 남자들 사이의 거리와 그들에게 잡히기 전까지 남은 시간, 그리고 막연한 상황의 변수를 계산해 보는 동안에도 그녀의 발은 쉬지 않고 앞을 향해 달려 나갔다.

그러다 불쑥 지금 달리고 있는 길의 끄트머리쯤 제법 이름 있는 한옥 호텔이 있다는 사실이 떠올랐다. 호텔 안까지 들어가 본 적은 없으나 주변 사람들로부터 여러 차례 얘기를 들었고 사진으로 건물의 전경을 본 적도 있었다. 지금 자신의 뒤를 쫓고 있는 저 남자들에게 붙잡히지 않고 그곳까지 뛰어갈 수만 있다면 누군가에게 도움을 청하거나 몸을 숨길 수 있을지도 모른다.

아주 미약하나마 희망적인 생각에 연주는 더욱 힘을 내 달렸다. 그러나 점점 무뎌지는 발바닥의 통증과 달리 기도와 폐는 찢어질 듯 쓰렸고, 심장도 터질 듯 욱신거리고 있었다. 이제 한계가 얼마 남지 않은 것이다.

감아 놓은 태엽의 힘으로 돌아가는 톱니바퀴처럼 일정한 간격으로 앞서거니 뒤서거니 하고 있는 두 다리 또한 뛰고 있는 박자의 간격이 조금만 흐트러져도 당장에 바닥으로 고꾸라질 것 같았다. 하지만 호텔은 아직도 어림잡아 30m는 남았음 직했다.

"놓치면 안 돼!"

"더 빨리 쫓아!"

저 멀리서 들려오던 목소리가 그새 더 다가와 있었다. 연주는 장애물 없는 대로변을 달리는 자신의 모습이 야생 동물을 유인하고 있는 미끼처럼 느껴졌다. 지금 속도를 끝까지 유지하며 운 좋게 호텔 입구에 도착한다 해도 그곳에서 잡히고 말 것이 불을 보듯 뻔했다.

그 순간이었다. 멀리서도 한눈에 그 형태를 알아볼 수 있는 고급 세단이 어둠을 가르고 호텔 앞쪽으로 달려와 멈춰 서더니 제복 차림의 호텔 직원이 재빨리 달려가 뒷좌석 문을 열고 있는 모습이 보였다.

사람이 내리려는 것이 아니라 타려 한다는 사실을 직원의 뒤를 따라 걷고 있는 남자를 보고 짐작할 수 있었다. 그가 호텔 투숙객인지, 나이가 어느 정도인지, 또 다른 일행이 있는지까지는 짐작할 수 없었으나 분명 그가 걷고 있는 방향은 호텔 직원이 문을 열어 주는 차에 올라타려는 것이 틀림없어 보였다.

한 번씩 힘없이 휘청거리는 다리로 호텔 앞에 다다른 순간 그녀의 예상대로 짙은 색의 슈트를 입은 남자가 뒷좌석으로 올라탔고 옆에 있던 직원이 문을 닫아 주려하고 있었다.

"잠깐만요!"

연주는 손에 들고 있던 카메라를 주머니 안으로 밀어 넣은 뒤 직원이 닫아 주려는 문을 잡고 재빨리 차 안으로 몸을 실었다. 그리고 당황한 직원이 잠시 사태를 파악하려는 사이, 손잡이를 잡아당겨 문을 닫았다.

쾅, 쾅, 쾅…….

귓가에 들려오는 울림이 호텔 직원이 차창을 두드리는 소리인지, 자신의 심장 박동 소리인지 알 수 없었다. 온전한 정신으로 할 수 있는 행동인지 제대로 판단할 틈도 없이 일을 저질러 버렸다.

"놀라게 해 드렸다면 죄송합니다."

연주는 뒤늦게 섣불리 얼굴조차 마주 볼 수 없는 차의 주인이 어쩌면 차를 출발시키기 전 직접 자신을 뒤쫓고 있던 남자들에게 넘겨줄지도 모른다는 생각이 들었으나 침착함을 잃지 않고 입을 열었다.

"뭡니까?"

그녀가 거친 숨을 고르느라 다음 말을 잇기도 전에 싸늘한 목소리가 날아들었다. 그런데 들려온 목소리로 판단해 본 남자는 지금 그녀가 타고 있는 정도의 차 뒷좌석에 앉기에는 너무 젊은 것 같았다. 본능적으로 무언가 설명하기 힘든 느낌을 감지한 그녀는 곧바로 고개를 돌려 남자의 얼굴을 바라보았다. 그러나 어둠 속에서 정면을 응시하고 있는 그의 얼굴을 분명히 확인할 수는 없었다.

"무례한 행동이었다는 건 알지만 제가 지금 쫓기고 있어서 그러는데, 좀 도와주시면 안 될까요?"

"……."

"모르는 사람들인데 아까부터 절 계속 쫓아오고 있어요."

"그쪽 사정입니다."

이어진 그녀의 간절한 부탁에도 남자의 목소리는 감정 없이 차갑기만 했다.

"100m 정도만 가서 내려 주세요. 제발 부탁드릴게요."

"내 말이 이해하기 힘든 말이었습니까?"

"저 사람들 손에 칼이 있어요. 정말 어떤 일이 벌어질지 몰라서 그래요."

"끌어내려야 합니까?"

머릿속이 새하얘지는 느낌이었다. 어떤 말을 해야 단번에 이 남자의 생각을 바꿔 놓을 수 있을까.

"한 실장님."

"만약 지금 절 모른 척하신다면 조만간 이 근방에서 변사체가 발견됐다는 기사를 접하시게 될지도 몰라요."

연주는 얕은 숨을 들이마셨다.

"변사자의 사망 추정 시간은 오늘 새벽일 테고, 사망 원인은 다발성 창상에 의한 과다 출혈이겠네요. 그런 기사를 접하면 분명 죄책감을 느끼실 거고, 만약 시간을 되돌릴 수 있다면 지금의 절 모른 척하지 않았을 거라고 후회하실 거예요."

상상만으로도 끔찍해 공연히 뒷목이 뻣뻣해졌지만 그녀는 변사체와 사망 추정 시간이란 단어를 특히 힘주어 말했다.

"그리고 오랜 시간 문득문득 오늘의 일이 떠올라⋯⋯."

환청일 가능성이 높았으나 자신을 쫓던 남자들의 발걸음 소리가 이제 지척에서 들려오는 듯했다.

"지금 내 걱정까지 해 줄 상황은 아닌 것 같은데."

"네, 지금 제 걱정하는 거예요. 그러니 제발 부탁드릴게요."

"한 실장님."

"네."

때마침 그녀를 쫓던 남자들이 근처까지 도착해 차를 향해 다가오고 있었다.

"제발⋯⋯."

"출발하죠."

철컹 하는 작은 울림이 문 열리는 소리일 거라고 생각한 연주는 본능적으로 두 귀를 틀어막았다. 자신의 목소리 때문에 남자가 하는 말은 분명하게 듣지 못했던 것이다. 하지만 곧이어 들려온 소리는 밖에서 차의 유리창을 주먹으로 두들기는 둔탁한 울림이었다. 뭐라고 소리치는 듯한 소리도 희미하게 들려왔으나 차의 방음 장치 덕에 웅웅거리는 바람 소리처럼 불분명하게 들려왔다. 그제야 귀를 틀어막고 있던 그녀의 손에서 조금씩 힘이 빠져나갔다.

"고맙습니다."

차가 출발하고도 얼마간 더 차를 두드리는 소리가 들려왔으나 연주는 뒤돌아보지 않았다.

"그만 세우세요."

정말 100m쯤 달린 듯했다. 그녀 옆자리의 남자가 지시하자 운전석의 남자가 차의 속도를 서서히 줄였다. 힐끔 바라본 백미러를 통해 저 멀리 그녀를 태운 차를 따라 여전히 뛰어오고 있는 남자들의 모습이 보였다. 차가 출발한 뒤에도 포기하지 않고 그녀를 쫓아왔던 것이다.

"안 돼요. 지금 내리면 금방 잡힐 거예요."

무의식중에 그녀가 손을 뻗어 남자의 팔을 잡자 그가 느리게 고개를 돌려 그녀의 얼굴을 바라보았다.

"무슨 이유 때문에 이 새벽에 쫓기는 겁니까?"

남자의 억양은 조금 묘했다. 대가를 치를 만한 일을 했으면 치러야 하지 않겠느냐는 듯 냉정하면서도, 무슨 일 때문에 쫓겼던 것인지 정말 궁금해하는 듯한 음색이었다.

연주는 어떤 사실도 말해 줄 수 없었다. 자신은 미디어아침의 기자로 재원그룹 안 회장을 은밀히 감시하는 중이었으며 저들이 그녀를 필사적으로 쫓고 있는 이유는 불과 2, 30분 전 촬영한 한 장의 사진 때문이라고.

사진이 제대로 찍혔는지, 저들이 저렇게까지 그녀를 쫓는 이유가 정확히 무엇 때문인지를 확인할 여유도 없었다. 안 회장의 본가 근처에서 잠복을 하다 운 좋게 이른 새벽 안 회장의 본가로 경호원을 대동한 여인이 조심스럽게 들어서는 모습을 목격해 본능적으로 카메라의 셔터를 눌렀는데 그 순간 경호원들에게 발각됐던 것이다.

지금은 이 남자의 도움이 절실했다. 하지만 그렇다고 모르는 이에게 재원그룹의 회장을 은밀히 감시 중이었다는 사실을 함부로 발설할 수는 없는 일이다. 더욱이 오늘 방문한 여인의 신원을 파악하기 전까지는 누구에게도 함구할 필요가 있었다.

"아까 말씀드렸던 것 같은데요. 정말 모르는 사람들이에요."

"지금 왜 쫓기고 있는지도 모른 채 필사적으로 도망쳤다고 말하는 겁니까?"

"저 사람들 손에 칼이 있었다고요. 그리고 거리에는 아무도 없었고요. 전 정말 살아야 겠다는 생각에 본능적으로 도망을 쳤던 것뿐이에요."

사실 남자들의 손에 정말 칼이 있었는지는 확인하지 못했다. 하지만 남자들이 자신을 붙잡는다면 카메라는 무조건 빼앗길 것이다. 그럼 지난 며칠간의 고생이 물거품이 되어 사라져 버리는 것은 물론이요, 가족들에게 어떤 도움도 줄 수 없게 될 것이다. 그런데 거짓말의 한계가 그렇듯 육하원칙을 철저히 무시한 그녀의 허술한 답변은 남자를 조금도 만족시키지 못하고 있는 듯 보였다.

한적한 도로 위에 완전히 멈춰 선 차의 내부로는 달릴 때와 마찬가지로 외부의 소음 한 자락도 흘러들지 않았다. 대신 어두웠던 하늘에 붉게 번지는 여명이 조금씩 차 안을 비추기 시작했다.

"당신, 뭐하는 사람이지?"

남자가 다시 고개를 돌려 그녀를 바라보며 물었다. 나직하고 울림이 깊은 그의 목소리는 다시 들어도 무척이나 매력적이었다. 단지 목소리 때문이 아니라 자신을 바라보는 시선이 느껴졌기에 연주도 고개를 돌려 남자를 바라보았다.

그런데 그와 눈이 마주친 순간 그녀는 깜짝 놀라고 말았다. 아직 남아 있는 희미한 어둠 속에서도 그의 맹수처럼 차가운 눈빛과 깎아 놓은 듯 흠잡을 곳 없이 빼어난 이목구비가 그대로 드러나 보였기 때문이다.

혹시 배우나 모델인가 하는 생각이 절로 들 정도였으나 머릿속에 단번에 떠오르는 인물은 없었다. 만약 배우가 기사까지 딸린 차를 타고 다닐 정도라면 꽤나 이름을 날린 축에 속할 텐데 그녀가 단번에 알아보지 못하는 것으로 보아 배우는 아닌 듯했다.

"무슨 뜻이죠?"

겨우 입술을 움직인 그녀가 건조한 목소리로 되물었다. 그 사이 남자의 시선은 별다른 무늬 없는 그녀의 하늘색 셔츠와 검은 바지를 천천히 훑어 내렸다. 무슨 생각으로 건넨 질문인지는 정확히 알 수 없어도 그녀를 바라보는 눈빛이 예사스럽진 않았다. 연주는 조금 전 귀를 틀어막으며 바닥으로 내려놓았던 자신의 구두를 신었다. 마치 그의 시선에서 도망이라도 치려는 듯.

윽!

발바닥에 박힌 무언가가 신발의 단단한 바닥면에 눌리자 피부로 더욱 깊게 파고들어 예리한 통증을 만들어 냈다.

"오늘 받은 도움의 답례는 다음에 기회가 된다면 반드시 하겠습니다."

"기회가 된다면……."

다시 정면을 주시하는 남자의 입술 끝이 희미하게 비틀렸다. 다음에 기회가 된다면이라는 막연한 의미 뒤에 반드시 하겠다는 말을 덧붙였으니 그에게는 어떻게든 지금 이 순간만 넘기고 보겠다는 뉘앙스로 받아들여진 모양이다.

어쨌든 그녀의 뒤를 쫓던 남자들이 근처까지 왔을 때 그가 창문을 손등으로 톡톡 두 번 두드리자 멈췄던 차는 경주라도 하듯 다시 빠르게 달려 나가기 시작했다. 줄곧 그녀를 쫓던 남자들이 그제야 달리던 걸음을 멈추며 허공을 향해 주먹질을 해대는 모습이 백미러를 통해 보였다.

"……이 아니라 상대가 받길 원한다면 답례는 반드시 해야겠죠."

지금 상황이 자신의 연락처라도 가르쳐 주며 오늘 진 신세를 반드시 갚겠다고 할 정도는 아니라는 생각에 연주는 조용히 그의 다음 말을 기다렸다.

"그런 의미에서 이름 정도는 기억해 두죠."

남자의 목소리는 여전히 차가웠다. 이 남자, 정말 답례를 받겠다는 것인가.

"제 이름은…… 홍연주라고 합니다."

연주는 자신의 진짜 이름을 말해 줘야 하나 잠시 망설였다. 하지만 고작 이름 하나를 말해 준다고 존재하지 않던 인연이 갑자기 생겨나지는 않을 것이란 생각에 나직이 자신의 이름을 말했다. 그리고 더 이상의 질문은 없었다.

어색한 침묵 속에 차는 어느새 번화가에 다다랐다. 외진 도로를 맨발로 달리는 동안 그토록 간절하게 바랐던 빼곡한 건물과 화려한 간판들이 그녀의 시야를 가득 메웠다. 아직 이른 시간이었으나 도로를 달리는 차들도 간간이 눈에 띄었다. 그제야 온몸 구석구석으로 안도의 기운이 퍼지며 그녀의 어깨에서 슬며시 힘이 빠졌다.

"여기에서 내려 주세요."

그녀의 말에 차가 천천히 갓길로 이동해 멈춰 섰다.

"감사합니다."

지체하지 않고 차에서 내린 그녀가 문을 닫자 차는 그녀에게서 빠르게 멀어졌다. 차가 완전히 사라지기 전 혹시나 하는 마음에 재빨리 차량 번호를 외운 연주는 아직 문이 열리지 않은 상가 앞으로 걸어가 대리석 계단에 엉덩이를 대고 앉았다.

몸의 무게를 완전히 덜어 내고 나자 발바닥의 짜르르한 통증이 비명을 지르듯 되살아났다. 반면 사진을 찍은 후부터 도망치는 내내 터져 버릴 것처럼 두근거리던 가슴은 이제 굳어 버린 듯 움직임마저 느껴지지 않았다.

낮게 한숨을 내쉬며 피가 엉겨 붙어 잘 떨어지지 않는 발을 억지로 구두에서 떼어 내 보니 발과 신발 모두 상태가 엉망이었다. 어쩌면 차 시트에도 피나 이물질이 묻었을지 모르겠다는 생각이 머릿속을 스치자 저절로 이마가 찌푸려졌다.

하지만 그에 대한 생각을 오래 할 틈도 없이 주머니 위로 카메라를 움켜잡은 그녀의 입에서 나직한 안도의 한숨이 흘러 나오고 있었다.

정갈하게 정돈된 순백의 침대 위에 창백한 안색의 유라가 깊게 잠들어 있었다.

"유라야."

"……."

"서유라."

"음……."

나직하게 이름을 부르는 태완의 목소리에 잠에서 깨어나려는 듯 그녀의 붉은 입술 사이로 희미한 신음이 새어 나왔다. 그리고 얼마 지나지 않아 긴 속눈썹도 파르르 떨리는가 싶더니 눈꺼풀이 천천히 들어 올려졌다.

"오빠……."

태완을 발견한 유라가 희미하게 떨리는 목소리로 그를 불렀다.

"언제 왔어요?"

"방금."

"그럼 깨우지."

지난 이틀간 고열에 시달리며 의식도 제대로 찾지 못했던 그녀가 천천히 몸을 일으켰다.

"그냥 누워 있어. 좀 더 쉬어야 할 것 같은데."

"이제 괜찮아요."

백지처럼 핏기 없이 야윈 모습과 바싹 마른 입술이 꾀병을 부렸던 것이 아니라는 사실을 증명하고 있었다. 그럼에도 그는 자리에 앉아 침대 맡에 힘없이 등을 기대는 유라의 모습을 바라만 보았다.

"그래? 다행이다."

대신 그는 잠옷 차림의 유라를 감싸고 있다 미끄러지듯 흘러내리는 이불로 손을 뻗어 끝을 여며 주었다.

그의 손길이 떨어지려는 순간이었다.

"오빠."

그녀의 작은 손이 그의 슈트 소매를 잡았다.

"어머니 아래층에 계시던데 올라오시라고 할게."

"……."

"네 걱정 많이 하고 계시더라."

"설마 벌써 가려고요?"

"괜찮은 거 봤으니까 난 그만 가 봐야지."

"방금 왔다면서요?"

그녀의 손에 들어간 힘에 태완의 소맷자락이 팽팽히 당겨졌다.

"괜찮다고 했던 건 그냥 한 말이었어요. 조금만 더 있다 가요."

그는 소매를 잡고 있는 유라의 손목을 잡아 이불 위로 내려놓았다.

"서유라."

"오빠가 그날 그렇게 말했던 거, 저는……."

그녀의 손이 다시 그를 잡으려는 듯 허공으로 향했지만 그는 주머니 안으로 손을 넣으며 그녀에게 작은 빌미도 내주지 않았다.

"그날 내가 한 말들, 모두 진심이었어."

유라와 처음 만난 건 외국에서 대학을 다니면서 안 회장의 감시에서 벗어나 조금은 자유로워졌을 때였다. 안 회장과 지내며 사람이라는 존재를 더욱 기피하게 된 그였건만 낯선 타국에서 만난 한국인이라는 동질감 때문이었는지 유라는 이상하리만치 그의 벽을 쉽게 허물고 다가왔다. 그녀를 이성으로 느꼈던 적은 없었으나 그는 그때 자신이 실수를 하고 있다는 사실을 알아차렸어야 했다. 굳이 이 아이에게 관심을 보이거나 밀어내지 않아도 괜찮을 거라 여겼던 것은 안일한 생각이었다.

"다시는 사적으로 연락하거나 찾아오는 일 없었으면 한다."

"제게 그 말을 다시 해 주려고 여기까지 찾아온 거예요?"

"너의 현명하지 못한 행동이 주변 사람들에게 피해를 줄 수 있다는 사실을 알려 줘야 할 것 같아서."

파르르 떨리던 그녀의 입술이 움직임을 멈췄다.

"설마…… 엄마가 회장님 댁에 찾아갔던 거예요?"

"너희 어머니가 그분 독설까지 참아 가며 비굴하게 사정하는 모습, 다시 보고 싶지 않으면 앞으로 행동 똑바로 하는 게 좋을 거야."

"……"

"그만 간다."

온기라고는 느껴지지 않는 서늘한 눈빛으로 그녀를 내려다보며 말한 그는 곧장 방을 벗어나 1층으로 내려왔다.

"유라한테 올라가 보십시오."

태완은 계단 끝에 우두커니 선 채 내려오는 그를 말없이 바라보던 송 여사에게 말했다.

"벌써 가려고요?"

"네."

"시간 괜찮으면 차라도 한 잔하고 갈래요?"

"괜찮습니다."

"잠깐만."

깍듯이 고개를 숙여 보인 뒤 현관을 향해 걸어가려는 태완의 곁으로 송 여사가 다시 다가왔다. 핏기 없이 파리했던 유라만큼이나 그녀도 야위고 지친 모습이었다.

"전에는 이런 적이 없었는데 유라가 이틀을 꼬박 앓으면서

강 이사만 찾았어요. 병원에서도 딱히 원인을 모르겠다며 열
이 오르지 않는지만 지켜보라고 하고. 그런데 강 이사가 오늘
출장을 간다고 해서 염치 불구하고 이른 시간에 회장님 댁으
로 전화를 드렸던 건데……."

"찾아오셨다고 들었는데요."

"그건 회장님께서 직접 찾아와 정중히 부탁을 하라고 하셔
서."

송 여사가 다녀갔다는 얘기를 전해 준 이는 안 회장이었으
나 유라의 건강이 좋지 못하다는 사실을 그가 처음 알았던 건
이틀 전이었다. 그와 통화를 하던 그녀가 갑자기 복통을 호소
하다 핸드폰을 떨어뜨린 후 다시 통화가 되지 않았던 것이다.
그는 유라가 있는 곳으로 구급차를 보냈고 그거면 충분하다고
생각했었다.

그런데 오늘 새벽, 빌라 리모델링 때문에 호텔에서 지내고
있는 태완에게 안 회장이 전화를 걸어왔다. 그가 전화를 받자
마자 대뜸 제 배로 낳지도 않은 자식으로 장사를 하려 한다는
말로 입을 연 안 회장은 온갖 역정을 쏟아 냈다. 그는 그 대상
이 송 여사라는 사실을 눈치채고 전화를 끊은 뒤 이곳으로 찾
아온 것이다.

"부탁은 드렸지만 기대는 하지 않았는데, 이렇게 시간 내서
우리 유라 보러 와 줘서 고마워요."

우리 유라…….

"아닙니다. 그리고 유라한테도 얘기는 해 뒀는데 다시는 이

런 일로 연락하거나 찾아오는 일 없었으면 좋겠다는 말씀드리러 온 겁니다."

"회장님께서 화를 많이 내셨나 보군요."

"네. 그리고 저도 이런 일로 얼굴 뵙는 거 불편합니다."

이 집 어딘가에 있을 서 대표를 의식한 어색한 대화, 그리고 떨리는 시선.

송 여사가 힘겹게 미소를 보이며 희미하게 고개를 끄덕였다.

"유라가 기다리고 있을 테니 올라가 보시죠. 그럼 전 이만."

"잠깐……."

"……."

"출장 조심해서 다녀와요."

태완은 대답 대신 송 여사를 향해 다시 한 번 가볍게 고개를 숙여 보인 뒤 그대로 몸을 돌려 현관을 나섰다.

현관문이 닫히고 난 뒤에도 그녀는 같은 자리에 서서 정원을 가로지르는 태완의 뒷모습을 바라보고 있었다. 그가 대문 밖으로 완전히 사라지고 나서야 유리창으로 걸어가 뒷모습이 어른거렸던 유리 위로 손을 얹었다. 아들의 따뜻한 손을 한 번만 만져 보고, 듬직한 어깨를 토닥여 주고 싶어도 이제는 그럴 수 없다는 걸 안다. 하지만 후회는 하지 않았다. 시간을 되돌린다 해도 자신은 같은 선택을 할 테니까.

재우가 마지막으로 그녀를 찾아왔을 때 아내와 이혼 대신 별거로 합의를 보고 태완을 입양하기로 얘기를 끝냈다 말했었다. 오빠의 이혼으로 서둘러 한국으로 데려오긴 했으나 그녀는 아들과 함께할 수 있는 상황이 아니었기에 더할 나위 없이 기쁜 소식이었다. 물론 안 회장의 불같은 성정을 알지만 그녀에게는 다시 눈에 띄면 살려 두지 않겠다는 말쯤 서슴지 않아도 당신 핏줄만큼은 끔찍한 이가 바로 안 회장이었으니까. 그리고 재우가 원하는 이상 재원그룹에서 태완을 지켜 줄 수 있을 거라고 기대했다.

그러나 태완과의 만남을 앞두고, 그 응어리로 뒤엉킨 가슴을 한 번 안아 봐 주기도 전에 재우가 세상을 떠나 버렸다. 뉴스를 통해 믿기지 않는 소식을 듣고 난 뒤 그녀는 자신과 만나지 않았더라면, 자신이 다시 돌아오지 않았더라면 그가 이렇게 세상을 떠나지 않았을지도 모른다는 지독한 죄책감에 시달려야 했다.

누구에게도 말할 수 없는 절망과 고통에 그녀는 하루가 다르게 메말라 갔으나 달라지는 건 없었다. 그런 그녀 앞에 어느 날 안 회장이 나타났다. 그리고 재우가 남긴 유언장을 내밀었다. 자신의 아들 강태완에게 남긴 유산의 목록이 빼곡히 적힌 그의 유언장을.

현화는 유리창에서 손을 떼고 천천히 계단을 올라 유라의 방으로 향했다.

"유라야."

"엄마."

"왜 앉아 있어. 누워 있지 않고."

그녀는 떨어진 눈물로 손등이 촉촉하게 젖어 있는 유라의 손을 잡았다.

"죄송해요. 저 때문에……."

"그게 무슨 소리야?"

"저 때문에 안 회장님한테 안 들어도 될 소리 들으셨다면서요?"

"강 이사가 그래? 공연한 소리를 하고 갔구나."

현화는 유라를 침대에 눕히고 이불을 덮어 준 뒤 어린아이를 재우듯 가슴을 천천히 토닥이기 시작했다.

"우리 유라는 강 이사가 왜 그렇게 좋아?"

"그냥 좋아요."

"잘생겨서 좋은 건가?"

"……."

"그런데 사람이 너무 차가워서……."

말을 끝맺어야 했는데 목이 메었다. 태완을 그렇게 만든 사람이 자신이라는 걸 알고 있기에, 자신 대신 외로움이 그 아이를 키웠다는 걸 너무나 잘 알고 있기에. 욱신거리는 심장의 통증이 넌 고통받을 자격조차 없다고 비웃음을 흘리는 것 같았다.

"꼭 그렇지는 않아요. 오빠, 좋은 사람이에요. 사람들은 오빠가 차갑다고 말하는데 저는 오빠랑 있으면 마음이 편해요. 따뜻한 말 같은 거 해 주는 성격 아닌데도 설명이 잘 안 되는 그런 느낌이 있었어요."

"그래도 여자는 자기를 사랑해 주는 남자를 만나야 더 행복하지 않을까? 엄마는 유라를 사랑해 주는 남자와 만났으면 좋겠는데."

유라의 고운 뺨을 타고 다시 눈물 한 방울이 주르륵 흘러내렸다.

"유라야."

"사실은 언젠가 오빠가 좋아하는 사람이 생기면, 그때는 제 감정을 정리해야 한다는 거 알고 있었어요. 그 사람이 제가 되길, 그때가 오지 않길 바랐지만……."

어린 나이에 엄마를 떠나보내고 바쁜 아빠를 둔 탓에 유라는 도우미와 베이비 시터, 더 상황이 좋지 않은 경우에는 보좌관 가족들 손에서 자라다시피 한 아이였다. 그래서 그녀는 우찬과의 결혼을 결심했을 때 유라가 자신을 잘 따르지 않으면 어쩌나 하는 걱정이 가장 컸다.

하지만 정말 다행스럽게도 유라는 단번에 그녀를 엄마라고 부르며 따랐고, 비가 오는 날이나 악몽을 꾼 날에는 스스럼없이 그녀의 품으로 파고들기도 했다. 그러면서도 혼이 날 것 같은 행동은 하는 법이 없었다. 사랑받고 자라지 못해 사랑에 목말라하는 것이 너무 눈에 보이는 아이였다. 어쩌면 태완도 이렇게 자라고 있는 건 아닐까 싶어 그녀는 태완에게 줄 수 없었던 애정을 유라에게 주기 시작했다.

시간이 흘러 성인이 됐지만 유라는 여전히 그녀에게 어리고 소중한 딸이었다. 태완 대신이 아니라, 유라 자체로 그녀에게 소중한 아이였다.

그런데 어느 날 좋아하는 사람이 생겼다며 들뜬 표정으로 그녀에게 사진 한 장을 내밀었다. 그 사진에 담긴 사람은 다름 아닌 태완이었다. 처음에는 너무 놀라 갖은 방법으로 설득도 해 보고, 유학 생활을 접게 해야 하나 고민도 했었다. 그러다 유라의 존재를 알고도 안 회장이 내버려 둔다는 사실을 알고 나서 잠시 헛된 꿈을 꾸었다. 꿈을 꾸면서도 불안한 결과를 예측하지 못했던 것이 아니면서.

엄마가 미안하다, 유라야.

"그래, 유라야. 지금은 아파도 끝난 사랑을 잘 떠나보내야 새로운 사랑도 잘할 수 있는 거야."

현화는 유라의 이마 위로 흐트러진 머리카락을 정성스럽게 정리해 주었다.

"출발하죠."

유라의 집을 나와 대기하고 있던 차에 올라타며 태완은 한 실장에게 말했다.

"평창동으로 가겠습니다."

"네. 그런데 한 실장님."

그가 부르자 한 실장이 백미러로 그의 얼굴을 바라보았다.

"말씀하십시오."

"홍연주, 그 여자가 뛰어왔던 방향에서 회장님 본가까지의 거리가 얼마나 될 것 같습니까?"

"쉬지 않고 뛴다면 20분 안팎의 거리일 겁니다."

"그렇군요."

그를 태운 차는 도로를 빠르게 질주하고 있었다. 태완은 차 창 밖에 시선을 둔 채 다시 입을 열었다.

"오늘 오전 중으로 호텔에 연락해 CCTV 영상 윤 변호사한 테 보내고, 그 여자 신원 확인 좀 부탁해 주세요."

"알겠습니다."

"회장님은 모르시게 진행해 주세요."

"알겠습니다."

말을 마친 그는 의자 등받이에 머리를 기댔다. 차는 그의 휴식을 방해하지 않으려는 듯 작은 흔들림도 없었다. 그러다 어느 순간 서서히 속도가 느려지더니 끝없이 이어질 것 같던 침묵 사이로 한 실장의 나직한 목소리가 들려왔다.

"도착했습니다, 이사님."

"혼자 들어가겠습니다."

한 실장이 차 문을 열어 주기 위해 먼저 내리기 전에 태완 이 말했다.

"오래 걸리진 않을 겁니다."

"알겠습니다."

그가 올 걸 미리 알고 있었던 듯 열려 있던 육중한 대문을 열고 집 안으로 들어섰다. 정원을 가로지르자 현관 안쪽에서 나직한 말소리가 들려왔다.

"회장님, 도련님 오셨습니다."

안 회장 곁을 지키고 서 있던 박 집사가 중문을 지나 거실로 들어서는 그에게 재빨리 다가와 낮게 허리를 굽혔다.

"어서 오십시오, 도련님."

"서 대표 집에 들렀다 오는 길이냐?"

안 회장은 거실 한가운데 놓인 커다란 소파 대신 창가에 놓인 낡은 흔들의자에 앉아 자신을 향해 다가오는 그를 못마땅한 시선으로 바라보고 있었다.

"네."

"그 아이, 정말 산송장이 되었더냐?"

연이어 묻는 그녀의 입술 끝에는 싸늘한 불신이, 질문에는 뜨거운 빈정거림이 짙게 배어 있었다.

"제 대답 듣기 전에 먼저 대답해 주시죠. 왜 직접 찾아오라고 하셨던 겁니까?"

"제 자식을 사위라도 삼으려는 건지, 내 그 뻔뻔스런 낯짝을 쳐다보며 직접 물을 생각이었다."

"그래서 원하시는 대답을 들으셨습니까?"

평소의 냉정함을 잃지 않고 물었으나 그 안에 숨겨진 분노를 읽어 낸 듯 안 회장의 눈도 노여움으로 가늘어졌다.

"그래도 양심은 있는지 그럴 생각은 아니라고 하더구나."

"더는 얼굴 볼일 없을 겁니다."

"어떻게 장담하는데?"

안 회장의 콧잔등으로 내천(川) 자가 깊게 새겨졌다.

그녀는 태완을 이곳으로 데려오며 송현화와의 연을 완벽하게 끊어 놓고 싶어 했다. 그러나 세상엔 인력으로 되지 않는 일들이 종종 일어난다. 그 먼 타국에서 만난 유라가 서우찬 대표의 딸이란 사실을 그들은 그가 대학을 졸업할 때까지 알지 못했다.

그걸로 끝났으면 좋았을 인연인데 세상이 제 놀이터인 양 뭐든 원하는 대로 하며 자란 유라가 겁 없이 그의 주소를 알아내 안 회장 본가로 찾아왔었다. 때마침 집에 있던 안 회장이 그녀를 눈여겨본 뒤 뒷조사를 시켰던 것이다.

여전히 알 수 없는 한 가지 사실은 어째서 안 회장은 그 뒤로도 유라를 계속 내버려 두었느냐 하는 것이지만.

"결혼이라도 하겠다는 거냐?"

그의 대답을 기다리며 안 회장의 눈이 점점 더 얇게 가늘어졌다.

"그 정도 결단이라도 내리겠다면……."

"제가 결혼할 상대니 제가 직접 고르겠습니다."

"내 마음에 드는 아이를 고르는 일이 쉽지는 않을 것인데."

여든을 훌쩍 넘긴 나이임에도 안 회장에게서 풍겨지는 위엄과 위압감은 태완이 그녀를 처음 만났던 그날과 같았다. 몸은 마르고 피부의 주름은 더욱 깊어졌으나 눈빛만은 귀신도 몸을 떨법한 대호(大虎)가 되어 가는 듯했다.

그러나 그도 이제 대호 앞에서 바짝 몸을 굳히는 하룻강아지가 아니었다.

"네가 그렇게 나온다면 나도 성북동으로 더는 눈길을 주지 않으마."

"이번에는 그 약속 반드시 지키셔야 할 겁니다."

서늘하기 그지없는 그의 눈빛이 안 회장을 똑바로 바라보며 매섭게 번뜩였다.

15년 전, 그는 안 회장의 곁을 지키고 있던 남자들에게 양팔을 붙잡힌 채 끌려오다시피 이 집에 처음 발을 들여놓았었다. 매끈한 팔 가득 시퍼런 멍 자국과 부르튼 입술 사이로 굳어 버린 피, 그리고 끌려오며 어딘가에서 잃어버려 한쪽 발에만 남겨진 신발까지.

그의 몰골은 처참하기 그지없었지만 으리으리한 저택 현관 앞으로 길게 늘어서 그를 맞는 사람들의 분위기는 더할 수 없이 차분하고 엄숙했다. 그가 누구인지도 알지 못할 텐데 고개를 들어 얼굴을 바라보는 이조차 없었다. 17년간 철저히 외면했던 자신을 마음대로 데려오면서 안 회장이 그토록 당당할 수 있었던 이유를 그는 그렇게 깨달았다.

자신의 의지와 상관없이 끌려온 집과 24시간 방문 앞을 지키고 선 사내들. 시간이 흐를수록 그의 가슴속에서는 더욱 거센 분노와 증오가 솟구쳤다.

하지만 그가 할 수 있는 건 아무것도 없었다. 대신 그는 그곳 사람들이 내민 것이라면 물 한 모금도 입에 대지 않으며 당신 뜻대로 나를 이용하지 못할 것이란 소리 없는 항변과 죽어도 굴복하지 않겠단 조용한 시위를 이어 갔다.

그렇게 사흘을 흘려보내고 그는 똑바로 앉아 있을 의지도, 기운도 없어 바닥에 널브러지듯 누워 있었다. 고아하고 윤기 흐르던 피부는 찬란한 금빛 낙조에 물들어 더욱 창백한 빛을 띠었고 새카만 눈동자만 황금색으로 조용히 번뜩이고 있을 무렵이었다. 박 집사를 앞세우고 안 회장이 그의 앞에 모습을 드러냈다.

"주무시는 모양입니다."
"그래?"

자박자박 나직한 발걸음 소리가 그의 곁으로 다가왔다.

"깨우게."

방문 열리는 소리에 재빨리 눈을 감은 태완은 그녀가 나갈 때까지 잠든 척하고 있을 생각이었다. 그러나 인정이라곤 터럭만큼도 없는 싸늘한 목소리를 듣는 순간 자신도 모르게 턱에 힘이 들어가며 이가 악물려 버렸다.

"정말 죽고 싶은 게냐?"
"……."
"네 생각에 사람이 며칠이나 굶으면 죽을 것 같으냐?"
"……."

"네가 굶어 죽으면 네 송장은 네 어미에게 보내 주랴?"

"······."

"나는 네 어미가 네 송장을 끌어안고 그 자리에서 자결을 한다 해도 죄책감을 느낄 사람이 아니다. 그러니 네가 그 하찮은 목숨을 어찌해 날 괴롭힐 수 있을 거란 생각은 하지 않는 게 좋을 게다. 목적이 네 어미라면 얘기는 달라지겠지만."

그 순간 태완은 번쩍 눈을 떴다. 하지만 안 회장을 향해 고개를 돌리진 않았다.

"사람은 갖고 싶은 걸 갖기 위해서, 그리고 복수를 하기 위해서 그럴 수 있는 힘을 가져야 하는 게다."

"······."

"내 남편이었던 강 회장님이 돌아가시고 내가 회장 자리에 오르기 위해 가장 먼저 무얼 했는지 말해 줄까?"

그녀가 그의 곁으로 몸을 낮췄다.

"나를 반대하거나 위협하는 세력의 명단을 파악했다. 그리고 강 회장님의 핏줄은 물론이고 창립 공신까지 필요하다면 가차 없이 목을 쳐냈지. 반항하거나 버티려는 족속들일수록 더 멀리, 더 비참하게 연을 끊어 냈으니 아마 지금도 어딘가에서 나를 끌어내리고 싶어 칼을 갈고 있는 이들이 부지기수일 게다."

마뜩잖은 억양으로 말을 이어 가던 그녀의 목소리가 잠시 끊겼다. 그새 낙조가 더욱 기울며 하늘은 한층 스산해져 있었다.

"재원그룹은 내 친정의 재산과 강 회장님의 피와 땀으로 만들어진 회사이니 나는 여전히 나와 강 회장님의 피를 물려받은 내 자손이 후계자가 되어야 한다고 생각한다. 암, 내 두 눈에 흙이 들어가기 전까진 작은 집 자식이 나를 밀어내고 재원그룹을 차지하는 꼴은 지켜볼 수 없지. 감히 그놈에겐!"

말을 마친 안 회장은 차가운 손으로 태완의 얼굴을 잡아 자신의 눈을 똑바로 바라보게 했다. 분노가 아우성치는 눈을 마주하고도 태완은 아무런 반응도 보이지 않았다.

"내 경우에는 복수라기엔 조금 약한 감이 있지. 내 것을 지키기 위한 숙청이었으니. 하지만 너는 내게 복수라는 걸 하고 싶을 것 같은데?"

그녀의 손에 들어간 힘이 조금씩 빠져나가다 이내 그의 얼굴에서 떨어졌다.

"네 어미가 너를 내게 보낸 건 재원그룹의 부와 명예를 네가 갖게 하려는 마음이었을 게다. 너는 아직 이 세계를 잘 모르겠지만 부와 명예라는 건 선택된 사람들에게만 주어지는 것이고, 네 어미는 죽었다 깨어나도 네게 줄 수 있는 명예 따윈 없으니. 오히려 너와의 관계를 밝혀 봤자 비참한 꼴만 보이게 되겠지."

"······."

"만약 네가 이 집에서 얌전히 내 말에 따르며 지낸다면 다시는 네 어미에게 눈길도 주지 않으마."

그 순간 태완의 눈동자가 미세하게 꿈틀 움직였다. 그러나 그조차 마음에 들지 않는 듯 이어지는 안 회장의 목소리에 못마땅함이 역력히 배어 있었다.

"그래도 어미라고 아직도 신경이 쓰이는 게냐? 이렇게 물러 터져서야."

"······."

"어찌 보면 내게는 오히려 잘 된 일일 수도 있으니······. 네 결정을 돕기 위해 우선 오늘 당장 한국당의 비리 하나를 터뜨려 줘야겠구나. 가뜩이나 예민한 시국이니 당에 전해질 타격은 적지 않을 게다. 그리고 내일쯤 내조의 여왕이라는 그의 안사람, 송현화에 대한 기사까지 하나 더 터뜨려 주면 일이 더욱 재미있어지겠지."

송현화는 더 이상 그가 신경 써야 할 사람이 아니었다. 이대로 살아간다면 이제 그들의 연은 깨끗하게 끊어질 것이다.

그 사실을 곱씹고 또 곱씹으며 지난 사흘을 이 감옥 같은 방 안에서 보냈건만……

"제 오라비의 호적에 올려 키운 아들을 저 혼자 재가해 잘 살겠다고 살아생전 얼굴 한 번 본 적 없는 아비의 집안에 팔아넘겼다는 기사가 난다면, 아무리 야당 대표라고는 하나 대권과 그리 멀지 않은 위치에 있는 사람의 아내가 제 친자식을 숨겨 두고 지금껏 그리도 뻔뻔스럽게 살아왔다는 사실이 알려지면 국민들이 송현화는 물론 서우찬 대표까지 어떻게 생각을 할 것 같으냐? 말 못하는 짐승도 제 새끼를 거두는 법이거늘, 네 어미가 앞으로도 이 나라 땅을 계속 밟으며 서 대표와 함께 살 수 있을지 모르겠구나."

바싹 마른 채 비틀린 태완의 입술을 바라보는 안 회장의 표정에 비릿한 미소가 스쳤다.

"네가 원하는 게 이런 건 아니겠지?"

"……"

"왜? 내가 하지 못할 것 같으냐?"

"……"

"박 집사."

"네, 회장님."

그녀가 부르자 박 집사가 재빨리 달려와 허리를 굽혔다.

"강일신문 정 사장한테 전화 좀 넣어야겠네."

"알겠습니다."

"제가…… 어떻게 하면 내버려 두실 겁니까?"

그제야 몸을 일으켜 자리에 앉는 태완의 모습에 안 회장의 얼굴에 희미하게 미소가 번졌다. 그리고 기다렸다는 듯 답을 내놓았다.

"네가 강재우의 아들, 강태완으로 얌전히 내 말에 따르며 산다면."

"……."

"강재우의 아들로서 재원그룹을 완벽하게 물려받는다면 적어도 네가 원하는 네 사람은 건드리지 않으마."

"당신이 갖는 건 내 껍데기뿐일 겁니다."

"잘됐구나. 나는 내 말대로 움직여 주는 껍데기면 충분하니까."

악다문 태완의 어금니가 제힘을 이기지 못하고 뿌드득 밀렸다.

"다시는 그쪽으로 눈길도 주지 않겠다는 약속 먼저 해 주시죠."

"약속하마."

안 회장을 쏘아보는 태완의 눈에는 더욱 깊은 분노와 반감이 번지고 있었으나 그녀는 신경 쓰지 않았다.

"그럼 이제는 뭘 좀 먹어야겠지? 박 집사, 지금 당장 주방에 얘기해서 죽을 준비 시키게. 오 박사한테도 연락해 서둘러 들어오게 하고."

"네, 회장님."

"출장은 금요일 중으로 정리하고 돌아오거라. 이번 주말에 있을 창립 파티에서 네 전무 승진을 임원들에게 가장 먼저 알릴 생각이니."

"갑자기 승진이라니, 재원건설 강 상무 때문입니까?"

"잘 아는구나."

"납득할 만한 이유가 없다면 뒷말이 나올 겁니다."

"그래, 진작 네가 내 손자라는 사실을 알렸으면 그깟 일이 이렇게 피곤하지 않았을 게 아니냐? 그랬더라면 지금 당장 내가 너를 본사 사장이나 등기 이사 자리에 앉힌다 한들 누가 감히 내게 반발을 해?"

"누차 말씀드렸습니다. 강 사장님과 오 사장님, 이 두 분이 제 앞에서 고개를 숙이고 절 인정하기 전까지 절대 회장님 손자로 세상 앞에 나서는 일은 없을 거라고."

고(故) 강 회장의 두 번째 처에게서 태어난 재원건설 강훈 사장이나 고(故) 강재우 사장의 처남인 재원물산 오경석 사장은 모두 20년 이상 재원그룹에 몸담은, 그것도 오십 줄의 중년들이었다. 그런 그들이 굴러들어 온 돌과 같은 태완을 후계자로 인정하는 것도 부족해, 그 앞에서 고개를 숙이게 하는 것은 제아무리 안 회장이라 한들 절대 쉬운 일은 아닐 것이다.

오 사장이야 이미 끈 떨어진 연이니 조금 수월할 수 있다 해도 강 회장의 핏줄에, 어머니 문제로 안 회장과 척을 지고 있는 강훈 사장은 결코 만만히 여길 상대가 아니었다.

그러나 태완은 잃을 것이 없었다. 바라는 것은 오직 한 가지였다. 안 회장의 손아귀에서 벗어나는 것. 자신뿐 아니라 어머니까지. 물론 그러기 위해선 먼저 재원그룹을 물려받아야 했다.

하지만 그 절차가 완벽하지 못하면 자리는 언제든 위협받을 수 있었다. 그가 아는 강훈 사장은 그에게 재원그룹을 빼앗기지 않기 위해서 수단과 방법을 가리지 않을 사람이었다. 그에게 흠이 될 수 있는 것은 무엇이 됐든, 특히 안 회장이 완벽히 강재우 사장과 그의 아내 사이에 태어난 것으로 둔갑을 시켜 둔 그의 출생의 비밀에 대해서도 어떻게든 알아내려 할 것이다. 때문에 강훈 사장 문제를 해결하기 전에는 세상 앞에 나서고 싶지 않았다.

그렇게 부정하려 해도 쇠심줄 같은 고집은 안 회장에게 물려받은 것인지 태완은 지난 15년간 안 회장의 어떤 협박에도 꿈쩍하지 않고 있었다. 안 회장도 이제 그에 관해서는 한 발 물러서 적당한 때를 기다리는 눈치였다.

"반발은 내가 알아서 처리할 테니 넌 그렇게 알고만 있으면 된다. 그리고 이번 파티에는 정계 인사와 대형 건설사 대표 몇 사람도 초대를 할 생각이다."

안 회장이 서둘러 말을 돌렸다.

태완은 의아했다. 재원그룹의 창립 파티는 이사 이상의 임원 외에 다른 이들이 참석한 이례가 없는 행사였다.

"이유가 뭡니까?"

"이제는 슬슬 준비를 해 둘 때가 됐으니까."

그는 뭘 준비하느냐는 말을 굳이 묻지 않았다. 대신 비웃음을 감추듯 어금니에 지그시 힘을 실었다.

2. 거래는 은밀하게

"정혁아."

"왜?"

연주가 부르는 소리에도 정혁은 쳐다보고 있던 노트북 화면에서 시선을 떼지 않고 건성으로 대꾸했다.

"너희 회사 회장님 말이야."

재원그룹 입사 3년차 대리인 정혁과 연주는 같은 대학 같은 과를 다녔던 동문인 동시에 같은 오피스텔에서 살고 있는 이웃사촌이었다. 같은 동네, 그것도 같은 건물에 살다 보니 오늘처럼 우연히 오피스텔 근처 카페에서 만나는 일이 종종 있었다. 그들은 언제나처럼 테이블을 사이에 두고 마주 앉은 채 시선은 자신들의 노트북에 고정시켜 두고 아주 간간이 대화를 주고받았다.

"우리 회장님?"

"응. 어떻게 하면 그분을 인터뷰할 수 있을까?"

뜬금없는 연주의 질문에 정혁이 노트북에서 시선을 떼고 그녀의 얼굴을 빤히 바라보았다.

"너 지금 그 말 진심으로 하는 거야?"

"응."

"아마 네가 퓰리처상쯤 수상하면 가능하지 않을까?"

정혁의 시선이 다시 노트북으로 내려앉았다.

"그럼 나 뭐 한 가지만 더 물어봐도 돼?"

"그러든지."

그녀가 하는 말을 똑바로 듣고 있기는 한 것인지 정혁이 성의 없이 대꾸했다.

"재원그룹 회장님 손자가 너희 회사에 다니고 있다는 그 소문 말이야, 그거 사실일까?"

지난번 그녀가 안 회장의 집 앞에서 찍은 사진 안에는 배우송현화의 모습이 담겨 있었다. 처음에는 어둠 때문에 다른 사람들과 혼동이 되기도 했으나 얼굴을 확대해 여러 사람에게 보여 준 결과, 송현화라는 사실을 알 수 있었다. 그녀가 누구인지를 알고 나서 다시 사진을 보니 의심의 여지없는 송현화였다.

35년 전, 빼어난 미모로 대한민국 뭇 남성의 마음을 사로잡으며 단숨에 톱스타 자리에 올랐던 배우였으나 이제는 정치인의 아내로 더 유명한 여인.

그녀는 왜 그 이른 시간 사람들의 눈을 피해 안 회장의 본가에 찾아갔던 것일까. 그것도 경호원까지 대동한 채로. 시간에 구애받지 않고 찾아가 만나는 것이 어색하지 않을 만큼 그녀는 재원그룹 안 회장과 친분이 있는 사이인 것일까. 아니면 두 사람 사이에 그만큼 은밀하고 조심스러운 대화가 오고갔던 것일까.

기사에 쓰기 위해 사진은 이미 현상을 해 두었으나 도무지 두 사람 사이의 연결 고리를 찾을 수가 없었다. 그나마 그럴듯한 가설은 내조 잘하는 정치인의 아내 송현화가 남편인 서우찬 대표를 대신해 안 회장을 만나 어떤 얘기를 전했을 가능성과 그녀의 딸과 재원그룹 안 회장의 베일에 가려진 손자와의 만남이 이루어졌을 가능성이다. 하지만 어느 것도 대중이 쉽게 납득할 수 있는 인과 관계나 뒷받침할 팩트가 부족하다면 기사로서는 부적격이었다.

그래서 지난 이틀 송현화와 서우찬 대표의 주변 인물은 물론이요, 재원그룹 주요 인사들의 이름을 하나씩 적어 가며 둘 사이의 관계를 좁혀 보았으나 여전히 이렇다 할 사건을 찾아내지 못했다.

"그 소문? 나도 모르지."

정혁의 대답에 연주는 말없이 깊은 한숨을 내쉬었다. 그런 그녀의 행동이 평소와 다르다는 사실을 느꼈는지 정혁이 인심 쓰듯 다시 말을 이었다.

"그런데 어쩌면 이번 주말 우리 회사 창립 파티에서 뭔가 윤곽이 나올지도 몰라."

"너희 회사 창립 파티? 그 파티는 회사 임원들 외에 외부인은 절대 참석 못 하는 걸로 유명하잖아."

"그렇지. 그런데 너 재원건설 강훈 사장의 아들이 지난달에 상무로 승진했다는 사실은 알고 있지?"

"기사는 봤지. 그게 뭐?"

"생각을 해 봐. 회장님의 손자라면 아무리 나이가 많아도 40대는 되지 않았을 텐데, 우리 회사에 40대 이하 임원 중 이사 이상으로 직책이 높은 임원은 강훈 사장 아들이 유일하거든. 그런데 자존심과 거만함으로는 세상에서 둘째가라면 서러운 우리 회장님이 남편의 두 번째 부인의 손자에게 내 손자가 깍듯이 예의를 차리는 걸 두 눈 뜨고 지켜보시겠냐고."

"그러니까 네 말은 창립 파티 끝나고 상무 이상으로 승진하는 젊은 임원이 있다면 그 사람이 안 회장의 손자일 가능성이 높다는 거야?"

"그럴 수도 있다고 우리 부장님과 과장님이 말씀하시는 걸 내가 우연히 들은 거지."

"가능성이 아주 없지는 않은 것 같네. 고맙다, 정혁아."

"너 오늘 평소랑 뭔가 다른 것 같다."

자신의 얘기에 연주가 배꼽이라도 잡으며 웃을 걸 예상했던 것인지 정혁이 시큰둥한 표정의 그녀를 빤히 응시하다 말했다.

"내가?"

"응."

"아닌데."

"에이, 아닌 게 아닌 것 같은데?"

정혁은 가끔 집요한 구석이 있는 녀석이었다. 연주는 귀찮다는 말투로 한마디를 건넸다.

"사실은 집안에 일이 좀 있어서 그래."

"왜? 누가 편찮으셔?"

"그런 건 아니고."

"설마 아버지가 또 기자 그만두고 집으로 들어오라셔? 야, 잘됐다. 겨우 2년 차 기자한테 재원그룹 회장을 취재해 오라는 신문사는 이번 기회에 그냥 확 그만두고, 부모님 밑에서 일 배우다 가업이나 물려받아라."

"거창하게 가업은 무슨. 어차피 우리 할아버지, 오빠들한테 물려줄 거니까 나한테 딴 맘먹지 말라고 이미 못 박아 두셨거든. 그러니 난 아마 들어가도 경리 일이나 보게 하다 시집보내실 거야."

"경영학과를 졸업한 인재한테 좀 너무 하시는 것 같다."

"그러니까 나한테 신문사 그만두라는 소리, 다시는 하지 말라고."

"그런데 너희 가업은 업종이 뭐야?"

정혁이 진지하게 물었다.

"그냥 뭐, 가족끼리 운영하는 작은 건설사."

"아, 건설사."

누구도 지금의 해성건설을 작은 건설사로 보지는 않을 것이다. 그리고 해성건설의 회장인 그녀의 할아버지는 18년 전 재원그룹의 회장으로 추대될 뻔했던 인물이었다.

하지만 안 회장은 고(故) 강 회장의 절친한 벗이자 창립 공신이었고, 재원건설이라는 브랜드 네임을 건설업계 1위 자리로 올려놓은 그녀의 할아버지를 단번에 해고자 명단에 포함시켰다. 자신이 가진 권력과 돈의 힘으로.

이미 18년이나 지난 기억이었지만 당시 할아버지의 절망과 집안에 몰아닥쳤던 풍파만은 아직도 그녀의 기억 속에 생생하게 남아 있었다.

모두의 존경을 받다 하루아침에 아무것도 아닌 사람이 되어야 했던 절망.

자신이 이뤄 놓은 모든 것을 잃고 조용히 잊혀져 가야 했던 시간.

그 절망과 고통 속에서 할아버지가 죽을힘을 다해 세운 회사가 바로 해성건설이었다. 회사를 설립하고 키우는 동안 할아버지가 믿었던 사람은 오직 아버지뿐이었다. 아버지 역시 한눈팔지 않고 할아버지를 도왔다. 덕분에 이제 해성건설은 중소기업의 범주를 벗어난 꽤 탄탄하고 인지도 있는, 해외로도 판로를 뻗어 가고 있는 회사였다.

아버지를 거쳐 오빠들에게 물려줄 회사니 욕심내지 말라는 할아버지와 할아버지 말씀 신경 쓰지 말고 회사로 들어오라는 아버지의 회유에, 연주는 내 삶은 내가 알아서 찾겠다고 당당히 독립을 선언했다. 단지 여자라는 이유로 무조건 그녀를 배제시키는 할아버지에게 제 힘으로 성공하는 모습을 어떻게든 보여 줄 생각이었다. 할아버지처럼 억울함을 억누르고 힘을 키우고 내 것을 지키기 위한 성공이 아니라, 나 자신이 중심이 되는 성공. 그러기 위해 그녀는 해성건설과는 전혀 상관없는 직종인 기자를 선택했다.

그런데 얼마 전부터 잊을만하면 한 번씩 해성건설 부실 공사에 대한 루머가 돌고 있었다. 해성건설과는 상관없이 살겠다고 했지만 가족들이 운영하는 회사라 은근히 신경이 쓰여 따로 알아보았다. 그러다 불과 얼마 전 재원건설에서 합병하려다 실패한 건설사 역시 합병 얘기가 오가기 전 부실 공사에 대한 루머로 오랫동안 시달렸다는 사실을 알게 되었다.

재원그룹 안 회장과 그녀의 손자에 대한 기사를 누가 맡아보겠냐는 황 차장의 지시에 그녀가 자발적으로 나섰던 것도 취재를 하다 보면 뭔가 하나라도 더 알아낼 수 있지 않을까 하는 생각 때문이었다.

그런데 기껏 찾아낸 게 송현화의 사진 한 장이 전부라니.

"네가 할아버지 사랑은 못 받아도 친구 하나는 잘 둔 줄 알아라. 사실은 우리 누나 회사에서 이번에 우리 회사 창립 파티 꽃 장식을 맡았다는 거 아니겠냐."

"정말?"

"그래. 내가 전에 우리 누나 꽤 인정받는 플로리스트라고 말했잖아."

몇 해 전 플로리스트인 누나가 소규모 행사 대행업체를 운영하던 친구와 공동 대표로 플라워플랜이라는 회사를 차렸다는 얘기를 정혁에게 들은 적이 있었다. 그때는 젊은 나이에 대표라는 직함을 단 누나가 대단하다고만 생각했는데 이렇게 도움을 받을 일이 생기게 될 줄이야.

"요즘 불경기라 아르바이트 생 안 쓰고 직원들끼리만 일을 해서 큰 행사는 일손 부족으로 고생한다고 누나가 힘들어 하던데. 내가 누나한테 내 친구 알바로 하루만 쓰라고 얘기해 둘게."

"정말 그래 줄 거야?"

"힘들 수도 있는데 각오는 돼 있는 거지?"

"당연하지."

"그럼 됐어. 회장님이랑 인터뷰 자리는 못 만들어 주지만 복도라도 왔다 갔다 하다 보면 밖에 있는 것보다 하나라도 더 듣게 되지 않겠냐?"

"우정혁, 기사 건지면 내가 술 한잔 살게."

"그러든지."

그제야 환하게 웃는 연주를 바라보다 정혁은 쿨한 척 다시 노트북으로 시선을 내렸다.

세련된 디자인으로 유명한 20층 높이의 재원호텔은 잘 관리된 잔디와 조경수 등 푸르른 녹지에 보기 좋게 둘러 싸여 있었다. 드넓은 녹지 안에는 호텔 건물뿐 아니라 독특한 모양의 여러 조각상들과 널찍한 분수대가 자리를 잡고 있었고 부속 건물과의 사이를 이어 주는 화려한 꽃길 또한 멀리서도 단번에 보는 이들의 시선을 사로잡았다.

조경수들 사이를 유연하게 휘감아 도는 나긋한 바람과 그 바람결에 날리는 잔 물방울, 그리고 작은 손끝으로 물장구를 치는 아이의 낭랑한 웃음소리가 한낮의 무더위 속에서 하늘빛을 머금은 호텔 건물에 생기를 불어넣어 주는 듯했다.

"연주 씨, 무겁죠?"

주변에 펼쳐진 그림처럼 아름다운 풍경과는 달리 양팔로도 다 잡히지 않을 생화를 끌어안고 호텔로 향하고 있는 연주에게 정혁의 누나, 정희가 물었다.

"아니에요. 그리고 저 정혁이 친군데 말씀 편하게 하세요."

"그럼 그럴까? 사실은 정혁이가 친구를 보낸다고 해서 당연히 남잔 줄 알았는데 여자라 좀 놀랐어."

"그러셨구나. 그래도 제가 남자 못지않게 힘은 세거든요."

"정말 그런 것 같아 보이네."

"꽃향기가 너무 좋아요."

이마에 땀은 비 오듯 흐르고 있었고, 꽃향기를 즐길 여유는 커녕 숨을 몰아쉬기도 바쁜 와중에 연주는 한껏 즐거운 목소리로 말했다.

"그래서 나도 이 일이 참 좋아. 저쪽이야, 연주 씨."

정희가 가리키는 손끝을 따라 겨우 고개를 움직이자 흰 대리석으로 장식된 호텔의 입구가 눈에 들어왔다. 입구 양옆으로 자리한 교각이 떠받치고 있는 널찍한 대리석 위에서 평지를 굽어보듯 지긋이 시선을 내리깔고 앉아 있는 두 마리의 흰 사자가 잠시 연주의 시선을 붙잡았다.

"사자 조각이 독특하네요."

"나도 들은 얘긴데, 예전에는 재원그룹 로고에 사자가 들어가 있었다고 하더라고. 그래서인지 재원그룹 계열사 중 초창기에 설립된 곳에는 사자 조각상이 그대로 남아 있는 곳들이 있대."

"재원호텔이 그렇게 오래된 건물이었어요?"

"재작년인가 리모델링 공사를 해서 지금은 완전 새 건물 같지? 하지만 나이는 연주 씨보다 많을 걸."

그럼 저 사자들도 제법 나이가 많겠구나 하는 생각에 연주의 시선이 다시 조각상으로 향했다. 사자도 그녀를 바라보고 있는 듯했다.

입구 안쪽으로 들어서자 제복 차림의 호텔 직원과 재원그룹 본사에서 파견된 직원들이 능숙하게 투숙객 및 재원그룹 임원들의 신분증과 초대장을 확인해 홀 내부로 안내하고 있는 모습이 보였다. 연주는 정희와 함께 목에 걸고 있는 행사 스태프 목걸이를 보여 준 뒤 직원용 출입문으로 들어가 곧장 엘리베이터로 향했다.

"나 혼자 옮겼으면 여러 번 왔다 갔다 했을 텐데 연주 씨 덕분에 한 번에 끝냈네. 꽃 장식은 플로리스트들이 할 거니까 연주 씨는 이 꽃들 전달만 해 주고 장식 끝날 때까지 기다렸다

남은 쓰레기 청소만 해 주면 돼."

"벌써 사람들이 들어오고 있는 것 같은데 지금 하면 너무 늦은 거 아니에요?"

"연회장 내부는 새벽에 다 마쳤지. 연회 시작 한 시간 전부터 외부인은 출입을 금지시키거든. 낮 동안 일할 곳은 11층 객실이야. 회사 홍보 차원에서 객실에도 생화 장식을 서비스하겠다고 말해 뒀거든."

"아, 그런 거군요."

이윽고 정희가 눌러 뒀던 11층에서 엘리베이터가 멈춰 섰다. 엘리베이터에서 내려 카펫이 깔린 긴 복도를 따라 걸으니 아침에 정희의 회사에서 얼굴을 본 플로리스트들이 그녀들에게 다가와 꽃을 건네받았다.

"수고했어, 연주 씨. 기다리기 심심하면 잠깐 둘러보며 쉬고 있어. 너무 멀리 가지는 말고."

"네."

"참, 연주 씨."

"네?"

"10층으로 내려가면 차에 실어 뒀던 플라워 센터피스들이 보일 거야. 이 꽃 가지고 가서 혹시 시든 꽃 보이면 그 자리만 교체 좀 해 줄래? 행사장 입구 쪽으로는 절대 가면 안 되고."

"네, 그럴게요."

연주는 10층으로 당당히 내려갈 수 있는 명분이 생겨 반가운 마음으로 정희에게서 꽃다발을 건네받았다. 그리고는 호텔 내부 구조도 확인해 둘 겸 비상구를 찾아 서둘러 복도를 가로질렀다. 오늘 창립 파티는 안 회장과 그녀의 손자가 주인공이니 두 사람 다 반드시 참석할 것이다.

그러나 정희의 당부로 봐 고작 행사 스태프 목걸이로 연회장 출입은 불가능할 듯했다. 어떤 방법이 없을까 고민하며 걷는 사이, 그녀의 발걸음은 어느새 10층 복도에 도착해 있었다.

멀리서 정장 차림의 남자들이 파트너와 함께 연회장 입구로 들어서기 전 다시 한 번 초대장을 내보이는 모습이 보였다. 그 순간 연주의 머릿속에 작년 어느 신문사 기자가 이 파티에 참석하기 위해 초대장을 위조했다 제대로 망신을 당했다는 이야기가 불쑥 떠올랐다.

짧게 입맛을 다신 연주는 정희가 부탁한 대로 창가 쪽 테이블 위에 놓인 플라워 센터피스로 다가갔다. 오아시스에 꽂힌 화사한 꽃들이 생화라는 사실이 믿기지 않을 정도로 탐스럽고 아름다웠지만 유리창을 통해 뜨겁게 내리쬐는 햇살 때문에 간간이 잎이 시든 꽃들이 보였다.

"오늘도 강 사장이랑 오 사장 기 싸움이 장난 아니겠죠?"

그녀가 심혈을 기울여 꽃 한 송이를 바꿔 꽂고 있을 때였다. 복도 끝에서 걸어오는 남자 둘의 이야기가 그녀의 귓가에 들려왔다.

"둘이 싸우면 뭐합니까? 떡 줄 사람은 생각도 않고 있는 것 같은데."

"박 이사님은 둘 중 어느 쪽이 더 낫다고 보십니까?"

"그걸 우리끼리 얘기한들 무슨 소용이 있겠습니까?"

"하긴 그렇죠? 이런, 벌써 시간이 이렇게 됐네요. 우리 회장님, 매사가 칼 같으신 분이지만 특히 시간은 더 칼 같이 지키시는 분이시니 어서 들어가죠."

"네."

"설마 벌써 도착하셨나?"

그녀 곁을 막 지나치던 남자들 중 한 사람이 작게 중얼거리고는 그 자리에 멈춰 서자 함께 걷던 다른 남자도 걸음을 멈췄다. 그들의 시선이 엘리베이터 방향으로 향해 있다는 사실을 확인한 연주의 시선도 엘리베이터로 쪽으로 움직였다.

VIP 전용 엘리베이터가 그들이 서 있는 층에 도착해 문이 스르르 열렸다. 가장 먼저 얼굴을 보인 사람은 블랙에 가까운 짙은 회색 정장 차림의 안 회장이었다.

아마 대한민국에 재원그룹의 안 회장을 모르는 이는 많지 않을 것이다. 여든을 훌쩍 넘긴 나이였으나 나이가 믿기지 않을 정도의 절도 있는 걸음걸이로 복도로 나와 주변을 천천히 훑어보는 그녀의 눈빛은 입구의 사자 조각상을 떠오르게 했다.

그 뒤로 블랙 슈트를 차려 입은, 멀리서도 눈에 띄는 외모의 젊은 남자가 내려 안 회장의 바로 뒤에 섰다. 50대 이상으로 보이는 남자 여럿도 그 뒤로 차례차례 내렸다.

"회장님 바로 뒤에 있는 사람, 본사 경영 기획 팀 강태완 이사 아니에요?"

가까이에 선 이들에게만 겨우 들릴 정도의 아주 작은 목소리로 두 남자 중 누군가가 말했다. 그 말을 들은 연주의 시선이 블랙 슈트의 남자에게 고정됐다.

"맞네요."

낮은 소리로 이야기를 주고받던 남자들은 안 회장이 자신들쪽을 주시하자 재빨리 복도 옆으로 물러선 뒤 허리를 깊게 숙였다. 연주도 테이블 쪽으로 더 바짝 붙어 섰으나 시선을 완전히 돌리지는 못했다.

그녀가 그러는 사이 블랙 슈트의 남자 역시 시선을 움직여 그녀를 응시했다. 둘의 시선이 마주쳤다. 그러나 슈트의 짙은 색감과 대조되어 더욱 차갑고 비현실적으로 보이는 남자의 얼굴에서 어떤 감정이나 생각은 읽을 수 없었다. 마치 그녀를 알아보지 못한 것처럼.

정지된 것만큼이나 느리게 느껴진 얼마의 시간이 흐른 뒤 먼저 시선을 움직인 쪽은 그녀였다. 허리를 숙여 플라워 센터피스의 꽃들을 살피기 시작한 것이다.

"안녕하십니까, 회장님."

"안녕들 하십니까."

안 회장과 두 남자가 짧게 인사를 주고받은 뒤 안 회장 일행이 다시 연회장을 향해 걸어가는 소리를 듣고 나서야 연주는 허리를 폈다.

"다른 사람들이었다면 다리가 후들거려 저 무리에 낄 생각은 하지도 못했을 텐데, 강태완 이사 정말 대단하네요."

"혹시 우리 회사에서 근무 중일지도 모른다는 회장님 손자가 강태완 이사 아닐까요? 들리는 소문에 우리 회사 입사 전까지 줄곧 외국에서 지냈다는 것 같던데. 성씨까지 딱 맞아떨어지는 걸 보면⋯⋯."

"듣고 보니 그럴 가능성도 있겠는데요. 그럼 아들이랑 큰손자, 며느리까지 한 번에 보내고도 악착같이 회장 자리를 차지하려고 했던 게 작은 손자 때문이란 소문이 사실일 수도 있겠네요."

"그거야 모르는 거죠."

"우리 여기에서 이러고 있을게 아니라 어서 안으로 들어가 보죠."

"네."

나직한 목소리로 얘기를 나누던 남자들이 서둘러 연회장 안으로 사라지자 문 앞을 지키고 선 경호원들은 재빨리 문을 닫았다. 연주가 그 모습을 멀리서 바라보고 있었다.

"축하합니다."

"축하드립니다."

명단에 이름이 적혀 있던 직원들이 모두 연회장 내부로 들어서자 연회장의 출입문이 닫히고 진행을 맡은 사회자가 단상 위로 올라섰다. 사회자는 엄숙한 분위기 속에서 짧은 개회식을 마친 후 지체하지 않고 안 회장을 소개했다. 곧장 자리에서 일어나 단상으로 오른 안 회장은 여느 때처럼 꼿꼿한 시선으로 장내를 훑어보며 간결한 어조로 재원그룹 창립 40주년을 맞은 소감과 감사의 뜻을 전했다. 그리고 특별 발표가 있다는 말을 덧붙인 뒤 곧바로 태완의 전무 승진 소식을 알렸다.

식순과는 상관없는, 더구나 누구도 예상치 못했던 소식이 안 회장의 근엄한 목소리와 함께 연회장 내에 울려 퍼지자 정숙했던 실내는 한순간에 소란스러워졌다. 그러나 안 회장이 태연히 단상에서 내려와 태완의 앞으로 걸음을 옮겨 그의 어깨를 두드리며 축하의 뜻을 전하자 술렁거림은 언제 그랬냐는 듯 순식간에 사그라졌다.

그도 그럴 것이 창립 파티에 참석한 임원 대부분이 18년 전 재원그룹에 휘몰아쳤던 대규모 해고 사건을 기억하고 있었기 때문이다. 당시 해고 직원 명단에는 직위 고하를 막론하고 평직원부터 수십 명의 임원들이 포함됐었다. 계열사 사장까지도 이름이 올라 있었을 정도였으니 가히 그룹 내에 피바람이 몰아쳤다 해도 과언이 아닐 것이다.

해고자들의 거센 반발과 항의에도 그 빈자리를 서둘러 메우기 위한 파격 승진 또한 곳곳에서 이루어졌다. 그러니 안 회장과 눈이 마주치지 않기 위해 피하기 바빴다. 행여나 눈이라도 마주쳤다 잘못 걸리면 자신들의 안위를 장담할 수 없다는 것을 알고 있었기 때문이다.

"그럼 박 전무님께서 갑자기 퇴직을 희망하신 이유가……."

"입조심하게."

나직한 속삭임이 이어지긴 했으나 안 회장은 끝내 임원들에게 우레와 같은 박수를 받아 냈다. 그리고는 원하던 바를 모두 이룬 듯 흡족한 표정으로 자신이 특별히 초대한 정계 인사들의 옆자리로 돌아가 가벼운 인사를 주고받았다. 그사이 눈치만 보고 있던 임원들도 하나둘 태완에게 다가와 축하 인사를 건넸다.

"진심으로 축하드립니다, 강 이사…… 아니, 강 전무님."

"축하드립니다, 전무님."

태완은 옆자리에 앉은 상대와 이야기를 나누면서도 간간이 누가 그에게 축하 인사를 건네고 있는지를 확인하는 안 회장의 시선을 건조하게 마주 보았다.

"축하하네."

임원들 대부분이 서둘러 축하 인사를 건네고 돌아가자 재원 건설 강훈 사장이 그에게 다가왔다. 언제나처럼 발톱을 숨긴 채 사람 좋은 미소를 지으며 다가온 그는 태완에게 자연스런 손짓으로 사람이 적은 쪽으로 자리를 옮길 것을 제안했다.

"이사에서 전무로의 파격 승진. 그것도 모든 절차를 무시하고 창립 파티에서의 공표라니…… 혹시 자네 생각인가?"

창가 쪽으로 자리를 옮기며 강훈 사장이 그에게만 들릴 정도의 아주 작은 소리로 물었다.

"그럴 리가 있겠습니까."

"그럼 회장님이 씌워 준 억지 감투라는 말인가?"

"제 뜻을 귀담아들으실 분 아니라는 거 알고 계시지 않습니까?"

"글쎄, 나는 잘 모르겠는데."

선한 가면을 벗지 않은 채 강훈 사장의 시선이 흘낏 안 회장을 살폈다.

"옛날부터 당신 핏줄이라면 끔찍하셨던 분이지. 안타깝게도 남편에게 받지 못한 사랑이 자식에 대한 집착으로 바뀐 것 같지만 말이야. 아무리 그래도 내게 그렇게 야박하지만 않으셨어도 우리 사이가 이렇지는 않았을 텐데 말일세."

"오늘 같은 날 제게 하실 말씀은 아니신 것 같군요."

"회장님이 아무리 숨기려 애를 쓰셔도 자네 역시 이 대단한 집안 남자의 본처에게서 태어나지 않았다는 사실은 절대 달라지지 않을 걸세. 누구보다 스스로가 더 잘 알고 있겠지만."

"그렇게 작게 말씀을 하시면 우리가 무슨 얘기를 하고 있는지 다른 사람들이 아주 궁금해할 겁니다."

태완은 자신들을 뚫어져라 주시하고 있는 안 회장을 향해 시선을 움직였다. 그의 말 속에 담긴 뜻을 간파한 듯 강훈 사장의 얼굴이 싸늘하게 굳었다.

"만약 강재우 사장이 살아 있었다면 자네는 지금 여기에 들어올 수도 없었을 걸세."

"그 강재우 사장이 살아 있었다면 재원건설도 지금처럼 멀쩡하게 남아 있지는 않았을 것 같은데요."

그 순간 강훈 사장이 무쇠처럼 뻣뻣한 손을 들어 그의 어깨를 움켜잡았다.

"자네, 그거 알고 있나? 세상에서 제가 제일 잘난 줄 알았던 강재우가 단명한 이유는 말을 너무 멋대로 지껄여서라는 사실 말이네."

"무슨 말씀이 하고 싶으신 겁니까?"

강재우 사장의 죽음에 대해 깊게 알려고 했던 적은 없었다. 하지만 누군가가 고의로 그를 노렸던 것이라면 안 회장은 결코 그 상대를 내버려 두지 않았을 것이다. 그렇다면 지금 강훈 사장은 말장난으로 허세를 부리고 있는 것이리라.

"자네도 말을 좀 조심해야 할 것 같다는 뜻이네."

"조심해야 할 사람은 제가 아니라 강 사장님 같은데요."

태완은 자신의 어깨를 잡고 있는 강훈 사장의 손목을 반대쪽 손으로 거머쥐어 아래로 끌어내렸다.

"건설사들 뒤에서 장난질을 하신다는 소문이 들리더군요."

"그게 무슨 말도 안 되는 소린가?"

"저는 우연히 들은 것뿐입니다. 사실 본사로부터 자금 지원만 받지 않아도 된다면 재원건설은 얼마든지 독립할 수 있는 회사이니 생각이 많으실 수밖에 없겠지요."

"……."

"그런데 정말 독립을 꿈꾸신다면 재원이 제 손에 들어오기 전에 서둘러 끝내시는 게 좋을 겁니다. 아시는 것처럼 제가 말을 조심해서 하는 사람이 아니라서요."

태완은 제 손아귀에 든 강훈 사장의 손목을 힘껏 움켜쥐었다.

"이런 식으로 날 모함할 생각이라면 나도 가만히 있지는 않을 걸세."

낮게 중얼거린 강훈 사장이 그의 손에 잡힌 손목을 있는 힘 껏 잡아 빼고는 출입문을 향해 휙 몸을 돌렸다.

그 모습을 무심히 바라보던 태완은 주머니 안에서 핸드폰을 꺼내 들었다.

정확히 신호음이 두 번 울린 뒤 한 실장이 전화를 받았다.

—네, 전무님.

"벌써 소식 들은 겁니까?"

—네.

"어떻게 들은 거죠?"

—지금 보안실에 있습니다.

보안실에서 연회장 내부의 상황을 지켜보고 있다면 한 실장 이 그의 승진 사실을 알고 있는 것은 당연한 일이었다.

—지시하실 일이라도 있으십니까?

"혹시 지금 10층 연회장 복도에 행사 스태프 목걸이를 목에 건 플로리스트가 있습니까?"

—핑크색 블라우스를 입은 여자가 한 명 있습니다.

"뭐하고 있습니까?"

—꽃잎을…… 따고 있습니다.

"네?"

—꽃 점이라도 치고 있는 것 같습니다.

농담이 아닌 듯 대답하는 한 실장의 목소리는 간결했다.

"여유 있네."

―네? 뭐라고 하셨습니까?

"아무것도 아닙니다. 강훈 사장이 곧 연회장을 빠져나갈 텐데 어디로 가는지 확인하시고 만약 사전에 예약된 객실로 들어가면 그 스태프에게 그 방 꽃을 갈도록 지시해 주세요."

―강 사장님이 그러도록 내버려 두실까요? 오늘 가뜩이나 예민하실 텐데.

"그건 그 직원이 알아서 해결하게 두시고요."

―알겠습니다.

"그 방에서 나오면 나한테 다시 데려와 주세요."

―네, 전무님.

전화를 끊은 태완은 핸드폰을 주머니 안으로 밀어 넣었다.

"축하드립니다, 강 전무님."

이번에 그에게 다가온 사람은 강국건설의 송 회장이었다.

"감사합니다, 회장님."

"이제 보니 안 회장님께서 젊은 인재들에게 많은 애정을 가지고 눈여겨보고 계셨던 모양입니다. 얼마 전 재원건설 강 상무의 파격 승진도 그렇고, 강 전무의 승진도 그렇고 말입니다. 암요, 우리 같은 늙은이들보다 실력 있는 젊은이들이 앞으로 나서야 기업이 더 발전을 하고 나아가 나라가 더 발전을 하는 것이지요. 나는 이런 승진, 아주 긍정적이라고 봅니다."

나라의 발전까지 들먹이며 거창하게 얘기를 늘어놓는 송 회장은 좀처럼 그의 곁에서 떠날 기미가 없어 보였다.

"내가 재원그룹 창립 파티에 처음 참석을 해 봐서 파트너를 동반해도 되는 줄 몰랐지 뭡니까. 이럴 줄 알았으면 우리 손녀라도 데리고 참석을 하는 건데. 우리 손녀도 강 전무처럼 뉴욕에서 MBA 과정을 마치고 작년부터 회사에서 일을 배우고 있는 젊은 인재니 아마 두 사람이 만났으면 얘기가 제법 잘 통했을 겁니다."

지난 40년 유례없던 일을 벌인 안 회장의 속뜻은 이것이었단 말인가. 막강한 권력과 그 핏줄을 그와 자연스럽게 이어 주려는 의도……

"언제 내가 두 사람이 만나 두 기업의 미래에 대해 진지하게 얘기를 나눌 수 있는 자리를 마련할 테니 바쁘더라도 시간을 좀 내주세요."

"알겠습니다, 회장님."

"행사 진행 팀이죠?"

검은 정장 차림의 남자가 엘리베이터 앞에 서 있는 연주에게 다가와 불쑥 물었다.

"네, 그런데요?"

"절 따라오시죠."

"잠시만요. 무슨 일 때문인지 말씀을 먼저 해 주셔야죠."

조금 전까지 연주는 연회장에서 누군가 밖으로 나오기를 기다리며 심심풀이로 강태완 이사가 안 회장의 손자인지 아닌지를 꽃잎으로 점쳐 보고 있었다. 그러다 재원건설 강훈 사장이 연회장 밖으로 나오는 것을 목격했다. 그는 안 회장 못지않게 해성건설과 관련해 의심을 하고 있던 인물이었으니 이건 하늘이 준 기회와 같았다.

그렇지만 마음이 급하다고 티 나게 그의 뒤를 밟을 수는 없는 법. 그녀는 강훈 사장이 엘리베이터를 타고 사라질 때까지 기다렸다가 재빨리 엘리베이터 앞으로 와 다른 쪽의 버튼을 눌렀다. 그다음 강훈 사장을 태운 엘리베이터가 몇 층에서 멈춰 서는지를 지켜보고 있던 중이었다.

"저는 플로리스트 팀인데요."

"알고 있습니다."

"혹시 꽃이 필요하신 거라면 제가 다른 직원에게 바로 전해 드릴게요. 보시다시피 제가 가지고 있는 꽃은 이미 교체를 한 꽃이라서요."

연주는 엘리베이터가 12층에 멈춰 선 것을 곁눈질로 확인하며 상냥한 어조로 말했다.

"그럴 여유 없습니다."

"도대체 무슨 일인데 그러시죠?"

"객실의 꽃을 교체해야 할 것 같습니다."

"그 일이 그렇게 급한 일이라고요?"

"서두르라는 지시가 있었습니다."

"그럼 꽃이라도 다시 가지고 가게 해 주세요."

"플로리스트 팀이 지금 11층에 있으니 올라가다 들르죠."

연주는 남자의 대답을 듣고 나서야 함께 엘리베이터에 오르며 11층에서 멈추면 꽃을 가져오겠다고 말한 뒤 비상계단을 통해 12층으로 뛰어 올라가야겠다고 마음먹었다. 그런데 그녀의 생각을 훔쳐보기라도 한 듯 그녀와 함께 11층에서 내린 남자는 그녀가 복도에 놓인 커다란 바구니에서 꽃 한 뭉치를 빼내는 것을 뚫어지게 바라보고 있었다. 마치 그녀가 비상구 쪽으로 뛰면 당장이라도 그녀를 따라 뛸 것처럼. 마지못해 그의 곁으로 돌아가 다시 오른 엘리베이터는 단순한 우연인지는 알 수 없었으나 12층에서 멈췄다.

"객실 안에 손님이 계실 겁니다. 방해되지 않게 조용히 꽃병의 꽃만 갈아 주고 나오면 됩니다."

1206호 문 앞에 도착해 그녀에게 짧게 설명한 남자는 그녀 대신 문에 노크를 하는 친절까지 베풀었다.

"누구세요?"

"꽃을 갈아 드리려고 왔습니다."

안에서 들려온 질문에 그녀가 대답하는 것을 곁에서 지켜본 남자는 문까지 직접 열어 준 뒤 다시 엘리베이터 쪽으로 몸을 돌렸다. 연주가 잠시 원망스런 시선으로 그를 바라보고 있을 때 객실 안에서 얼굴을 내민 사람은 놀랍게도 강훈 사장이었다.

"누가 보냈습니까?"

통화 중이었던 듯 그는 한쪽 손에 핸드폰을 든 채였다.

"저는 오늘 호텔 행사를 맡은 플라워플랜의 직원입니다. 오늘 호텔 객실에도 꽃을 서비스하기로 했는데 나머지 객실은 이미 교체 작업을 모두 끝낸 상태라서요. 손님께 최대한 방해가 되지 않도록 서둘러 끝내고 돌아가겠습니다."

"그럴 필요 없을 것 같은데요."

목소리는 매끄러웠으나 그녀를 반기지 않는 분위기는 분명히 느낄 수 있었다.

"정말 죄송합니다만, 호텔 측과 이미 얘기를 끝낸 상태라 이 객실만 예외로 할 수는 없습니다. 저희 신용과도 연관된 일이니 조금만 양해해 주시면 감사하겠습니다."

그녀가 난처한 표정으로 간청하자 강훈 사장이 통화 중이었던 핸드폰이 신경 쓰이는 듯 그러라는 손짓을 해 보이고는 서둘러 창가 쪽으로 걸음을 옮겼다.

"게다가 다들 나는 당연히 그 승진 소식을 미리 알고 있었을 거라고 생각하는 눈치던데. 도대체 내가 언제까지 이런 수모를 당하고도 참아야 하는 겁니까?"

강훈 사장의 말대로 테이블 위 꽃병의 꽃은 아직 버려지기엔 너무 싱싱해 보였다. 하지만 연주는 태연히 꽃병의 꽃을 빼낸 뒤 물을 갈고 새로운 꽃을 다시 꽂아 넣기 시작했다. 몸은 분주하게 움직이고 있었으나 그녀의 온 신경은 나직한 소리로 얘기하고 있는 강훈 사장의 목소리에 집중되어 있었다.

"그래도 이제 와 일을 크게 키우고 싶어 하지는 않는 것 같은데 그놈이 어떻게 나올지 알 수가 없으니 우리 계획을 서두르는 게 좋을 것 같습니다."

계획이라니?

"지난번 공단 입찰도 엎어지고 루머 때문에 이미지도 많이

흔들렸을 테니 이번이 마지막이다 생각하고 제 말대로 진행하
도록 하죠."

그 순간 꽃대를 잡은 그녀의 손에 힘이 들어가며 꽃잎이 파
르르 떨렸다. 얼마 전 평소에 술을 잘 마시지 않던 큰오빠가
술에 잔뜩 취해 그녀에게 전화를 걸어왔던 일이 떠올랐기 때
문이다. 그날 그는 그냥 생각나서 전화를 했다고 말했지만 그
녀는 걱정되는 마음에 무슨 일이 있는 건 아닌지 재차 물었었
다. 그랬더니 당연히 우리가 될 줄 알았던 공단 입찰에서 밀려
속상한 마음에 직원들과 한잔했다고 대답했었는데……

"제가 조만간 홍 회장을 만나 보죠. 안 회장과 감정이 좋지
않은 거지, 저와는 나쁘지 않았습니다. 그때 제가 누구보다 그
취임에 불만이었다는 사실을 잘 알고 있었으니까요. 이 일도
모두 안 회장 소행으로 돌리면 의심 없이 믿을 겁니다. 들리는
소문에 그때 해고를 당한 뒤로 안 회장 본가 쪽으로는 머리도
두지 않고 잠을 잔다던데, 그럴 만도 하죠. 당시 유일하게 계
열사 사장 중 해고를 당한 사람이 홍 사장 아니었습니까. 뭐,
홍 사장이 그렇게 해고를 당한 게 제게는 유리하게 작용을 하
긴 했지만요."

겨우 마음을 다잡고 움직이던 그녀의 손길이 다시 움직임을
멈췄다. 모든 게 재원건설의 강훈 사장 소행이었던 것이다. 해
성건설을 뒤흔든 검은 손의 주인이……

"어떤 방법을 쓰던 오늘 그놈이 한 말, 반드시 후회하게 만
들어 줄 생각입니다."

전화를 끊은 강훈 사장이 긴 한숨을 내쉬었다.

그사이 서둘러 바닥에 떨어진 꽃잎과 이파리를 모두 치운 연주는 강훈 사장을 향해 일을 모두 마쳤다는 말을 남기고 객실을 빠져나왔다.

객실을 나선 그녀의 머릿속은 여느 때보다 분주했다. 정희에게 양해를 구한 후 신문사로 돌아가 그간 해성건설의 루머와 입찰 조작이 강훈 사장의 소행이었다는 증거를 찾아야 하는 것인지, 다시 10층으로 내려가 강태완 이사가 나오길 기다려야 하는 것인지. 어느 쪽이든 먼저 11층으로 내려가 손에 든 꽃이라도 해결해야겠다고 생각한 그녀가 빠른 걸음으로 엘리베이터를 향해 걷고 있을 때였다.

"기다렸습니다."

불쑥 들려온 목소리에 고개를 들자 그녀를 1206호로 들여보낸 남자가 엘리베이터 앞에서 다가오는 그녀를 기다리고 있었다.

"저를요?"

"네."

"이번에는 또 무슨 일이죠?"

"따라오시죠."

"자꾸 따라오라고만 하시는데, 무슨 일로 제가 따라가야 하는지 이유를 먼저 말씀해 주셔야 하는 거 아닌가요?"

"저희 전무님께서 기다리고 계십니다."

재원건설 사장에 이어 전무라니. 설마 그녀를 강훈 사장의 방에 일부러 들어가게 만든 자가 저 남자의 상사인 전무의 계획이었던 것일까. 하지만 연주는 당황하지 않은 척 고개를 들어 눈앞의 남자를 똑바로 바라보았다.

"제가 플로리스트 팀 소속이긴 하지만 저는 오늘 하루 아르바이트를 하는 중이거든요. 그래서 제가 전무님께 그다지 도움이 되어 드리진 못할 것 같은데요."

생긋 미소 짓는 얼굴로 대답하며 그녀는 다리에 살며시 힘을 실었다.

"상관없습니다."

"아니요. 그쪽 분도 상사의 말을 거역할 수 없는 것처럼 저도 제게 맡겨진 일이 있어서요. 게다가 그 일이 아주 급한 일이어서, 이만 실례하겠습니다."

대답과 함께 곧장 남자를 지나친 그녀는 미리 봐 두었던 비상구를 향해 전력으로 질주했다. 비상구 안으로 들어선 뒤 위층으로 올라가야 하는 것인지, 아래층으로 내려가야 하는 것인지를 고민하고 있을 때였다. 아래쪽 계단에서 누군가 올라오는 기척에 본능적으로 몸을 굳힌 그녀의 눈에 들어온 이는 다름 아닌 강태완 이사였다.

"안녕하세요."

깊게 고민할 필요도 없이 연주는 곧장 그를 향해 계단을 내려갔다.

"저 기억 안 나세요? 며칠 전 새벽에 신세를 졌었는데."

대답하진 않았으나 태완의 표정으로 그도 그녀를 기억하고 있다는 사실을 알 수 있었다. 그리고 그녀가 다른 말을 하지 않았는데도 그의 시선이 12층 비상구 문으로 향했다.

"저 좀 도와주세요."

"뭘 도와 달라는 거죠?"

"혹시 비상구 문을 열고 누군가 들어오면 아무도 못 봤다고만 해 주시면 되는데."

"누구한테 말이죠?"

"누구든지요."

"그러죠."

어렵지 않은 부탁이라는 듯 태완이 순순히 대답하자 연주는 안심하고 계단을 내려갔다. 10층 계단 벽에 몸을 바짝 붙인 그녀는 숨결을 가다듬으며 위쪽에서 들려오는 소리에 귀를 기울였다.

그런데 한참을 기다려도 비상구 문이 열리는 소리는커녕 문을 두드리는 소리조차 들려오지 않았다. 그제야 전무라는 사람이 정확히 그녀를 지정해서 찾았던 게 아니었나 하는 생각에 머쓱해져 벽에서 몸을 떼고 천천히 계단을 올라갔다.

"아직 아무도 문을 열지 않았습니다."

"네, 그러네요."

태완이 있는 쪽으로 걸어간 그녀는 창피함은 살며시 접어 두고 그의 얼굴을 똑바로 바라보았다.

"어쨌든 도와주셨으니 이번에도 답례를 요구하실 건가요?"

그녀의 질문에 그가 무표정한 얼굴로 짧게 고개를 끄덕여 보였다.

"그 답례, 언제 어떻게 하면 될까요?"

"일 언제 끝납니까?"

"이제 뒷정리만 하면 끝날 거예요."

해성건설의 일도 중요하긴 했으나 안 회장의 손자일지 모르는 이 남자와 이야기할 수 있는 기회를 그냥 놓칠 수는 없었다. 누구의 방해도 받지 않을 조용하고 독립된 곳에서 단둘이 오랫동안 얘기할 시간을 갖게 된다면 그야말로 금상첨화일 듯 싶었다.

"그럼 그때 보죠."

자신의 할 말만 끝낸 태완은 긴 다리로 저벅저벅 계단을 올라가기 시작했다.

"어디에서요?"

그녀가 물었으나 그는 이미 비상구 문을 열고 밖으로 나가 버린 뒤였다.

11층으로 돌아와 객실에서 나온 쓰레기와 남은 꽃까지 모두 차에 실었다. 그 와중에 연주의 머릿속은 태완에게 안 회장과의 관계를 어떻게 물어야 자연스러운 대답을 유도할 수 있을지와 재원건설에 대해서도 물어볼까, 하는 생각들로 분주했다. 생각에 얼마나 열중했는지 모든 일을 끝마쳤을 때 시간이 어떻게 흘러갔는지 기억도 나지 않을 정도였다.

"연주 씨, 이제 집으로 갈 거지?"

마지막 짐까지 모두 차에 실었을 때 정희가 물었다.

"네."

"그럼 집까지 태워다 줄게."

"아니에요, 괜찮아요."

"그럴 수 없지. 우리 정혁이 친구인데."

"사실은 제가 약속이 있어서요."

"아, 그렇구나. 오늘 정말 고생 많았어. 그럼 다음에 또 봐, 연주 씨."

정희가 그녀에게 흰 봉투를 내밀며 말했다.

"감사합니다. 들어가세요."

연주는 꾸벅 고개를 숙여 보인 뒤 정희의 차가 멀어질 때까지 그 자리에 서 있었다. 파티 참석 인원 대부분이 빠져나간 도로 위는 한적하기 그지없었다. 이제 어디에서 태완을 기다려야 하는 것인지, 그가 자신을 찾으러 온다면 어디로 올 것인지를 잠시 고민하고 있을 때였다.

검은 차 한 대가 빠르게 그녀 앞을 지나쳐 가다 갑자기 도롯가에 멈춰 서는 것이 보였다. 연주의 시선도 무심코 멈춰 선 차를 향했다. 차의 번호가 왠지 낯익은 것 같다는 생각을 막 떠올린 순간이었다. 차가 천천히 뒤로 움직이기 시작하더니 정확히 뒷좌석 문이 그녀 앞에 멈춰 섰다.

차창이 스르륵 내려가고 태완의 얼굴이 보였다.

"타죠."

"네."

연주가 지체하지 않고 뒷자석에 올라타자 차는 다시 속도를 냈다. 태완은 한동안 아무 말이 없었다. 지금 자신을 어디로 데려가는 건지 궁금한 연주가 살며시 고개를 돌려 그의 얼굴을 바라보았다.

"할 말 있으면 해요."

"지금 어디로 가는 건지 물어봐도 될까요?"

"걱정됩니까?"

"아니요, 걱정이 된다기보다는……."

적당한 말이 떠오르질 않았다. 달변가는 아니었으나 그래도 제법 재치 있게 핑계를 대는 편이었는데, 왠지 이 남자와 있으면 몸과 머릿속이 함께 불편해지는 느낌이었다.

"그날은 내리라고 해도 내리지 않았던 것 같은데."

"쫓기고 있었다는 거 아시잖아요."

"칼을 든 남자들이었죠?"

농담이 아닌 듯 그의 목소리는 무덤덤했다.

"네, 그랬죠."

"궁금해서 묻는 건데, 매번 그렇게 쫓기고 숨는 거 힘들지 않습니까?"

연주는 고개를 완전히 돌려 태완의 얼굴을 바라보았다. 볼 때마다 놀랄 정도로 잘생긴 얼굴이었으나 지금은 감탄보다 그가 내뱉은 말의 의미가 더 궁금했다.

"무슨 뜻이죠?"

"만날 때마다 쫓기고 있었던 것 같아 한 말입니다."

"겨우 두 번 봤을 뿐인데 과대 해석이신 것 같네요."

태연히 그의 말을 받아치고 고개를 돌린 순간 그녀의 시선이 백미러 안에서 운전석의 남자와 마주쳤다. 그런데 그 눈빛이 낯설지가 않았다. 오늘 호텔에서 두 번이나 만났던 사람이니 그럴 수밖에.

"혹시……."

"우리 오늘 할 얘기가 많을 것 같지 않습니까?"

여전히 백미러 안의 남자에게서 시선을 떼지 않은 채 미간을 접고 있는 그녀의 귓가에 태완의 서늘한 목소리가 들려왔다. 연주는 다시 고개를 돌려 그의 얼굴을 마주 보았다.

"지금 어디로 가고 있는 거죠?"

생경한 불안이 불쑥 밀려왔다는 표현이 맞을 것이다. 아니, 두려움이 조금 더 정확한 표현일까. 단순히 숨 가쁘게 도망을 치던 순간보다 분명 심리적으로 더 불안하고 초조했다. 차분하게 흘러나온 자신의 목소리가 어색하게 느껴질 만큼.

"그게 중요합니까?"

"제게는 중요해요."

"조용히 얘기할 수 있는 장소로 갈 겁니다. 홍연주 씨도 그쪽을 원할 것 같아서."

"그러니까 구체적으로 그 장소가 어딘지 알고 싶은데요."

"내 빌라로 갈 생각이었는데 원하는 장소가 있다면 말해도 좋습니다."

"제가 지금 태어나 단 두 번 만난 낯선 남자의 집으로 가고 있는 중이었군요."

이렇게 날을 세우고 과민 반응을 보일 필요는 없었다. 오히려 이럴 때일수록 침착하게 이 남자가 그녀에게 원하는 것이 무엇인지를 알아봐야 했다.

하지만 한 번도 누군가가 조용히 자신의 뒤를 캘 거라는 생각은 해 본 적이 없었기에 연주의 머릿속 혼란은 쉽게 가라앉질 않았다. 이 남자의 말대로 그녀는 도망치고 몸을 숨기는 상황에 더 익숙해진 사람이니까.

"낯설다는 표현이 재미있군요. 그렇지 않을 줄 알았는데."

"저에 대해 꽤 많은 걸 알고 계신 듯 말씀하시네요."

"내가 어디까지 알고 있길 원합니까?"

연주는 이마를 찌푸렸다. 무표정한 얼굴과 서늘한 눈빛으로 자신의 감정을 완벽하게 차단한 남자는 태연히 그녀보다 우위를 차지하고 있었다.

그녀의 심리를 이용해 수를 쓰려는 것이 아니라 이미 모든 걸 꿰뚫고 있다는 사실을 남자의 자신만만한 표정으로도 짐작할 수 있었다.

"적어도 제가 오늘 낮 재원호텔 1206호에 들어갔던 이유는 그쪽, 강태완 전무님 때문이었던 것 같군요."

"맞습니다."

일부러 전무님이란 호칭을 강조해 말했음에도 태완은 순순히 사실을 시인했다. 그런데 그 짧은 대답은 오늘 하루 그녀에게 벌어졌던 일들을 모두 설명해 주면서 동시에 어떤 대답도 듣지 못한 듯한 담담함을 안겨 주었다.

모래바람이 휘몰아치는 사막 한가운데 서 있으면 이런 기분일까. 어느 때보다 답답하고 막막한데 어떤 말도 쉽게 입 밖으로 꺼낼 수가 없었다.

"이유가 뭐죠? 왜 저에 대해서 알아보신 건가요?"

연주는 마음을 가다듬고 최대한 침착한 목소리로 물었다.

"당신에게 묻고 싶은 게 있습니다."

"뭘 말이죠?"

"그날 새벽, 당신이 쫓겼던 진짜 이유."

"그 일은 이미 충분히 설명했던 것 같은데요."

"처음 보는 낯선 남자들에게 이유 없이 쫓겼다고 했었죠?"

"네."

"그럼 우리가 오늘 재원호텔에서 만난 것도 우연입니까?"

"전 오늘 플라워플랜이라는 행사 업체에서 아르바이트를 했던 것뿐인데요. 그러니 일할 장소를 선택한 건 제가 아니죠."

태연한 말투와는 달리 그녀의 머릿속에서는 서둘러 이 차에서 내리는 게 좋을 것 같다는 판단이 내려지고 있었다.

"그럼 이렇게 묻죠. 왜 그곳에서 아르바이트를 한 겁니까?"

"……"

"설마 미디어아침에서 지급되는 급여로는 생활이 안 되기 때문입니까?"

잠시 차 안에 정적이 흘렀다.

"저에 대해 아주 많이 알아보신 모양이네요."

차분한 목소리로 입을 열었으나 그녀의 표정은 서서히 굳어 가고 있었다.

"제게 대답을 듣는 것보다 그렇게 좋은 정보력으로 직접 알 아보시는 게 더 정확할 것 같은데요."

연주는 태완의 눈을 똑바로 마주 보며 말했다. 안 회장의 눈빛이 상대를 얼어붙게 할 만큼 섬뜩하고 강렬하다면 태완의 눈빛은 칼날처럼 차갑고 이성적이었다. 마치 세상 누구에게도 허점을 보이거나 쉽게 곁으로 다가오지 못하게 하려는 것처럼.

"지금 그 말, 후회하지 않을 자신 있습니까?"

"물론이죠."

"한 실장님."

"네, 전무님."

그가 부르자 운전석의 남자가 재빨리 대답했다.

"그날 새벽 호텔 앞 CCTV 영상과 우리 차 블랙박스 영상 경 찰에 넘기고 그 안에 찍힌 남자들 전부 신고해 주세요. 그들이 왜 손에 칼을 들고 선량한 시민을 쫓았는지를 반드시 밝혀내 야 앞으로 그 주변에서 다발성 창상으로 사망한 변사체가 발 견되는 일이 없겠죠. 특히 그날 변사자가 될 뻔했던 여기 홍연 주 씨도 그들의 신원이 무척 궁금할 테고."

천천히 정면을 향해 움직이던 연주의 미간이 희미하게 구겨 졌다.

"알겠습니다."

"남자들 신원이 확인되면 홍연주 씨에게도 연락이 갈 겁니다. 피해자 진술 조서를 작성해야 할 테니까요."

"아, 그렇겠군요."

"당신이 왜 쫓겼는지는 아니, 그들이 당신을 왜 쫓았는지는 이제 경찰에게 들으면 되겠군요."

그의 말을 끝으로 차 안에는 침묵이 감돌았다. 연주는 이 남자가 정말 CCTV 영상을 경찰에 넘기려는 것인지, 자신에게 겁을 주려는 것인지 쉽게 판단을 내릴 수가 없었다. 하지만 정말 그럴 생각이었다면 굳이 그녀의 뒷조사를 하거나 이렇게 협박을 할 필요도 없이 진작 실행에 옮겨도 됐을 일이었다. 무슨 이유 때문에 그날의 일을 그녀에게 다시 묻는 것인지는 몰라도 그도 조용히 알아보거나 해결하고 싶어 한다는 뜻. 지금 그녀에게 이러는 것도 단순히 겁을 주려는 의도일 가능성이 매우 높은 것이다.

"그럼 저도 나머지 얘기는 경찰과 하면 될 테니 여기에서 그만 내리는 게 좋겠네요."

"아직 끝내지 않은 얘기가 한 가지 더 남았을 텐데요."

"아, 답례."

다시 눈앞이 캄캄해지는 느낌이었으나 이럴 때일수록 낯 두껍고 빠르게 행동하는 쪽이 나았다.

"그런데 정말 죄송한데 제가 오늘 집에 누가 찾아오기로 했던 사실을 깜빡 잊고 있었네요. 약속 시간이 다 돼서 그러는데, 괜찮으시다면 답례는 다음 기회로 미뤄도 될까요?"

어차피 제 뒷조사도 충분히 하셨지 않느냐는 말은 덧붙이지 않았다. 그런데 속이 빤히 보이는 그녀의 잔머리에 태완이 예상 밖의 반응을 보였다.

"여긴 택시가 잘 잡히지 않는 곳 같으니 집까지 데려다주죠."

"아니요, 그러지 않으셔도 돼요. 그냥 여기에서 내려 주세요."

연주는 부자연스럽게 손사래를 쳤다.

"그럼 약속 시간에 늦을 텐데 그냥 타고 가죠."

그의 말이 명령이라도 되는 듯 차는 곧장 방향을 틀어 그녀의 오피스텔 쪽으로 달리기 시작했다. 이 남자는 그녀의 오피스텔까지 알고 있었던 것이다. 설마 그 사실을 알려 주기 위해 그녀를 집까지 데려다주겠다고 한 것인가. 연주의 머릿속이 다시 분주해지기 시작했다. 이력서에 써 넣었던 가족 사항은 어디까지였더라. 다행히 주소는 오피스텔로 적었고, 가족 사항은 부모님과 오빠들까지만 적었던 것으로 기억났다.

그럼 그녀를 강훈 사장이 있는 객실에 들어가게 만든 이유는 무엇이었단 말인가. 설마 해성건설과의 관계까지도 알고 있는 것일까.

하지만 그에 대해 속단하기는 이르다. 그보다는 그날 그녀가 쫓긴 진짜 이유를 묻는 그의 의도를 알아내야 했다. 혹시 그녀가 뛰어온 방향이 안 회장 본가 쪽이었기 때문이라면 그는 정말 재원그룹 회장의 손자인 것인가.

그러고 보니 강훈 사장이 통화로 승진 얘기를 한 기억이 떠올랐다. 그리고 연회장으로 들어가기 전 분명 이사였던 태완은 불과 몇십 분 만에 전무가 되어 있었다.

"도착했습니다."

차의 속도가 점점 느려지는 걸 느끼며 재빨리 태완의 표정을 살피려던 그녀의 시선이 백미러 안에서 다시 운전석의 남자와 마주쳤다. 연주는 아무 일 아니라는 듯 태연히 시선을 창밖으로 돌렸다.

그러나 차창 밖의 풍경은 오피스텔 주차장이 아니었다. 대로변에 위치한 주차장 대신 건물 반대편 좀 더 한적한 위치의 공영 주차장이었다. 태완이 말했던 조용히 얘기할 수 있는 장소로도 크게 손색이 없는 곳. 그의 진짜 속셈이 궁금해진 연주는 다시 그를 향해 고개를 돌렸다.

"좋아요. 만약 제가 그날 왜 쫓겼는지를 사실대로 말한다면 제가 얻게 되는 건 뭐죠?"

그녀는 눈도 깜빡이지 않으며 태완의 표정을 주시했다.

"설마 저와 제 가족의 안녕 같은 건 아니겠죠?"

"생각이 바뀐 겁니까?"

왠지 상황이 그에게 유리하게 흘러가고 있는 듯한 느낌이 들었다. 그러나 연주는 조용히 그의 다음 말을 기다렸다.

"당신이 사실대로 말한다면 나도 당신 질문 한 가지에 대답하죠."

"제가 사실을 말한다면……."

그는 지금 그녀에게 거래를 하자고 말하고 있었다. 그 거래는 그녀가 열심히 머리를 굴려 보아도 더 이상 나아질 것이 없는 상황에서라면 굳이 거절할 이유가 없는 제안이었다.

"어떤 질문이든 대답을 해 주시겠다고요?"

눈썹을 가볍게 치켜들고 재차 묻는 그녀의 질문에 태완이 짧게 고개를 끄덕여 보였다.

"제가 대답을 할지 말지 결정을 내리기 전에 먼저 짚고 넘어가고 싶은 것이 있는데요."

"뭡니까?"

"제가 그날 왜 쫓겼는지를 알기 위해 제 뒷조사까지 하신 건가요?"

"그에 대해서는 조금 있다 말하죠."

"아니요. 제 뒷조사까지 하셨다는 건 제 가족들에 대해서도 알아보셨다는 뜻 같은데."

"당신 할아버지나 회사에 대해 내가 알고 있는지 확인하고 싶은 겁니까?"

그가 구체적으로 말하진 않았지만 연주는 이미 그가 어디까지 알고 있는지에 대한 모든 대답을 들어 버린 듯한 기분이었다.

"좋아요. 하지만 제가 한 얘기는 절대 누구에게도 말해선 안 돼요."

잠시 침묵을 지키며 진지하게 고민하던 그녀가 마침내 결정을 내리고 말했다.

"그러죠."

그의 대답을 들은 연주의 시선이 다시 운전석의 남자에게로 향했다.

"한 실장님, 잠시 자리를 피해 주시죠."

"알겠습니다."

하지만 한 실장이 차에서 내리고 난 뒤에도 연주는 바로 입을 열지 않았다. 지금껏 자신이 여러 차례 반복했던 말이 거짓이었음을 고백해야 하는 상황이었고, 말하고 나서 그가 어떻게 나올지도 알 수 없었기 때문이다.

"실은 그날 재원그룹 안 회장님 본가에서 사진을 찍었어요. 절 쫓아왔던 남자들은 경호원들이었고요."

"누구를 찍었다는 겁니까?"

"그게…… 몸의 선이 가늘고 날씬한 체격의 성인 여자라는 건 알겠는데, 주변이 너무 어두웠고 거리도 멀었던 데다 사진이 살짝 흔들려서 그 사람이 누구인지까지 확인하는 건 불가능했어요."

"그 사진은 지금 어디에 있습니까?"

"현상했던 사진은 분쇄해 버렸고 원본은 제 카메라 안에 남아 있을 거예요. 지금 가지고 있지는 않지만."

"……."

"왜 그 일에 대해 이렇게까지 알아보고 계신 건지는 모르겠지만 꼭 확인해 봐야겠다면 보여 드릴 수도 있어요."

적어도 이 정도로는 말을 해야 확인이 불가능하다는 자신의 말을 의심 없이 믿을 듯했기에 연주는 진지하게 덧붙였다.

"필요하면 얘기하죠."

"그럼 이제 제가 질문할 차례죠?"

사진에 대한 얘기가 계속 이어지는 것을 원치 않았기에 그녀는 태완이 다른 말을 꺼내기 전에 재빨리 말했다.

"궁금한 게 뭡니까?"

"강태완 전무님이 재원그룹 안명희 회장님의 손자가 맞나요?"

수많은 언론에서 알고자 하는, 어쩌면 누군가는 알면서도 함부로 발설하지 못하고 있을 그 사실에 대해 그녀가 묻는 순간 그는 마치 예상이라도 하고 있었다는 듯 짧게 고개를 끄덕여 보였다.

"그런데 왜 그 사실을 숨기고 계신 거죠?"

"아직은 때가 아니라서."

"그게 무슨……?"

연주의 눈이 가늘어졌다.

"설마 제가 오늘 1206호실에 들어갔던 이유와도 상관이 있는 건가요?"

통화 내용의 일부를 들은 것뿐이었으나 강훈 사장의 목적은 아마도 계열사 독립인 듯했다. 안 회장에게 반감을 가지고 있으니 그 뒤 다른 계열사와 주주들을 선동할 가능성은 충분했다. 그렇게 되면 안 회장의 자리가 위협을 받게 될 수도 있을 것이다. 안 회장에게 위협이 되는 일이 그녀의 하나뿐인 손자 태완의 입장에서 달리 해석될 리는 없었다. 하지만 강훈 사장과 싸울 생각이라면 그는 왜 영웅이 되는 대신 때를 기다리겠다는 것일까.

"나는 강훈 사장이 무슨 계획을 꾸미고 있는지를 알아낼 생각입니다."

그녀의 짐작이 어느 정도는 들어맞은 듯했다.

"그리고 그걸 홍연주 씨가 도와줬으면 하죠."

"제가요?"

연주의 미간이 깊게 조여졌다.

"뭘, 어떻게 말이죠?"

"강훈 사장의 목표는 아마도 해성건설인 것 같습니다."

"……."

"이제 그 다음 계획을 알아내야겠죠."

해성건설의 창업주 홍철문 회장. 그녀의 할아버지가 재원건설에서 해고당한 뒤 얼마나 힘들고 고생스럽게 해성건설을 세우고 일으켰는지는 그녀도 잘 알고 있었다. 어린 시절이긴 했으나 아버지도 다니던 회사를 그만두고 할아버지를 도와 매일 뜨거운 땡볕 아래 현장 일은 물론이고 컨테이너 안 사무실에서 밤을 새웠던 날도 허다했으니까. 하지만 그렇다고 해성건설 일에 두 팔을 걷어붙이고 나설 생각은 없었다. 그녀가 도운지도 모르게 아주 조금씩 조용히 도울 생각이었다.

"왜 제게 이런 얘기를 하시는 건지 전혀 모르는 건 아니지

만 제가 관심 있는 건 재원그룹 안 회장님과 강태완 전무님이
지, 재원건설이나 강훈 사장님은 아닌데요. 그리고 재원건설
에서 해성건설을 계획적으로 노렸다는 기사가 난다면 재원그
룹 전체 이미지가 흐려질 수도 있으니 전무님에게도 결코 득
이 되진 않잖아요."

"그래서 홍연주 씨를 선택한 겁니다."

좀처럼 이런 적이 없는데 연주는 지금 도무지 표정 관리가
되질 않았다.

"전 여기까지만 듣고 싶네요. 그리고 분명히 말씀드리는데
저는 이 일에 조금도 관심 없습니다."

연주는 차에서 내리기 위해 서둘러 문의 손잡이로 손을 뻗
었다.

"아, 오늘 전무님께 들은 얘기는 절대 비밀 지킬 테니 염려
마시고요."

유난히 가부장적이었던 할아버지가 비서실 직원까지 모두
남자로 뽑은 이유는 안 회장 때문이라고 오래전 아버지께 들
은 적이 있었다. 하지만 할아버지의 과거가 자신의 현재를 가
로막는 장벽이 될 이유는 없다고 생각했다. 그래서 정말 열심
히 공부해 그녀도 오빠들이 다니던 대학의 경영학과에 입학했
다. 그러나 축하나 격려 대신 그녀가 할아버지에게 들었던 말
은 조그만 계집애가 욕심만 많다는 소리였다. 고집 세고 독하
기까지 해 오빠들 것을 욕심낸다는 소리를 그녀는 대학을 졸
업할 때까지 귀에 딱지가 앉도록 들어야 했다.

그래서 대학 졸업 후 아버지의 오랜 설득과 회유에도 해성건설에는 눈길조차 주지 않았다. 전공과는 전혀 상관없는, 주변에서 다들 무슨 생각을 하는 거냐며 의아해 하는 방송국과 신문사에 이력서를 넣기 시작했다. 하지만 남들이 몇 년을 준비해도 들어가기 쉽지 않은 곳을 그녀라고 쉽게 들어갈 수 있을 리 만무했다. 그렇게 그녀가 남들보다 조금 더 늦게 사회생활을 시작한 곳이 바로 미디어아침이었다.

지금 누군가 그녀에게 해성건설이 더 중요한지, 미디어아침이 더 중요한지 묻는다면 묵비권을 행사할 것이다. 그녀에게 소중한 것은, 지키고 싶은 것은 사랑하는 가족들과 일이었지 해성건설은 결코 아니었다. 오히려 해성건설은 누구에게도 들키고 싶지 않은 상처인지도 모른다.

"그럼 이건 어떻습니까? 나를 돕는다면 홍연주 씨가 원하는 기사를 드리죠."

손잡이를 움켜쥔 그녀의 손에 힘이 잔뜩 들어갔다. 어쩌면 이 차에 올라탄 순간부터 그녀는 태완이 원하는 대답을 하기 전에는 내릴 수 없었던 것인지도 모른다. 손잡이를 잡고 있던 그녀의 손이 마침내 허공으로 떨어졌다.

"지금 기사 내용을 말해 줄 수는 없지만 분명 어떤 기자도 탐낼 만한 특종이 될 겁니다."

"만약 제가 원하는 정보를 알아내지 못한다면요?"

"당신이라면 알아낼 겁니다."

그녀는 여전히 대답할 수 없었다. 사심은 완전히 접어 둔다

해도 기자 생활을 한 지난 2년, 경찰보다 빠르게 현장에 도착하고 내 몸 하나 돌볼 여유도 없이 밤낮없이 일에 매달려도 뜻대로 정보를 얻지 못했던 적이 부지기수였다. 또한 기사라는 것이 욕심과 의욕으로 일을 밀어붙이기엔 감당해야 할 변수와 위험이 너무 많았다. 마지막으로 다른 사람도 아닌, 안 회장의 손자에게 집안 문제를 내보였다는 사실을 가족들이 알게 되었을 때 벌어질 상황도 마음에 걸렸다.

"생각할 시간이 필요하다면 기다리죠."

"생각은 해 보겠지만 기대는 안 하시는 게 좋을 거예요."

연주는 말을 아끼며 서둘러 차에서 내렸다. 태완도 그녀를 따라 차에서 내렸다.

"더 하실 말씀이 남아 있으세요?"

"우리가 만났다는 사실을 누구도 알아서는 안 됩니다."

"저 역시 바라는 바예요."

태완은 제 눈앞에 보이는 그녀의 얼굴을 내려다보았다. 구두를 벗는다면 160cm가 약간 넘는 키에 군살 없는 몸매, 그리고 왼쪽 볼에만 옅게 팬 보조개와 얇게 진 쌍꺼풀 안 눈동자가 유난히 크고 까맸다. 가녀린 외모가 기자 생활에 도움이 되는지는 알 수 없었으나 어느 정도의 위험을 감수할 수 있는 배짱과 공과 사를 구분하는 판단력이 그의 마음에 들었다.

그리고 무엇보다 해성건설 일에 그녀만큼 열의를 보일 사람은 찾기 힘들 것이고, 정말 그날 새벽에 찍은 사진 속 인물을 확인하지 못한 것인지도 분명히 확인해 둘 필요가 있었다.

당장은 그날 일이 안 회장의 귀에 들어가지 않도록 박 집사와 그녀를 쫓았던 경호원들, 그리고 송현화 측에도 조치를 취해 두긴 했으나 그녀의 열의를 보면 이대로 포기했다고 보기엔 미심쩍은 부분이 있었다. 당분간은 홍연주를 곁에 두고 지켜보는 것이 최선의 방법이었다.

주차장을 나선 그들은 오피스텔 방향으로 자연스럽게 걸음을 옮기기 시작했다. 중요하게 해야 할 얘기가 있는 것은 아니었으나 그녀도 함께 걷고 있는 그를 불편하게 여기지 않는 듯했다.

그렇게 얼마간 걸어갔을 때 근처의 오피스텔 건물 입구 쪽에서 도란도란 이야기를 나누는 말소리가 들려왔다.

"주말이니까 친구 만나러 갔나 보죠."

"아무리 그래도 집에 오겠다고 메시지까지 남겼는데 못 들어오면 전화라도 해 줘야지."

말소리가 가까워지자 연주가 시선을 분주하게 움직이며 주위를 둘러보았다. 그러다 이미 제법 걸어온 주차장 방향과 현관 입구를 나란히 마주하고 있는 앞 건물을 뚫어지게 응시하다 무언가 마음에 들지 않는 듯 살짝 이마를 찌푸린 채 그에게 나직한 목소리로 속삭였다.

"저 좀 가려 주세요."

"뭐라고 했습니까?"

"저 좀 가려 달라고요, 이렇게."

그녀는 대답을 기다리지 않고 그의 어깨 위로 손을 올려 오피스텔 입구에서 볼 때 그가 자신의 몸을 완전히 가리는 구도로 만들었다.

"뭡니까?"

"쉿! 잠깐만요."

그녀는 자신의 손가락으로 입술을 꾹 누르며 어깨를 더 움츠렸다. 집으로 손님이 오기로 했다던 그녀의 말은 분명 거짓말인 듯했는데, 어찌된 일인지 정말 집으로 찾아온 이가 있었고 그녀는 그 손님이 전혀 반갑지 않은 상황처럼 보였다.

"저기 저 아가씨, 혹시 우리 연주 아닌가?"

"어디요, 엄마? 내 눈에는 안 보이는데."

"저기, 저쪽에 있는……"

사붓사붓 희미한 발걸음 소리가 자신들을 향해 다가오자 연주는 두 눈을 질근 감았다.

태완은 그녀가 왜 어머니로 보이는 여인을 피해 숨는 것인지는 알 수 없었다. 목소리로만 판단해 본다면 지극히 평범하고 온유한 어머니일 것만 같은데. 하지만 그녀가 이러는 데는 분명 그만한 이유가 있을 것이고 그가 돕지 못할 이유 또한 없었다. 지금 그녀의 마음을 돌려야 하는 쪽은 그이기도 했으니까.

태완은 두 손을 들어 어깨를 감싸며 그녀의 얼굴 위로 살며시 고개를 숙였다. 오피스텔 현관 쪽에서 그들을 보고 있다면 마치 키스라도 하고 있는 것처럼 보이도록. 그러자 연주가 감았던 두 눈을 번쩍 뜨며 동그란 눈으로 그를 뚫어져라 바라보았다.

그 순간 빠르게 내쉬는 그녀의 숨결과 몸에서 풍겨지는 희미한 장미 향, 그리고 어깨를 움켜잡은 손에 점점 강하게 실리는 힘이 그에게 그대로 전해져 왔다.

"에이, 어딜 봐서요. 그리고 엄마, 젊은 사람들 연애하는 거그렇게 빤히 쳐다보는 거 아니에요. 그 정도는 에티켓이라고요."

"키도 그렇고 머리스타일도 꼭 우리 연주 같아서 그러지."

"글쎄 아니라니까요. 걔 A형이라 은근히 소심해요. 오피스텔로 남자 끌어들였다가는 엄마가 신문사고 오피스텔이고 당장 정리하실 거 아는데, 설마 홍연주가 미치지 않고서야 오피스텔 앞에서 저러고 있으려고요. 그리고 걔 옷은 전부 칙칙한색뿐이잖아요. 기자에게 어두운 옷은 보호색과 같다고 했던가. 하여튼 누굴 닮았는지 말로는 못 당해요."

"하긴 그렇긴 하지."

"빨리 가요."

"그래도 잠깐만······."

발걸음 소리가 그들을 향해 조금 더 다가오자 그녀의 몸이그에게 조금 더 다가왔다. 앞으로 몇 발작만 더 다가오면 그의가슴에 얼굴이라도 묻을 태세였다.

태완은 자신의 흰 셔츠에 연주의 립스틱이 묻기 전에 어깨를 잡고 있던 한 손을 떼고 그녀의 둥근 뒤통수를 감쌌다. 그리고 바로 옆까지 걸어와 바라보기 전에는 그녀가 누구인지 절대 알 수 없을 만큼 가까운 거리까지 자신의 얼굴을 내렸다. 그 상태로 다시 눈이 마주치자 당황한 듯 연주의 가는 목덜미가 미세하게 떨렸다.

"엄마! 이러다 할아버지가 찾으시면 어쩌려고요?"

젊은 남자가 버럭 지르는 소리에 그의 어깨를 잡은 연주의 손에 힘이 들어가며 그의 몸이 조금 더 아래로 쏠렸다. 이제 그의 입술이 그녀의 입술에 닿을 듯 가까워져 있었다. 후덥지근한 기온과 그녀에게서 뿜어지는 열기는 그대로 느껴졌는데, 내쉬는 숨결은 느껴지지 않았다.

"알았어."

다가오던 발자국 소리가 그제야 그들에게서 멀어지기 시작했다.

"그래도 내일 꼭 오라는 얘기는 하고 가야 하는데. 작년 할아버지 생신 때 연주가 안 오는 바람에 아버지가 한소리 들으셨잖니."

"제가 전화로 꼭 얘기할게요. 올해도 안 오면 할아버지가 호적에서 파 버리겠다고 했다고."

점점 멀어지던 말소리도 더 이상 들려오지 않았다.

"이제 갔나 봐요."

어깨에서 손을 떼고 재빨리 그에게서 떨어지는 연주의 볼이 평상시보다 조금 더 붉게 보였다. 그녀는 서둘러 한 발짝을 더 뒤로 물러선 뒤 곧장 자신의 주머니에서 핸드폰을 꺼내 들었다.

"정말 문자가 와 있었네. 내가 왜 여태 이걸 몰랐지……."

일부러 소리를 내 중얼거리는 그녀를 보는 태완의 입술도 미미하게 휘어졌다.

"집에 오기로 한 손님이 어머니는 아니었나 보군요?"

"네."

연주는 여전히 핸드폰에서 시선을 떼지 않으며 대답했다.

그녀가 왜 자신의 집안일인 해성건설의 일에 깊게 관여하고 싶어 하지 않는지 그 이유는 알지 못했다. 그러나 그녀의 오빠가 보였던 행동이나 어머니의 문자를 확인하는 표정으로 봐 가족의 사랑을 듬뿍 받고 자란 평범한 아가씨라는 사실만은 의심할 여지가 없어 보였다.

"그런데 왜 숨은 겁니까?"

"제가 전무님과 같이 있는 걸 봤다면 아마 전무님 호적 조사까지 하려고 하셨을 거예요."

핸드폰에서 시선을 뗀 그녀가 무심한 척 그것을 다시 주머니 안으로 밀어 넣었다.

"피곤할 때는 피하는 게 상책이거든요. 어쨌든 도와주셔서 감사해요."

"홍연주 씨."

"네."

그제야 그녀가 그의 얼굴을 똑바로 마주 보았다.

"시간을 많이 줄 수는 없습니다."

"알고 있어요."

"그럼 대답 기다리죠."

"안녕히 가세요."

연주는 그에게 꾸벅 고개를 숙여 보인 뒤 재빨리 오피스텔 안으로 뛰어 들어갔다.

"어디로 모실까요?"

주차장으로 돌아간 그가 차에 올라타자 한 실장이 물었다.

"피곤하군요."

"그럼 댁으로 모시겠습니다."

"한 실장님."

좁은 길목을 벗어난 차가 빠른 속도로 도로를 달리기 시작할 무렵 태완은 다시 한 실장을 불렀다.

"네, 전무님."

"앞으로는 매일 강훈 사장 스케줄 확인도 좀 부탁합니다."

"알겠습니다. 그리고 조금 전에 자리를 비우셨을 때 회장님께 전화가 왔었는데……."

〈그 사람 누구냐?〉

그녀가 샤워를 끝내고 막 나와 핸드폰을 확인하자 문자 메시지 하나가 도착해 있었다. 방금 전 엄마와 오피스텔에 같이 왔던 작은오빠였다.

〈무슨 소리야? 나 지금 인터뷰 중인데.〉

연주는 재빨리 답장을 보냈다.

〈네가 입고 있던 그 핑크색 블라우스, 올 봄 네 생일에 내가 사 준 거다.〉

"아, 젠장……."
붉은 계열 상의를 입고 와 달라는 정희의 연락에 옷장 전체를 뒤진 끝에 겨우 발견해 어디에서 난 옷인지는 생각지도 않고 덥석 입고 나간 건데. 하필…….

〈연애하느라 바쁜 건 알겠다만 내일이 할아버지 생신이다. 네가 빠지면 부모님이 며칠간 시달리신다는 거 알지? 장소는 케이 가든 3층 크리스털 홀이다.〉

"연애는 무슨……."

〈알았어. 꼭 갈게.〉

집안에서 할아버지 다음으로 고집과 억지가 장난 아니어서

어린 시절부터 그녀와 하루가 멀다 하고 다퉜던 사람이 작은
오빠 혁주였다. 이제 될 수 있으면 작은오빠는 피해 다니는 게
좋을 듯싶었는데 하필 내일이 할아버지 생신이었다니.

연주의 입에서 연거푸 한숨이 흘러나왔다.

"도착했습니다."

도착했다는 한 실장의 말에 연주의 고개가 반사적으로 창밖을 향해 움직였다.

"저 빌라인가요?"

어젯밤 깊게 잠들지 못하고 뒤척이느라 아직 피곤이 가시지 않은 그녀의 눈에 들어온 빌라는 한 번이라도 이 앞을 지나친 적이 있는 사람이라면 절대 잊지 못할 만큼 독특하고도 수려한 외관을 자랑했다. 그러나 빌라를 바라보는 연주의 시선에는 별다른 감흥이 보이지 않았다.

"네."

"502호라고 하셨죠?"

"맞습니다. 현관 입구에 도착하시면 제가 전무님께 다시 연락을 드리겠습니다."

빌라를 보고 아무런 반응을 보이지 않는 그녀를 오히려 신기한 표정으로 바라보던 한 실장이 서둘러 대답했다.

"고마워요. 그런데 저기."

차에서 내리려던 연주는 다시 한 실장을 바라보았다.

"말씀하세요."

"이건 그냥 개인적으로 궁금해서 물어보는 건데 전무님은 이 빌라에서 언제부터 사신 건가요?"

"2년 되셨습니다."

"2년이요?"

"네. 그런데 그건 왜 물어보십니까?"

"아니에요, 그냥 궁금해서요. 혹시 전무님 애인 있으세요?"

"네?"

그다지 특별할 것이 없는 질문이었음에도 그녀가 미디어아침의 기자라는 사실을 알고 있는 한 실장의 눈빛에는 경계와 의심이 가득했다.

"없습니다."

"아, 네."

연주의 시선이 다시 빌라로 향했다.

지난겨울 그녀는 제과와 외식 사업으로 유명한, 하지만 갖가지 비리와 탈세로 검찰의 조사를 받고 있던 금화그룹 회장의 손자 준성과 아이돌 출신 배우 L양의 교제 사실의 진위를 확인하기 위해 이 빌라 근처를 수시로 기웃거렸었다. 하필 유난히 폭설이 잦았던 시기였던 탓에 앙상한 나뭇가지 아래에서 눈도 제대로 피하지 못하고 살아 있는 눈사람이 되었던 적도 여러 번이었다.

그러다 그날은 예고 없이 날리기 시작한 굵직한 눈송이 때문에 추위를 피할 곳을 찾던 중 운 좋게 열려 있던 지하 주차장으로 들어갈 수 있었다. 경비원의 눈에 띄면 곧바로 쫓겨날 수 있어 CCTV 사각 지대에서 몇 시간 동안 몸을 숨겨야 하는 고통을 감내해야 했지만 어쨌든 그녀는 결국 준성을 만날 수 있었다. 그의 차를 향해 뛰어가다 가볍게 치이는 사고가 동반되긴 했지만.

다행히 부상은 크지 않았고 그녀의 상태가 양호하다는 사실을 확인한 준성은 조용히 사고를 수습하길 원했다. 물론 그녀도 같은 마음이었기에 L양과의 스캔들 대신 준성의 집안에서 얘기가 오가고 있던 약혼에 대한 기사를 특종으로 내보낼 수 있었다.

그런데 사고가 있던 날 인터뷰를 위해 준성과 함께 그의 집으로 올라가는 엘리베이터 안에는 그들 말고 미모의 여성이 한 명 더 타고 있었다. 그녀는 그들과 함께 5층에서 내렸고 준성의 말에 따르면 이 빌라의 5층에는 단 두 세대만 살고 있다고 했다. 그 일이 지난겨울 있었던 일이었으니.

"그런데 이런 우연이 다 있나. 사실은 이 빌라 501호에 제 친구가 살고 있거든요."

"……."

113

"세상 정말 좁죠?"

"실례가 되지 않는다면 그 친구분 성함이?"

"금화그룹 금 회장님 손자 금준성이요."

연주는 그 순간 한 실장의 시선이 재빠르게 빌라 5층으로 향했다 다시 제자리로 돌아오는 것을 놓치지 않았다.

"전무님, 만나시는 분 없으십니다."

그는 그녀가 다시 묻지도 않은 말을 재차 반복했다.

"정말 없으십니다."

"네. 좋은 정보 감사드려요."

연주는 싱긋 미소를 보인 뒤 차에서 내렸다.

딩동.

보안이 철저한 1층 입구를 지나 5층에 도착한 그녀가 502호의 벨을 누르고 기다리자 여느 때와는 달리 편안해 보이는 셔츠와 바지 차림의 태완이 문을 열어 주었다.

"들어와요."

"네."

연주는 태완의 뒤를 따라 그의 집 안으로 들어섰다.

경치 좋고 공기 좋은 서울 외곽에 자리 잡은 부모님의 집은 거대한 정원을 갖춘 넓은 현대식 한옥이었지만 그녀의 취향은 눈앞에 펼쳐지는 끝내주는 뷰와 눈, 비 걱정이 없는 넓은 아파트였다. 그래서일까. 이미 준성의 흠잡을 곳 없는 집을 봤음에도 불구하고 독특하고도 고급스런 인테리어를 갖춘 태완의 집은 그녀의 시선을 단번에 사로잡았다.

"집이 정말 근사하네요."

"이쪽에서 얘기하죠."

집 안을 둘러보느라 느리게 걷는 그녀와 달리 빠르게 걸음을 옮긴 그가 책꽂이 앞쪽에 놓인 소파로 걸어가 앉았다.

"이렇게 넓은 집에 혼자 사시는 건가요?"

"하고 싶은 얘기가 뭡니까?"

태완은 그녀에게 일말의 틈도 보이지 않고 곧장 물었다.

"오늘 아침 제게 보내 주신 메시지 때문에 하고 싶은 말이 있어요."

어제 그의 제안에 밤새 고민을 하고도 결론을 내리지 못했던 그녀에게 오늘 아침 메시지 하나가 도착했다.

〈재원건설 강훈 사장, 12시 케이가든 도착.〉

메시지를 확인하는 순간 고민할 필요도 없이 그녀의 머릿속에 떠오른 사람은 태완이었다. 그녀는 즉시 어제 그에게 받은 명함과 발신인의 연락처를 비교해 보았고 예상대로 같은 번호였다.

사실을 확인한 연주는 곧장 통화 버튼을 눌렀다. 그리고 전화를 받은 태완에게 만나고 싶다는 말을 전했다. 마치 예상이라도 하고 있었다는 듯 그는 알겠다고 대답한 뒤 전화를 끊었다. 서둘러 준비를 마친 그녀가 약속 장소를 묻기 위해 다시 전화를 걸려는 순간 한 실장이 그녀의 집 벨을 눌렀다.

"할 얘기가 뭡니까?"

12시에 강훈 사장이 케이가든에 도착한다는 사실을 알고 있다면 태완은 그 자리가 홍 회장의 생신연을 위한 자리라는 것도 분명 알고 있을 것이다. 연주의 시선이 시계를 찾아 벽으로 움직였다.

시계 바늘이 10시 30분을 막 지나고 있었다. 할아버지와 가족들은 11시 30분까지 케이가든에 도착한다고 했으니 그녀에게 주어진 시간은 그리 많지 않았다.

"좋아요. 본론만 얘기할게요. 짐작하고 계신 것처럼 저는 전무님과는 상관없이 강훈 사장의 다음 계획을 알아낼 생각이었어요. 만약 제가 계획을 알아내 전무님과 공유를 한다면 저희 미디어아침과 공식적으로 인터뷰를 해 주세요."

"내가 기사를 주는 것과 그게 다른 겁니까?"

"전무님이 주는 기사는 전무님이 내보내길 원하는 기사일 테고, 저희가 원하는 인터뷰는 저와 저희 미디어아침의 독자들이 궁금해하는 것들이겠죠."

"내가 어떤 기사를 줄지 알고?"

자리에서 일어선 그가 미동도 없이 서 있는 그녀에게로 다가왔다.

"내가 주는 기사가 더 특종이 될 수도 있을 텐데."

특종이라는 그의 말에 아주 잠깐 갈등한 건 사실이었다. 아니, 그녀는 특종이라는 말만 들어도 톡 쏘는 탄산음료를 들이킨 것처럼 몸이 떨렸다.

하지만 그가 주는 기사 하나에 회사가 만족할 리 없었다. 더구나 그가 주는 기사가 특종이라면 회사에선 앞으로 재원그룹에 대한 더 많은 기사를 원하게 될 테고 그때마다 그 일은 그녀에게 맡겨질 것이다.

그러나 안 회장도, 태완도 결코 만만한 사람들이 아니라는 사실을 알았기에 연주는 그들과의 인연은 한 번으로 끝내고 싶었다.

"무척 구미가 당기지만 제게 주시려는 특종을 인터뷰 때 제 쪽에서 묻는다면 더 유리하지 않겠어요?"

"홍연주 씨."

"네."

그녀의 가슴이 긴장감으로 두근거리고 있었다.

"인터뷰 때 어떤 질문을 할지 무척 궁금해지는군요."

그의 대답에 연주는 자신도 모르게 승리의 주먹을 불끈 움켜쥐려다 태연히 미소를 지었다. 드디어 재원그룹의 숨겨진 황태자, 강태완 전무의 단독 인터뷰를 손에 쥐게 된 것이다. 그 순간 그녀를 바라보고 있는 태완의 입술에도 희미하게 미소가 스쳤다. 순식간에 사라지긴 했으나 연주는 마치 세상에서 유일하게 자신만 그의 미소를 본 듯한 기분이었다.

"잘해 봅시다."

그가 그녀에게 손을 내밀었다. 연주가 그의 손을 잡자 그도 힘주어 그녀의 손을 감쌌다. 그저 형식적인 악수일 줄 알았는데 그의 손은 한동안 그녀의 손을 놓지 않았다.

"네."

딩동.

그때였다. 그의 집 벨이 울린 것은. 두 사람의 시선이 동시에 현관으로 향했다.

"누구십니까?"

—조 실장입니다, 전무님.

"잠깐 들어가 있어야 할 것 같군요."

그의 말에 연주는 곧장 현관으로 달려가 자신의 신발을 집어 들고 태완이 가리키는 방향의 방 안으로 들어섰다.

"연락도 없이 무슨 일입니까?"

"누가 왔다 갔습니까, 전무님?"

"……."

"그럼 혹시 향수 바꾸셨습니까?"

"내가 그런 것까지 조 실장님한테 말해 줘야 합니까?"

"죄송합니다."

"연락도 없이 무슨 일이시죠?"

연주는 양손에 신발을 한 짝씩 든 채 문에 귀를 바짝 가져다 대고 문밖에서 들려오는 소리에 귀를 기울였다.

"약속 장소를 케이가든으로 바꿨습니다."

"케이가든이라고요?"

"네. 송 회장님 쪽에서 케이가든을 원하셔서 회장님께서 이를 받아들이셨습니다."

"알겠습니다."

"그리고 회장님께서 함께 움직이셨으면 하시는데……."

"케이가든에서 뵙겠다고 전하세요."

"알겠습니다."

"전화로 전해도 됐을 얘긴데 괜히 조 실장님을 보내신 것 같군요."

"실은 회장님께서 전무님을 모셔 오라고 보내신 건데 회장님께는 다른 약속이 있어 모셔 오지 못했다고 전하겠습니다."

"조 실장님 편하신 대로 하세요."

"그럼 조금 있다 다시 뵙겠습니다."

문밖의 대화가 끊긴 뒤 현관문이 닫히는 소리가 희미하게 들려왔으나 연주는 밖으로 나가지 않았다. 안 회장의 비서인 듯한 남자가 그녀의 향수 냄새를 맡은 것 같기 때문이다. 만약 그녀였다면 돌아가는 척 집을 나갔다가 다시 한 번 집 안을 확인하려 했을 것이다.

침묵에 잠긴 방 안에서 안 회장과 태완이 만나려는 송 회장은 누구인 것일까, 짐작해 보던 그녀는 문득 시간이 꽤 흐른 것 같아 핸드폰을 켰다. 벌써 시간이 11시에 가까워져 있었다. 그녀는 더 이상은 지체할 수 없다는 생각에 조용히 문을 열고 방을 나섰다.

넓은 거실은 지나칠 만큼 고요했다. 태완도 안 회장의 비서와 함께 밖으로 나간 것인가 하는 생각이 들 정도로. 조용히 복도를 걸어 나오며 태완을 부르려던 순간 사선에 위치한 방의 문이 살짝 열려 있는 것이 보였다. 혹시 그가 저곳에 있는 것은 아닐까 생각하며 방으로 다가가 살며시 방문을 열어 보던 연주는 깜짝 놀라 문손잡이에서 손을 떼었다. 태완이 넓은 등을 훤히 드러낸 채 셔츠를 고르고 있었기 때문이다.

놀란 연주는 서둘러 살그머니 문을 닫았다. 하지만 그녀가 손잡이에서 손을 떼는 것과 동시에 다시 문이 열렸다.

"뭡니까?"

"죄송해요. 옷 갈아입고 계신 줄 몰랐어요."

순식간에 셔츠를 걸쳤으나 미처 채우지 못한 단추 사이로 그의 탄탄한 가슴이 보였다. 흰 셔츠에 감싸인 어깨가 위협적일 만큼 넓고 강하게 느껴졌다. 단지 잘생기고 근사한 남자가 눈앞에 있다고 가슴이 뛸 이유는 없었다. 이렇다 할 접촉이 있는 것도 아니고, 그녀와는 전혀 상관이 없는 상대였다. 분명 그럴 이유가 전혀 없는데 그녀의 가슴은 두근거리고 있었다.

"그만 가 볼게요."

연주는 시선을 슬쩍 피하고 문을 닫으려는 행동을 하며 말했다.

"홍연주 씨."

"네?"

그녀가 더 이상 문을 닫을 수 없도록 한 손으로 문을 받친 그가 나머지 손으로 연주의 손목을 잡았다.

"우리가 하는 얘기 어디까지 들었습니까?"

"네? 무슨 얘기를 말씀하시는 건지?"

"나도 케이가든에 갈 겁니다."

"아, 들을 생각은 조금도 없었는데 집이 너무 조용하다 보니까 얘기가 조금 들리긴 했어요."

연주가 가벼운 어조로 얘기하며 고개를 들어 올리자 비현실적으로 잘생긴 그의 얼굴이 그녀의 코앞으로 다가왔다. 어디에서도 맡아 본 적 없는 독특하고도 세련된 향기가 진하게 풍겨 왔다.

그녀의 심장이 다시 빠르게 두근거리기 시작했다.

"내가 오늘 송 회장님과 왜 만났는지는 인터뷰 때 물어도 늦지 않으니 오늘은 강훈 사장만 신경 쓰도록 하세요."

"알아내는 게 없다면 아무것도 묻지 못하게 될 거란 뜻인가요?"

두 사람 사이에 묘한 시선이 오고 갔다.

"그런데 한 가지 여쭤 봐도 될까요?"

"……."

"다른 장소도 많은데 왜 절 전무님 집으로 부르신 건가요?"

"홍연주 씨의 오피스텔보다는 내 집이 더 안전하니까."

그녀가 호시탐탐 자신의 허점을 노리는 기자인 이상 아니, 어쩌면 그는 세상 누구도 믿지 않는다는 말인지도 모른다.

"무슨 뜻인지 알겠어요. 저녁에 전화 드릴게요."

그제야 비로소 태완은 그녀의 손을 놓아주었다. 연주는 거실을 향해 걸어 나오며 그의 손에 잡혔던 자신의 손목을 천천히 어루만졌다.

"조 실장, 자네가 잠시 다녀올 곳이 있네."

케이가든에 도착한 지 10분이 지났는데도 차에서 내릴 생각을 않던 안 회장이 조용히 입을 열었다.

"말씀하십시오, 회장님."

"지금 강 전무 집에 좀 다녀오게."

"전무님은 벌써 도착하셨을 텐데요."

"알고 있네."

"그런데 왜……?"

지난 15년간 조 실장은 하루도 빼 놓지 않고 안 회장을 곁에서 보필했으나 그녀는 마음 한 켠조차 쉽게 내보이지 않았다. 개인적으로 어울리는 사람들이 있는 것도 아니었고 따로 관심을 갖는 취미 생활 또한 없었다.

그가 알기로 남은 혈육도 태완 뿐이었으니 세상 가장 외롭고 재미없게 사는 이가 그녀라 해도 과언이 아닐 듯했다. 그러니 태완을 곁에 두고 살뜰히 챙기며 의지할 법도 하건만 둘 사이는 늘 살얼음판 위에 서 있는 것처럼 냉랭하고 불편한 기류가 흘렀다.

"이제 와 생각을 해 보니 내가 좀 둔했던 것 같단 말이야. 그럴 아이가 아닌데 제가 결혼할 아이를 직접 데려오겠다고 했던 것도 그렇고, 어제 파티가 끝나고 말도 없이 사라진 것도 그렇고. 마음에 걸리는 일이 몇 가지가 있어."

"강 전무님이 정말 결혼할 사람을 직접 데려오겠다고 하셨습니까?"

조 실장의 눈도 휘둥그레졌다. 태완이 농담이란 걸 입에 담는 모습을 그도 본 적이 없었던 것이다.

"그래. 그 아이, 애당초 없는 일은 입에 올리는 법이 없는 아이가 아니던가?"

"그런 분이시죠."

"그런데 오늘 이 자리를 내가 어떤 마음으로 잡은 줄 알면서 이곳으로 오겠다고 했단 말이지. 아무래도 뭔가 다른 생각이 있나 내 알아봐야겠네. 그러니 조 실장, 자네가 다시 가서 확인을 좀 하고 오게."

안 회장이 카드 키와 함께 달린 열쇠를 건넸다.

"강 전무 눈썰미 알지? 절대 눈치채는 일 없어야 하네."

조 실장은 오늘 오전 강 전무의 빌라에 들렀을 때 희미하게 풍겼던 여자 향수에 대한 얘기를 안 회장에게 해야 하나 망설였으나 그냥 입을 닫았다. 예전에도 신한국당 서우찬 대표의 딸인 유라가 태완을 만나기 위해 몇 번 그의 빌라를 찾았던 사실을 알고 안 회장이 불같이 화를 낸 적이 있었기 때문이다. 그러나 그가 알기론 태완 쪽에서 그녀에게 먼저 연락을 취했던 적은 없었다. 뭐하나 부족한 것이 없어 보이는데도 자존심 다 내려놓고 적극적인 쪽은 언제나 유라였다.

다른 재벌가 망나니 도련님들 중에는 집안 어른들을 골탕 먹이기 위해서 어울리지 않는 상대와 결혼을 하겠다며 분란을 일으키는 경우도 종종 있었다. 하지만 강 전무가 그런 행동을 할 리는 없다는 걸 알기에 조 실장은 오늘 일을 입 밖으로 꺼내지 않을 생각이었다.

"그럼 회장님 모셔다 드리고 바로 다녀오겠습니다."

"아니야, 혼자 올라가도 되니 서둘러 다녀오게."

"회장님."

"내 몸은 내가 더 잘 알아."

타인 앞에서는 어떤 경우에도 한결같은 꼿꼿함을 유지했으나 세월 앞에 장사는 없는 법. 여든을 넘기고 나서부터는 안 회장도 기력이 쇠해 가파른 오르막이나 계단을 오를 때면 종종 몸을 휘청거려 부축이 필요했다.

그러다 얼마 전 갑작스런 졸도로 받게 된 병원 검진에서 그녀는 담낭암 판정을 받았다. 그 후 수술을 서둘러야 한다고 오 박사가 진료 때마다 잔소리를 늘어놓았으나 안 회장은 수술보다 더 급한 게 있다며 도리어 큰소리를 쳤다. 오 박사까지 두 손을 든 고집을 한낱 수행 비서인 자신이 어찌할 수 없다는 사실을 알기에 조 실장은 조용히 운전석에서 내려 뒷좌석의 문을 열어 주었다.

"그럼 빨리 다녀오겠습니다."

전망을 중시하여 평지보다 높은 지대에 위치한 데다 건물 입구부터 가파른 계단이 자리해 혼자 오르기 힘에 부칠 법도 한데 안 회장은 기어이 혼자 계단을 향해 걸어가 손잡이를 잡았다. 그래도 무리하지 않고 아주 천천히 계단을 하나씩 밟아 올라갔다.

그런 안 회장의 뒷모습을 잠시 바라보던 조 실장은 서둘러

다녀오지 않으면 불호령이 떨어질 것이란 걸 알기에 그대로 몸을 돌렸다.

케이가든은 강국건설 송 회장의 동생이 국내 여러 곳에 지점을 두고 운영하는 체인점이다. 다양한 전문 식당과 카페, 그리고 행사장을 집약한 형태로 크고 작은 행사를 치르기에 전혀 손색이 없는 곳이었다.

3층에 도착해 엘리베이터에서 내린 연주는 3층에서 가장 큰 크리스털 홀을 통째로 빌린 듯 홍철문 회장님 생신연장이란 안내판을 발견하고는 슬쩍 이마를 찌푸렸다.

"엄마."

사람들이 가득 들어차 왁자지껄 시끄러운 실내에서 가장 눈에 띄는 것은 한복을 곱게 차려 입고 분주하게 테이블 사이를 오가며 손님들을 챙기고 있는 고 여사의 모습이었다. 연주는 손님에게 방해가 되지 않도록 테이블 바깥쪽 통로를 가로질러 고 여사에게 다가갔다.

"연주야, 왜 이렇게 늦었어."

"서두른다고 한 건데, 죄송해요."

"아니야. 왔으니까 얼른 할아버지랑 아버지한테 인사부터 드리자."

한복 차림의 고 여사가 그녀의 손을 잡으며 안도에 가까운 미소를 짓자 연주는 이곳에 오는 내내 무슨 핑계를 대면 서둘러 나올 수 있을까 하는 생각을 했던 것이 죄송스러웠다.

"네. 그런데 전에 생신은 조촐하게 식사만 하신다고 하지 않으셨어요?"

"할아버지는 친구분들이랑 회사 임원 몇 분만 초대하고 싶다고 하셨었어. 그래도 다들 아는 분들인데 누군 초대하고 누군 뺄 수가 있어야지. 그래서 한두 분 더 모시려다 보니 자리가 이렇게 커졌네."

고 여사가 꼼꼼한 시선으로 홀 안을 둘러보며 다정한 목소리로 말했다.

"그래도 집에서 안 하니까 엄마가 음식 하는 고생은 덜 해서 다행이네요. 그런데 꼭 한복까지 입고 손님들 챙기셔야 하는 거예요?"

"할아버지 체면도 있으니 어쩔 수 없지."

"성주 어미야."

그 순간 어딘가에서 홍 회장의 쩌렁쩌렁한 목소리가 들려왔다. 연주가 깜짝 놀라 재빨리 주위를 둘러보았으나 홍 회장의 모습은 보이지 않았다.

"할아버지는 어디 계신 거예요?"

"안쪽 방에. 너도 얼른 가서 인사드리자."

"전 아버지랑 오빠들 먼저 보고요. 할아버지가 찾으시는데 엄마 먼저 가 보세요."

지금은 함께 들어가고 싶지 않다는 뜻으로 연주는 고 여사의 허리를 잡아 슬며시 몸을 돌려세웠다.

"그럼 성주 찾아서 같이 와."

홍 회장은 장손에게 유달리 약해 성주에게는 역정을 내는 법이 없었다. 그래서 홍 회장 앞에 설 때 그녀가 종종 일부러 성주를 앞세운다는 사실을 알고 고 여사가 넌지시 말했다.

"할아버지한테 인사드리고 나서는 오빠랑 같이 할아버지 친구분들이랑 회사 직원들한테도 빼놓지 말고 인사드리고."

"네, 걱정 마세요."

짧게 몇 마디를 더 주고받는 사이 성미 급한 홍 회장이 다시 그녀의 엄마를 찾았다. 고 여사가 서둘러 한복 자락을 움켜쥐고 홍 회장에게로 달려갔다.

"왔냐?"

고 여사가 파티션으로 입구가 가려진 홀 안쪽으로 사라진 뒤 그녀보다 두 살 많은 작은오빠 혁주가 어슬렁어슬렁 다가오며 말을 걸었다.

"오늘은 검정 블라우스네. 누가 보면 장례식장에라도 온 줄 알겠다."

"검은색이 어때서? 그러는 오빠도 검은색이면서."

그녀보다 훌쩍 큰 키에 갸름한 얼굴, 장난기 가득한 표정의 혁주를 흘낏 바라보며 연주가 말했다.

"나는 이런 옷을 입어도 런웨이를 걷는 것 같은데 넌 딱 문상객이니까 그렇지."

혁주의 말대로 홍씨 집안 삼 남매 중 어릴 적부터 예쁘다는 소리를 가장 많이 듣고 자란 사람은 딸인 연주가 아니라 둘째 아들인 혁주였다. 큰 키와 흰 피부, 시원한 눈매에 유난히 까

많고 큰 눈동자 덕에 길거리 캐스팅을 당한 적도 있었다.

하지만 외모에 어울리지 않는 유난스런 장난기는 어릴 적부터 동네에서 유명했다. 그 가장 큰 피해자는 동생인 연주였기에 그녀는 혁주와 함께 있을 때면 본능적으로 경계심을 갖게 되었다.

"오늘 같은 날 문상객이라니? 말 좀 가려 하지."

파르르 떨 줄 알았던 연주가 시큰둥한 반응을 보이자 다시 그녀를 놀리려던 혁주가 슬쩍 말을 돌렸다.

"그런데 누구냐?"

"누구?"

"키도 크고, 몸매도 모델 뺨치던데."

"글쎄, 누구?"

"오피스텔 앞에서 그……."

"누구를 묻는 거냐고."

어제 받은 문자 메시지가 머릿속에 떠올랐으나 연주는 끝까지 잡아뗄 작정으로 되물었다. 작은 틈이라도 보였다가는 그걸 핑계로 그녀를 얼마나 괴롭힐지 불 보듯 뻔했기 때문이다.

"그러게, 누구 얘길 하는 거야?"

"오빠."

어느새 큰오빠 성주도 그들 곁으로 다가왔다. 연주는 재빨리 성주 옆으로 붙어 섰다.

"연주, 언제 왔어?"

"방금."

두 살 차이 나는 혁주와는 철천지원수 사이인데 다섯 살 많은 성주는 그녀에게 언제나 듬직한 보호자이자 구세주 같은 존재였다.

"요즘엔 집에도 통 안 오고. 일이 바쁜 거야?"

"응. 직장 생활이 다 그렇지 뭐."

"그래도 부모님 생각해서 전화도 좀 자주 드리고 해."

"일 때문에 바쁜 건지, 연애를 하느라 바쁜 건지 그건 당사자만 알겠지."

"그게 무슨 소리야?"

혁주의 말에 성주가 다시 연주를 바라보았다.

"글쎄, 혁주 오빠 혹시 엄마 몰래 술 마신 거야? 아까부터 어디서 알코올 냄새가 나는 것 같았는데."

"야, 홍연주. 너 내가 입만 뻥긋하면……."

혁주가 연주를 보며 자신의 손끝으로 목을 내리긋는 동작을 해 보였다.

그러거나 말거나 연주는 얼른 할아버지에게 인사나 드리러 가자며 성주의 팔을 잡고는 혁주를 향해 혀를 쏙 내밀어 보였다.

"그런데 연주 너, 정말 만나는 사람 없는 거야?"

"없어. 혁주 오빠가 나 혼나라고 공연히 하는 소리야. 내가 만나는 사람 생겼으면 오빠한테 벌써 소개시켜 줬지."

성주와 함께 홍 회장이 있는 방 쪽으로 자연스럽게 걸음을 옮기며 그녀가 말했다.

"정말이지?"

"당연하지. 그건 그렇고, 할아버지 오늘 기분은 어떠셔?"

"괜찮으신 것 같아."

"그래? 지금은 누구랑 계시는데?"

"너 재원건설 알지?"

"알지."

"재원건설 사장님이 오셨어."

"그분이 왜?"

조금씩 느려지던 연주의 걸음이 그 자리에 멈춰 섰다.

"설마 할아버지가 초대하신 거야?"

"그런 것 같지는 않은데 어떻게 알았는지 오셨더라고. 들어오다 입구에 화환 세워져 있는 거 못 봤구나?"

"화환까지 둘러볼 여유가 없어서. 그런데 왜 오신 거지?"

"별다른 이유가 있는 것 같지는 않아 보였어. 그냥 안부 물으시고 이런저런 가벼운 얘기들 나누시더라."

겉보기엔 그렇게 보여도 강훈 사장이 고작 그런 일 때문에 직접 찾아오지는 않았을 것이다. 성주도 그런 사실을 알고 있는 듯 그녀의 어깨 위에 가볍게 손을 얹었다.

"너는 정중하게 인사만 드려."

"응, 그렇게."

어느새 두 사람의 발걸음은 홍 회장과 강훈 사장을 비롯해 몇몇 임원들로 자리가 채워진 방 앞에 도착했다.

"할아버지, 연주 왔습니다."

"연주 왔냐?"

"네, 할아버지. 늦어서 죄송해요. 그리고 생신 축하드려요."

"그래, 고맙다."

평소보다 많이 약주를 마신 듯 얼굴이 붉게 달아오른 홍 회장이 전에 없이 살가운 어조로 그녀의 인사를 받았다.

"인사드려라. 여기는 재원건설 강훈 사장님이시다."

"안녕하세요, 사장님."

"홍 회장님 손녀분이시군요? 어떻게 손자 손녀가 하나같이 다들 이렇게 인물이 출중할 수가 있는 겁니까, 회장님?"

웃음기 가득한 목소리로 입에 발린 칭찬을 건네던 강훈 사장이 연주가 꾸벅 숙였던 고개를 드는 순간 얼굴에서 웃음기를 지우고 그녀를 빤히 바라보았다.

"홍 회장님 손녀라고요?"

"네. 홍연주라고 합니다."

"혹시 우리 전에 어디에서 만났던 적이 있었던가요?"

재차 묻는 강훈 사장의 눈매가 점점 더 얇게 가늘어지고 있었다.

설마 어제 잠시 스쳤던 것을 기억하는 것일까. 연주의 심장 박동이 소리 없이 빨라지기 시작했다.

"글쎄요, 혹시 어디에서 절 많이 닮은 사람을 보신 건 아니실까요?"

그녀가 태연히 받아 넘겼으나 얇게 굳어진 강훈 사장의 눈매는 좀처럼 펴질 줄을 몰랐다.

"어쩌면 제가 다른 취재차 들렀을 때 우연히 뵀을 수도 있을 것 같네요. 재원건설이야 설명이 필요 없는 훌륭한 기업이니 저도 여러 차례 방문했던 적이 있었거든요. 혹시 다음에 시간이 되시면 저희와 인터뷰 한 번 해 주십사 미리 부탁 좀 드리겠습니다, 사장님."

"아, 기자셨군요?"

그제야 강훈 사장이 자리에서 일어서 그녀를 향해 손을 내밀자 연주도 공손히 그의 손을 잡고 악수를 했다.

"그럼 오히려 내가 우리 재원건설에 대해 좋은 기사 좀 많이 써 달라고 부탁을 드려야겠군요. 비서실에 얘기해서 인터뷰 시간을 잡을 수 있는지 알아보도록 하죠."

"감사합니다."

"회장님은 정말 좋으시겠습니다. 회사를 물려줄 든든한 아드님에 총명한 손자들, 그리고 이렇게 똑 부러지는 손녀까지. 회장님도 세상에 부러운 이가 있으십니까?"

"뭘 그 정도까지야."

"아닙니다. 게다가 해성건설은 연매출도 이미 대기업 수준이 아닙니까?"

"강 사장이 오늘 생일이라고 이 늙은이 듣기 좋은 말만 하는구먼, 허허허."

"다 사실입니다, 회장님."

홍 회장은 강훈 사장의 아부가 그저 좋은 것인지, 아니면 알면서도 얼굴을 찌푸릴 수 없는 자리인 탓에 그저 장단을 맞추는 것인지 근래 보기 힘들었던 함박웃음을 지어 보였다.

"그럼 말씀 즐겁게 나누세요."

연주는 방 안에 있는 사람들에게 가볍게 고개를 숙여 인사를 한 뒤 성주와 함께 방을 나왔다.

"잘했어, 연주야."

"이 정도 가지고 뭘. 그런데 아버지는 어디 계셔?"

"응, 이쪽에."

연주는 성주와 함께 아버지와 회사 간부들에게도 빼놓지 않고 인사를 했다.

잠시 빈 테이블에 앉아 물로 목을 축이고 있을 때였다. 강훈 사장이 홍 회장과 얘기하던 방에서 나와 어딘가로 바쁘게 걸어가는 모습이 보였다.

"연주야."

그녀가 강훈 사장에게 정신이 팔려 있는 사이 성주가 나직한 목소리로 이름을 부르며 그녀의 팔을 잡았다.

"그냥 있어."

"응? 무슨 말이야?"

성주의 얼굴을 보니 그의 시선도 강훈 사장을 따라 움직이고 있었다. 홍 회장이 재원그룹을 어떻게 생각하는지 너무도 잘 알고 있었다. 때문에 평소 왕래가 없던 강훈 사장의 갑작스런 방문이 의아한 건 성주의 입장에서도 당연한 일이었다.

"혁주가 지하 주차장에 내려가 있어."

"혁주 오빠가?"

"별일 없을 거야."

연주는 컵에 남은 물을 마저 들이켰다. 더 많은 걸 묻고 싶어도 자신이 알고 있는 사실과 계획들을 모두 털어놓을 생각이 아니라면 섣불리 말을 꺼낼 수 없었기에 그녀는 애먼 종이컵만 꾸깃꾸깃 구겨 쥘 뿐이었다.

"오빠, 나 화장실에 좀 갔다 올게."

"그래."

그녀가 밖으로 나왔을 때 강훈 사장은 이미 어딘가로 사라진 뒤였다. 혹시나 하는 마음에 서둘러 엘리베이터 앞으로 걸음을 옮겼으나 엘리베이터는 2층을 지나 다시 3층으로 올라오는 중이었다.

3층에 도착한 엘리베이터 안에 혁주나 강훈 사장의 모습은 보이지 않았다. 연주는 실망하지 않고 사람들이 모두 내린 엘리베이터에 올라탔다. 운이 좋아 1층에서 그들을 보게 된다면 좋겠지만 그게 안 된다면 잠시 바깥바람이라도 쐬고 올 생각이었다.

1층에서 내려 선 그녀는 곧장 홀을 가로질렀다. 막 현관을 나서려 할 때였다. 그녀의 눈에 정장 차림의 할머니 한 분이 벽을 짚고 숨을 고르고 있는 모습이 보였다.

벽에 몸을 지탱한 채 한동안 꼼짝 않고 서 있는 모습이 분명 어딘가가 좋지 않은 듯 보였는데 공교롭게도 주변에 아무도 없었다.

취재를 하다 보면 별의별 사람들과 다 부딪히게 되다 보니 평상시 남의 일에는 되도록 관심을 갖지도, 관여를 하지도 않으려는 편이었다. 하지만 연세도 많은 할머니가 힘들어 하는 걸 보고도 모른 체를 할 수는 없었다. 현관 안쪽 의자까지만 부축을 해 드려야겠다고 생각한 연주는 망설임 없이 할머니 곁으로 다가갔다.

"어디가 불편하세요?"

"신경 쓰지 말고 가던 길 그냥 가요."

하얗게 센 머리와 야윈 손에 어울리지 않게 목소리에서는 단호함과 냉정함이 느껴졌다.

"힘들어 보이시는데 저쪽 의자까지만 부축해 드릴게요."

"됐다니까."

분명 딱 잘라 도움의 손길을 외면할 상황이 아니었음에도 할머니는 그녀의 도움을 거절했다.

"그럼 다른 사람이라도 불러 드릴까요?"

"됐고, 그럼 부탁 좀 합시다."

말뜻을 알아들은 연주가 손을 뻗어 어깨와 팔을 부축하자 할머니도 벽에서 손을 떼고 그녀에게 몸을 의지하기 위해 고개를 돌렸다.

자신에게 몸을 의지해 오는 할머니의 얼굴을 보고 그녀는 깜짝 놀랐다. 다름 아닌 재원그룹의 안 회장이었기 때문이다. 순간적으로 그녀의 몸도 움찔했던 것인지 안 회장이 나직한 목소리로 입을 열었다.

"아가씨, 내가 누군지 아는 모양이지?"

나직했지만 온몸에 소름이 돋을 정도로 서늘한 기운을 품고 있는 음성이었다.

"내 말이 맞지요?"

"네, 누구신지 알고 있습니다."

"이래서 누구 도움 받는 거 달갑지 않다니까."

당장이라도 그녀를 밀쳐 낼 듯 냉소적이고 거만한 어조였다.

"걱정 마세요, 회장님. 어디 가서 회장님 부축해 드렸다는 얘기 떠들고 다니는 일은 없을 겁니다."

"왜?"

"네?"

"왜 떠들고 다니지 않을 거냐고?"

"회장님의 하루 일과나 컨디션은 사적인 일이니까요."

"아주 맹랑한 아가씨네."

여전히 싸늘한 음성이었으나 연주의 귀에 미미하게 묻은 웃음기가 느껴졌다.

"이제 그만 가 봐요."

입구 안쪽에 놓인 벤치에 앉자마자 안 회장이 언제 몸을 의지했냐는 듯 그녀에게서 팔을 거두며 말했다.

"누구 오실 분이 계신 건가요?"

"그것까지 아가씨가 알 필요는 없고."

"네."

안 회장이 비서나 기사도 없이 혼자 이곳에 찾아왔을 리는 없을 것이다. 만약 그렇다 하더라도 그녀가 안 회장을 걱정하거나 챙길 이유는 없었다.

같은 건물 안에 할아버지와 가족들이 있는 오늘 같은 상황에서는 더욱. 그녀는 밖으로 나가려던 생각을 바꿔 다시 3층으로 올라가 분위기를 지켜보기로 마음먹었다. 그때 성큼성큼 긴 다리가 1층 홀을 가로지르며 그녀 앞으로 다가와 멈춰 섰다.

"어떻게 알고 내려 온 거냐?"

"조 실장님한테 전화가 왔습니다."

고개는 돌리지 않았으나 목소리로 태완이라는 걸 알 수 있었다. 언제나처럼 차갑고 무덤덤한 목소리. 연주는 공연히 목이 타는 듯해 꿀꺽 침을 삼켰다.

"조 실장이 쓸데없는 짓을 했구나."

하지만 안 회장은 자신을 일으키라는 듯 태완을 향해 손을 뻗었다.

"요즘 잠을 잘 못 자서 그런지 잠시 어지럼증이 왔던 모양인데 여기 이 맹랑한 아가씨가 나를 부축해 주더구나."

안 회장이 태완에게 그녀를 소개했다. 그제야 태완을 향해 돌아선 연주는 마치 그를 처음 보는 것처럼 꾸벅 고개를 숙였다.

태완도 그녀에게 가볍게 고개를 숙여 보인 뒤 자신을 향해 뻗은 안 회장의 팔을 잡아 몸을 일으켜 세웠다.

"아가씨."

태완과 함께 걸음을 옮기려던 안 회장이 잠시 걸음을 멈추고 그녀를 돌아보았다.

"네?"

"뭐 하는 사람인지 내가 좀 물어도 되나?"

그 순간 그녀의 미간이 난처함으로 좁아졌다.

"알려 주기 곤란하면 이름 석 자라도 말해 주던가."

"이름은 알아서 뭐하시려고요?"

태완이 재빨리 말했지만 안 회장은 뜻을 굽히지 않았다.

"저 아가씨는 내가 누구인지 이미 알고 있는 듯한데 세상일이란 모르는 법이 아니냐."

지금 이 상황은 태완과 처음 만났을 때를 떠올리게 했다.

그도 첫 만남에 안 회장과 같은 걸 그녀에게 물었었는데.

"제 이름은······."

"송 회장님께서 오래 기다리셨습니다."

"참, 그렇지."

"이미 약속 시간에 많이 늦으셨습니다."

"그래. 그럼 아가씨 이름은 다음에 기회가 또 있다면 듣도록 하지."

절대 누군가의 도움 따위는 받아들이지 않을 것 같던 안 회장의 몸이 태완에게 비스듬히 기울어져 있었다. 태완도 그녀의 보폭에 맞춰 조심스럽게 걸음을 떼기 시작했다.

그럼에도 저렇게 꼭 붙어 걷고 있는 두 사람의 모습이 전혀 다정해 보이지 않는 이유는 알 수 없었다.

어쩌면 지금 그들은 그들만의 속도와 방식으로 서로에게 맞춰가고 있는 중일지도 모른다.

조금 느리고 서툴지라도.

4. 거짓 고백

　태완은 안 회장을 부축한 채 엘리베이터를 향했다.

　"송해윤, 그 아이는 어떻더냐?"

　송 회장이 본인의 손녀와 자리를 만들겠다는 말을 먼저 꺼내긴 했으나 서둘러 약속을 잡길 원한 사람은 안 회장이었다. 송 회장에게 장손녀인 해윤의 아버지가 강국건설 사장이니 안 회장은 그녀가 강국건설을 물려받을 수도 있다는 계산을 한 모양이다.

　"분명히 제 결혼 상대는 직접 고르겠다고 말씀드렸습니다."

　"그래서 지금 공연한 자리를 만들었다고 타박이라도 놓는 게냐? 하지만 네가 골라 봐야 내 맘에 들 리가 없을 게다."

　"아직 보지도 않으셨습니다."

　"있기는 하고?"

"제가 책임지지도 못할 말을 했을 것 같습니까?"

"송해윤은 네게 강국건설을 줄 수 있는 아이다. 그럼 넌 그걸로 강훈, 그놈의 숨통을 끊어 놓을 수 있지. 네가 원하는 게 그런 건 줄 알았는데? 재원그룹을 갖고 내게서 자유로워지는 것, 네 어미에게 완전한 자유를 주는 것 말이다."

태완은 재원그룹을 갖기 위해 조급해한 적도, 자신의 마음을 누군가에게 내비친 적도 없었다. 그런데 안 회장은 이미 모든 것을 알고 있었다.

하지만 그녀의 뜻대로 결혼을 통해 그것을 얻는 일은 없을 것이다. 자신으로 인해 누군가의 인생이 망가지는 건 한 사람으로 충분하다고 생각하니까.

그들이 탄 엘리베이터가 송 회장이 기다리고 있는 한정식집이 위치한 5층에 멈췄다.

"너도 잘 알고 있겠지만 네가 내게서 완전하게 벗어나려면 나보다 강해지는 것 밖에는 방법이 없을 거다."

훈계도 조언도 아닌 애매한 어조로 말한 안 회장이 자신을 부축하고 있는 그의 팔에서 몸을 뗐다. 엘리베이터에서 복도로 내딛는 걸음걸이는 언제 어지럼증을 느꼈냐는 듯 평소와 다름없이 꼿꼿했다.

"그러니 송 회장 손녀와 결혼해."

"제가 그 결혼을 받아들이기만 하면 바로 회장 자리에서 물러나실 겁니까?"

여유 있는 걸음으로 앞서 가던 안 회장이 그의 질문에 걸음을 멈추고 천천히 고개를 돌렸다.

"아니면 달리 더 주고 싶은 거라도 남으신 겁니까?"

"갖고 싶은 게 있다면 말해라."

갖고 싶은 건 없었다. 자신이 무언가를 욕심낸다면 그에 따르는 책임이 얼마나 가혹한지 잘 알고 있으니.

"송해윤, 죽은 친손자와 혼담이 오가던 사이라고 들었습니다."

"……."

"정말 제게 다 주시려는 겁니까?"

심해처럼 속을 알 수 없던 안 회장의 눈빛이 잠깐 동안 요동쳤다.

"어디서 그런 소릴 들었는지 몰라도 널 데려오던 날, 난 이미 네게 다 주겠다고 말했다. 내가 어디 한 입으로 두 말을 하든?"

"정말 그렇게 다 주시면 죽은 다음에 친아들, 친손자 얼굴은 어떻게 보시려고요?"

"너, 너……!"

서로에게 살가운 말 한마디를 건넨 적 없었으나 지난 15년간 조모와 손자로 지낸 그들이었다. 그럼에도 그들은 함께한 긴 시간이 무색하게 싸늘한 시선으로 서로를 응시하고 있었다.

"회장님이 오늘 자리를 정리하지 못하시겠다면 제가 직접 하겠습니다."

안 회장의 표정이 파리하다 못해 백지처럼 하얘졌다.

"그 말을 하려고 내려왔던 게냐?"

"혹시나 해서 말씀드리는데 해윤 양도 그 사실을 알고 있습니다. 그러니 제 결정, 이해해 줄 겁니다."

그는 그대로 안 회장을 지나쳐 송 회장이 기다리고 있는 방으로 향했다.

"태……."

덤덤하게 걷고 있었으나 발끝에 저절로 힘이 실렸다.

그때였다.

쿵.

둔탁하게 바닥을 때리는 소리가 복도에 울렸다. 태완은 걸음을 멈추었다. 지금 들린 소리가 무슨 소린지 알 것 같았기 때문이다.

그가 느리게 몸을 돌리자 안 회장이 바닥에 쓰러져 있는 것이 보였다.

1층에서 보였던 어지럼증이 엄살이 아니었던 것이다. 엘리베이터에서 내리며 그의 부축을 거절했던 것이 몸 상태가 괜찮아져 그런 줄 알았었다. 얼굴이 백지처럼 하얗던 것 역시 줄곧 몸이 좋지 않다는 암시였던 것이다.

본인이 더 잘 알았을 텐데, 그녀에게 가장 중요한 것은 언제나 다른 이 앞에서 곧 죽어도 강하게 보이는 것인 모양이다. 그 고집불통인 성격이 한 번도 마음에 들었던 적은 없었던 태완은 처음으로 그녀가 가엾단 생각이 들었다.

누구에게도 자신의 속내를 내보이지 못하는 그녀와 그녀를 닮은 자신이.

안 회장에게 다가간 태완은 비쩍 말라 어린아이 같은 작은 몸을 그대로 안아 들었다.

"괜찮······."

"말씀 그만하시죠."

태완은 품에서 벗어나려는 듯 안간힘을 다해 바르작대는 안 회장에게 시선도 주지 않고 곧장 엘리베이터를 향해 걸음을 옮기기 시작했다.

"어머!"

그때 등 뒤에서 나직한 비명소리가 들려왔다.

"강 전무님."

태완을 향해 빠른 걸음으로 걸어온 이는 해윤이었다.

"회장님!"

"해윤 양. 내가 잠시 어지럼증이 와······."

"회장님을 병원으로 모셔야 할 것 같습니다. 송 회장님께 죄송하다고 말씀 좀 전해 주세요."

"할아버지께는 제가 잘 말씀드릴게요. 여긴 걱정 마시고 얼른 병원으로 가 보세요."

해윤이 앞장서 엘리베이터로 걸어가 버튼을 눌렀다.

"병원에는 연락하신 거예요?"

"출발하면서 전화할 생각입니다."

더디게만 내려간 엘리베이터가 드디어 1층에 도착해 문이 열리는 순간, 그의 눈에 문 앞에 서 있는 연주의 모습이 들어왔다.

그를 발견한 연주도 눈을 동그랗게 뜨며 어떻게 된 상황인지를 물으려다 해윤을 발견하고는 입을 닫았다. 그 대신 재빨리 몸을 옆으로 비켜섰다.

연주의 앞을 지나치는 짧은 순간 그의 시선은 그녀에게 고정되어 있었다. 그럴 이유나 필요가 없는 상황이었는데 그녀를 지나친 뒤에도 그의 신경은 잠시 그녀에게 쏠려 있었다.

하지만 그 설명되지 않는 감정에 깊게 집착하지 않고 그는 빠른 걸음으로 현관을 빠져나와 건물 뒤편의 주차장으로 향했다.

"이제 됐으니까 그만 가 봐요."

해윤이 열어 준 차 뒷좌석에 안 회장을 눕히고 난 뒤 그가 말했다.

"네. 저희 할아버지는 걱정 마세요."

"고마워요. 송 회장님께는 따로 연락을 드리겠습니다."

"네."

해윤을 지나쳐 차에 오른 태완은 안 회장의 주치의가 있는 한성대병원을 향해 빠르게 차를 몰았다.

병원에 도착해 곧바로 주치의인 오 박사의 진찰을 받은 뒤 안 회장은 깊은 잠에 빠졌다. 그녀가 잠이 든 걸 확인하고 오 박사와 함께 병실을 나서며 태완이 물었다.

"어디가 안 좋으신 겁니까?"

"연세도 있고 기력도 쇠하셔서 그러신 겁니다. 나이 여든 중반에 그렇게 밤낮없이 일을 하시니 어디 체력이 견디겠습니까? 진작 일을 줄여야 한다고 몇 번이나 말씀을 드려도 통 말을 듣지 않으시니……."

"그럼 특별한 문제는 없으신 겁니까?"

"큰 병이라기보다는 일을 조금 줄이시도록 옆에서 자꾸 말씀 좀 드려 주세요."

"병원에는 언제까지 계셔야 하는 겁니까?"

"어디 제가 잡아 둔다고 계실 분이십니까?"

"……."

"그리고 바쁘시겠지만 전무님도 언제 시간 내 검진을 한번 받아 보시는 게 좋을 것 같은데. 저한테 연락만 넣어 주시면 언제든 기다리지 않으시도록 조치해 두겠습니다."

할 말을 마친 오 박사는 그를 향해 가볍게 고개를 숙여 보이고는 어딘가로 바쁘게 걸음을 옮겼다.

태완은 서늘한 병실 안으로 들어섰다. 그의 앞에서 한 번도 나약한 모습을 보인 적 없는 안 회장이 파리한 낯빛으로 무기력하게 잠들어 있었다. 태완은 낯선 모습의 그녀에게로 천천히 다가갔다.

하지만 측은지심은 자신에게 어울리지 않는다는 걸 알기에 이내 발걸음을 돌려 병실을 빠져나왔다.

✻ ✻ ✻

"오빠."

"헉, 뭐야?"

3층 엘리베이터 앞을 지키고 있다 혁주가 내리는 것을 발견하고 부르자 깜짝 놀란 듯 그가 가슴까지 부여잡으며 연주를 돌아보았다.

"나랑 잠깐 얘기 좀 해."

"무슨 얘기?"

연주는 혁주의 팔을 잡고 다시 엘리베이터 안으로 그를 끌어당겼다.

"강훈 사장 본 거야?"

"무슨 소리야?"

강훈 사장이 누군가를 만났던 것이 아니라면 그렇게 오랜 시간 혁주가 그곳에 몸을 숨기고 있었을 리가 없다. 방금 다시 3층으로 돌아온 강훈 사장의 뒤를 따라 올라온 것을 보면 의심할 여지가 없었다.

"잡아뗄 생각 하지 마."

"뭘?"

"거기서 강훈 사장이랑 만난 사람, 누구야?"

그녀의 물음에도 혁주는 여전히 꿀 먹은 벙어리마냥 입을 닫고 있었다.

"가족들한테도 말하지 않고 나도 관여하지 않을게."

어느새 지하에 도착한 엘리베이터의 문이 열리자 두 사람은
서둘러 주차장으로 내려섰다.

"네가 그건 알아서 뭐하게?"

"내가 남이야?"

"회사 일에 깊게 관여하면 할아버지가 너 확 시집보내려고
하실걸."

Rrrrrr.

하필 그 순간 울리기 시작한 전화벨 소리에 그녀는 미간을
잔뜩 구기며 핸드폰을 바라보았다. 황 차장에게 걸려 온 전화
였다.

"네, 차장님."

—홍 기자, 지금 어디야?

"지금 집에서 기사 쓰고 있는데요."

황 차장이 재원그룹 기사를 가져올 때까지 휴일에 꼬박꼬박
쉴 생각 같은 건 하지도 말라고 엄포를 놓은 바 있었기에 그녀
의 입에선 태연히 거짓말이 흘러나왔다.

—홍 기자 오피스텔에서 강남까지 1시간 안 걸리지?

"차가 막히지만 않으면요."

하지만 케이가든은 오피스텔보다 훨씬 더 외진 곳에 위치해
있었다.

—그럼 지금 당장 강남 한성대병원으로 가 봐.

"네? 왜요?"

—거기서 송현화를 봤다는 제보가 들어왔어.

"송현화 씨요?"

—그래. 그러니까 지금 당장 한성대병원으로 튀어 가. 왜 병원에 갔는지, 본인이 안 좋은 건지, 서 대표나 다른 사람 때문에 간 건지 확인하고 기사 나올 것 같으면 전화로 먼저 알려.

"네."

일반 대중에게 송현화는 배우일지 모르지만 기자들에게는 신한국당 서우찬 대표의 아내로서의 이미지가 더 컸다. 연주는 사회부 기자로 송현화의 일거수일투족을 서 대표의 행보와 연관 지어 기사를 써야 했다.

전화를 끊고 시간을 확인한 연주는 재빨리 머리를 굴리다 자신의 앞에 서 있는 혁주의 얼굴을 올려다보았다. 무언가 부탁을 하기에 가장 좋은 상대는 성주였으나 오늘 같은 날 그가 자리를 비우면 홍 회장이 가만히 있지 않을 것이다.

하지만 할아버지의 말을 그다지 잘 듣지 않는 혁주라면 얘기는 달랐다.

"오빠."

"뭐? 왜?"

연주가 다정하게 오빠를 부르자 혁주가 경계하듯 이마를 찌푸리며 그녀를 내려다보았다.

"나 차 좀 빌려 주면 안 될까? 아니면 한성대병원까지만 태워다 주던가."

"내가 왜?"

"요즘 우리 회사 사정이 정말 어려워. 오빠도 내가 얼마나 어렵게 들어간 신문산 줄 알고 있지? 할아버지한테 그 구박을 받다 전공이랑도 무관한 신문사에 겨우 들어가 지금까지 진짜 힘들게 버텨 왔는데……."

둘이 있을 때는 유치한 대화를 나누고 자주 투닥거리기도 하지만 연주는 혁주의 내면 깊은 곳에 어린아이처럼 여리고 보드라운 마음이 숨겨져 있다는 사실을 알고 있었다.

"남들은 큰 특종도 알아서 가져오는데 나는 제보 들어온 기사 하나 제대로 못 가져가면……. 신문사 잘리면 어디 들어갈 곳도 없고, 할아버지는 잘됐다고 분명 이참에 시집이나 보내야겠다고 하실 거야."

"알았어."

잔뜩 풀죽은 목소리로 얘기하는 그녀의 손목을 혁주가 덥석 잡더니 자신의 차가 세워진 곳을 향해 빠르게 걷기 시작했다.

"1시간 안에 도착해야 해."

"꼭 잡기나 해."

그녀가 안전벨트를 맨 걸 확인한 혁주가 차의 시동을 걸었다.

"재원건설 사장 일은 신경 쓰지 마."

연주가 그 일에 대해 어떻게 다시 말을 꺼내야 하나 고민하고 있을 때 운전에 집중하고 있는 줄 알았던 혁주가 먼저 입을 열었다.

"나도 강훈 사장이 지난번 입찰에 관여했다는 사실 알고 있어. 그리고 해성건설에 관한 루머를 퍼트린 게 그 사람 짓이란 것도."

"너……!"

"앞에 봐."

자신을 쳐다보려는 혁주에게 연주가 재빨리 말했다.

"내가 아직까지 오빠 장난에 꼬박꼬박 속아 넘어가는 코흘리개 홍연주 같아? 나도 이제 사회인이야. 그것도 강훈 사장 같은 사람 비리도 터뜨릴 수 있는 기자라고."

"비리를 터뜨려? 회사에서 잘릴 위기라며?"

"잘릴 때는 잘리더라도 그런 사람을 가만히 두고 볼 수는 없는 거잖아."

"진정해, 홍연주. 강 사장, 노 이사랑 만나더라."

그녀의 말을 듣고 잠시 고민하던 혁주가 자신이 본 것을 털어놓았다.

"노 이사님?"

혁주의 대답을 듣고도 믿지 못하겠다는 듯 그녀가 되물었다.

그도 그럴 것이 노 이사는 어릴 적부터 아버지나 오빠를 만나러 해성건설에 찾아가면 유난스러울 정도로 그녀를 챙겨 주었던 사람이기 때문이다. 그녀뿐 아니라 오빠들까지 해성건설에 입사하기 전에는 그를 아저씨라고 부르며 따랐을 정도였다.

그런데 그가 왜…….

"강훈 사장에게 매수됐겠지. 아내가 사업 시작했다가 집까지 다 날리는 바람에 지금 빚 갚으면서 반지하 전세로 살고 있다고 들었던 것 같아. 애가 셋이니 돈도 필요했을 테고."

"아무리 그래도……."

"앞으로 노 이사는 내가 주시할 생각이니까 너는 신문사 잘리지 않게 일이나 잘하고 있어."

"정말 믿어도 되는 거지?"

"지난번 입찰 이후로 형이랑 계속 알아보던 참이었어. 이건 회사 일이니까 우선은 우리한테 맡겨."

"알았어. 하지만 도움 필요하면 그때는 꼭 말해 주기다?"

"알았다."

혁주가 매사 장난스럽긴 해도 해성건설과 관련된 일엔 진중한 편이었다. 그의 단호한 표정이 그 사실을 증명했다.

그들을 태운 차가 한성대병원 정문 앞에 멈춰 선 것은 케이가든에서 출발한 후 정확히 45분이 지났을 때였다. 혁주는 과속 딱지가 두 개는 날아올 거라고 중얼거리다가도 그녀가 차에서 내릴 때 가족들한테는 절대 아는 척하지 말라는 당부를 잊지 않고 다시 차를 출발시켰다.

병원 안으로 들어선 연주는 고민할 필요도 없이 곧장 VIP병동이 위치한 12층으로 향했다. 예상대로 그곳의 경비는 삼엄했다.

그녀가 경호원들이 지키고 선 곳이 몇 호실인지라도 확인하기 위해 목을 쭉 빼고 복도 안쪽을 살피고 있을 때였다. 등 뒤에서 누군가 연주의 어깨를 톡톡 두 번 두드렸다.

"여긴 무슨 일이세요?"

깜짝 놀라며 뒤를 돌아보는 그녀에게 한 실장이 속삭이듯 나직한 목소리로 물었다.

"그러는 한 실장님은요?"

"저는 당연히…… 전무님 만나러 오신 거 아니었어요?"

질문하던 한 실장의 눈이 방울처럼 동그래졌다.

"그럼 안 회장님도 이 병원으로 오신 거예요?"

연주의 눈도 같이 커졌다.

"아, 케이가든에서 전무님이 회장님 모시고 가는 거 봤거든요. 전무님도 제가 본 거 알고 있고요."

한 실장의 표정에 그제야 설핏 안도감이 스쳤다.

"그럼 전무님 불러 드릴까요?"

"아니요. 제가 그쪽으로 가면 안 될까요?"

"당연히 안 되죠."

엘리베이터 앞에 서서 얘기하는 그들의 모습을 지나가던 간호사들이 힐끔거렸다. 연주는 더욱 목소리를 낮춰 한 실장에게 말했다.

"한 실장님, 사실은 저 전무님 때문에 여기 온 거 아니에요."

"그럼요?"

"송현화 씨 때문에 온 거예요."

"송현화 씨요?"

"네."

"송현화 씨도 지금 이 병원에 있는 거예요?"

"네. 제보가 들어왔다고 하더라고요."

그때였다. 한 실장과 얘기하느라 주변을 살피지 못하고 있던 사이, 검은 슈트 차림의 남자가 뚜벅뚜벅 다가오더니 그녀의 손목을 낚아채듯 움켜잡았다.

깜짝 놀라 고개를 들어 올린 그녀의 눈에 들어온 사람은 태완이었다.

"전무님."

"잠깐 얘기 좀 하죠."

그는 그녀의 손목을 움켜잡은 채 비상구를 향해 걸어가기 시작했다.

쾅.

비상구 문이 닫히고 고요한 공간에 둘만 남게 됐을 때에야 태완은 그녀의 손목을 놓아주었다.

"여긴 무슨 일입니까?"

"그게……."

"당신이 기자란 건 알지만 아파서 병원에 온 사람을 쫓아오면서까지 기사를 얻어야 속이 시원합니까?"

"그게 제가 해야 하는 일이니까요."

"당신들한테는 누군가의 고통이 한 줄 기삿거리고 한낱 흥밋거린지 몰라도 그들도 당신과 똑같은 사람입니다. 힘들 때, 아플 때, 울고 싶을 때, 초라한 모습을 누군가에게 들키고 싶지 않은."

"뭔가 오해가 있는 거 같은데요. 저 안 회장님 때문에 온 거 아니거든요."

"그냥 돌아가요."

"정말 안 회장님 때문에 온 거 아니라고요."

그녀도 유명인이라는 이유로 그들의 아프고 힘든 모습, 더나아가 치부까지 세상 사람들에게 흥밋거리처럼 던져 주고 반응을 지켜보는 것이 기자로서 자신이 원하는 일이었는지 심각하게 고민을 했던 적이 있었다.

하지만 지금은 그에 대해 더 이상 고민하지 않았다. 그들에대해 세상 사람들이 알고 싶어 한다면 어차피 누군가는 그 일을 해야 한다. 그 관심마저도 그들이 누리고 있는 특권 중 하나라는 사실을 깨달았기 때문이다.

가령 송현화가 VIP 병실에 누워 영양제를 맞더라도 서 대표를 내조하느라 몸이 축난 것을 국민들이 알아주길 바랄 것이다.

영양제가 아니라 대단한 병이라 할지라도 마찬가지다. 배우이자 신한국당 대표의 아내인 송현화가 중한 병의 치료를 받는데 아무도 관심을 갖지 않는다면 그 또한 그녀를 초라하고자괴감에 빠져들게 만들 것이다.

"지금 돌아가지 않으면 경호 팀 부를 겁니다."

"그래도 그냥은 못 돌아가요."

"만약 그들이 당신 가족이라면 지금처럼 행동할 수 있을 것

155

같습니까?"

태완의 목소리는 어느 때보다 차가웠다.

"너무 과민 반응 아니신가요?"

그들이 서로를 사납게 바라보며 얘기를 나누다 잠시 대화가 중단된 순간이었다. 비상구 문을 바라보는 위치에 선 연주의 눈에 문 아래쪽으로 검은 그림자 하나가 조심스레 다가와 서는 것이 보였다. 같은 자리에 미동도 없이 서 있는 것을 보니 누군가 의도적으로 그들의 대화를 엿듣고 있는 듯했다. 그녀를 미행할 리는 없을 테니 저 그림자는 분명 태완을 노리는 사람일 것이다.

"하루 종일 당신 생각만 했어요."

난데없는 그녀의 고백에 태완의 표정이 희미하게 일그러졌다. 연주는 시선으로 비상구 문 아래로 드리워진 그림자를 가리켰다.

"사랑해요."

"……."

그녀의 말도 안 되는 고백이 이어진 후 둘 사이엔 더 어색한 침묵이 흘렀다.

하지만 그림자는 여전히 같은 자리를 지키고 서 있었고, 태완의 시선도 그림자를 향해 조용히 움직였다.

"여기까지 찾아와 놀라게 했다는 건 알지만 너무 보고 싶어서……."

손발이 오글거리는 삼류 연애 소설을 읽고 있는 기분이었다. 그렇지만 저 그림자는 무언가를 얻기 전까지 쉽게 돌아가지 않을 것이다.

"돌아가라면 그냥 돌아갈게요."

연주는 다시 태완에게로 시선을 움직였다. 그도 그녀를 바라보고 있었다. 그녀를 바라보는 눈빛에 불쾌함은 담겨 있지 않았다. 오히려 그녀가 왜 이렇게까지 하는 것인지를 찾아내려는 듯 집요함만 가득할 뿐이었다.

"이렇게라도 얼굴 봤으니까……."

다시 나직하게 속삭이는 그녀의 입술을 향해 그의 시선이 움직였다. 그 작은 움직임만으로도 그들 사이에 흐르는 공기가 달라진 느낌이었다.

마치 그들이 정말 사람들의 눈을 피해 이곳에서 사랑의 밀어라도 속삭이고 있는 것처럼.

얼마간 터질 듯한 긴장을 견디던 연주는 살며시 입술을 깨물었다. 본능적으로 그를 보호해야겠다는 마음으로 시작한 이 연극이 잘한 짓이 아닐지도 모른다는 생각이 뒤늦게 밀려들었다.

그는 이런 도움 따위 원하지 않을 수도 있었고 자신도 이렇게까지 한 이유를 정확히 설명할 수 없었다. 자신의 말은 귀담아듣지 않고 경호 팀을 부르겠다고 한 남자를 위해.

하지만 언제까지 이곳에 있을 수는 없는 노릇이다. 어떻게든 이 어설픈 연극을 끝내 이곳을 벗어나고 싶었다.

과연 둘 중 누가 먼저 저 문 밖으로 나가야 하는 것인지 그녀가 머릿속으로 계산하고 있을 때, 태완이 다가와 다시 손목을 움켜잡았다. 그리고 아무 말 없이 비상구 계단을 내려가기 시작했다.

"그냥 돌아가요."

아래층 비상구 문을 빠져나오자마자 그가 그녀에게 건넨 말이었다.

"곧 기자들이 몰려들 거예요. 저도 제보를 받고 온 거니까."

연주는 그대로 돌아서려는 태완을 재빨리 붙잡았다.

"안 회장님을 모시고 나갈 생각이면 제가 도울게요."

"홍연주 씨."

입원실로 이루어진 병동인 데다 비상구의 위치가 화장실 앞이라 위층에 비해 복도를 오가는 사람들의 수는 현저히 적었다.

그 사실을 확인한 후에야 연주는 그를 잡고 있던 손을 살며시 놓았다.

"정말 나를 도우려는 겁니까?"

"네."

"왜죠?"

"그거야 아무도 전무님을 취재하지 않아야 제 인터뷰가 특종이 될 수 있을 테니까요."

"단지 그게 당신이 판단을 내리는 기준이고 목적입니까?"

사실 이 남자라면 그녀의 도움 따위 받지 않고도 얼마든지 이곳을 빠져나가거나 언론을 통제할 수 있을 것이다. 재원그룹의 막강한 힘은 안 회장과 태완을 위해 존재하는 것일 테니.

만약 누군가 그런 사실을 알면서도 안 회장의 입원 기사를 싣는다면 재원그룹의 주가에 영향을 주기 위한 악의적인 의도를 품고 있을 것이다. 그리고 그에 대해 치러야 할 대가는 참담할 것이다.

연주는 그 사실을 깨닫자 자신이 그를 돕겠다고 나섰던 행동에 대한 후회가 깊게 밀려들었다. 하지만 그 순간만큼은 정말 그를 돕고 싶었다. 객관적이고 이성적인 모든 이유를 떠나서 본능에 가까운 판단이었다.

솔직히 자신도 이해되지 않는 행동을 그에게 설명하는 것은 더욱 어려우니 어쩔 수 없이 특종 때문이라는 변명이 들어간 것인지도 모른다. 그 정도 변명이면 일관성 있는 행동처럼 보일 테니까.

"네. 그러니까 인터뷰 전까지는 제가 전무님을 지킬 생각이에요."

"당신이 나를?"

연주는 그의 표정을 확인하지 않은 채 간결하게 고개를 끄덕였다.

"하지만 나 하나를 지키는 걸로 나를 지켰다고 말할 수는 없을 겁니다."

"걱정 마세요. 안 회장님 모시고 나가는 걸 어떻게든 도울 테니까."

"안 회장님 말고 다른 사람을 밖으로 데리고 나가 줘요."

"누굴 말이죠?"

"송현화 씨요."

태완의 입에서 흘러나온 뜻밖의 이름에 연주는 반사적으로 고개를 치켜들었다.

"제가 지금 제대로 들은 게 맞나요? 송현화 씨라고……?"

"네."

"그분과는 어떻게……."

"개인적으로 친분이 있는 사이입니다."

사실 그녀가 사진을 찍었던 장소가 안 회장의 본가였으니 태완이 송현화와 알고 있다는 사실이 놀랄 일은 아니었다. 그가 말한 개인적인 친분이라는 포괄적인 의미 안에 담긴 구체적인 관계가 더욱 궁금해졌으나 지금 그의 표정을 보아하니 어떤 질문을 건네도 대답을 듣기는 힘들 듯 보였다. 그렇다면 차선으로 그의 부탁을 들어주면서 송현화를 직접 만나 보는 것도 그다지 손해 보는 일은 아닐 것이라 결론을 내린 연주는 흔쾌히 대답했다.

"네, 그러죠."

"차는 한 실장 차를 타고 움직이도록 해요."

"그럼 저희가 주차장을 빠져나갈 때 송현화 씨가 타고 온 차량을 정문 앞쪽으로 이동시켜 주세요."

"그렇게 하죠."

순식간에 상황 정리가 끝났다.

"내가 송현화 씨를 이쪽으로 모셔 올 테니 여기에서 기다리고 있어요."

"네."

그 자리에 그녀를 두고 저벅저벅 걸음을 옮긴 태완은 엘리베이터에 올라타더니 이내 모습을 감췄다.

이윽고 연주도 엘리베이터 앞으로 걸음을 옮겼다. 송현화는 안 회장뿐 아니라 태완과도 잘 알고 있는 사이인 듯했다.

하지만 태완이 기자들의 눈을 피해 송현화를 밖으로 빼내겠다는 건 그녀에 대한 기사도 쓰지 말라는 의미를 포함하고 있을 것이다. 차장에게 무엇을 보고해야 할지 잠시 고민하고 있을 때 엘리베이터의 문이 열렸다.

태완의 옆에는 모자와 검은 선글라스로 얼굴을 가린 여자가 서 있었다. 그들 앞에서 경호원으로 보이는 남자 둘이 그들의 모습을 가려 주고 있었다. 경호원들 옆쪽 구석에 서서 연주를 향해 희미하게 미소를 보이고 있는 한 실장의 모습도 보였다.

"어서 타요."

태완의 말에 연주도 재빨리 엘리베이터 안으로 들어섰다.

"안녕하세요?"

경호원들이 벌려 준 틈을 비집고 송현화 옆에 선 그녀는 가볍게 고개를 숙이며 인사를 건넸다.

"안녕하세요."

차분한 목소리로 인사를 건네는 그녀의 얼굴은 보이지 않았으나 선글라스 아래로 광채가 도는 피부와 가녀리고도 우아한 몸매는 그녀가 틀림없는 송현화임을 조용히 증명해 주었다.

"한 번 뵙고 싶었는데 이렇게 뵙게 돼서 영광입니다."

그녀들이 몇 마디 인사를 주고받은 후 침묵에 감싸인 엘리베이터는 아래층으로 쉬지 않고 내려갔다. 중간에 엘리베이터가 두 번 멈춰 섰으나 그때마다 경호원들은 조용히 양해를 구한 뒤 그대로 문을 닫았다.

엘리베이터가 지하에 도착하자 연주는 태완을 향해 가볍게 고개를 끄덕여 보인 뒤 마치 송현화의 보호자인 것처럼 그녀의 팔을 부축하며 엘리베이터에서 내렸다. 차를 향해 걸어가는 동안 몇몇 사람들이 곁을 지나쳤으나 평범한 환자와 보호자 같은 모습을 주시하는 이는 없었다.

연주는 한 실장이 먼저 뛰어가 몰고 온 차가 자신들 앞에 멈춰 서자 송현화와 함께 올라탔다.

그들이 병원 정문 앞을 지나쳐 갈 때 기자들이 정문 앞에 세워진 검은 밴을 둘러싸고 있는 모습이 보였다.

"고마워요."

"별말씀을요."

"강 전무와는 어떻게 아시는 사인지 물어봐도 될까요?"

얼마간 고요한 침묵이 흐른 후 송현화가 나직한 목소리로 입을 열었다.

"일 때문에 만나는 사이입니다."

"그렇군요."

그제야 선글라스를 벗은 송현화의 얼굴에 피곤한 기색이 역력했다.

162

그녀가 병원에 온 이유가 무엇인지 연주는 더욱 궁금해졌으나 괜한 경계를 살 필요는 없었기에 다른 말로 입을 열었다.

"강 전무님은 안 회장님을 모시고 오신 것 같던데."

그녀의 말에 송현화가 다시 그녀의 얼굴을 바라보았다.

"강 전무님과 잘 아시는 사이니까 회장님과도 아시지 않을까 싶어서요."

송현화가 안 회장 본가를 찾은 것으로 그 집안 사람들과 이미 연이 있다는 것은 파악했다. 하지만 연주는 어쩔수 없이 모르는 척하며 말했다.

"그런데 강 전무와 잘 아는 사인가 봐요?"

"사실 저는 미디어아침의 기자입니다."

잠시 망설이다 건넨 그녀의 대답에 송현화의 표정이 어색하게 굳었다.

"놀라게 해 드렸다면 죄송합니다. 사실은 제가 전무님께 인터뷰를 부탁드리려고 열심히 따라다니고 있는 중이거든요."

"강 전무를 따라다닌다고요?"

송현화의 시선이 조금 전보다 더 꼼꼼히 그녀의 모습을 살피는 듯했다. 연주는 개의치 않는다는 듯 미소를 지어 보인 뒤 다시 말을 이었다.

"네. 강 전무님도 그렇고 재원그룹도 워낙 빈틈이 없고 보안이 철저하다 보니 쉽지가 않더라고요."

"그래서 기자님께 강 전무가 이런 부탁을 했군요?"

"아니요. 오늘은 제가 먼저 돕겠다고 말씀드렸습니다."

"네?"

"사실은 회장님을 밖으로 모실 수 있게 돕겠다고 했는데 전무님이 송현화 씨를 부탁하시더라고요."

연주는 다시 송현화의 얼굴을 바라보았다.

"송현화 씨께서는 강 전무님과 어떻게 아시는 사인지 여쭤봐도 될까요?"

"우린……."

어느 한 곳 흠 없이 우아하고 아름다운 그녀의 얼굴 위로 당혹감이 스치듯 보인 건 연주의 착각이 아니었을 것이다.

"갑자기 생각하려니 잘 기억이 안 나네요."

"저도 가끔 그럴 때가 있어요. 취재를 하다 보면 이 사람, 저 사람 가리지 않고 만나고 다니게 되니까 가끔 저분을 내가 인터뷰했던 분인가, 원래 알았던 분인가도 헷갈릴 때가 있더라고요. 송현화 씨야 워낙 유명하시고 서 대표님 때문에 각종 행사에서 매번 사람들에 둘러싸여 있으니 전부 기억 못 하시는 게 당연하겠죠."

일부러 상황을 가볍게 넘기며 말했으나 연주는 송현화가 태완을 어떻게 만났는지, 적어도 그와의 관계에 대해 말하는 것을 난처해하고 있다는 사실 정도는 눈치챌 수 있었다.

안 회장과의 관계 때문일 수도 있겠으나 두 사람의 관계는 분명 한두 번의 만남이나 사건이 전부가 아닐 것이다. 자신을 바라보는 송현화의 표정이 조금 어둡게 가라앉는 것을 보며 연주는 일부러 더 환하게 미소를 지어 보였다.

"그런데 실은 제가 오늘 한성대병원에 갔던 이유는 송현화 씨 때문이었거든요."

송현화는 잠시 당황한 듯 아무 말이 없었다. 그러나 30년이 넘게 연예계에 몸담아 온 그녀였다. 기자가 자신을 만나기 위해 접근했단 사실에 놀랄 만큼 애송이는 아니었다.

"저를 만나러 왔던 거라고요?"

"네. 병원에서 송현화 씨를 봤다는 제보가 들어와서 확인하고 오라는 윗선의 지시가 있어서요."

"제가 기사를 드리면 되는 건가요?"

"……."

"저희 딸아이가 곧 유학을 갈 거예요. 외국에서 MBA까지 마쳤는데 워낙 공부 욕심이 많은 아이라."

그녀의 딸이 친딸이 아니라는 사실이 공공연했음에도 딸에 대한 이야기를 하는 그녀의 표정에 드러나는 애정은 부족함도, 어색함도 없었다.

"한동안 객지 생활을 할 거라 오늘 출국 전 검진을 받으러 들렀던 거예요. 원하시면 기사 내보내셔도 되고요."

"그럼 따님은 지금 어디 계신 건가요?"

"딸아이 먼저 돌려보내고 난 의사와 조금 더 얘기를 나누다 나오던 길에 기자들 때문에……."

"아, 그렇게 되신 거군요? 제가 아직은 위에서 시키는 대로 움직여야 하는 입장이라 따님 검진에 동행하셨던 거라고만 보고하겠습니다."

이 정도의 사소한 얘기까지 기사로 내보내려 할지는 모르겠으나 그녀도 회사에서 잘리지 않으려면 방법이 없었다.

"따님은 언제 떠나시는 건가요?"

"늦어도 다음 달에는 떠날 거예요."

"네."

겉으로 풍겨지는 차갑고 도회적인 이미지와 달리 몇 마디를 나눠 본 그녀는 차분하고 조용한 성격을 가진 그냥 평범한 여자이자 엄마였다.

"혹시 오늘 기사 때문에 문제가 된다든가 다른 도움 필요하면 연락 주세요."

핸드폰 메모장에 내용을 꼼꼼히 받아 적는 연주의 모습을 보던 송현화가 주머니 안에서 명함을 꺼내 그녀에게 건넸다. 이런 일이 흔하진 않아 연주는 두 손으로 재빨리 명함을 받아 들었다.

"감사합니다."

얼마 후 그녀들을 태운 차는 높은 담장의 저택 앞에 멈춰 섰다. 송현화는 고맙다는 인사를 남긴 뒤 차에서 내려 집 안으로 들어갔다.

"어디로 모셔다 드릴까요?"

그녀와 둘만 남게 됐을 때 한 실장이 물었다.

"전무님은 계속 병원에 계시는 건가요?"

"회장님 퇴원 후 본가로 모실 때까지는 곁에 계실 것 같습니다."

"그럼 저도 제 오피스텔로 좀 데려다주시겠어요?"

"알겠습니다."

❊   ❊   ❊

"이제 정신이 드십니까?"

"송 회장은?"

침대에 누운 상태에서 태완과 눈이 마주치자 안 회장이 곧장 물었다.

"돌아가셨을 겁니다."

"……."

"저뿐만 아니라 해윤 양도 이미 그럴 마음이었던 것 같으니 공연한 미련 갖지 마십시오."

태완의 대답에 그녀는 다시 눈을 감았다.

"정말 데려올 아이는 있는 게냐?"

순간 그의 머릿속에 연주의 얼굴이 스친 건 우연이었을까. 이곳에서 송현화를 보고 놀란 가슴을 추스를 틈도 없이 그녀를 쫓고 있는 연주를 보았으니.

"그럼 오늘 당장 데려와 보거라."

그의 표정을 유심히 살피던 안 회장이 나직하게 덧붙였다.

"그럴 수 없습니다."

"왜?"

"이제 와 이렇게 조급해하시는 게 이해가 가지 않습니다."

"먼저 말을 꺼낸 건 너였던 것 같은데."

오 박사는 안 회장이 무리를 해 체력이 약해진 탓이라고 말했으나 그는 그 말을 믿지 않았다. 다른 이도 아닌 안 회장이 쓰러졌는데 오 박사의 태도가 너무 태연했던 것이다.

평상시 같았으면 온갖 호들갑을 떨며 갖가지 검사를 했을 그가 어떤 검사도 지시하지 않고 단순히 안정을 취하도록 하다니.

그뿐 아니라 가만히 생각해 보면 그가 결혼 얘기를 꺼내고 난 뒤 마치 기다렸다는 듯 재촉하는 안 회장의 태도도 석연치가 않기는 마찬가지였다.

"내 나이도 있는데 증손자를 기다리는 건 당연한 일 아니겠냐?"

안 회장의 말에 태완의 입가에 쓸쓸한 미소가 스쳤다.

"너한테는 벗어던지고 싶은 짐처럼 느껴질지 몰라도 나한테 핏줄은 너 하나다. 다른 핏줄이 생기기 전까지는."

"집으로는 언제 가실 겁니까?"

"……."

"병원에 계시는 거 편치 않으실 테니 집으로 모셔다 드리겠습니다."

"네가 신경 쓸 필요 없다. 조 실장이랑 돌아가면 되니까."

"그럼 그렇게 하시죠."

태완은 고개를 숙여 보인 뒤 병실을 나섰다.

똑똑.

태완이 나가고 나서 얼마 되지 않았을 때 안 회장의 병실에
다시 노크 소리가 울렸다. 그녀가 대답하지 않았음에도 살그
머니 문이 열리더니 조 실장이 침대 곁으로 걸어와 섰다.

"그래, 알아본 건 어떻게 됐나?"

지친 안색을 하고도 그녀는 지체 없이 물었다.

"전무님 댁에서 찾은 건 없습니다."

"그럼 다른 곳에서는 찾았다는 뜻인가?"

"조금 전에 전무님이 웬 아가씨를 데리고 비상구로 들어가
서 얘기를 나누시는 걸 들었습니다."

"뭐? 강 전무가 다른 곳도 아닌 이 병원 비상구에서 만났다
고?"

안 회장의 미간이 희미하게 구겨졌다.

"뭐 하는 아인가?"

"그것까진 아직 확인하지 못했습니다."

"무슨 얘길 하던가?"

"그 여자가 전무님께…… 사랑한다고 말했습니다."

"뭐라고?"

자신의 귀를 의심하듯 안 회장은 이마를 와락 구겼다.

"분명히 그렇게 들었습니다."

"강 전무는?"

"전무님은 아무 말씀도 하지 않으셨습니다."

"그 여자가 누군지 당장 알아봐."

"병원 보안 팀에 얘기해 뒀으니 지금 바로 내려가 CCTV 영상을 확인한 뒤 오늘 중으로 신원 파악해 보고 드리겠습니다."

"더 이상 병원에 있고 싶지 않으니까 알아내는 대로 곧장 내 앞으로 데려와."

"알겠습니다."

깊게 허리를 숙여 보인 조 실장이 뒷걸음질로 두세 걸음을 걷다 재빨리 몸을 돌려 병실을 빠져나갔다.

골목 어귀로 들어서며 태완은 한 실장에게 전화를 걸었다.

"지금 어딥니까?"

—홍연주 씨 오피스텔로 가고 있는 중입니다.

"송현화 씨는요?"

—조금 전에 내려 드렸습니다. 회장님도 바로 퇴원하시는 겁니까?

"네. 조 실장님과 들어가시겠답니다."

—그럼 홍연주 씨 오피스텔에 금방 도착하니까 내려 주고 바로 모시러 가겠습니다.

"그럴 필요 없으니까 오늘은 그냥 들어가세요."

—네?

"지금 병원 아닙니다. 내일 아침에 보죠."

—네, 전무님.

태완은 전화를 끊었다. 연주는 비상구 계단에서 자신을 보호하려 했던 것이 특종 때문이라고 말했다. 그 말이 사실이라면 그녀는 철저한 기자였다. 아니, 처음 자신의 차로 뛰어들었던 순간부터 한순간도 기자가 아니었던 적이 없었다.

그런데 비상구에서 사랑한다는 고백 후 자신을 바라보던 표정은 그녀가 했던 말과 일치하지 않았다. 특종을 향한 집념이라고 해석하기엔 무리가 있어 보이던 불편한 표정.

그런 그녀에게 송현화를 부탁한 것은 약간의 모험이긴 했으나 확인을 위한 선택이었다. 그녀가 정말 기사만 생각하고 있는 것인지, 아니면 안 회장 본가에서 찍은 사진 속 인물이 송현화라는 사실을 알아내 그의 주변을 맴도는 것인지를 확인할 필요가 있었다.

어쨌든 연주가 안 회장과의 관계나 사진과 관련된 질문을 건넨다면 송현화는 반드시 그에게 연락을 취할 것이다. 그러니 오늘이 지나기 전에 그녀의 작은 머릿속에 든 생각들을 낱낱이 알게 될 것이다.

"고맙습니다."

조용히 차가 멈춰 서는 소리가 들리더니 연주의 나직한 목소리가 들렸다. 그 뒤로 희미하게 차 문 닫히는 소리, 그리고 구두가 보도블록과 마찰하며 나는 일정한 마찰음이 연이어 들렸다.

"깜짝이야."

골목 안으로 막 들어선 순간 태완을 발견한 연주가 작게 소리치며 몇 발짝 뒷걸음질로 물러섰다.

"전무님, 여긴 어쩐 일이세요?"

"홍연주 씨를 기다리고 있었습니다."

"저를요?"

"네."

"아, 송현화 씨는 무사히 집에 들어가셨어요. 따님 검진 때문에 들렀던 거라고 하시더라고요."

"알고 있습니다. 그보다 송현화 씨 기사 때문에 병원에 왔다고 들었던 것 같은데?"

"처음부터 제가 송현화 씨 때문에 간 거라는 사실을 알고 계셨던 거군요?"

조금 억울한 마음이 들었는지 연주가 살며시 얼굴을 찌푸렸다가 이내 피식 웃음을 보였다.

"기사 분량은 확보했습니까?"

"따님 검진에 동행했다는 기사는 단독으로 확보한 상태죠. 다 전무님 덕분이니 감사드려야겠네요."

홍연주는 볼수록 신기한 사람이었다. 분명 마음만 먹으면 무엇 하나 부족함 없이 많은 것을 누리며 편하게 살 수 있을 텐데.

매번 기사 몇 줄을 위해 쫓기고 숨느라 정신없는 와중에 갖은 오해와 비난까지 감수하며 버텨 왔을 것이다. 그럼에도 저 작은 몸으로 꿋꿋이 잘 견디는 걸 보면 천생 기자인 것 같기도 했다.

"다른 얘기는 한 거 없습니까?"

"다른 얘기라면 전무님이랑 어떻게 아시는지 물었더니 잘 기억이 안 나신다고 하시더라고요."

"……."

"저 그 말은 안 믿어요."

태완은 연주의 얼굴을 가만히 바라보았다.

"전무님이 아무나 막 도와주는 분은 아니잖아요."

"우리가 처음 만났을 때 아무나 막 도와줬던 걸로 기억하는데."

"그땐 죄책감이 무서워서 도와주셨던 거 아니었나요?"

병원에서의 불편했던 분위기는 깨끗하게 잊은 듯 연주가 가벼운 웃음을 보이며 말했다.

"홍연주 씨."

"네."

"당신은 정말 특종을 위해서라면 뭐든 하는 사람입니까?"

그날 새벽까지 잠복을 하며 찍은 사진이니 쉽게 포기가 되진 않을 것이다. 더구나 그 사진을 바탕으로 쓰일 기사가 두 사람의 인생을 송두리째 뒤흔들어 나락으로 떨어뜨리게 될지도 모른다는 사실은 짐작도 못 할 테니.

"글쎄요. 아직 제 의지보다는 윗선의 눈치를 더 봐야 하는 입장이라 정확하게 대답하기는 좀 곤란한데요."

"그럼 그 윗선의 눈치를 보지 않아도 된다면?"

"그런 위치에 있게 된다면 적어도 죄 없는 사람을 아프게 하는 기사는 쓰고 싶지 않아요. 누군가의 인생까지 뒤흔들 기사라면 아무리 대단한 특종이라도 욕심내지 않으려고요."

태완은 연주의 눈을 똑바로 내려다보았다. 이기심과 욕망으로 들끓는 눈이 아니었다. 신중하고 담백한 맑은 눈이었다.

그러나 홍연주가 하는 말을 그대로 믿고 싶은 건 그의 바람일지도 모른다. 그들이 사는 세상은 뜻하는 대로 살아가는 걸 쉽게 허락하지 않을 테니까.

그때 그의 주머니 속 핸드폰이 희미하게 진동했다.

〈오늘 고마웠어요. 미디어아침 기자와의 인터뷰도 기대하고 있을 게요.〉

송현화가 보낸 짧은 문자 메시지. 그 안에 연주에 대한 불편함은 담겨 있지 않았다. 그녀는 정말 그날 찍은 사진 속 인물을 알지 못하는 것일까. 그럼 이제 그녀에 대한 의심을 내려놓아도 되는 것일까.

"바쁘신 것 같은데 저도 그만 들어가 볼게요. 송현화 씨 단독 기사를 얼른 보고 해야 해서요."

"홍연주 씨."

"네?"

"오늘 고마웠습니다."

"저도 감사했어요."

그때였다. 연주가 그를 보며 씩 웃고 있을 때 그녀의 뒤쪽에서 오토바이 소리가 들려오는가 싶더니 순식간에 지척으로 다가왔다.

하지만 연주는 그를 보며 손을 흔드느라 자신들을 향해 다가오고 있는 오토바이를 바라보지 않고 있었다. 태완은 순간적으로 그녀의 어깨를 잡아 몸을 돌리며 등 뒤로 지나가는 오토바이를 피했다.

"괜찮습니까?"

자신에게 묻고 있는 그를 올려다보며 연주가 느리게 눈을 깜빡거렸다. 많이 놀란 것인지 빠르게 뛰는 심장의 울림이 그에게 그대로 전해졌다.

"네⋯⋯."

여전히 안색이 좋지 않았음에도 그녀는 재빨리 그의 품에서 벗어났다.

"고맙습니다. 조심해서 들어가세요."

그녀가 급하게 뛰어 들어간 오피스텔 지붕으로 작열하는 태양빛이 내려앉고 있었다.

오피스텔로 돌아온 연주는 황 차장에게 전화를 걸어 송현화에게 들은 얘기를 전했다. 그러자 황 차장은 그거라도 내보내겠다며 기사를 작성해 메일로 보내라고 말했다.

기사를 보내고 나자 날이 어둑어둑 저물어 가고 있었다. 컴퓨터를 끄고 뒤늦게 밀려드는 허기에 냉장고 문을 열었으나 끼니를 해결하기에 적당한 것이 눈에 띄지 않았다. 평소 주말 같았으면 엄마가 한 번 다녀가 냉장고 안이 풍성했을 텐데 이번 주는 할아버지 생신 때문에 신경 쓸 일이 많으셨던 모양이다. 하는 수 없이 집 근처 편의점에라도 들러 냉장고를 대충 채워야겠다고 생각한 그녀는 편안한 옷차림에 지갑과 핸드폰만 챙겨 들고 집을 나섰다.

"홍연주 씨."

지나다니는 사람 하나 없이 한적한 골목길을 얼마쯤 걸어갔을 때였다. 누군가 그녀를 부르는 소리가 들려왔다. 뒤를 돌아보자 몇 걸음 떨어진 곳에 검은 정장을 입은 남자가 보였으나 그녀가 아는 얼굴은 아니었다.

"홍연주 씨."

연주는 본능적으로 튕겨지듯 앞을 향해 달려가기 시작했다. 하지만 남자는 순식간에 그녀를 따라 잡아 팔을 붙잡았다.

"뭐죠?"

말하면서도 붙잡힌 팔을 있는 힘껏 비틀어 보았으나 소용없는 짓이었다.

"잠깐 같이 가시죠."

"누가 보낸 건데요?"

"강태완 전무님 아시죠?"

강훈 사장이나 그 외의 다른 이름이 나왔다면 비명이라도 지르려던 찰나 남자의 입에서 태완의 이름이 흘러나왔다.

"강 전무님이 보내신 건가요?"

"그건 아닙니다."

"그럼……."

"회장님께서 잠시 뵙길 원하십니다."

"안 회장님이요?"

"네."

"왜죠?"

"가 보시면 압니다."

"도망치지 않을 테니까 이 팔 좀 놔주세요."

그녀가 말했으나 남자는 팔을 놓아주지 않고 근처에 세워진 검은 차로 이끌었다.

"타시죠."

그는 그녀를 뒷좌석으로 먼저 올라타게 한 뒤 자신도 옆자리에 앉았다. 운전석에 또 다른 남자가 앉아 있는 것을 확인한 연주는 도망치는 것을 포기하고 곁에 앉은 남자의 얼굴을 바라보았다.

"회장님께서 제게 무슨 볼일이 있으신 거죠?"

그녀가 물었으나 곁에 앉은 남자도, 운전석의 남자도 입을 열지 않았다.

"안 회장님이 얼마나 대단한 분인지는 몰라도 오늘 일, 그냥 넘어가지는 않을 거예요."

"……."

"이거 엄연한 납치라는 거, 알고는 계시는 거죠?"

그러나 그녀의 말에도 달라지는 건 없었다. 숨 막히는 불편함 속에서 쉬지 않고 달린 차가 드디어 안 회장 본가 주차장에 멈춰 섰다.

그녀가 앉은 쪽의 문은 안에서 열리지 않도록 잠겨 있었기에 연주는 곁에 앉아 있던 남자가 먼저 차에서 내리고서야 벗어날 수 있었다.

"들어가시죠."

여기까지 온 이상 도망치는 건 불가능했다. 그녀는 남자가 안내하는 대로 순순히 집 안으로 들어섰다.

"한 가지 여쭤 봐도 될까요?"

잘 관리된 잔디가 넓게 깔린 정원을 가로지르며 그녀가 다시 입을 열었다.

"제가 오늘 여기 오는 거, 강 전무님도 알고 계신가요?"

"모르실 겁니다."

태완 때문에 부른 게 아니라면 왜 그녀를 부른 것인지 더욱 알 수가 없었다. 사실 이유를 갖다 붙이자면 안 회장이 그녀를 찾을 이유는 아주 많을지도 모른다. 그녀는 불과 며칠 전까지 이 집 근처에서 잠복을 했었고, 잠복 중 송현화의 사진도 몰래 찍었으며, 그녀의 하나뿐인 손자와도 여러 차례 만난 바가 있었다.

결정적으로 오늘은 태완의 팔에 안겨 나가는 안 회장의 모습까지 목격하고 말았다. 지금까지의 이야기만 해도 태완과 인터뷰를 하는 것보다 더 많은 분량의 기사가 나올 것이다. 안 회장의 입장에서 그녀를 단속해 두는 것은 당연한 일일 수도 있다. 물론 그녀의 예상이 맞다면 말이다.

현관문을 열고 그녀가 운동화를 벗기를 기다린 후 남자도 신발을 벗고 실내로 들어섰다.

"회장님, 데려왔습니다."

남자가 이끄는 대로 걸음을 옮긴 그녀의 눈에 낡은 흔들의자에 앉아 있는 안 회장이 보였다. 그녀가 다가설 때마다 점점 가늘어지던 눈매가 연주를 알아본 뒤 맹수의 눈처럼 매섭게 굳었으나 그녀도 그런 안 회장의 얼굴을 똑바로 마주 보았다.

"아가씨는……."

연주는 여전히 안 회장이 자신을 이곳으로 부른 이유가 무엇인지 알 수 없었다. 그런 그녀의 모습을 안 회장이 다시 천천히 훑어 내렸다.

화장기가 거의 없는 얼굴과 수수하게 풀어 내린 머리, 그리고 검은색 티셔츠와 면바지까지. 서늘한 시선이 머리부터 발끝까지 내려갔다 다시 올라가기를 몇 차례. 드디어 안 회장이 의자에서 천천히 몸을 일으켜 세웠다.

"정말 아가씨였다고?"

안 회장이 그녀를 향해 걸음을 옮기자 의자 뒤에 그림자처럼 서 있던 지긋한 나이의 남자가 재빨리 안 회장의 팔을 부축했다.

"얼마나 만난 거지?"

"……?"

"강 전무와 몰래 만났다면서?"

그제야 연주는 비상구 문 밖에서 자신들의 얘기를 엿들은 이가 바로 안 회장의 측근이었다는 사실을 깨달았다.

"그래서 케이가든에서 나를 보고 그렇게 놀랐던 건가?"

"……."

"내게 잘 보이려고 입을 함부로 놀리지 않겠다고 말했던 거고?"

억양 없이 낮고 섬뜩한 안 회장의 목소리는 마치 맹수의 으르렁거림 같았다.

"회장님, 흥분하시는 건 건강에 좋지 않으십니다."

"내가 지금 진정하게 됐어?"

안 회장이 자신의 팔을 잡고 있는 남자의 손을 뿌리쳤다. 그리고 그녀에게 조금 더 가깝게 다가왔다. 여차하면 그녀의 뺨이라도 내리칠 기세였다.

대단한 기에 눌린 것인지도 모르겠으나 순간 연주는 자신도 모르게 눈을 스르르 내려뜨고 있었다. 지금 분위기로는 영락없이 안 회장 몰래 그녀의 손자를 만난 비련의 여인이었다.

"그래서 강 전무가 이름도 묻지 못하게 했던 건가?"

연주는 다시 시선을 들어 올렸다. 케이가든에서 이미 태완과 안 회장의 관계가 평범하지 않다는 사실쯤은 눈치챘다. 그녀가 지금 처신을 잘못해 태완을 난처하게 만든다면 그는 앞으로 자신을 보려 하지 않을 것이다. 병원에서 지켜 주겠다고 했던 약속을 지키기 위해서는 적어도 자신 때문에 그에게 피해가 가게 할 수는 없었다.

그렇지만 그녀를 찾아냈을 정도라면 안 회장이 어디까지 알고 있는지도 함부로 넘겨짚을 수 없는 상황이었다.

게다가 재원건설과 해성건설에 대한 이야기 없이 그와 그녀의 관계에 대한 제대로 된 설명은 불가능했다. 그렇다면 방법은 이것뿐이다.

"저 혼자 좋아하고 있습니다."

순전히 이 순간의 위기를 모면하기 위한 즉흥적인 발언이었다. 비상구에서 태완에게 사랑한다고 말했던 것처럼.

하지만 자신의 입에서 흘러나온 말이 그녀는 마치 타인의 입을 통해 이야기를 들은 것처럼 놀라웠다.

"지금 뭐라고 한 건가?"

"저 혼자 전무님을 좋아하고 있습니다. 그래서 몰래 따라갔던 겁니다."

그녀에게 다가오던 안 회장의 걸음이 자리에 멈췄다.

안 회장이 놀란 것만큼 아니, 그 이상으로 그녀도 놀라고 있었다.

설마 그래서였던 것일까. 그래서 본능적으로 그를 보호하려 했고, 그의 반응이 불편하게 의식되었던 것일까.

하지만 지금껏 단 한 번도 이렇게 빠른 시간 안에 누굴 좋아해 본 적은 없었다. 더구나 어떤 감정의 교류도 없이 혼자서 좋아하는 감정이 생길 수도 있는 것인지. 태완은 그녀를 자신의 기사를 쓰려고 하는 피곤한 기자 정도로만 생각하고 있을지도 모르는데.

"강 전무는?"

"전무님은 제게 아무 감정도 없으십니다."

"……."

그녀는 거실에 감도는 정적의 무게감을 이기지 못하고 살며시 주먹을 움켜쥐었다.

"언제 처음 만났던 거지?"

안 회장의 질문에 연주는 조용히 숨을 들이마셨다. 방금 자신이 뱉어 낸 말로 머릿속이 어느 때보다 혼란스러웠지만 이 질문에 가장 신중히 답변해야 한다는 사실을 알고 있었다. 언제, 무슨 일 때문에 만났는지에 대한 답변에 설득력이 부족하다면 그녀가 방금 했던 말들과 앞으로 할 말들은 오히려 안 회장의 분노를 더 부추기게 될 것이다. 그렇게 된다면 그녀의 기자 생활은 물론이요, 어디까지 그 여파가 번질지 짐작할 수조차 없었다.

"왜 말을 못하는 건가?"

움켜쥔 주먹이 배어난 땀으로 미끈거렸지만 연주는 작은 미동도 없이 서 있었다.

안 회장의 사람이 그녀의 존재를 알게 된 것은 분명 병원에 서였다. 그렇다면 가장 먼저 병원 보안 팀의 도움을 받았을 것 이고, 빠르게 그녀의 신원을 파악하기 위해 경찰이든 검찰이 든 누군가의 정보력을 이용했을 것이다.

하지만 아무리 그들이라 해도 그녀에 대한 모든 정보를 알 아내기엔 시간이 너무 짧았다. 가장 파악하기 쉬운 정보는 아 무래도 기자라는 그녀의 직업이었을 테니 안 회장이 이력서에 적힌 정도는 알고 있을 것이라고 생각하고 상황을 수습해야 할 듯했다.

"사실 저는 미디어아침의 기자입니다."

차분하게 판단을 내린 연주는 나직한 목소리로 입을 열었 다. 예상대로 안 회장의 표정에 드러나는 변화는 없었다.

"그래서 회장님을 직접 뵀을 때 놀라지 않을 수 없었던 것 이고, 전무님을 처음 뵌 건 회사에서 내린 지시 때문에 인터뷰 요청을 하기 위해서였습니다."

"회사에서 강 전무에 대한 인터뷰를 지시했다고?"

"전무님을 정확히 지목한 건 아니고 회장님의 손자를 찾아 기사를 쓰라는 지시를 받았습니다. 그래서 제가 할 수 있는 모 든 방법을 동원하다 우연히 당시 강 이사님에 대해 재원그룹 임직원들 사이에 떠도는 소문을 듣게 되었습니다. 하지만 전 무님이 회장님의 손자라는 사실에 확신을 갖게 된 건 창립 파 티에서 회장님께서 직접 승진을 공표하셨다는 소식을 듣고 나 서였습니다."

그녀를 응시하고 있는 안 회장의 싸늘한 눈빛은 변함이 없었다. 그러나 다가오던 걸음을 완전히 멈추게 한 것만으로도 연주는 자신의 판단이 틀리지 않았다는 사실을 알 수 있었다.

　"그렇지만 제가 전무님을 좋아하는 건 이 모든 일과, 그리고 전무님의 감정과도 무관한 제 개인의 감정입니다."

　"강 전무는 아무런 관심도 없는데 아가씨 혼자 좋아한다?"

　"네."

　"그런데도 강 전무가 아가씨가 곁을 맴돌도록 내버려 두었다는 건가?"

　안 회장의 목소리는 폭풍 전야처럼 고요했으나 언제 어디서 터질지 알 수 없었다.

　연주의 머릿속은 다시 분주해졌다.

　"그동안은 어떤 내색도 하지 않고 인터뷰 부탁만 드렸습니다. 전무님께 제 마음을 고백할 생각을 한 건……."

　연주의 머릿속에 불쑥 케이가든 엘리베이터 앞에서 봤던 여인의 모습이 떠올랐다. 여러 상황과 정보를 종합해 보면 그녀는 강국건설 송 회장의 손녀일 가능성이 높았다.

　그들이 무슨 일로 그곳에서 만났던 것인지는 알 수 없었으나 함께 있는 모습을 보았을 때 연주는 이유 없이 그녀에게 시선이 갔다. 단순히 시선이 간 것으로 끝이 아니라 태완이 어떤 시선으로 그녀를 바라보고 있는지도 확인하고 싶었다. 스스로 깨닫지 못하고 있었을 뿐 태완에 대한 감정은 이미 존재하고 있었는지도 모른다. 병원에서의 일도 이제야 매끄럽게 설명이 되는 듯했다.

"오늘 케이가든에 몰래 따라갔다가 어떤 여자분과 함께 있는 모습을 보게 되는 바람에……."

"……."

"저의 경솔한 행동으로 회장님과 전무님의 기분을 언짢게 해 드렸다면 정말 죄송합니다. 전무님께도 정식으로 사과를 하라고 하시면 그렇게 하겠습니다."

"그 얘기는 사과를 핑계로 다시 강 전무를 만나겠다는 뜻인가?"

"……."

"미디어아침이라고 했지?"

"네."

"내일 중으로 그곳 사장에게 직접 전화를 넣도록 하지. 그리고……."

쾅.

그 순간 조용한 거실에 예고 없이 요란하게 문이 닫히는 소리가 울려 퍼졌다.

안 회장과 그녀 뒤로 선 남자의 시선이 곧장 연주의 뒤로 향했으나 연주는 뒤를 돌아볼 생각 같은 건 하지 못하고 있었다. 그녀 곁으로 성큼성큼 다가온 그림자가 그녀의 손목을 거칠게 잡아챘을 때조차도.

"여기서 뭐하고 있는 겁니까?"

곁에서 들려온 낮고 차가운 한마디에 그녀가 노력해 겨우 유지하고 있던 침착함과 신중함이 한순간 흔들렸다. 하지만 이곳을 나설 때까지 자신이 안도하는 모습도, 태완이 다른 말을 꺼내는 상황도 벌어져서는 안 됐다.

연주는 살며시 그의 손에 잡힌 자신의 손목을 빼냈다.

"너야말로 뭐하는 짓이냐?"

안 회장과 태완은 서로를 싸늘하게 응시했다.

"내가 볼일이 있어 미디어아침의 기자를 부른 거니 네가 나설 일이 아니다."

"무슨 볼일이 있으시다는 겁니까?"

"그런 사소한 일까지 네게 전부 말을 해 줘야 하는 게냐?"

안 회장의 시선이 연주에게로 옮겨졌다.

"강 전무는 신경 쓸 것 없네. 내일 안으로 적당한 기사를 정리해 보낼 테니 자네는 그만 돌아가 보게."

"알겠습니다."

"앞으로도 다른 지시 사항이 있으면 회사로 직접 연락을 넣을 테니 그리 알고."

그 말은 앞으로도, 언제 어디서든 그녀를 주시하겠다는 경고였다.

"잘 알겠습니다."

태완이 안 회장을 향해 고개를 숙이려던 그녀의 손목을 다시 거칠게 거머쥐었다. 그대로 밖으로 잡아끌며 현관을 나와 정원을 빠르게 가로지르는 동안 한마디도 하지 않던 그가 대문을 나선 뒤에야 잡고 있던 손목을 놓아주었다.

"방금 그 상황, 내가 어떻게 해석해야 하는 겁니까?"

그녀를 바라보는 태완의 싸늘한 눈빛이 안 회장과 닮아 있었다.

그러나 분노에 휩싸인 안 회장의 눈빛이 송곳처럼 예리했다면 태완의 눈빛은 기대와 실망 사이의 경계에 가로막힌 듯 어둡고 탁했다.

"보신 그대로예요."

"내가 뭘 봤다는 겁니까?"

"보신 것처럼 회장님과 거래를 했어요."

연주는 자신의 대답이 그의 화를 더욱 부추길 거라는 걸 알면서도 담담히 대답했다. 이곳 역시 안 회장 눈에서 안전한 곳이 아닐 테니 어설픈 변명은 하지 않느니만 못 하다는 사실을 알았기에.

"나한테 거짓말을 했군요."

"이 정도밖에 되지 못하는 사람이라 죄송합니다."

"아니, 당신이 이런 사람이란 걸 이제라도 분명하게 알게 된 걸 다행이라고 생각하도록 하죠."

연주는 태완의 눈을 똑바로 바라볼 수가 없었다. 여전히 이 남자에 대해서 많은 것을 알고 있다고 말할 수는 없었다. 오늘 같은 일이 벌어지지 않았다한들 언제까지 같은 편이었을지도 알 수 없는 사이였다.

하지만 그에게 이기적이고 계산적인 여자로 보이도록 방치하고 싶지는 않았다. 물론 상황이 어떻게 흘러가도 그에게 자신의 마음을 밝히는 일은 없겠지만.

"그래도 제가 기사를 얻게 됐으니 전무님과 한 약속은 어떻게든 지키겠습니다."

그녀가 재원건설 일을 돕겠다고 했던 약속을 말하고 있다는 걸 알아들은 듯 그의 반듯한 입매가 희미하게 비틀렸다.

"약속이라고 했습니까?"

얼마의 침묵 끝에 입을 열며 그의 시선이 그녀의 뒤쪽 대문 천장을 향해 움직였다. 그도 그녀처럼 CCTV를 의식하고 있는 것이다.

하지만 그녀가 그 사실에 작은 안도나 위안을 느낄 틈도 없이 그는 더욱 차갑게 말을 이었다.

"앞으로 기자가 한 말을 내가 다시 믿는 일은 없을 겁니다."

"전무님."

"홍연주 씨, 다음에는 어디에서 마주치든 서로 아는 척하지 맙시다."

그의 서늘한 말이 마침표를 찍는 순간, 어디선가 불어온 바람이 그들의 머리카락을 가볍게 흐트러뜨렸다. 처음 만났던 그날처럼 놀랍도록 잘생긴 얼굴과 차분한 눈빛의 태완은 작은 움직임도 없이 그녀를 바라보고 있었다.

사위로 내려앉는 어둠은 점점 짙어졌지만 그들은 한동안 그렇게 서로를 응시했다.

안 회장 본가에 다녀온 다음날인 월요일 오후, 안 회장 측에서 보낸 메일이 그녀에게 도착했다. 메일에는 그동안 신분을 감추고 그룹 내에서 업무를 익힌 강태완 이사가 안 회장의 뒤를 이을 후계자로 경영 전면에 나서기 위해 전무로 파격 승진이 이루어졌다는 내용과 안 회장의 지분을 포함한 모든 것들이 그에게 순차적으로 상속될 것이란 요지의 글이 적혀 있었다.

안 회장의 친손자와 정통성이란 단어가 중복적으로 들어간 것으로 보아 멀지 않은 미래에 강 전무를 중심으로 후계 구도에 변화가 올 것임을 은연중에 암시하는 듯했다. 함께 첨부된 파일에는 강태완 전무의 정면 사진 한 장과 창립 파티에서 안 회장과 함께 찍힌 듯한 사진도 담겨 있었다.

메일을 확인한 연주는 이 기사가 나간 이후의 상황에 대해서 생각해 보지 않을 수 없었다. 이것이 안 회장이 그린 그림이라면 자신의 빈약한 힘으로는 그녀의 뜻을 막을 수 없다는 결론이 어렵지 않게 내려졌다.

작성한 기사를 오후 늦게 차장에게 제출했음에도 기사는 다음날 미디어아침 1면에 단독 특종으로 실렸다. 기사의 영향력은 그녀가 상상했던 그 이상이었다. 지난 이틀 포털 사이트의 검색어는 재원그룹, 재원그룹 강태완 전무가 상위 순위에 링크되었으며 언론에서는 앞다투어 앞으로 재원그룹에 불어올 혁신의 바람과 경영 구도의 변화에 대한 보도를 쏟아 냈다. 그와 함께 베일에 가려진 태완의 과거와 행적에 대한 수십 가지의 루머도 인터넷상에 떠돌았다.

그녀의 기사로 세상은 시끄러워졌지만 정작 당사자인 연주는 기사가 나간 날부터 줄곧 어떤 취재 지시도 없어 사무실을 지키는 신세가 되었다.

혹시나 오늘은 맡겨질 취재가 있지 않을까 싶어 일찍 나와 차장의 출근을 기다리고 있을 때였다. 그녀의 옆자리에 앉는 최 기자가 출근하며 인사를 건넸다.

"홍 기자, 오늘도 일찍 나왔네."

"나오셨어요?"

"와, 오늘도 재원그룹 강태완 전무가 검색에 순위에 있네."

컴퓨터를 켜고 동시에 노트북을 열며 최 기자가 나직하게 중얼거렸다.

"참, 어제 미래뉴스 왕 기자한테 들은 건데 강태완 전무 사진을 찍으려고 재원그룹 앞에 기자들이 밤낮으로 진을 치고 있다고 하더라고."

"우리 홍 기자가 기사 터뜨린 뒤로 그 많은 언론사 중에 어느 한 곳에서도 강태완 전무 인터뷰는커녕 실사 한 장 건진 곳이 없으니 더 난리들이겠지."

최 기자의 맞은편에 앉은 박 기자도 한마디 거들었다.

"그런데 홍 기자도 안 회장님을 만난 거였다면서? 그럼 강태완 전무 실물은 보지 못했겠네?"

"강태완 전무 실물을 보고 못 보고가 중요한가? 안 회장님을 만난 게 더 중요하지. 어차피 안 회장님이 막았으면 기사는 한 줄도 못 나갔을 텐데."

"물론 안 회장을 만난 게 더 대단한 거지. 기사 허락을 받은 건 말할 것도 없는 일이고. 나는 단지 일반인 입장에서 궁금해서."

"하긴 나도 저 사진이 단 한 군데의 보정 작업도 들어가지 않은 사진인지 궁금하긴 하더라. 사진이 실제면 신이 너무 불공평한 거잖아?"

"아니야. 보정 작업이 아니라 각도에 따라서 더 잘 나오는 사진도 있는 법이니까. 나도 예전에는 왼쪽으로 사진을 찍으면 사람들이 톰 크루즈랑 닮았다고 그랬었거든."

"최 기자의 어디가 톰 크루즈랑 닮아?"

"내 말이 거짓말 같지? 그런데 진짜 간혹 그렇게 찍히는 사진이 있다니까."

최 기자가 쌍꺼풀 짙은 눈에 잔뜩 힘을 주고 얼굴 각을 이리저리 돌려 보였다.

"톰 크루즈가 아니라 톰과 제리의 톰 아니야?"

"박 기자는 나의 블랙홀 같이 깊이를 알 수 없는 눈동자가 안 보이는 거야? 나이를 먹어서 그렇지 왕년에는……."

"일들 안 하고 아침부터 무슨 잡담들이 그리 많아?"

같은 나이인 최 기자와 박 기자가 투닥거리고 있을 때 마침 출근한 황 차장이 그들 뒤를 지나가며 한마디 했다.

"저는 지금 막 나가 보려던 참이었습니다."

박 기자가 재빨리 자리에서 일어서며 가방 안에 소지품을 주섬주섬 챙겨 넣었다.

"아, 저는 오후 늦게 취재가 있어서요."

박 기자가 사무실을 나선 뒤 최 기자도 자세를 고쳐 앉아 일하기 시작했다.

"차장님."

다시 사무실의 분위기가 차분해졌을 무렵 연주는 자리에서 조용히 일어서 황 차장의 자리로 향했다.

"왜?"

황 차장이 모니터에서 시선을 떼지 않은 채 건성으로 물었다.

"저한테 맡기실 취재 없으신가 해서요."

"없는데."

기사는 손이 아니라 발로 쓰는 것임을 강조하며 비가 오나 눈이 오나 직원들을 현장으로 내모는 이가 황 차장이었다. 그는 지난 주말에도 연주에게 송현화 취재 지시를 내렸었다. 그런 그였기에 이틀째 그녀에게 아무런 일도 주지 않고 책상에서 하릴 없이 빈둥거리는 것을 내버려 두고 있다는 사실이 이해가 되지 않았다.

"그러면 경찰서라도 좀 한 바퀴 돌고 오겠습니다."

"경찰서는 왜?"

모니터에서 시선을 떼고 수첩을 펴 취재 스케줄을 확인하던 황 차장이 그제야 고개를 들고 그녀의 얼굴을 바라보았다.

"기삿거리 있으면 취재해 오려고요."

"그냥 있어."

연주는 황 차장의 얼굴을 가만히 응시했다.

"사장님 지시입니까?"

그녀가 물었으나 황 차장은 대답이 없었다.

"홍 기자, 나랑 커피나 한잔할까?"

사무실 안이 조용했기에 직원들의 귀를 의식한 듯 황 차장이 서둘러 수첩을 덮고 자리에서 일어섰다.

두 사람은 휴게실 자판기에서 커피를 빼 들고 옥상으로 향했다.

"홍 기자."

"네, 차장님."

"홍 기자도 알고 있는지 모르겠는데 사장님이 재원그룹 측에서 전화를 받으신 모양이야. 나한테 당분간 홍 기자한테 다른 취재 맡기지 말라고 지시를 하시더라고."

그날 안 회장이 전화를 넣겠다고 했던 것은 그런 의미였던 것일까. 그녀에게 기사를 허락하고 그것을 올가미로 꼼짝 못하게 묶어 두겠다는……

"우리 사장도 어느 때 보면 참 불쌍해. 직원들 월급은 꼬박꼬박 줘야 하고, 그러려면 눈치를 봐야 할 곳이 너무 많으니."

"그러면 저, 그만둬야 하는 겁니까?"

"아니, 그건 아니야. 그쪽에서 다음에 기사를 내보낼 게 있으면 또 연락하겠다는 말을 했다니까."

말을 마친 황 차장이 커피를 물처럼 꿀꺽꿀꺽 들이켰다.

"그럼 언제까지 이렇게 지내야 하는 겁니까?"

"이건 내 짐작이긴 한데, 다른 사건이나 기사에 휘말리지 않게 하라는 조건이 있었던 게 아닌가 싶어."

그답지 않게 말을 돌려서 하긴 했으나 여러 가지 이유로 사장은 안 회장의 말에 순종할 수밖에 없다는 것이다. 그리고 앞으로 그녀의 거취 또한 아무도 장담할 수 없는 상황인 듯했다.

"정 답답하면 다른 기자들 기사 작성하는 거나 조금씩 도와주든지."

"……."

"원래 기자는 이런 일, 저런 일 겪으면서 더 단단해지는 거야. 홍 기자도 그 정도는 알잖아."

황 차장이 그녀의 어깨를 가볍게 두드렸다.

"힘내고. 나 먼저 내려가 볼게."

황 차장은 빈 종이컵을 구겨 쓰레기통 안으로 던져 넣은 뒤 옥상을 내려갔다.

신문사의 퇴근 시간 개념이 일반 회사와 다르긴 했으나 연주는 6시가 넘어갈 때까지도 자신의 자리를 지키고 앉아 있었다. 그런 그녀를 움직이게 만든 건 최 기자에게 걸려 온 전화였다.

"미디어아침입니다."

―홍 기자, 자리에 있었네. 휴, 다행이다.

"무슨 일 있으세요?"

―아, 글쎄 우리 수진이가 오늘 학교 계단에서 넘어져 가지

고 팔에 금이 갔다지 뭐야. 선생님이랑 같이 병원에 가서 진료
는 받았는데 의사가 입원 얘기를 한 모양이야.

"얼마나 금이 간 건데요? 어디 병원이에요?"

—수진이한테는 내가 가 볼거야. 그보다…… 사실 내가 오
늘 아는 사람 통해서 클럽 스타에 들어가 볼 계획이었거든.

"클럽 스타요?"

—응. 작년에 내가 가출 청소년 특집 기사 쓰다가 열다섯
살 여학생이 스타에서 일하고 있어서 한바탕 뒤집어졌었잖아.
그런데 황 차장이 딱 1년 지났다고 불시에 한 번 방문해 보라
고 했거든. 괜찮으면 이번에도 특집으로 넣어 준다고.

최 기자는 아내와 사별한 후 딸 수진을 홀로 키우는 싱글파
파로 딸에 대한 각별한 애정과 일에 대한 열의 모두 동료 누구
에게도 뒤지지 않는 사람이었다. 그렇기에 연주는 최 기자가
하려는 말이 뭔지 대충 짐작됐다.

—원래 스타가 출입이 굉장히 까다로운데 작년에 구속 수
사 받은 뒤로는 사장이 아예 출입문을 지키고 있다고 하더라
고. 그런데 마침 오늘 무슨 일이 있어서 사장이 하루 자리를
비운다는 거야. 그래서 내가 어떻게 건너건너 아는 사람을 통
해서 몰래 들어갈 수 있게 손을 써 둔 건데.

"제가 대신 갔다 오면 되는 거예요?"

—그래 줄 수 있겠어? 요즘 회사 분위기가 그래서 나도 진
짜 조심스러운데 딱히 부탁할 사람이 없네.

"알고 있어요. 조심해서 다녀올게요."

─진짜 고마워. 그럼 오늘 저녁 10시 정각에 스타 건물 뒤편 맥주 상자 쌓아 두는 곳 옆에 난 작은 쪽문이 열려 있을 거야. 그 문으로 들어가서 주방 통과하지 말고 곧장 2층으로 올라가면 복도 안쪽에 탈의실이 있거든. 탈의실 앞이 여자 화장실이니까 화장실 안에서 탈의실로 들어갔다 나오는 여자들 나이만 대충 확인 좀 해 줄래? 직원들 말고 우리가 아는 얼굴도 있나 슬쩍 알아봐 주면 더 좋고.

최 기자가 숨도 쉬지 않고 말을 쏟아 냈다.

"알았어요."

─내 PC에 스타 건물 내부 배치도랑 평면도 다 들어 있으니까 찾아서 참고하고. 그런데 1층 평면도는 정확하지 않은 것 같으니까 될 수 있으면 2층만 확인해.

"알았어요. 걱정 마시고 수진이 간호나 잘해 주세요."

─진짜 고마워, 홍 기자. 내가 이 은혜는 절대 안 잊을게.

"네."

설립 초기 클럽 스타는 정·재계 거물들의 비밀 회담 장소로 주로 이용됐던 곳이었다. 돈 많고 힘 있는 사람들이 드나들다 보니 언제부터인가 연예 기획사 대표들이 소속 배우들의 스폰서를 잡기 위한 접대에 이용한다는 소문이 돌았으나 증거를 확보한 언론사는 없었다.

그러다 지난해 어떻게 흘러들어 왔는지 연예인 지망생이었던 열다섯 살 여학생이 이곳에서 일을 하고 있던 사실이 드러나며 사회적으로 크게 이슈가 되었던 것이다.

당시 언론에서 대대적으로 보도되며 사장이 구속 수사까지 받았지만 사람들은 자신들과 상관없는 세계인 그곳의 존재를 금세 잊었고 그곳은 다시 예전의 모습으로 돌아간 듯했다.

그 뒤 지금까지 그곳에서 어떤 일이 일어나고 있는지를 확인한 사람은 아무도 없었다. 재미있는 건 평범한 사람들에게는 그곳의 입구를 통과하는 게 낙타가 바늘구멍을 통과하는 것처럼 어려워도 내부에서는 평범한 차림이 오히려 눈에 띄지 않는다는 것이 당시 현장 잠입에 성공했던 최 기자의 목격담이었다.

연주는 컵라면으로 간단히 저녁을 때운 뒤 최 기자의 PC에서 스타의 내부 배치도와 평면도, 그리고 지난번 기사를 쓰며 메모를 해 두었던 자료들을 빼놓지 않고 꼼꼼히 확인했다.

최 기자의 말대로 10시 정각이 되자 건물 뒤편 빈 맥주 상자가 수북이 쌓여 있는 옆쪽으로 작게 난 쪽문이 살그머니 열렸다.

잠시 시간을 뒀다 건물 안으로 들어선 연주는 계단을 통해 2층으로 올라가 카펫이 깔린 긴 복도를 가로질러 탈의실 문을 확인한 뒤 앞쪽의 화장실 안으로 몸을 숨겼다. 미리 녹음기 버튼을 눌러 두고 카메라 플래시와 소리를 설정해 두기 위해서였다.

"우리 사장 아직도 정신 못 차렸어."

준비를 마친 그녀가 화장실 밖으로 막 나가려 할 때였다. 누군가 들어오는 소리에 다시 화장실의 빈칸으로 들어가 살그머니 문을 잠갔다.

"당연하지. 하루 장사에 벌어들이는 수입이 얼만데 겨우 벌금 몇 백을 무서워하겠냐?"

"하긴 그래. 아무리 그래도 딱 봐도 애티가 줄줄 흐르는 애를……. 내가 볼 때는 사장 딸보다 걔가 더 어릴 것 같더라."

"어린 애 찾는 인간이나 사장이나 똑같은 놈인 거지, 뭐."

"그러니까."

"그 새끼 들어올 때 뒤에 주렁주렁 달고 온 놈들 못 봤지? 딱 봐도 전직 깡패 같던데. 깡패 새끼는 돈을 아무리 벌어도 쉽게 바뀌지를 않는다니까. 딱 우리 사장처럼."

"우리가 남 걱정할 때냐? 빨리 돈이나 벌어서 이 더러운 바닥 뜨자."

"그래, 빨리 가자."

화장을 고치러 들렀던 듯 여자들이 금방 화장실을 나가고 난 뒤 연주도 살그머니 화장실을 빠져나왔다. 여자들이 말한 그 어린 학생을 찾으려면 위험을 감수하더라도 2층 내부를 둘러봐야 했기 때문이다.

그녀가 최 기자의 PC에서 보아 둔 2층 평면도를 떠올리며 미로처럼 구불구불 이어진 길을 따라 걷고 있을 때였다.

"애기야, 너 몇 살이라고?"

"스무 살인데요."

"우리한테는 사실대로 말해도 돼."

불쑥 들려온 굵직한 남자의 목소리와 얼핏 듣기에도 아이 같은 작고 가는 목소리가 그녀의 발걸음을 멈추게 했다.

"그래, 이 아저씨 돈 엄청 많아."

"정말이에요."

"중학교 졸업은 한 거야?"

"……."

"나 여기 사장 친군데 사장한테 직접 물어볼까?"

"열, 열일곱 살이에요."

그녀가 이곳으로 들어와 들은 모든 소리는 그녀의 셔츠 앞 주머니에 꽂힌 녹음기에 전부 녹음되고 있었다. 그러나 연주는 기사만 얻어 내는 것이 기자로서 자신이 해야 하는 일의 전부인가 하는 의문이 들었다. 사회부 기자들이 쓰는 기사는 사회의 폐단과 부조리를 척결하고 다수의 인권과 이익을 보호하기 위함이었으나 당장 저 아이에게 필요한 것은 그런 거창한 것이 아니었기 때문이다.

문에서 몇 발짝 뒷걸음질로 물러선 연주는 주머니 안에서 핸드폰을 꺼내 들었다. 그리고 가장 인접한 경찰서 소속의 형사에게 긴급이라는 표시를 붙여 이곳의 상황을 문자로 알렸다.

"아가씨 뭐야?"

문자를 보낸 연주가 다시 핸드폰을 주머니 안으로 밀어 넣으려는 순간이었다. 복도 반대쪽에서 굵직한 남자의 목소리가 들려왔다.

재빨리 고개를 돌린 그녀의 눈에 험악한 얼굴의 남자가 자신을 향해 성큼성큼 걸어오고 있는 것이 보였다. 저 남자가 방 안의 남자들과 일행이라면 화장실 안에서 여자들이 말했던 전직 깡패일 가능성이 높았다.

지금 스스로에게 필요한 것이 무엇인지 빠르게 판단한 연주는 남자가 걸어오고 있는 반대 방향으로 몸을 틀고 앞을 향해 무작정 달리기 시작했다. 계단을 내려가던 중에 한쪽 신발이 벗겨졌으나 다시 주워 들 여유 같은 건 없었다.

죽을힘을 다해 곧장 자신이 처음 들어온 쪽문으로 달렸다. 그러나 그 문은 웬 덩치 큰 남자에 의해 떡하니 가로막혀 있었다.

하는 수 없이 방향을 틀어 다시 반대쪽 복도의 모퉁이를 향해 달렸지만 모퉁이를 돈 그녀의 눈에 들어온 것은 복도 양쪽으로 늘어선 여섯 개의 방과 그 끝을 막고 있는 시커먼 벽이었다.

거친 숨을 몰아쉬며 빠르게 복도로 걸어 들어간 연주는 시간을 벌어야 한다는 생각에 가장 끝에 있는 방으로 향했다. 거리상으로도 유리했지만 노랫소리와 현란한 조명의 앞쪽 방들에 비해 비어 있는 듯 조용하고 어두웠기 때문이다.

"뭡니까?"

문을 열고 안으로 들어선 그녀가 돌아서기도 전에 들려온 서늘한 목소리에 그녀의 몸이 뻣뻣하게 굳었다. 그렇지만 다시 방문을 열고 이곳을 나갈 수도 없는 상황이었다.

"방을 잘못 찾은 것 같군요."

다시 들려온 목소리에도 불구하고 그녀는 방을 나서지도, 그렇다고 돌아서 자신이 이곳에 들어온 용건을 말하지도 못하고 있었다.

그사이, 복도 앞쪽으로 위치한 방들의 문이 요란하게 닫히는 소리가 들려오기 시작했다. 얼마간 자리에 선 채 입술을 깨물고 있던 그녀는 눈을 질끈 감은 채 천천히 몸을 돌렸다.

그녀의 얼굴을 확인했을 텐데 상대방은 아무 말이 없었다. 그러다 갑자기 자리에서 일어나 장승처럼 입구를 지키고 선 그녀의 곁으로 성큼성큼 다가와 어깨를 잡았다.

연주는 그제야 눈을 뜨고 앞에 선 이의 얼굴을 올려다보았다. 처음 목소리를 들었을 때 긴가민가했지만 설마 여기서 마주칠까 싶었다.

하지만 그녀의 눈에 보이는 사람은 분명 태완이었다. 그의 시선은 며칠 전 마지막으로 봤을 때와 다를 것 없이 싸늘했다. 그는 아무 말도 하지 않고 그녀를 소파로 이끌어 자리에 앉혔다.

"당신 뭐야?"

"미안하게 됐수다."

벽의 미세한 흔들림으로 옆방의 문이 닫혔다는 걸 알 수 있었다. 태완 역시 들었을 텐데 그는 여전히 흔들림 없이 그녀를 바라만 보고 있었다. 곧 저 남자가 이 방의 문을 열어 그녀를 끌고 간다 해도 그와 상관없는 일인 건 사실이니.

마지막 남은 앞방의 문이 더욱 요란한 소리를 내며 닫혔다.

이제 남은 방은 이곳 하나였다. 연주가 태완의 시선을 피하며 두 손을 맞잡고 있을 때 그가 자신이 입고 있던 재킷을 벗으며 그녀가 앉은 높이로 몸을 낮췄다. 그리고 재빨리 그녀의 어깨를 자신의 재킷으로 감싸더니 머리끈을 잡아당겨 머리를 풀었다.

순식간에 이루어진 그의 행동에 별다른 저항도 하지 못한 연주가 멍하니 있을 때, 그들이 있는 방문이 열렸다. 하지만 연주가 문을 향해 시선을 옮기기도 전에 태완이 그녀를 자신의 품 안으로 끌어당기며 그녀의 입술을 덮어 버렸기에 연주는 문 앞에 선 남자의 얼굴을 확인할 수 없었다.

독한 술맛이 진하게 맴돌고 있는 차가운 입술.

연주의 입술에 닿은 그의 입술은 분명 그런 맛이었다. 태완은 출입문에서 그녀가 잘 보이지 않도록 몸을 옆으로 움직이며 더욱 강하게 끌어안았다.

그녀를 쫓던 자가 지금도 문 앞에서 그들을 보고있는 것 같았다. 연주는 문 앞에서 들려오는 소리에 온 신경을 집중하려 했으나 입술보다 더 쓰고 뜨거운 그의 혀가 입안으로 밀려 들어오자 더 이상 이성은 그녀의 것이 아니었다.

"하, 계속들 하슈."

쾅.

"쥐새끼 같으니라고. 도대체 어디로 도망친 거야?"

앞의 방들과 마찬가지로 요란한 소리를 내며 문을 닫은 남자가 복도에서 나직하게 투덜거리는 소리가 들려왔다.

남자가 내는 소리가 멀어졌는데도 태완은 입술을 떼지 않았다. 거칠어진 숨결과 함께 뜨거운 방 안의 공기가 그들을 더욱 달아오르게 만들었다.

"……고마워요."

겹쳐져 있던 입술이 조금씩 떨어지며 그들 사이의 간격도 천천히 멀어졌지만 여전히 그녀를 끌어안고 있는 그의 품속에서 연주가 나직한 목소리로 말했다.

"……."

"이제 간 것 같아요."

하지만 그는 그녀를 놓아주지 않았다.

"이번에도 취재 때문에 온 겁니까?"

"네."

"당신과 내가 만날 때 그냥 우연히 만나는 일은 없군요."

"제가 불쑥 들어와 난감하셨을 텐데 도와주셔서……."

그의 입술이 다시 그녀의 입술을 뒤덮었다. 조금 전보다 더 뜨겁고 거친 입맞춤이었다.

그녀는 지난번 다시 만나면 서로 아는 척하지 말자고 했던 태완의 말을 똑똑히 기억하고 있었다. 그러니 오늘 그녀와의 만남이 그의 화를 더 부추겼고, 이 키스는 그에 대한 응징일지도 모른다는 생각이 들었다. 아니면 술이 그의 이성을 마비시킨 것인지도.

어느 쪽이든 술에 취한 그 대신 자신이 먼저 밀어내야 한다는 생각에 손을 들어 올렸다. 하지만 그가 손목을 움켜잡자 그녀의 움직임은 그대로 목적을 잃었다.

뜨겁던 입맞춤이 점점 느리게, 달콤하게 입술의 감각을 마비시켜 연주는 자신도 모르게 살며시 눈을 감았다. 그의 숨결에 희미하게 담긴 씁쓸한 향에 몸도 마음도 무방비 상태가 되어 가는 듯했다.

그렇게 끝나지 않을 것 같던 긴 입맞춤이 끝나고 그의 입술이 느리게 떨어졌다.

"저는……."

"정말 다시는 아는 척하지 않을 생각이었습니까?"

연주는 어쩔 수 없이 그의 얼굴을 똑바로 바라보았다.

이 남자, 어쩌면 지금 자신이 무슨 행동을 하고 있는 건지도 모를 만큼 취해 있는 것은 아닐까. 하지만 그녀를 바라보는 그의 눈동자에 흔들림은 없었다. 오히려 집요할 만큼 뚫어지게 그녀만을 바라보고 있었다.

"내 기사는 홍연주 씨한테 일회용이었던 모양입니다."

"……."

"고작 일회용 기사들 때문에 매번 이렇게 위험하게 쫓기고 숨고. 만약 엉뚱한 방으로 들어갔으면 어쩔 뻔했습니까?"

"아까는 너무 경황이 없어서……. 게다가 밖에서는 빈방처럼 보였거든요."

"홍연주 씨 부모님은 딸이 매번 이렇게 위험한 상황에서 목숨 걸고 일하는 걸 알고 계시는 겁니까?"

"그건 취재한 자료를 지키려다 보니 그렇게 됐던 거예요."

"당신한테는 그 자료가 자신보다 더 중요한 겁니까?"

서늘한 시선에 화가 난 듯 무뚝뚝한 목소리였으나 걱정하는 듯한 말투였다. 연주는 다시 그의 얼굴을 바라보았다.

"지금 제 걱정해 주시는 건가요?"

"누가 걱정을 한다는 겁니까?"

그녀를 향해 고개를 돌리던 그의 시선이 그녀와 마주쳤다.

"그러는 전무님은 여긴 무슨 일이세요?"

불쑥 질문을 건네 놓고 연주는 아차 싶은 생각이 들었다. 이곳이 얼마나 대단한 사람들이 드나드는 곳인지 알고 있는 만큼 불편한 일들이 성행하는 것도 잘 알고 있었기 때문이다.

"조용히 얘기할 곳을 찾다 보니 그렇게 됐습니다."

태완은 지난 이틀 회사와 그의 집은 물론이고 안 회장의 본가 주변까지 쉼 없이 염탐하는 기자들 때문에 집에도 들어가지 못하고 있는 실정이었다.

오늘도 도망자처럼 뒷문으로 회사를 빠져나와 빌라 공사 기간 동안 지냈던 호텔로 퇴근했으나 그를 기다리고 있는 것은 편안한 휴식이 아니라 근처를 서성이고 있는 한 무리의 기자들이었다.

다행히 눈치 빠른 한 실장이 호텔 입구를 그냥 지나쳤기에 기자들을 피할 수 있었다. 그는 목적 없이 달리는 차 안에 앉아 있는 동안 안 회장에게 전화를 걸까 하는 생각도 들었으나 끝내 그러지 않았다. 그런 와중에 어처구니가 없었던 것은 저 기자들도 연주처럼 새벽까지 변함없이 저 자리를 지키고 있을

지도 모른다는 생각이 들자 짜증보다 피식 웃음이 났다는 사실이었다.

태완이 아무런 지시도 내리지 않자 한 실장이 그를 태운 채 호텔과 회사 사이를 두 시간 가까이 배회하고 있을 무렵 강훈 사장에게 전화가 걸려 왔다. 사람들 눈을 피해 조용히 할 얘기가 있다면서 연락을 해 온 것이다.

태완은 강훈 사장이 누구보다 그가 언론에 노출되는 것을 반기지 않을 것이기에 적합한 장소를 약속 장소로 잡았을 것이라 생각했다. 그런데 이렇게 기자가 버젓이 내부를 누비고 다니는 것을 목격한 이상 그가 두 번 다시 이곳을 찾을 일은 없을 듯했다.

"아, 일행이 있으셨군요."

그녀의 시선이 테이블 위 그의 맞은편에 놓인 또 하나의 유리잔으로 움직였다.

"그럼 전 그만 가 볼게요. 정말 감사했습니다."

태완은 서둘러 자신의 재킷을 어깨에서 끌어내리며 자리에서 일어서려는 연주의 손목을 잡았다. 핏기 없이 작은 얼굴과 발그레 달아오른 볼이 다시 그의 눈에 들어왔다. 술 때문이라는 핑계를 대고 싶어도 자꾸만 그녀의 입술로 시선이 향하는 이유로 대기에는 너무 빈약했다.

"홍연주 씨."

지난 일요일, 태완은 자신과의 약속을 지키기 위해 안 회장에게 거짓말을 했다. 또한 불같이 화를 내는 그 앞에서 어떤 변명조차 하지 않았던 그녀에게 다음에는 어디에서 마주치든 아는 척하지 말자고 마음에도 없는 말을 쏘아붙였다. 그가 그렇게까지 하지 않으면 눈치 빠른 안 회장이 그녀를 그냥 내버려 두지 않을 거란 걸 알기 때문이었다.

하지만 이렇게 위험하게 다니라고 미디어아침에 안 회장의 이름을 빌려 직접 전화까지 넣은 게 아니다. 이미 안 회장의 눈에 띄고 그의 기사까지 받게 된 것이 앞으로 어떻게 작용할지는 알 수 없었다.

막을 수만 있다면 위험한 상황은 미리 차단해 두고 싶었다. 그녀에게 소중한 무언가를 빼앗을 마음은 없었으나 그녀에게 닥친 위험이 자신과 연관된 것이라면 그때는 참기 힘들 것 같았기 때문이다.

"신발도 없이 맨발로 어딜 가겠다는 겁니까?"

그는 감정이 담기지 않은 차분한 어조로 말하며 한쪽에만 굽 낮은 신발을 신은 연주의 발로 시선을 내렸다. 그의 시선에 그녀가 살그머니 발을 뒤로 숨기려 하자 그는 손을 뻗어 발목을 잡고 바닥의 먼지를 털기 시작했다.

"괜찮아요."

연주가 다시 그의 손에 잡힌 발을 잡아당겼으나 그는 놓아주지 않았다.

"기자에게 발은 펜을 잡는 손 못지않게 중요한 곳 아닙니까?"

"제가 할게요."

그의 손을 밀치고 그녀가 자신의 발을 털기 시작했다.

"홍연주 씨."

"네."

쾅.

그들이 두 뼘 남짓의 거리를 두고 서로를 바라보고 있을 때 문이 다시 열렸다.

문을 향해 앉은 상태라 방 안으로 들어온 사람보다 먼저 상대를 확인한 연주가 재빨리 고개를 숙였다. 이곳으로 들어올 사람이 누구일지 알고 있는 태완도 서둘러 그녀 옆으로 자리를 잡고 앉았다.

"미안하네, 급한 전화라."

강훈 사장이 그의 앞자리로 걸어와 앉았다.

"그런데 웬 아가씬가?"

"방을 잘못 들어왔다는데 제가 잠깐 얘기나 하자고 잡았습니다."

"그랬나? 강 전무도 이런 취향인 줄은 몰랐네. 진작 알았더라면 미리 준비를 해 뒀을 텐데."

"오늘은 자리가 자리니만큼 이대로도 괜찮습니다."

"그럼 내가 다음에는 좀 더 특별한 자리를 만들도록 하지. 자네도 아주 마음에 들어 할 거네."

평소 얼굴을 마주쳤다 하면 사납게 쏘아보기에 바빴던 강훈 사장이 의미심장한 미소를 보였다. 마치 그의 약점이라도 알게 되었다는 듯한 눈빛이었다.

"그런데 아가씨는 그만 내보내야 할 것 같은데."

연주는 여전히 고개를 깊게 숙이고 있었고 강훈 사장은 태완을 신경 쓰느라 다행히 그녀를 눈여겨보지는 않는 듯했다.

"아가씨."

"사실 제가 방금 아가씨한테 술을 권하다 옷에 쏟아 버렸지 뭡니까."

강훈 사장이 방을 나간 뒤 그는 자신의 잔에 담겨 있던 술잔을 비우고 병에 담긴 술도 반쯤 바닥으로 따라 버렸다. 자신이 나갈 때보다 눈에 띌 정도로 양이 줄어든 술병을 확인한 강훈 사장은 그의 말을 의심 없이 믿는 눈치였다.

"아, 그래서 자네 옷을 걸치고 있었구만."

"제 실수니 제가 데려다주고 오겠습니다."

"이런 날씨면 금방 마를 텐데 뭘 그렇게까지 할 필요가 있나?"

"금방 다녀오겠습니다."

태완은 테이블 아래에서 연주의 한쪽 발에만 신겨진 신발을 벗겨 내고 그녀를 안아 들었다. 연주도 강훈 사장과 얼굴이 마주치지 않도록 그에게 좀 더 몸을 기울였다.

"아가씨가 꽤나 마음에 들었나 보네."

태완은 대답 대신 희미하게 미소를 보였다.

"그래도 너무 기다리게 하지는 말게나."

방을 나선 그가 건물 출입문을 향해 걸어가자 험악한 얼굴의 덩치 큰 사내가 모퉁이 앞에서 주변을 기웃거리고 있는 것이 보였다. 태완은 그대로 남자를 지나쳐 주차장으로 향했다.

"이제 제가 걸어갈게요."

연주가 그의 품 안에서 작은 몸을 꿈틀거렸다. 그러나 그는 아무 대꾸도 하지 않고 차까지 곧장 걸어간 뒤 문을 열어 그녀를 뒷좌석에 내려놓았다.

"여기에서 기다리고 있어요."

"강훈 사장과 만나고 있었던 거예요?"

"홍연주 씨가 신경 쓸 일 아닙니다."

그는 일부러 싸늘하게 말했다. 공연히 뭐라도 알아내려는 생각으로 다시 안으로 들어오게 만들 수는 없었으니까.

"한 실장이 근처에서 식사를 하고 있으니까 금방 돌아올 겁니다. 그리고 나도 오래 걸리지는 않을 겁니다."

그는 그대로 문을 닫고 다시 스타 안으로 들어섰다. 음산한 기운과 자극적인 향기, 그리고 정체를 알 수 없는 야릇한 음악이 흐르는 내부는 처음 발을 들여놨을 때와 마찬가지로 그의 미간을 구겨지게 만들었다.

태완은 더욱 걸음을 빠르게 옮겨 강훈 사장이 기다리고 있는 방으로 들어섰다.

"왜 이렇게 금방 왔나? 내가 눈치 없이 재촉해서 그런가?"

강훈 사장도 막 통화를 끝낸 참인 듯 손에 들고 있던 핸드폰을 슬그머니 주머니 안으로 밀어 넣으며 말했다.

"아닙니다. 하던 얘기나 계속하시죠."

"뭐가 그리 급한가? 술도 한잔하면서 천천히 얘기하자고."

강훈 사장이 다시 그의 잔과 자신의 잔에 양주를 가득 따랐다.

"알아내셨다는 게 뭡니까?"

"자네는 회장님이 왜 갑자기 자네를 전무로 승진시키고 기사를 내보냈다고 생각하는가?"

"……."

"최근 안 회장 주치의인 오 박사가 본가에 드나드는 횟수가 눈에 띄게 늘었네."

방 안에 팽팽한 긴장이 감돌았다. 언제까지고 숨길 수 없는 사안임에도 안 회장은 여전히 주변 사람들에게 자신의 상태를 알리지 않고 있었다. 안 회장이 치료를 미루는 통에 오 박사가 도움을 청하는 의미로 태완에게 넌지시 그녀의 상태를 말해 주지 않았다면 그도 알지 못했을 정도로 그녀는 철저했다.

하지만 강훈 사장이 이토록 집요하게 파고든다면 그도 조만간 안 회장의 상태를 알게 될 것이다. 그가 알아내기 전에 안 회장 측에서 어떻게 손을 써 둘지 아무도 알 수 없는 일이지만.

"올해로 벌써 여든다섯인데 지금껏 감기 외에 병치레 한 번 하는 걸 본 적이 없었으니 그게 더 이상한 일이었지. 어쨌든 내 짐작이 맞는다면 본격적으로 치료를 받거나 자리에서 물러나기 전에 자네에게 힘을 실어 주려는 뜻인 것 같은데. 강국건설 송 회장 손녀와 자리를 마련했던 것도 그런 연유에서였겠지……."

강국건설에 대한 얘기를 꺼내는 강훈 사장의 표정에 설핏 초조함이 스쳤다. 아무리 발 빠르게 움직여도 안 회장이 지금 껏 했던 방식대로 태완을 무작정 본사 사장 자리에 앉혀 놓으면 그의 계획에도 변수가 생기게 되는 것이니 방관할 수 없다는 판단을 내린 듯했다.

"하지만 현실적으로 그렇게 갑작스러운 변화에는 증명되지 않은 강국건설과의 협력 관계보다는 나와 계열사 임직원들의 뜻과 힘이 더 도움이 되지 않겠나?"

"좀 더 구체적으로 말씀하시죠."

"송 회장 손녀를 거절해 주게."

이미 송 회장과 해윤에게 그가 직접 사과와 거절 의사를 밝힌 상태였다. 하지만 최근 안 회장이 강국건설 지분을 다량 매수한 일이 강훈 사장의 눈에는 예사로이 보이지 않았을 테다.

태완은 조용히 그의 다음 말을 기다렸다.

"그룹을 위해서 자네가 결단을 내려 준다면 내가 물심양면으로 자네를 돕겠네."

"뭘 어떻게 도와주시겠다는 겁니까?"

"재원건설 이외에 무엇도 욕심내지 않으며 더 나아가 다른 계열사 대표들도 자네를 돕도록 내가 직접 발 벗고 나서겠네."

"우선 회장님 본가와 제 주변에 심어 놓은 사람들 먼저 철수시키시죠."

"이제 같은 편인데 당연히 그래야지."

강훈 사장이 호탕한 웃음을 흘렸다.

"제 과거에 대해 여전히 궁금한 게 많으시죠?"

"그게 무슨 말인가? 회장님께서 직접 유전자 검사 결과를 보여 주셨는데 다른 게 뭐가 더 필요하다고?"

이렇게까지 꼬리를 내린 걸 보니 해성건설과의 일 역시 그의 뜻대로 흘러가고 있지 않은 모양이었다. 그러나 절대 함부로 믿어서는 안 되는 이라는 걸 그는 잘 알고 있었다.

"오늘 하신 말씀은 천천히 생각해 보도록 하죠."

태완이 한결 부드러운 목소리로 말하자 강훈 사장이 다시 양주병을 들어 잔을 가득 채웠다.

"그래, 나도 이 자리에서 당장 자네에게 답을 달라는 것은 아니었네. 암, 재원그룹의 오너가 될 자네가 신중을 기해서 나쁠 건 전혀 없지."

"사장님 뜻은 잘 알아들었습니다."

그는 강훈 사장이 채워 놓은 잔에 잠시 시선을 주었으나 그대로 자리에서 일어섰다.

"왜 벌써 일어서려고 그러나?"

"피곤해서 그만 들어가 쉬어야겠습니다. 한 실장이 기다리고 있기도 하고요."

"아랫사람까지 이리 걱정을 해 주고…… 그러게 그럼. 나는 남은 술마저 마시고 천천히 일어나겠네."

태완이 방을 빠져나간 뒤 강훈 사장은 다시 자리에 앉았다. 그때 태완이 앉아 있는 동안에는 그의 다리에 가려 보이지 않았던 여성용 신발 한 짝이 그의 눈에 들어왔다. 한동안 신발을 바라보던 강훈 사장은 자리에서 일어서 신발을 집어 들었다. 아무리 생각해 봐도 이곳 직원들이 신기에는 너무 평범해 보였기 때문이다.

"조금 전에 내가 있던 방으로 여자 들여보낸 놈 누구야?"

결국 그는 신발을 손에 든 상태로 방을 나와 카운터로 향했다. 성질을 꾹꾹 누르고 태완에게 굽실거렸던 상황에 대한 분노가 뒤늦게 끓어올라 폭발을 하고 있다는 걸 스스로도 느끼고 있었다.

"그게 무슨 말이십니까?"

"내가 여자 들여보내지 말라고 했는데 어떤 놈이 들여보낸 거냐고?"

그가 직원들 중 한 명의 머리를 겨냥해 신발을 집어던지자 웅성웅성 모여들었던 직원들이 재빨리 흩어져 사실을 확인하기 시작했다. 하지만 그들이 찾아낸 건 고작 나머지 신발 한 짝뿐 여자에 대한 어떤 정보도 속 시원히 말해 주는 이는 없었다.

"사장님, 저희 중에 그곳에 여자를 들여보낸 사람은 없었습니다. 또 자기가 들어갔었다고 말하는 직원도 없고요."

"그럼 그 여자가 하늘에서 떨어지기라도 했다는 거야?"

"그게 아까 웬 여자 하나가 주방 쪽 뒷문으로 들어와 2층을 헤집어 놓은 모양입니다. 도망치다 그 방으로 들어갔던 게 아니었을지……"

"그게 말이 돼? 강태완, 그놈은 바늘로 찔러도 피 한 방울

안 나올 놈이야. 그런데 난데없이 방 안으로 뛰어든 정신 나간 여자를 숨겨 줬다고?"

"죄송합니다, 사장님. 다시 확인해 보겠습니다."

"아니야. 여기 CCTV 있지?"

"1층 출입문 쪽에만 있습니다. 사장님도 아시는 것처럼 손님들이 그런 이유로 저희 업소를 찾으시는지라……."

"우선 그거라도 틀어 봐."

직원이 서툴러 녹화된 화면을 그에게 보여 주었으나 아쉽게도 태완의 품에 안겨 나가는 여자의 얼굴을 확인할 수는 없었다.

"큰일 났습니다."

그때 출입구 밖에서 직원 하나가 헐레벌떡 뛰어 들어오며 소리쳤다.

"무슨 일이야?"

"밖에 경찰차가……."

"뭐? 경찰?"

안 그래도 일그러진 강훈 사장의 얼굴이 더 사납게 우그러들었다.

"사장님, 이쪽으로."

갑자기 경찰이 들이닥치는 건 업소에도 비상 상황이었지만 직원들은 이곳을 찾는 손님들을 먼저 피신시키도록 항시 교육을 받아 왔다. 더구나 강훈 사장은 VIP 손님 중 한 사람이었기에 눈치 빠른 직원이 재빨리 그를 주방 쪽으로 안내했다.

"사장님, 저희 CCTV에는 안 찍혀 있지만 혹시 모르니 사장님 차 블랙박스라도 한 번 확인해 보시죠."

"아, 그게 있었지."

직원의 뒤를 따라 쪽문을 나선 강훈 사장의 치아가 어둠 속에서 희미하게 반짝였다.

6. 질투

태완은 잠든 연주의 머리가 흔들리지 않도록 자신의 어깨에 기대게 만들었다. 그 모습이 낯선지 한 실장이 계속 백미러로 그들을 힐끔거리는 게 보였으나 모르는 척 내버려 두었다.

"어디로 갈까요, 전무님?"

"홍연주 씨 오피스텔로 가 주세요."

"네."

조용히 달린 차는 어느새 그녀의 오피스텔 앞에 도착해 있었다. 태완은 아무것도 모르고 자신의 어깨에 머리를 기댄 채 깊은 잠에 빠져 있는 연주를 내려다보았다. 주변 상황에 누구보다 민첩하게 대응하는 모습만 보다 무방비 상태로 잠에 빠진 모습을 보고 있자니 깨우고 싶은 마음이 들지 않았다. 편안한 표정과 규칙적으로 내쉬는 숨소리가 그의 마음까지도 느긋하게 만들어 주는 듯했다.

"음……."

"홍연주 씨."

잠에서 깨어나려는 듯한 연주의 모습에 태완이 나직하게 그녀의 이름을 불렀다.

"네, 네!"

그가 부르는 소리에 연주가 깜짝 놀라며 몸을 일으켜 세웠다.

"집에 다 왔어요."

"아, 제가 깜빡 잠이 들었었나 보네요. 죄송합니다."

연주가 반사적으로 문을 열기 위해 손을 뻗자 태완은 재빨리 그녀의 팔을 잡았다.

"맨발로 어딜 가려는 겁니까?"

"바로 앞이니까 괜찮아요."

"내가 안 괜찮습니다."

연주는 반대쪽 손으로 자신의 팔을 잡은 그의 손을 떼어 냈다.

"아까 도와주신 것만으로도 피해를 드린 것 같아 죄송했는데 더 이상 신세를 질 수는 없어요."

"그럼 내게 피해를 주고 신세를 진 건 인정하는 겁니까?"

연주는 순간 태완을 기다리는 동안 한 실장과 주고받은 이야기가 생각났다. 그녀가 낸 기사가 실린 그날부터 태완이 집으로 돌아가지 못하고 있다고 했다. 게다가 오늘은 기자들이 그가 묵고 있던 호텔까지 찾아내는 바람에 시내를 두 시간 동안이나 배회했지만 다른 호텔을 찾아보라는 지시가 없어 남은 밤이 캄캄하다는 한 실장의 신세타령까지 들어야 했다. 자신 때문에 벌어진 일이었기에 연주는 그 얘기를 듣는 내내 어떤 변명도 할 수가 없었다.

"전무님, 기자들 때문에 집에 들어가기 힘드실 텐데 어디 적당한 곳을 찾기에도 시간이 많이 늦었으니 오늘은 저희 오피스텔에서 주무시고 가실래요?"

그녀의 제안에 태완의 눈이 가늘어졌다. 그의 반응을 지켜보는 연주의 가슴은 빠르게 두근거리고 있었다.

"이렇게라도 신세를 조금 갚고 싶다는 뜻이니까 오해는 하지 마세요."

연주의 어설픈 변명을 끝으로 차 안에 잠시 정적이 흘렀다. 태완의 대답에 귀를 기울이는 듯 한 실장 역시 작은 미동도 없었다.

"아, 저희 집 말고. 제 친구도 이 오피스텔에서 살고 있거든요."

"친구라고요?"

"네, 남자 친구니까 전무님도 편하게 계실 수 있을 거예요."

"남자 친구가 같은 오피스텔에서 살고 있습니까?"

"네."

대답하는 그녀를 바라보는 태완의 표정이 미묘하게 복잡해 보였다. 물론 그가 이렇게 작은 오피스텔에서, 그것도 일면식

도 없는 사람과 하룻밤을 보내야 한다는 사실이 내키지 않는
건 당연한 일일지도 모른다.

"불편하시면 거절하셔도 괜찮아요."

"아닙니다. 하루 신세 좀 집시다."

태완은 짧게 대답하고 곧장 차에서 내렸다. 그리고 그녀를
다시 안아 들었다.

"이제 걸어갈게요."

"한 실장님, 늦게까지 수고했습니다. 내일 연락드리죠."

"네, 전무님. 그럼 저는 이만 퇴근하겠습니다."

그들을 내려 주고 빠르게 시야에서 멀어지는 차가 왠지 신
이 난 듯 보이는 건 연주의 착각일 것이다.

"우선 저희 집에 먼저 들러 신발 좀 신고 가야 할 것 같아
요. 이렇게 가면 친구가 기절을 할지도 몰라서……."

정혁이 자신의 회사 전무가 그녀를 안고 온 걸 본다면 정말
기절을 할 수도 있을 것이다. 그녀의 생각을 아는 건지, 모르
는 건지 태완은 아무 말 없이 엘리베이터를 타고 연주의 집으
로 향했다.

드디어 집 앞에 도착해 문을 열자 그가 그녀를 바닥으로 살
며시 내려놓았다.

"많이 무거우셨죠?"

연주는 조금이라도 어색함을 누그러뜨리기 위해 싱긋 미소
를 지어 보였다.

"물 한잔 드릴까요?"

"네."

그녀는 재빨리 냉장고에서 작은 생수병을 꺼내 와 그에게 건넸다.

"정혁이네 집에는 생수도 없을 거예요."

"친구 이름이 정혁입니까?"

"네, 우정혁이에요. 그리고 미리 말씀을 드려야 할 것 같은데……."

연주는 침을 꿀꺽 삼켰다. 태완이 그녀를 안고 올라오느라 갈증이 났는지 물병을 따 물을 벌컥벌컥 들이키고 있었다. 그가 물을 마시는 동안 연주의 시선은 저절로 그의 목울대로 향했다.

아주 어릴 적부터 성인이 된 지금까지 오빠들이 물을 마시는 모습을 갖가지 각도에서 수도 없이 봐 왔던 그녀였지만, 지금껏 그 모습이 남성적이라거나 섹시하다는 생각은 단 한 번도 해 본 적이 없었다.

하지만 태완에게서 좀처럼 시선을 떼기가 어려웠다. 결국 그가 단숨에 물병의 물을 절반이나 비워 낸 뒤 손등으로 입술을 문지를 때에야 시선을 돌릴 수 있었다.

"제 친구가 재원그룹에 다니고 있어서 아마 전무님을 바로 알아볼 거예요."

"그러니까 홍연주 씨 남자 친구가 재원그룹에 다니고 있다는 겁니까?"

"네, 하지만 입이 무거운 건 제가 보장하니까 절대로 오늘 일을 회사에서 발설하지는 않을 거예요."

그제야 안심이 된 것일까. 태완의 눈과 입꼬리가 희미하게 위로 향하는 듯했다.

"이제 갑시다."

그가 물병을 바닥으로 내려놓으며 말했다.

"누구세요?"

그녀보다 한층 아래에 사는 정혁의 집으로 내려간 두 사람이 벨을 누르고 얼마간 기다리자 안에서 기척 소리와 함께 정혁의 목소리가 들려왔다.

"나."

"문 열려 있어."

"어떻게 문이 열려 있어?"

"도어록 건전지가 다 됐나 봐. 조금 있다 갈려고."

정혁은 여느 때와 다름없이 소파를 두고 바닥에 앉아 노트북에 시선을 고정시켜 둔 채 시큰둥하게 대답했다. 그러다 집 안으로 들어서는 기척이 한 사람의 것이 아님을 눈치챈 듯 천천히 고개를 돌렸다.

그의 얼굴에 드러난 표정은 연주가 예상했던 딱 그대로였다. 헛것을 봤나 느리게 눈을 몇 번 깜빡거리다 천천히 손을 들어 눈을 힘껏 문질러 대기 시작했다.

"놀랐지?"

"……."

정혁은 아무 말도 하지 않고 무언가에 홀린 사람처럼 자리에서 일어섰다. 얼마나 세게 문질렀는지 그새 눈자위가 붉게 충혈되어 있었다.

"너도 내 기사 봤다고 했었지?"

"……."

"정혁아?"

연주는 성큼성큼 다가가 그의 팔을 잡고 흔들었다.

"야, 너 왜 그래?"

평상시 정혁은 무심한 듯 털털한 성격이었으나 속정도 깊고 장난기도 많은 친구였다. 게다가 따지고 보면 그녀가 태완과 다시 만날 수 있었던 것도 재원그룹 창립 파티에 참석할 수 있게 도와준 정혁의 공이 컸다. 그러니 태완의 등장에 처음엔 어색해해도 곧 기세등등해질 줄 알았는데 정혁은 여전히 아무 말이 없었다.

"늦은 시간에 갑자기 찾아와 놀라게 한 것 같아 미안합니다."

태완도 어느새 그들 곁으로 다가와 있었다.

"아…… 아닙니다, 전무님."

그제야 정혁이 고개까지 절레절레 흔들며 반응을 보였다.

"아까 전에 말씀드린 제 친구 우정혁이에요. 재원그룹 인사 팀 대리고요."

"안녕하십니까? 본사 인사 팀 우정혁 대립니다."

"네, 반갑습니다."

방금 전까지 멍하니 서 있던 모습은 오간데 없고 정혁은 마치 회사 복도에서 마주치기라도 한 듯 태완이 내민 손을 공손히 잡으며 허리를 90도로 굽혔다.

"늦은 시간에 찾아와 실례가 아닌지 모르겠습니다."

"아닙니다, 전무님."

정혁은 잡고 있던 태완의 손을 조심스럽게 놓은 뒤 그가 이 시간에 무슨 이유로 자신의 집에 온 것인지 이유를 묻듯 연주를 바라보았다.

"정혁아, 실은 내 기사 때문에 지금 전무님 집이며 회장님 본가 주변으로 기자들이 잔뜩 진을 치고 있어서 내가 하룻밤 여기에서 주무시고 가라고 모셔온 건데. 괜찮지?"

"전무님이 우리 집에서 주무신다고?"

그녀의 설명은 들은 정혁의 눈동자가 춤을 추듯 분주하게 움직였다. 정확한 뜻을 알아들을 수는 없어도 열렬한 환영의 의미가 아니라는 것 정도는 알 수 있었다.

정혁에게 미리 양해를 구하지 못한 것에 조금 미안한 마음이 들었으나 그녀도 갑자기 결정하게 됐던 상황이라 어쩔 수가 없었다. 언젠가 정혁이 피치 못할 상황에는 자신의 집 남는 방을 사용해도 된다고 말한 적이 있었으니 연주는 조금 뻔뻔스럽지만 그의 시선을 피하지 않고 말했다.

"너도 알잖아, 기자들이 얼마나 집요한지. 너희 집에 남는 방도 있고 서로 모르는 사이도 아닌데, 부탁 좀 할게."

그녀가 정혁을 믿는 이유는 사실 한 가지가 더 있었다.

엄청난 경쟁률을 뚫고 재원그룹에 신입 사원으로 입사를 했을 당시부터 그의 애사(愛社)심은 남달랐다. 그러니 먼 훗날 오늘을 돌이키며 강 전무와 자신의 인연을 영웅담처럼 이야기하게 되는 날이 올지도 모른다.

"뭐, 나야 상관없지만 전무님이 지내시기에는 너무 좁고 불편하지 않으실까?"

"저는 괜찮습니다. 우정혁 대리가 조금 불편하겠지만 하룻밤만 신세를 지겠습니다."

"전무님만 괜찮다고 하시면 저야 뭐……."

연주는 애써 미소를 지어 보이는 정혁이 조금 안쓰러웠으나 조용히 그를 외면했다.

"그럼 주무실 때 옷은?"

"내가 지난번에 사 줬던 그 트레이닝 복, 너 그거 크다고 안 입었잖아. 전무님이 너보다 크시니까 그거 빌려 드리면 되겠다."

"아, 그러면 되겠네."

트레이닝 복은 연주가 정혁의 생일에 준 선물이었다. 그런데 남자 옷을 별로 사 본 적 없는 연주는 사이즈 선택에서 실수를 범했다. 정혁은 매장에 가서 바꿀 거라고 가격표도 떼지 않고 고이 모셔 두었으나 결국 기간이 지나 교환하지 못했다.

얼핏 보기에도 태완은 정혁보다 10cm는 더 커 보였다. 정혁이 연주에게 눈을 장식으로 달고 다녀 두 사이즈나 큰 옷을 골라 왔냐고 했던 옷은 태완에게 잘 맞을 듯했다. 말도 안 되지만 그날의 실수가 오늘을 예견했던 것은 아닐까 하는 생각이 들었다.

자신이 직접 고른 트레이닝 복을 입은 태완의 모습을 상상하는 것만으로도 공연히 가슴이 두근거려 연주는 서둘러 화제를 돌렸다.

"칫솔은 새것 있어?"

"없는데."

"그럼 내가 우리 집에 가서 가져올게. 옷 먼저 챙겨 드리고 있어."

"알았어."

연주는 어색한 분위기 속에 두 남자를 남겨 두고 서둘러 자신의 집으로 올라왔으나 얼른 내려가겠다던 약속을 지킬 수 없었다. 새 칫솔을 꺼내고 있을 때 최 기자에게 전화가 걸려왔기 때문이다.

Rrrrrr.

"네. 최 기자님."

—홍 기자, 나야. 늦은 시간에 미안한데 혹시 스타에서 뭐 건진 거 있었어?

"급하신가 보네요? 녹음해 온 게 있긴 한데 우선 메일로 보내 드릴까요?"

—바로 보내 줄 수 있어? 후, 내일 차장님 얼굴 어떻게 보나 걱정이 태산 같았는데. 진짜 고마워, 홍 기자.

"고맙긴요. 수진이는 좀 어때요?"

─깁스하고 조금 전에 잠들었어. 나도 내일은 출근할 수 있
을 것 같아.

"네, 그럼 내일 봬요."

─그래, 고마워.

전화를 끊은 연주는 최 기자에게 메일을 보내기 전 녹음한
내용을 틀어 보았다. 녹음기 안에는 그녀가 화장실 안에서 들
은 대화부터 정신없이 복도를 뛰던 순간의 거친 호흡, 그리고
태완과 키스를 나누는 동안 둘의 옷가지가 마찰하는 소리까지
모든 소리가 적나라하게 녹음이 되어 있었다.

─정말 다시는 아는 척하지 않을 생각이었습니까?

키스가 끝나고 녹음기에서 태완의 목소리가 흘러나오는 순
간 연주는 자신도 모르게 손을 들어 천천히 입술을 쓸었다.

"전무님, 이쪽으로 앉으시죠."

전체적으로 슬림한 라인의 몸에 모범생처럼 두꺼운 뿔테 안
경을 쓴 정혁이 공손하게 두 손을 모아 소파를 가리켰다.

"갈아입으실 옷 가져오겠습니다."

"네."

정혁이 주방 쪽에 붙은 방 안으로 사라지자 태완은 작지만
편안해 보이는 소파로 걸어가 앉았다. 소파가 면적의 반을 차
지하고 있어 두 발짝이면 가로지를 듯 아담한 거실이 눈에 들
어왔다.

식사를 집에서 해결하는 일이 많지 않은 듯 깔끔하게 정돈된 주방, 그리고 주변으로 문이 세 개 보이는 것으로 보아 화장실을 제외한 방은 두 개인 듯했다. 그의 집과 비교하면 아기자기하면서도 비좁은 느낌이 들었으나 집 안을 살피는 그의 시선은 진지하고도 예리했다.

"전무님."

그가 실내를 천천히 둘러보고 있을 때 정혁이 손에 검은색 트레이닝 복을 들고 돌아왔다.

"옷은 이걸로 갈아입으시고, 방은 이 방을 쓰시면 됩니다."

"네, 그렇게 하죠."

태완은 옷을 갈아입기 위해 정혁이 가리킨 방으로 들어섰다.

거실과 비슷한 크기의 방 안에는 창가 쪽으로 싱글 침대가 하나 놓여 있었고 전신 거울과 그 앞으로 놓인 정사각형의 작은 테이블이 가구의 전부였다. 테이블 위에는 남성용으로 보이는 화장품 두 개가 덩그러니 놓여 있을 뿐 여자가 사용할 만한 물건이나 다른 흔적은 보이지 않았다.

옷을 갈아입기 전 가구들을 꼼꼼히 둘러보던 태완은 문득 자신이 왜 우정혁 대리의 집을 이토록 집요하게 살피고 있는 것인지 알 수 없는 기분에 사로잡혔다. 이 집에 여자의 흔적이 있든, 소지품이 있든 그건 집주인의 사생활이니 그가 신경 쓸 이유가 없는 것이었다. 뒤늦게 정혁에게 받은 트레이닝 복으로 갈아입은 뒤 슈트를 빈 옷걸이에 걸어 두고는 다시 방을 나왔다.

노트북을 끄고 테이블 위를 정리하고 있던 정혁이 그를 보고 자리에서 벌떡 일어섰다.

"연주 말대로 정말 길이가 딱 맞네요. 저한테는 너무 커서 바꾸려고 뒀다가 시간이 지나서 바꾸지 못했는데 오히려 다행입니다."

"편하게 계셔도 됩니다."

그렇게 말하긴 했으나 그도 여전히 정혁의 작은 행동 하나, 주변의 물건 하나도 놓치지 않고 주시하고 있었다.

"여자 친구가 선물한 옷인데 제가 이렇게 입어도 되는 건지 모르겠습니다."

"여자 친구요? 아, 괜찮습니다. 이쪽으로 앉으시죠."

정말 괜찮은 것인지, 직장 상사 앞이라 애써 괜찮은 척하는 것인지. 정혁은 어느새 말끔히 정리를 마친 테이블 옆으로 비켜서며 밝은 표정으로 말했다.

"혹시 갈증 나시면 맥주라도 드릴까요? 집에 마실 거라곤 맥주밖에 없어서……."

"괜찮습니다."

"아, 네."

대답을 하면서도 정혁의 시선이 힐끗 현관문을 주시하는 걸 태완은 놓치지 않았다.

"연주랑은 인터뷰 때문에 처음 만나신 거죠?"

태완의 맞은편 바닥에 앉아 마치 낯선 장소인 듯 잠시 주위를 두리번거리던 정혁이 조심스런 말투로 다시 입을 열었다.

"네. 우정혁 대리는 홍연주 씨와 언제부터 만났던 겁니까?"

"연주랑은 대학 신입생 오티 때 처음 만났습니다."

"같은 과 동기였습니까?"

"네."

"우정혁 대리 전공이?"

"경영학입니다."

"그럼 홍연주 씨도 경영 쪽을 전공했겠군요?"

"네. 욕심이 많아서 공부도 꽤 잘했는데 갑자기 무슨 생각이었던 건지 전공 살리는 걸 포기하고 다시 1년 넘게 준비해서 신문사로 들어간 겁니다."

"그렇군요."

대화가 끊길 때마다 정혁이 마주 잡은 자신의 두 손을 어색하게 문지르는 것으로 봐 지금 상황이 꽤나 불편한 듯했다. 그러나 그에게 태완은 연주의 인터뷰 대상, 혹은 자신의 직장 상사 이상의 의미는 아닌 듯했고 태완 자신도 그게 전부여야 한다는 것을 알고 있었다.

"연주가 전무님 기사 쓰려고 얼마나 고생했는지 모르시죠?"

"그랬습니까?"

"회장님 본가 주변에서 며칠간 잠복도 하고 회사 창립 파티에 참석하려고 플라워플랜에서 아르바이트까지 했는데. 연주 기사 났던 날 우리 회사 사람들도 전부 깜짝 놀랐지만 저는 홍연주 결국 해냈구나 하는 생각이 먼저 들더라고요."

그날의 기억을 떠올린 듯 정혁의 얼굴에 자연스럽게 흐뭇한 미소가 번졌다.

"많이 자랑스러웠나 봅니다."

"솔직히 말하면 좀 그랬습니다. 성차별 발언은 아닌데 여자라서 더 힘들고 위험할 때도 분명 있었을 겁니다. 그래도 결국 해내는 모습을 보니 대견하기도 하고, 막 제 친구라고 자랑도 하고 싶더라고요."

누군가를 좋아한다는 건 그 사람이 좋아하는 것, 그 사람의 일까지도 존중해 주고 응원해 줄 수 있는 것일까. 상대의 기쁨이 곧 자신의 기쁨이 되기도 할 테니. 그래서 연주도 자신을 믿고 자랑스럽게 생각해 주는 정혁을 좋아하고 있는 것일까.

그런데 그의 가슴은 왜 답답해지는 것인지.

"홍연주 씨를 많이 좋아합니까?"

"네?"

갑작스런 그의 질문에 정혁이 적잖이 당황한 듯 대답 대신 그를 바라보며 눈을 끔뻑거렸다. 여자 친구에 대한 감정을 묻는 그가 의아한 것인지, 아니면 대답하기가 곤란한 것인지 정혁은 한참 동안 말이 없었다.

"아닙니다. 방금 한 얘기는 하지 않은 걸로 하죠."

"아, 네."

똑똑.

태완과 정혁 사이의 어색한 침묵을 깨뜨린 건 현관문에서 들려온 작은 노크 소리였다.

"왜 이렇게 늦었어?"

"전화 좀 받고 오느라고, 아!"

서둘러 신발을 벗고 들어오던 연주가 현관 입구에 놓여 있던 상자를 미처 발견하지 못하고 발이 걸려 작게 비명을 지르자 정혁이 자리에서 벌떡 일어섰다.

"괜찮아?"

"응. 그런데 이거 뭐야? 아까는 없었던 것 같은데."

"아무것도 아니야."

정혁이 재빨리 그녀 옆으로 걸어가 상자를 구석으로 밀친 뒤 다시 물었다.

"발은 괜찮아?"

"응."

"제발 좀 조심해서 다녀."

"알았어. 와, 전무님은 그 옷이 딱 맞으시네요."

연주는 자신이 남자 친구에게 선물한 옷을 그가 입고 있는 것이 정말 아무렇지도 않은 듯 활짝 웃는 얼굴로 다가와 칫솔을 내밀었다.

태완은 지금 이 두 사람 사이에서 자신이 무엇을 하고 있는 것인가 하는 생각에 그녀의 손에서 낚아채듯 칫솔을 받아 들었다.

"화장실은 어딥니까?"

"저쪽이에요."

"네."

태완은 곧장 연주가 가리킨 화장실로 향했다. 창문이 없는 한 평 남짓의 작은 화장실에는 살짝 꿉꿉한 냄새가 배어 있었으나 그는 신경 쓰지 않고 세면대 앞으로 걸어가 치약을 찾았다.

치약은 양치 컵 속에서 바꿀 때가 다 된 듯 살짝 칫솔모가 벌어진 칫솔 하나와 함께 꽂혀 있었다. 왜 그곳에 시선이 한동안 머물렀는지는 알 수 없었다. 그는 양치질을 다 끝낼 때까지 그곳에서 시선을 떼지 못했다.

양치를 끝내고 가볍게 씻은 태완이 다시 밖으로 나왔을 때 거실에는 아무도 없었다. 그리고 정혁이 그에게 사용하라고 했던 방의 맞은편 방 쪽에서 나직한 말소리가 들려왔다.

"홍연주."

"목소리 좀 낮춰. 밖에 다 들리겠어."

태완의 시선이 자신도 모르게 소리가 새어 나오고 있는 방으로 향했다.

"야, 아……."

쿵.

"가만히 좀 있어 봐."

"아파. 좀 살살……."

"하, 나 오늘 밤 잠은 다 잤어."

"아……!"

태완은 이렇게 이해할 수 없는 행동을 하고 있는 자신도 처음이지만 지금 느끼고 있는 감정 역시 설명되지 않아 답답했다. 하지만 한 가지는 분명하게 깨달았다. 지난 일요일 이후 머릿속을 맴돌았던 홍연주에 대한 생각을 깨끗하게 지워야 하는 이유를 찾았다는 것이었다.

그는 경직된 턱 근육에서 천천히 힘을 빼며 현관을 향해 몸을 돌렸다.

"정말 최고는, 전무님이 나한테 너를 많이 좋아하냐고 물어보시는데 그 순간 어찌나 당황스럽던지 내가 아무 말도 하지 못했다는 거야."

"그래, 네 심정은 알겠는데 나 지금 너무 아파."

목소리를 낮추라는 연주의 말에 정혁은 줄곧 그녀의 귓가에 입술을 가져다 대고, 딴에는 귓속말이라고 말을 쏟아 붓고 있는 중이었다.

손에는 어찌나 힘이 들어갔는지 한쪽 귀가 떨어질 것 같았다. 연주가 아프다고 하면 손에서 힘이 조금 빠져나가는 듯하다가도 얼마 못가 다시 힘껏 잡아당겨 입김과 분비물로 사정없이 그녀의 귓바퀴를 공격했다.

"나 완전히 이상한 놈으로 찍힌 거 아닐까? 머리로는 전무님과 좀 더 자연스럽게 대화를 하면서 편하게 해 드려야 한다는 걸 알고 있는데, 얼굴을 마주 보고 있으면 싸늘한 눈빛 때문에 뇌까지 얼어 버리는 것 같아."

정혁이 자책이 담긴 긴 숨을 토해 냈다.

"전무님도 네 마음은 아셨을 거야. 표정은 차가워도 마음은 그렇지 않은 분이라니까."

"그리고 아까 네가 현관 앞에 내가 버리려고 놓아 둔 상자를 발로 찼을 때도 칠칠맞다고 해야 하는 건지, 걱정을 해야 하는 건지 짧은 순간에 얼마나 고민했는지 알아?"

"아, 그랬어? 그런데 전무님, 너희 누나랑 나이도 같으신데 그냥 직장 선배라고 편하게 생각해 보는 건 어때?"

말은 그렇게 하고 있었지만 그녀의 머릿속에는 태완의 무표정한 얼굴과 스타에서 키스를 하던 기억이 다시 떠오르고 있었다.

그녀야말로 스타에서 나온 후 태완을 얼굴을 똑바로 마주 보는 것조차 힘겨울 지경이었다. 게다가 앞에 없는데도 그에 대한 얘기를 하는 것만으로도 심장이 제멋대로 두근거리고 있었다.

"만약 직장 선배가 저렇다면, 하아……."

"……."

"같이 밥 먹으러 가기도 싫겠다. 내가 옆에서 걸으면 사람들이 날 오징어로 볼 거 아냐."

차라리 속 시원히 말을 해 버릴까. 그러다 지난번보다 더 서먹해진다면?

언제까지고 이렇게 지낼 수는 없는 노릇이었다. 그래도 이렇게라도 얼굴을 보며 지내는 편이 더 나을지도 모르는데. 아직도 자신이 무얼 원하고, 어떻게 행동해야 하는 건지 도무지 갈피를 잡을 수가 없었다.

"홍연주."

"응?"

"내 말 듣고 있어?"

"미안, 뭐라고 했어?"

"너 오늘 왜 그래?"

"내가 뭐? 그보다 전무님 나오셨겠다."

그녀가 정혁을 밀치고 서둘러 거실로 나왔으나 태완의 모습은 보이지 않았다.

똑똑.

그녀는 곧장 화장실 앞으로 가 문에 가볍게 노크를 했다. 그러나 들려오는 대답은 없었고 잠겨 있지 않은 문을 밀자 안은 텅 비어 있었다.

"왜? 안 계셔?"

어느새 정혁도 그녀의 등 뒤로 다가와 있었다.

연주는 정혁의 침실 문도 열어 보았으나 그곳 역시 아무도 없었다. 그나마 태완이 입고 왔던 슈트가 옷걸이에 얌전히 걸려 있는 것을 발견하고서야 얕은 안도의 한숨을 내쉰 그녀는 정혁을 향해 고개를 돌렸다.

"답답해서 바람 쐬러 나가신 것 같은데 내가 밖에 나가서 찾아보고 올게."

"그럴래? 나는 안 나간다."

"응."

    서둘러 정혁의 집을 나선 연주는 엘리베이터를 기다리는 대신 계단을 통해 오피스텔을 빠져나왔다. 거친 숨을 몰아쉬며 건물 앞 좌우 골목을 살피니 건물 옆 화단에 비스듬히 기대어 서 있는 태완의 모습이 보였다.

"전무님."

자정을 넘긴 시간이었기에 골목 안은 고요했다. 연주는 나직한 목소리로 그를 부르며 곁으로 다가갔다.

"바람 쐬고 계셨어요? 집이 좁아서 조금 답답하시죠?"

"아닙니다. 금방 들어갈 겁니다."

연주도 그의 곁에 기대어 섰다.

"시간이 늦었는데 신경 쓰지 말고 들어가서 쉬어요."

"기자들 때문에 요즘 많이 피곤하셨죠?"

먼 하늘 어딘가를 응시하고 있는 태완에게 그녀가 다시 물었다.

"죄송해요."

"……."

"사실 요즘 여러 가지로 죄송하고 감사했는데 얘기할 기회가 없었어요. 그리고 아까 일도 제대로 인사드리지 않은 것 같은데, 정말 감사했고요."

"그 일은 우리 둘 다 잊도록 하죠."

연주는 고개를 돌려 다시 그의 얼굴을 바라보았다.

"좋지 않은 기억을 계속 가지고 있을 필요는 없다고 생각합니다. 아까는 어쩔 수 없는 상황 때문에 일어났던 일이니 홍연주 씨도 신경 쓰지 말고 잊으세요."

"좋지 않은 기억이란 건 전무님의 마음이 그러시다는 건가요?"

"피차 같은 입장일 거라고 생각하는데요."

"저는 아닌 것 같은데요."

그녀의 대답에 그가 미세하게 이마를 찌푸리는 것이 보였다. 다른 말이나 반응은 없었다. 다만 이런 상황에서도 그녀의 가슴이 떨리는 걸 보니 더 이상 그를 향한 감정을 숨기는 건 불가능할 듯싶었다.

"혹시 우리가 지금 서로 다른 기억에 대해서 얘기를 하고 있는 겁니까?"

그도 천천히 고개를 돌려 그녀의 얼굴을 바라보았다. 여느 때와 다름없이 어떤 감정도 드러나 있지 않은 무표정한 얼굴. 그의 저런 표정은 여자들이 가끔 눈물을 무기로 사용하듯, 감정을 숨기기 위한 수단으로 사용하는 것 같았다. 하지만 연주는 시선을 피하지 않고 그를 똑바로 응시했다.

"저는 그곳에서 했던 키스에 대해서 얘기하고 있는 건데요."

그녀의 대답에 태완의 표정은 더 싸늘하게 굳어졌다.

"우정혁 대리 생각은 하지 않는 겁니까?"

"네?"

"나와 이런 얘길 하려면 우정혁 대리와의 관계부터 정리를 하던지, 최소한 숨기려는 노력은 했어야 했던 거 아닙니까?"

"그게 무슨 말이죠?"

"두 사람…… 하, 관둡시다."

"대답해 주세요. 제가 왜 정혁이와의 관계를 전무님께 숨겨야 하는 건데요?"

"정말 몰라서 묻는 겁니까? 아니면 내가 모를 거라고 생각해서 묻는 겁니까?"

태완의 눈이 점점 더 가늘어져 갔다.

"정말 몰라서 묻는 건데요. 제가 전무님을 좋아하는 감정과 같은 오피스텔에 살고 있는 제 동기가 무슨 연관이 있는 건지, 왜 숨겨야 하는 건지 저는 설명을 듣기 전에는 절대 모를 것 같거든요."

"지금 우정혁 대리가 그냥 동기라고 했습니까?"

"네."

"그리고 홍연주 씨가 나를 좋아한다고 한 겁니까?"

"네."

"하지만 아까 방 안에서 두 사람……."

그의 시선이 아직도 미미하게 통증이 남은 그녀의 왼쪽 귀로 향했다.

설마 아직도 붉게 달아올라 있는 것일까. 지금이 변명이 필요한 순간인가, 하는 의문이 들었으나 작은 움직임도 없는 그의 시선은 분명 설명을 요구하고 있었다.

"이건 제가 목소리 좀 낮추라니까 정혁이가 귀를 잡고 귓속말을 하는 바람에……."

연주가 자신의 귀를 향해 한 손을 들어 올리려할 때 태완이 먼저 손을 뻗어 그녀의 손목을 잡았다.

"그게 전부입니까?"

"네."

연주는 여전히 귀가 신경 쓰여 그의 손에서 자신의 손목을 빼내려 했으나 놓아주지 않았다.

"제가 방금 한 고백을 듣지 않은 걸로 하고 싶으시면 그렇게 하셔도 돼요. 전무님한테 부담을 드리고 싶은 마음은 없으니까요. 하지만 제 질문에는 대답을……."

그녀가 얘기를 끝맺기도 전에 그가 손목을 잡지 않은 손으로 그녀의 허리를 감싸 품 안으로 끌어당겼다. 놀란 연주가 그의 얼굴을 올려다보려는 순간 태완의 고개가 그녀를 향해 빠르게 내려왔다.

도대체 어찌된 영문인지 알 수 없었으나 연주는 태완의 입술이 자신의 입술을 감싸는 순간 살며시 눈을 감았다. 그리고 잡혀 있지 않은 손을 그의 어깨 위로 얹었다.

그가 더욱 세게 끌어안자 터질 듯 두근거리던 그녀의 심장은 안정을 찾은 듯, 어쩌면 너무 놀라 움직임을 멈춘 듯 고요해졌다. 입안이 그의 타액으로 빠르게 젖어 들고 있었음에도 그녀는 더 깊은 갈증을 느끼며 그의 어깨를 잡은 손에 힘을 실었다.

❋   ❋   ❋

똑똑.

안 회장 본가의 음산한 침묵을 깨고 서재 문을 노크하는 이가 있었다.

"들어오게."

안에서 들려온 대답에 문이 조용히 열렸다 닫히자 책상을 등지고 있던 의자도 빙그르르 몸을 돌렸다.

"알아보라는 건 어찌 됐나?"

"아무래도 전무님이셨던 것 같습니다."

"강 전무라고?"

어제 오후 미디어아침의 서 사장이 재원그룹으로 안 회장을 찾아왔다. 찾아오기 전 미리 전화를 넣어 약속 시간을 잡은 상태였기에 안 회장도 격식을 갖춰 그를 맞았다. 그런데 마주 앉아 갖은 아부와 입에 발린 소리를 하던 서 사장이 말끝에 넌지시 지시한대로 홍연주 기자에게는 일체 취재 지시를 내리지 않고 있다는 말을 흘렸다.

이전과 다름없이 가벼운 주제로 대화를 조금 더 주고받은 뒤 서 사장을 돌려보낸 안 회장은 황급히 조 실장을 찾았다. 그도 그럴 것이 그녀는 미디어아침 측에 홍연주와 관련된 어떤 지시도 내린 적이 없었기 때문이다.

"그런데 했으면 한 거지, 한 것 같은 건 뭔가?"

"제가 확인해 본 바로는 전무님 방에서 지난 월요일 미디어아침으로 전화를 넣은 발신 기록이 있었습니다."

"그 전화가 미디어아침 사장과 통화를 한 전화였을 거란 말이지?"

"통화 시간도 5분이 넘었고, 그룹 내 다른 곳에서는 미디어아침 측과 통화한 기록을 찾을 수 없었습니다."

조 실장의 대답을 끝으로 한동안 서재 안에는 불편한 침묵이 흘렀다.

"그럼 왜 강 전무가 그 기자에게 취재를 맡기지 말라는 지시를, 그것도 내 이름을 빌려 했을 것 같은가?"

어제 오후부터 발에 땀이 나도록 뛰어다녀 가뜩이나 지쳐 있던 조 실장이었으나 어느 때보다 알 수 없는 표정으로 질문을 건네는 안 회장을 바라보고 있자니 등줄기를 타고 식은땀이 또르르 굴러 떨어지는 듯했다.

하지만 자신의 추측 따위를 함부로 말하면 안 된다는 걸 본능적으로 알 수 있었다.

"정말 그 애를 그렇게까지 치워 버리고 싶은 건가, 아니면 나한테 뭘 숨기려고 그런 것 같은가."

"글쎄요, 아직 그것까지는……."

"조 실장."

"네, 회장님."

"뭘 숨기려는 거지?"

"전 아무것도 숨기는 게 없습니다. 믿어 주십시오, 회장님."

조 실장은 심장이 녹아 없어지는 듯했으나 머리를 조아리며 말했다.

"아니, 강 전무 말이네."

그녀가 싸늘한 목소리로 태연히 덧붙였다.

"혹시 해성건설 일을 알고 계신 게 아닐까요? 그럼 홍연주 씨가 신경 쓰여 일부러 그런 지시를 내리셨을 수도……."

"해성건설이라, 그럴 수도 있겠군."

안 회장이 느리게 고개를 끄덕였다.

"한 실장을 부를까요, 회장님?"

"아니야."

"그럼 홍연주 씨를 다시 데려올까요?"

"아니, 됐네."

조 실장은 안 회장의 생각을 당최 알 수가 없었다. 지난 월요일, 연주가 해성건설 홍 회장의 손녀라는 사실을 보고했음에도 안 회장은 어떤 동요도 보이지 않았고 다른 지시도 내리지 않았다.

공연히 손을 댔다 후에라도 홍 회장이 알게 되면 길길이 날뛸 판이니 신중을 기하려는 것인가 추측했다. 그러나 평소 안 회장의 성품이나 행태를 떠올려 보면 다시 고개가 갸웃거려졌다.

그보다 더 의아한 것은 강 전무가 미디어아침에 직접 전화를 넣었다는 사실이다. 그것도 안 회장이 연주를 본가로 불러들였던 바로 다음날. 워낙 속을 내보이지 않는 사람이니 강 전무의 의중을 알 수는 없으나 만약 어떤 식으로든 사적인 감정이 담긴 것이라면 필시 집안이며 그룹에 한바탕 소란이 일 것이다.

조 실장은 그에 대한 생각만으로도 벌써부터 머리가 죄어 왔다.

"강 전무가 데려오겠다던 여자는 아직인가?"

연주가 해성건설 홍 회장의 손녀라는 사실을 강 전무가 알고 있든 그렇지 않든 조 실장의 마음 한 곳이 계속 찝찝한 데는 사실 그만한 이유가 있었다. 바로 태완의 빌라에서 그가 희미하게 맡았던 낯선 향기를, 연주를 안 회장 본가로 데려오던 날 다시 맡았기 때문이다.

"죄송합니다."

"서유라."

눈을 지그시 내려 감고 안 회장이 나직이 유라의 이름을 읊조렸다.

"그 애는 요즘 어떻게 지내고 있나?"

"유라 양은 왜……?"

"연락이 닿으면 집으로 말고 회사로 좀 부르게."

"알겠습니다."

"부를 때 그 기자 아가씨도 함께 부르는 게 좋겠군."

"지시대로 하겠습니다."

"지금 이 순간부터는 뭐를 알아내든 작은 거라도 곧장 내게 보고하도록 하게."

"알겠습니다."

"이제 그만 나가 봐."

"네."

조용히 안 회장의 본가를 빠져나온 조 실장은 차에 올라 탄 뒤 유라에게 전화를 걸었다.

Rrrrr.

—네.

"저 재원그룹 조 실장입니다."

—무슨 일이시죠?

핸드폰을 통해 흘러나오는 목소리는 유라의 것이 아니었다.

"안녕하십니까? 저 조 실장입니다, 송현화 씨."

—우리 유라한테는 무슨 일이시죠?

"전무님 일로 연락드렸습니다."

강태완 전무를 직접 본 많은 이들과 강 전무 본인도 알고 있을 것이다. 그가 얼마나 눈에 띄는 외모와 조건을 가지고 있는 남자인지.

강 전무를 처음 본 날 조 실장도 한동안 그에게서 시선을 떼지 못했을 정도였다. 같은 남자가 봐도 그런데, 지금껏 그를 보고 가슴앓이를 한 여자가 서유라 하나였다는 건 말이 되지 않는 일이었다.

그럼에도 지금껏 강 전무에게 이렇다 할 스캔들 한 번이 없었던 것은 그에게 관심을 보이는 모든 여자들이 안 회장 선에서 말끔하게 정리되어 왔기 때문이다.

어쩌면 강 전무도 그 사실을 알고 있을지 모르겠으나 그에 대해 언급한 적은 없었다.

—저희 유라, 곧 유학 갈 거예요. 지난번 뵐 때 회장님께도 더 이상 연락하지 말아 달라고 말씀 드렸는데요.

"이번에는 상황이 좀 특별해서 연락을 하신 것 같습니다."

—그건 그쪽 사정이고, 유라한테는 전하지 않을 테니 그렇게 알고 계세요. 그리고 앞으로 이 전화는 유라가 사용하지 않을 거예요.

"강 전무님이 해성건설 홍 회장님의 손녀와 만나고 있습니다."

—해성건설 홍 회장님 손녀라고요?

"네."

조 실장은 그녀가 송현화의 기사도 썼던 적 있는 기자라는 사실에 대해서는 일부러 언급하지 않았다.

—유라 문제는 생각을 좀 해 보죠.

"네. 그럼 연락 기다리고 있겠습니다."

송현화가 전화를 끊었다.

조 실장은 송현화와 안 회장의 관계가 늘 궁금했다. 유라가 강 전무를 만나기 위해 본가로 찾아왔을 때 그녀의 마음을 필요에 따라 교묘하게 이용한 건 안 회장이 사람의 진심이나 마음 같은 걸 값지게 여길 줄 모르는 사람이니 그러려니 하고 받아들일 수 있었다.

정말 이해가 가지 않는 쪽은 송현화였다. 딸을 지켜보는 그녀의 시선에서는 항상 애정과 염려가 묻어났다. 처음엔 그도 소문대로 송현화가 정말 아이를 낳을 수 없는 몸이라 그녀를

친딸처럼 사랑하고 보듬는 것이라고 생각했을 정도였으니. 그
럼에도 안 회장과 세 사람의 관계를 보면 쉽게 이해가 되지 않
을 때가 있었다.

　바로 지금이 그랬다.

타닥타닥.

오늘도 연주에게 맡겨진 취재 지시나 기사와 관련된 업무는 없었다. 그래도 그녀의 책상 위에는 컴퓨터와 노트북이 켜져 있었고, 신방과를 졸업한 최 기자가 그녀에게 시간 날 때 읽어 보라며 건네줬던 미디어 효과의 기초도 펼쳐져 있었다. 하지만 연주의 신경은 온통 그녀가 전해 준 녹음 파일 덕에 특집 기사를 싣게 된 최 기자의 분주한 자판 소리에 가 있었다. 타닥거리는 소리가 댄스 음악보다 더 신나고 경쾌하게 들려 시선이 자꾸만 옮겨 갔다.

"잘 돼 가요?"

결국 연주는 빼곡하게 기사를 써 내려간 최 기자의 모니터를 슬쩍 바라보며 물었다.

"응, 오늘 저녁에 근처 다른 주점에 취재 나가기로 했어."

"바쁘시네요."

"앞으로 더 정신없어질 것 같아. 이게 다 홍 기자 덕이지."

"제가 뭘 했다고요."

"그날 그 녹음 파일이 정말 결정적이었지. 홍 기자 신고 덕에 그 아이도 경찰들 인솔 하에 집으로 잘 돌아갔다고 경찰서에서 연락도 왔고."

"그랬어요? 다행이네요."

최 기자와 짧게 몇 마디를 주고받고 있을 때 책상 위에 놓아둔 그녀의 핸드폰에서 짧은 진동 소리가 울렸다. 연주는 핸드폰을 집어 들었다.

〈출근했습니까?〉

문자는 태완으로부터 온 것이었다. 몇 글자 안 되는 내용을 한참 바라보던 그녀는 마침내 결심한 듯 답장을 보냈다.

〈네.〉

〈잠시 통화 괜찮습니까?〉

〈아니요. 지금 나가 봐야 하는데요.〉

이번에는 확인하자마자 바로 답장을 보냈다.

〈그럼 언제쯤 시간 됩니까?〉

직접 만나자는 것도 아닌데 그녀는 다시 한참을 망설였다.

〈제가 연락드릴게요.〉
〈그럼 기다리겠습니다.〉

그의 답장을 확인한 연주는 소리 없는 한숨을 길게 내쉬었다.

"홍 기자."

한숨 소리를 들은 것도 아닐 텐데 그 순간 황 차장이 그녀를 불렀다.

"네."

자리에서 벌떡 일어나 그녀는 핸드폰을 책상 위에 내려놓고 서둘러 황 차장의 자리로 향했다.

"약속, 11시라고 했지?"

황 차장의 시선이 입사 후 처음 입은 그녀의 옅은 보라색 원피스에 잠시 머물렀다.

"네."

오늘 연주의 옷차림은 평소와 달랐다. 어제 오후 사장이 직접 그녀를 호출해 안 회장과 약속이 잡혔음을 알린 후 이번 주 내내 그녀가 어떤 취재도 나가지 않고 있음을 안 회장에게 분명하게 말해 달라고 부탁했던 것이다.

처음엔 그런 사장의 요구가 황당하게 들렸다. 하지만 어려운 신문사 사정에 안 회장에게 잘 보여 재원그룹 광고라도 싣게 된다면 감원은 피해 갈 수 있으니 자신의 사정 좀 이해해 달라고 덧붙이는 말에 결국 마음이 흔들렸다.

허나 안 회장이 직접 묻지도 않는데 뜬금없이 그녀가 취재에 대해 언급을 할 수 없는 노릇이었다. 만나고 돌아온 지 며칠이 지난 지금까지도 그 매서운 눈빛과 서늘했던 공기가 생생하게 기억이 날 정도였으니. 그래서 원피스에 힐을 신는 것으로 현장 취재 같은 건 절대 나가지 않고 있음을 온몸으로 드러내기로 마음먹은 것이다.

"바쁜 일 없으니까 지금 준비하고 나서도록 하지. 아, 가기 전에 사장님께 인사 잊지 말고."

"벌써요? 이제 겨우 10시밖에 안 됐는데."

"차가 막힐 수도 있잖아. 기왕이면 일찍 도착해서 기다리는 게 더 낫지 않겠어?"

"그렇긴 하죠."

연주는 자리로 돌아와 의자에 앉았으나 왜 나갈 준비를 하지 않느냐는 황 차장의 집요한 시선에 곧바로 자리에서 일어났다. 가방을 들어 노트북과 수첩, 그리고 녹음기를 챙겨 넣었다.

최 기자와 박 기자는 궁금해 죽겠다는 표정으로 그녀를 주시하고 있었다. 그러나 아쉽게도 그들에게 해 줄 말은 없었다. 안 회장이 그녀를 재원그룹으로 불렀다는 사실 말고는 전해

들은 말이 전혀 없기 때문이다.

게다가 재원그룹 회장을 만나러 가는 옷차림이 이런 이유를
꼬치꼬치 캐묻기 시작하면 더 피곤해질 것이 빤했기에 그녀는
꿀 먹은 벙어리처럼 침묵으로 일관할 수밖에 없었다.

"저 나갔다 올게요."

"그런데 어디 가는 거야, 홍 기자?"

"뭘 그런 걸 물어. 잘 갔다 와, 홍 기자. 그리고 오늘 진짜
예뻐."

궁금해 죽겠다는 표정의 최 기자와 달리 박 기자는 엄지까
지 척 들어 보이며 말했다.

"오늘 소개팅이라도 있는 거야?"

"그런 거 아니에요."

최 기자와 박 기자에게 가볍게 대답한 연주는 의자를 밀어
넣고 3층에 있는 사장실로 향했다.

똑똑.

"네."

안에서 들려온 대답에 문을 열고 들어서자 서류를 훑고 있
던 사장이 그녀를 보고 반가운 표정으로 자리에서 일어섰다.

"이제 가려고?"

"네, 차장님이 일찍 출발하는 게 좋을 것 같다고 하셔서요."

"맞는 말이야."

책상을 돌아 나온 사장이 매우 흡족한 표정으로 그녀 앞까
지 걸어왔다.

"나야 물론 홍 기자를 믿지만 회장님께서 자네를 직접 부르셨다는 건 그만큼 특별한 자리라는 뜻이니까 작은 실수도 없도록 행동 조심하도록 하게."

"네."

"그리고 기왕 가는 김에 강태완 전무한테도 들러서 인사 좀 하고 오는 게 좋을 것 같은데."

"네?"

"기사는 회장님께서 주신다고 하지만 당사자는 강 전무가 아닌가? 그러니 인사 정도는 해 두는 게 예의일 것 같아서. 회장님께서 함께 부르실 수도 있겠지만 그런 게 아니라면 꼭 시간 내 인사하도록 하게."

"네, 알겠습니다."

이틀 전, 오피스텔 앞에서의 고백과 키스. 하지만 아직 태완에게 고백에 대한 어떤 대답도 듣지 못했다. 그가 집 앞까지 데려다주고 돌아간 뒤 자신이 실수를 한 건 아닌지 부정적인 결론이 밀물처럼 밀려왔으나 뜨거웠던 키스를 떠올리면 생각은 다시 퍼즐처럼 조각이 나 흩어졌다.

어쨌든 그를 다시 만나면 어떻게 대해야 하는 것인지 아직 정리를 끝내지 못한 상태였다. 아무 일도 없었다는 듯 그를 대해야 하는 것인지, 아직도 그를 이해하려 노력하고 있는 자신의 감정을 숨기지 말아야 하는 것인지.

"어서 출발하게."

"네, 다녀오겠습니다."

사장의 등쌀에 떠밀리다시피 회사를 나선 그녀는 10시 30분에 재원그룹 본사 정문 앞에 도착했다. 회장실에는 10분 전쯤 도착해 기다리는 게 예의라 해도 20분이 더 남은 상황이었다. 연주는 그동안 태완을 만나러 갔다 와야 하는 것인지, 그에 대해서는 안 회장을 만나고 난 뒤 천천히 생각을 해 봐야 하는 것인지 고민하며 로비를 가로질렀다. 순간 엘리베이터 안에 타고 있던 사람이 버튼을 누르고 그녀를 기다려 주는 것이 보였다.

"감사합니다."

연주는 엉겁결에 엘리베이터에 올라타 회장실이 있는 15층을 눌렀다. 그러나 그녀가 내린 곳은 전무실이 위치한 12층이었다.

무언가에 홀린 듯 복도로 내려서자 넓은 창을 통해 쏟아져 들어오는 햇살에 저절로 눈이 감겼다. 눈을 감은 채 깊게 심호흡을 한 그녀는 다시 눈을 뜨고 힘찬 발걸음으로 복도를 걷기 시작했다.

하지만 그녀의 발걸음은 전무실을 그대로 지나쳐 복도 끝에 멈춰 섰다. 연주는 이번엔 절대 그냥 지나치지 말자고 되뇌며 다시 복도를 되짚어 걸었다.

그런데 불과 서너 발짝 앞에 두고 있을 때 전무실의 문이 활짝 열렸다. 깜짝 놀란 그녀가 걸음을 반사적으로 멈췄으나 복도로 나온 태완은 그녀가 서 있는 방향으로는 시선도 주지 않고 곧장 엘리베이터로 향했다. 그의 뒷모습을 잠시 멍하니 바라보던 그녀도 서둘러 엘리베이터 앞에 선 태완의 옆으로 걸어갔다.

그는 주변을 의식하지 않고 문이 열리자 곧장 엘리베이터 안으로 들어섰다. 그를 따라 엘리베이터에 올라타자 태완이 15층을 눌러 놓은 것이 보였다.

연주의 머릿속이 다시 복잡해졌다.

"15층에 가십니까?"

그는 여전히 그녀를 보지도 않은 채 물었다.

"네."

그녀의 짧은 대답을 끝으로 엘리베이터 안에는 다시 침묵이 감돌았다. 연주는 구두 끝에 시선을 두고 조용히 서 있었다.

"저기……."

드디어 15층에 도착한 엘리베이터의 문이 열리려고 할 때 마침내 결단을 내린 그녀가 입을 열었다.

"저한테 용건 있습니까?"

"그게……."

그녀가 다시 입을 열었으나 태완은 여전히 그녀를 쳐다보지 않았다.

"중요한 얘기는 아닌 것 같군요."

"강태완 전무님."

닫히려는 문을 다시 열기 위해 그가 버튼을 향해 손을 뻗는 순간 연주는 그의 이름을 정확하게 불렀다.

그제야 고개를 돌린 태완은 적잖이 놀란 표정으로 그녀를 바라보았다. 어깨 위로 물결치듯 흘러내린 머리와 벨트로 포인트를 준 원피스, 그리고 굽 높은 힐까지.

느리게 미끄러졌던 그의 시선이 다시 그녀의 얼굴로 돌아왔다.

"홍연주 씨?"

"네, 저예요."

막내딸로 자랐지만 아쉽게도 집안에서 애교나 귀여움은 그녀의 몫이 아니었다. 태어나는 순간부터 장손만 특별 대우하는 할아버지와 한집에서 살았고, 외모만으로 어디에서든 관심을 받는 작은오빠 때문에 공연히 기가 죽었던 적도 있었다. 무던하게, 내숭 없이 자랐던 건 순전히 환경 탓이었으나 그게 자랑거리는 아니었으니 연주는 분위기가 어색해지지 않게 싱긋 미소를 지어 보였다.

"평소와 좀 다른 것 같습니다."

"……."

"예쁘네요, 오늘."

"고맙습니다."

한동안 그녀의 얼굴에서 시선을 떼지 못하던 그가 갑자기 고개를 돌려 20층 버튼을 눌렀다.

"그런데 여긴 무슨 일로 온 겁니까?"

"전무님 만나려고요."

"그럼 아까 나가 봐야 한다고 했던 곳이 여기였던 겁니까?"

그녀는 짧게 고개를 끄덕였다.

"날 만나러 왔는데 15층에는 왜 가는 겁니까?"

"12층에서부터 따라왔는데 정말 모르셨나 보네요?"

"아, 잠시 딴생각을 하고 있는 바람에……."

"무슨 생각이요?"

"그보다 무슨 용건입니까?"

"용건이요?"

그녀가 지금 이곳에 서 있는 이유는 두말할 필요도 없이 회사에서 보냈기 때문이었다. 하지만 그녀의 머릿속에는 그보다 먼저 다른 게 떠올랐다.

"사실 용건이 두 가지가 있는데 개인적으로 먼저 말하고 싶은 용건은…… 제 고백에 대한 전무님의 답을 듣고 싶어요."

질문을 건네고 잠시 시선을 내렸던 그녀가 이내 그의 얼굴을 똑바로 바라보았다.

태완도 그녀의 시선을 피하지 않았다. 그의 눈에 홍연주는 참으로 신기한 생명체였다. 자신의 고백에 하루가 넘게 어떤 대답도 하지 않은 매너 없고 이기적인 남자를 어떻게 이렇게 씩씩하고 밝고 사랑스러운 표정으로 바라볼 수 있는 것인지. 지금껏 그가 살아온 음흉하고 이기적인 세상에서는 한 번도 겪어 본 적 없는 생명체였다. 그래서 그는 그녀를 놓치고 싶지 않으면서도 잡아도 되는 것인지 갈피를 잡을 수 없었다.

20층에서 다시 멈춰 선 엘리베이터의 문이 열리자 태완은 그녀의 손을 잡고 옥상으로 나왔다.

"그럼 두 번째 용건은 뭡니까?"

"저희 사장님께서 인사를 드리고 오라고 하셨어요."

"인사라고요?"

"네. 실은 오늘 안 회장님 호출로 이곳에 온 건데 가는 김에 전무님께도 인사를 드리고 오라고 하셨거든요."

"회장님과는 몇 시 약속입니까?"

그는 재빨리 자신의 손목시계로 시간을 확인하며 물었다.

"11시요."

"회장님께서 왜 부르신지는 알고 있는 겁니까?"

"그건 아직⋯⋯."

심각한 얼굴로 살며시 눈을 내려뜨며 소리 없이 한숨을 내쉬는 그녀의 얼굴 위로 화사한 햇살이 내려앉았다.

하지만 그녀의 얼굴을 바라보는 태완의 표정은 점점 더 어두워지고 있었다. 지금 안 회장이 누구와 함께 있는지 알기 때문이다.

"전무님도 회장님께 가시는 길이었던 것 같은데요."

"아무래도 일부러 같이 부르신 것 같군요."

"설마 제가 고백한 걸 또 들으신 건 아니겠죠?"

그녀가 다시 그를 올려다보았다.

"왜 부르셨든 지난번 같은 방법은 통하지 않을 겁니다."

"⋯⋯."

"그리고 만약 그 골목에서 우리가 나누는 얘기를 들었으면 내가 당신한테 키스하는 것도 봤을 거고, 당신 혼자 날 좋아한다는 말은 앞뒤가 맞지 않으니 오늘은 아무 말도 하지 말고 그냥 내 옆에 있어요."

"그럼 뭐라고 하실 건데요?"

"홍연주 씨."

"네."

"오늘 일은 내가 알아서 해결할 겁니다. 그리고 나는 당신 고백에도 대답하지 않을 겁니다. 그러니까 내 대답, 기다리지 말아요."

지금 제 행동은 스스로가 생각해 봐도 최악이었다.

그런데 이 여자, 자존심도 없는지 그의 시선을 피하지 않는다. 그는 일부러 햇살이 내리쬐는 쪽으로 고개를 돌리며 눈을 찌푸렸다.

"제가 기자이긴 한데 빙빙 돌려서 하는 말은 잘 알아듣지 못해요. 그냥 알아듣기 쉽게 제가 싫으면 싫다고 말씀해 주시면 안 될까요?"

태완은 어금니에 지그시 힘을 실어 물었다.

"그날도 말씀드렸지만 부담 드릴 생각은 조금도 없으니 염려 마시고요."

"대답 대신 이렇게 묻죠. 홍연주 씨, 나와 결혼할 수 있습니까?"

"네?"

"결혼까지는 아니고 호기심에, 이성에 대한 호감 정도인 거라면 그날 일은 처음부터 끝까지 다 잊도록 해요. 나도 그럴 겁니다."

"이렇게 갑자기 결혼은, 더구나 우리가 연애를 하고 있는 사이도 아닌데…….."

예상치 못했던 그의 말에 당황한 듯 연주가 말까지 더듬으며 빠르게 눈을 깜빡였다. 그녀가 그의 상황을 이해하기 힘들거란 사실도, 그의 태도에도 어이없어 하는 것도 다 이해할 수 있었다.

하지만 이게 그의 상황에서 그가 할 수 있는 최선의 선택이었다. 자신뿐 아니라 그녀를 위해서도.

"홍연주 씨한테 잠시 마음이 흔들렸던 건 사실입니다. 그런데 함께 잠을 잔 것도 아니고 겨우 키스 한두 번에 미련 갖고 말고 할 사이는 아니라고 생각합니다. 결론적으로 당신이 바라는 게 연애라면 난 당신과 연애를 할 마음은 없습니다."

"……."

"회장님이 당신을 부른 이유도 당신이 생각하는 그런 일 때문은 아닐 테니 그곳에서의 일은 잊는 겁니다."

냉정하게 뱉어 낸 그의 말에도 변함없는 눈빛으로 그를 올려다보고 있는 그녀의 눈동자가 그의 차가웠던 심장을 뜨겁게 뛰게 만들고, 그에게 헛된 욕망을 꿈꾸게 하고 있었다. 그를 뒤흔들려 하고 있었다.

"결혼할 상대가 있으신 건가요?"

"……."

"혹시 케이가든에서 강국건설 송 회장님과 만났던 이유가 지금 제가 생각하고 있는 그 이유 때문인가요?"

"10시 50분입니다. 이제 그만 내려가죠."

연주의 질문에 그는 어떤 대답도 하지 않은 채 몸을 돌려 먼저 계단을 내려가기 시작했다. 한동안 같은 자리에 서 있던 연주도 뒤늦게 그의 뒤를 따랐다.

엘리베이터를 타고 다시 15층으로 내려올 때까지 두 사람 모두 아무 말도 하지 않았다.

호감과 그보다 조금 더 깊을지 모를 관심 때문에 연주가 자신을 이해하고 선택할 거라 생각하지 않으면서도 태완은 가슴이 텅 비어 버린 듯했다. 그의 뜻대로 무언가를 가져 본 적이 없었으니 잃을 것도 없다고 생각했다. 더는 연주의 얼굴을 바라보면 안 될 것 같았다.

"전무님."

"……."

엘리베이터에서 내려 회장실을 향해 걸어가고 있는 그를 연주가 불렀다. 하지만 그는 고개를 돌리지 않았다.

"옥상에서 한 얘기, 그럼 저와 연애는 하지 않을 거지만 결혼은 할 수도 있다는 말씀이신가요?"

태완은 걸음을 멈추고 고개를 돌려 연주를 바라보았다.

"홍연주 씨."

"……."

"호기심도 지나치면 독이 되는 겁니다."

자신의 남편과 아들이 사랑했던 여자에게 안 회장이 어떻게 했는지 전부 알고 있었다.

남편의 두 번째 부인은 아들이 재원건설을 물려받는 대가로 죽을 때까지 국내에는 발을 들이지 않겠다는 각서에 지장을 찍어야 했고, 아들이 사랑했던 여자는 하나뿐인 피붙이와 남이 되어 살아야 했다.

그나마 그녀가 국내에서 버틸 수 있었던 건 다른 남자의 아내가 되었기 때문일 것이다. 어쩌면 지금까지 안 회장이 태완의 삶을 움켜쥐고 놓지 않는 것은 아직 끝나지 않은 송현화에 대한 복수 때문인지도 모른다. 남편보다 더 사랑하고 의지했던 아들을 빼앗아 간 대가로.

어제 안 회장이 수척해진 얼굴로 조 실장도 없이 그의 사무실로 내려왔다. 그리고 손에 쥐고 있던 사진 한 장을 그의 책상 위로 던지듯 내려놓았다. 사진에는 스타에서 그가 연주를 안고 나오는 모습이 담겨 있었다.

태완은 그 사진을 보는 순간 숨이 턱 막혔다. 가슴 안에서 무언가 뜨겁게 솟구쳐 저절로 주먹이 말렸지만 그 열일곱의 그날처럼 아무것도 할 수 없었다.

"내 말대로 움직이는 껍데기로 살겠다고 했던 건 너였다. 내 말에 따르지 않으면 네가 뭘 잃게 되는지 잊은 건 아닐 테지."

사진을 움켜쥐고 있는 그에게 잠시 시선을 준 그녀가 방을 나서기 전 내뱉은 경고였다.

안 회장이 나가고 난 뒤 태완은 손에 쥔 사진을 형태조차 알아볼 수 없게 구겨 내팽개쳤다. 하지만 분노는 풀리지 않았다. 감정이 주체되지 않았다.

그가 자신의 뜻대로 움직이지 않으면 남편의 여자와 아들의 여자에게 했던 것처럼 아니, 그 이상으로 처절하게 그녀를 망가뜨리겠다는 협박과 그 앞에 또다시 무력해지는 자신 때문에 실소가 터져 나올 것 같았다.

"당신 정말 괜찮은 여자니까, 예쁘고 현명한 여자니까 나보다 더 좋은 남자에게 사랑받을 겁니다."

말을 마친 태완은 지체하지 않고 회장실로 걸음을 옮겨 문을 열었다. 그리고 아무 일 없었다는 듯 싸늘한 얼굴을 하고 그녀가 먼저 안으로 들어가길 기다렸다.

"회장님께서 기다리고 계십니다."

연주가 먼저 들어서고 뒤따라 들어선 그를 보고 비서가 곧장 안 회장의 사무실 문을 열었다.

"강 전무, 왜 이렇게 늦었나?"

안 회장의 사무실은 방 주인의 취향이 그대로 담겨 군더더기 없이 깔끔했다. 강 회장 때부터 사용했다는 투박하지만 고풍스러운 마호가니 책상과 책꽂이, 그리고 중앙에 놓은 커다란 소파가 전부였다.

"올라오라고 연락을 넣은 게 언젠데."

안 회장은 소파의 상석에 앉아 있었고 우측으로 놓인 소파 앞쪽에 유라가 정면을 바라보며 다소곳이 앉아 있었다. 마지막으로 봤을 때보다 조금 나아진 듯 보였으나 여전히 창백한 안색에 야윈 모습이었다.

"안녕하십니까, 회장님."

그의 옆으로 선 연주가 자신에게 시선도 주지 않는 안 회장에게 깍듯이 고개를 숙였다. 그는 일부러 그녀를 보지 않았다.

"그래, 기자 양반. 이쪽으로 와서 앉도록 하지."

안 회장이 친절히 자신의 왼쪽에 놓인 소파를 가리키자 연주는 그곳을 향해 차분히 걸음을 옮겼다. 평상시 밝고 당당했던 걸음이 조심스럽고 차분했다.

"강 전무는 앉을 필요 없네. 유라 양을 데리고 나가 점심도 좀 사 주고 데려다주라고 부른 거니까."

"유라 때문에 부르신 겁니까?"

"설마 유라 양이 나를 보러 왔겠나?"

태완은 다시 유라를 바라보았다. 그녀는 자신의 앞자리에 앉은 연주를 바라보고 있었다.

"강 전무가 고지식하고 재미없는 사람인 건 유라 양도 알지? 젊은 사람이 융통성도 너무 없지. 하지만 이게 또 우리 강 전무 매력 아닌가?"

안 회장답지 않게 너스레가 길었다. 하지만 연주를 철저히 배제한 대화였다. 태완은 다시 힘이 들어가려는 주먹을 주머니 안으로 밀어 넣었다.

"홍연주 기자는 왜 부르신 겁니까?"

"강 전무가 그걸 왜 궁금해하지?"

"지난번 제게 묻지도 않고 제 기사를 주셨지 않습니까? 이번에는 무슨 일로 부르신 겁니까?"

"나야 이제 바라는 건 강 전무가 회사를 잘 꾸려 가고 좋은 가정을 이루는 것뿐이니 내가 하는 일은 다 강 전무를 위하는 일이라는 것만 알아 두게. 그러니 걱정 말고 어서 유라 양이나 데리고 나가래도."

두 사람 사이에 끊어질 듯 팽팽한 긴장이 감돌았다.

"저 혼자 가도 괜찮습니다, 회장님. 혼자 가도 돼요, 오빠."

줄곧 연주를 응시하고 있던 유라가 옅은 미소를 머금고 자리에서 일어서며 말했다.

"오빠 바쁜데 시간 뺏을 생각 없어요."

"이 마음 씀씀이 보게. 아직 몸도 좋지 않은 유라 양이 내가 불러 힘들게 찾아와 준 건데 어찌 사람이 이리 매정해?"

안 회장도 쉽게 물러설 생각이 없는 듯했다. 그가 지금 화를 꾹꾹 눌러 참고 있다는 것을 알 텐데도 그녀는 그를 바라보던 시선을 연주를 향해 느리게 돌렸다. 그가 더 버티는 것이 결코 누구를 위한 길도 아니라는 음산한 경고였다.

"여기 기자 아가씨도 한가한 사람이 아닐 텐데 내가 용건을 빨리 얘기하고 돌려보내야 하지 않겠나?"

"저는 괜찮습니다."

"괜찮긴, 기자가 좀 바쁜 직업인가? 현장 취재며 기사 쓰는 일이며 몸이 두 개라도 부족하다고 알고 있는데."

안 회장의 말에 연주의 이마가 희미하게 구겨졌다. 그도 그럴 것이 안 회장의 말은 그녀에게 취재를 맡기지 말라는 지시를 내린 적이 없다는 뜻을 담고 있었기 때문이다.

"사실은 저도 오빠한테 할 얘기가 있긴 한데 오래 걸리진 않을 거예요."

분위기가 심상치 않음을 느낀 듯 유라가 서둘러 말하며 그의 옆으로 걸어와 섰다.

그제야 태완도 연주를 바라보던 시선을 출입문으로 돌렸다.

"그만 가 보겠습니다, 회장님."

"그래, 조심해서 들어가게."

회장실을 벗어나 복도를 걸을 때까지 태완은 유라에게 말을 건네지도, 돌아보지도 않았다.

"저한테 화 많이 났어요?"

그가 엘리베이터 앞에서 한 실장에게 지금 당장 지하로 차를 대기시키라는 전화를 넣고 나자 유라가 입을 열었다.

"다시는 보는 일 없었으면 좋겠다고 했던 것 같은데."

"오빠가 어떤 사람인 줄은 알고 있지만 제 얼굴 보면 이제 몸은 괜찮냐고 한마디 쯤은 물어봐 줄 줄 알았는데……."

"……."

"그런 말을 기대하고 있는 전 아직도 오빠를 잘 모르는 거겠죠?"

유라가 희미하게 미소를 보였다.

"저 다음 달에 유학 가요. 이번엔 경제학을 공부해 보려고요. 나중에 아버지께 도움이 돼 드릴 수도 있을 것 같아 말씀 드렸더니 부모님도 흔쾌히 허락해 주셨어요."

엘리베이터 안으로 들어서고 나서 유라가 다시 말을 이었다.

"아마 몇 년간은 돌아오지 못할 것 같아서 가기 전에 인사하려고 왔던 거예요."

"회장님이 불러서 온 줄 알았는데."

"오라고 하셨지만 결정은 제가 한 거예요. 인사도 하고 궁금한 것도 있고 해서."

"뭐가 궁금하다는 거야?"

"실은 오빠가 해성건설 사장님 딸과 만난다고 들었거든요. 그런데 오늘 보니까 전달이 잘못됐던 것 같네요."

"……"

"오빠랑 같이 들어온 기자분, 홍연주 씨라고 했던가요? 회장님이 다른 기사도 아니고 오빠 기사를 저런 젊은 여기자에게 맡겼다는 것도 놀랐지만 제가 있는 자리로 일부러 부르셨다는 건 아마 다른 이유도 있기 때문이겠죠?"

유라는 원하는 건 뭐든 가지고 누리며 눈치 같은 건 본 적 없이 자랐지만 물려받은 피는 속일 수 없는 것인지 가끔 무섭게 예리할 때가 있었다.

"해성건설은 눈속임이고 진짜 상대는 저 기자죠?"

"네가 신경 쓸 일 아니야."

"부정하지 않네요."

먼저 엘리베이터에서 내린 그의 앞으로 유라가 다시 걸어와 섰다.

"어쩐지 오늘따라 회장님이 후하신 것 같더라니. 저한테 오빠 마음 돌리면 제가 원하는 부탁도 들어주겠다고 하시더라고요."

"아직도 그 말을 믿어?"

태완은 유라를 보면 가끔 자신을 바라보고 있는 것 같을 때가 있었다.

안 회장에게서 어머니를 지키겠다고 스스로 볼모가 됐지만 그건 결국 양쪽 모두 볼모가 되어 버린 결과를 낳았다. 유라도 기대를 갖고 안 회장의 말에 고분고분 따랐겠지만 끝까지 얻게 되는 건 아무것도 없을 것이다.

"알고 있어요. 회장님이 제 부탁 들어주시지 않을 거란 것도, 오빠와 제 사이가 달라지지 않을 거란 것도요."

유라가 피식 웃음을 보이며 그의 시선을 피했다. 웃고 있는 그녀의 얼굴이 슬퍼 보였다.

"엄마가 끝난 사랑을 잘 떠나보내야 새로운 사랑도 잘할 수 있는 거라고 하시더라고요."

"……."

"무려 7년이었는데……. 회장님도 허락하신 일이니까 유학 가기 전까지는 오빠 보고 싶으면 보려고요."

"내 말뜻을 아직도 이해 못 한 거야?"

"아니요. 저는 제 방식대로 오빠와 이별하는 거니까 오빠는 오빠가 지키고 싶은 걸 지키세요. 저한테 흔들려 줘도 좋고."

입술은 잔잔하게 미소를 머금고 있었으나 유라의 눈시울은 불그스름하게 물들어 갔다.

"너한테 흔들리는 일 같은 거 없을 거야. 하지만 이다음에 어딘가에서 네 소식 들었을 때 그게 좋은 소식이길 바란다."

"좋은 소식 들어도 연락은 안 주겠다는 뜻 같네요."

이번 미소는 조금 더 쓸쓸하고 가여워 보였다.

"그만 가 볼게요."

그들이 서 있는 곳으로 차가 다가오는 것을 본 그녀가 말했다. 곧 자신 앞에 멈춰 선 차에 올라타려던 유라가 갑자기 움직임을 멈추고 그를 돌아보았다.

"아까 들어가면서 조 실장님 만났는데 오늘 오빠랑 저녁 먹을 거라고 말해 뒀어요."

그 말을 남기고 유라를 태운 차는 순식간에 그의 시야에서 멀어졌다.

유라는 밝고 적극적인 아이였지만 매 순간 함께 있는 상대방을 생각할 줄 아는 아이였다. 처음엔 그 몸에 밴 배려가 부담스럽기도 했으나 밀쳐 낼 필요는 없다고 생각했다. 그런 자신의 행동이 결국 그녀에게 더 큰 상처를 줄 걸 알았다면 하지 않았을 행동이었지만.

그래도 유라는 다시 씩씩하게 일어나 자신의 자리를 찾아갈 것이다. 사랑받는 방법을 잘 아는 아이니까. 차갑고 냉정하기만 했던 그에게 마지막까지 상냥하게 이별을 말할 수 있는 용기와 넓은 마음을 지닌 아이니까. 그녀의 마지막 인사가 그의 귓가에 다시 맴도는 듯했다.

"오빠는 오빠가 지키고 싶은 걸 지키세요."

그의 입가에 씁쓸한 미소가 번졌다. 그가 지금껏 무언가를 지켜 온 방법은 그 대상으로부터 멀리 떨어져 자신과는 전혀 상관없는 존재처럼 만드는 것이었다. 그게 자신이 할 수 있는 가장 큰 희생이자 전부라고 생각했다. 그런데 지키고 싶은 것을 지키라니.

그의 입에서 자조적인 웃음이 흘러나왔다.

태완과 유라가 나가고 난 뒤 회장실 안에는 한동안 침묵만이 흘렀다.

"하나뿐인 핏줄인데 강 전무 때문에 내가 요즘 골치가 아파."

안 회장이 긴 침묵을 깨고 입을 열었다.

"내가 강국건설 송 회장의 손녀를 손자며느리 감으로 점찍은 일을 멋대로 엎어 버렸지 뭔가. 아, 자네도 그날 그 자리에 있었던가?"

"……."

"어서 증손자를 봐야 하는데 결혼할 여자는 제가 직접 데려오겠다더니 하고 다니는 짓하고는……."

안 회장이 희미하게 입가를 비틀었다.

태완은 이미 오래전부터 유라와 알고 있는 사이인 듯했다. 연주가 그의 빌라에서 그녀를 봤던 것이 이미 몇 달 전이니 훨씬 전부터 그들은 알았던 사이이리라. 안 회장이 강국건설 송 회장의 손녀를 점찍어 뒀었다면 유라를 처음부터 마음에 들어 했던 것은 아니지만 이제는 태완의 결혼 상대로 그녀를 택했다는 뜻이 되는 것인가.

조심스럽게 그 속내를 짐작해 보고 있을 때 안 회장이 다시 입을 열었다.

"하지만 결국엔 내 뜻에 따르게 될 거야. 왠지 아나?"

"……."

"내가 가지고 있는 재원그룹의 지분, 나한테서 그걸 얻으려면 결국 내 말에 따라야 한다는 걸 강 전무도 알고 있거든."

안 회장이 자신의 재킷 주머니 안에서 사진 한 장을 꺼내 테이블 위로 내려놓았다.

"이게 뭡니까?"

"직접 보게."

연주는 테이블 위로 손을 뻗어 사진을 집어 들었다. 사진에는 태완이 스타에서 그녀를 안고 나오는 모습이 담겨 있었다. 그의 차, 적어도 그 주변에 세워져 있던 차의 블랙박스에서 찍힌 것으로 추정되는 사진으로 다행히 태완의 품에 안긴 여자가 그녀라는 걸 확인할 수는 없었다.

그러나 이 사진을 안 회장이 가지고 있다는 사실은, 그리고

272

자신에게 건넸다는 사실은 그녀를 숨 막히도록 만들기에 충분
했다.

"어제 강 전무한테도 이 사진을 보여 줬지."

안 회장의 목소리는 변함이 없었지만 사진과 그녀를 번갈아
바라보는 시선은 마치 팔을 결박하고 목이라도 조르려는 듯
매서웠다.

"무슨 뜻인지는 알아들었을 거야."

"제게 왜 이 사진을 보여 주시는 겁니까?"

"보다시피 사진으로는 여자가 누군지 전혀 알아볼 수가 없
지 뭔가?"

"……."

"강 전무에게 보여 주면 당장 그 여자에게 전화를 넣든 사
람을 보내든 할 줄 알았는데 아무 반응이 없더군. 그런데 자네
가 그동안 인터뷰 때문에 강 전무를 따라다녔다니 혹시 뭐 알
고 있는 게 없나 물어보려고 부른 거네."

사진을 들고 있는 손이 떨리려 하자 연주는 주먹을 움켜쥐
듯 사진을 잡은 손에 힘을 실었다.

"뭐든 좋으니 아는 게 있으면 말해 보게."

"죄송합니다. 저도 잘 모르겠습니다."

"그래? 유감이군. 하지만 찾으려고 마음만 먹으면 이런 건
일도 아니니 강 전무도 그걸 알 테지."

"……."

"강 전무는 아주 영리하지만 고지식해. 그래서 자기가 원하

는 것에는 다가가지만 지켜야 하는 것에서는 멀어져야 한다는
걸 알고 있지. 재원그룹을 원할 테니 내게 다가올 테고, 그 여
자를 지킬 생각이라면 스스로 멀리할 거야. 내게는 결국 두 가
지가 같은 결론을 의미하지만."

안 회장이 그녀의 손에서 사진을 도로 빼앗아 중앙을 찢어
내렸다.

"공연한 일로 바쁜 사람을 귀찮게 한 것 같군."

"아닙니다. 다른 용건이 없으시면 그만 일어나 보겠습니
다."

"빈손으로 가면 서 사장이 좋아하지 않을 텐데."

안 회장이 찢은 사진을 손바닥 안에 움켜쥐자 빳빳한 종이
가 비틀리며 그 끝이 꽃송이처럼 벌어졌다.

"다음 주부터 재원물산 광고를 미디어아침에 싣겠다고 전
하게."

"알겠습니다."

"그리고……."

안 회장답지 않게 잠시 말을 끊었다.

"내 결정에 자네 집안 어른들도 흡족해하실 거네."

"……."

"그만 가 보게."

"네."

자리에서 일어선 연주는 예의를 갖춰 안 회장에게 인사를
했다.

회장실을 나서 엘리베이터를 타고 1층으로 내려온 그녀는
자신이 어디를 향해 걷는지도 모른 채 정처 없이 걸었다. 그러
다 로비를 반쯤 가로질렀을 때 주위를 둘러보고 나서야 자신
이 로비 중앙에 서 있다는 사실을 깨달았다.

정면의 창으로 햇살이 눈부시게 쏟아져 들어왔고, 점심시간
이 다 되어 가는 듯 엘리베이터며 복도 쪽에서 웅성웅성 사람
들의 말소리가 들려왔다. 하지만 연주는 한동안 그 자리에 멍
하니 서 있었다.

핸드폰 진동을 느끼고 나서야 다시 정신을 차린 그녀는 서
둘러 주머니 안에서 핸드폰을 꺼내 들었다. 모르는 이에게 걸
려 온 전화였다. 평소 같았으면 제보 전화일 수도 있기에 망
설이지 않고 받았겠지만 그녀는 핸드폰을 다시 주머니 안으로
밀어 넣었다.

얼마간 더 울리던 전화는 그대로 끊겨버렸다. 점점 더 많은
사람들이 벌떼처럼 로비로 쏟아져 나오자 그녀도 휩쓸리듯 건
물 밖으로 발을 내디뎠다.

"홍 기자, 벌써 들어와?"

"어디 가세요?"

회사로 돌아간 그녀는 사무실 입구에서 때마침 밖으로 나오
던 박 기자와 마주쳤다.

"점심 약속 있어서."

"네, 맛있게 드시고 오세요."

"홍 기자도 점심 들어야지? 같이 갈래?"

"아니에요. 다녀오세요."

"그럼 갔다 올게."

"네."

점심시간이라 직원들이 대부분 빠져나간 사무실은 썰렁했다. 연주는 자신의 자리에 앉으며 핸드폰을 꺼내 책상 위로 내려놓았다. 고작 2시간 남짓 자리를 비웠을 뿐인데 아주 긴 시간 동안 고된 일을 마치고 돌아온 기분이었다.

의자 등받이에 머리를 기대자 의도치 않았던 긴 한숨이 저절로 흘러나왔다. 그대로 눈을 감은 채 얼마간 앉아 있던 그녀를 다시 움직이게 만든 건 책상 위에서 진동하는 핸드폰이었다.

반사적으로 손을 뻗어 통화 버튼을 먼저 누르고 난 뒤 액정을 확인하자 강태완 전무라는 글자가 그녀의 눈에 들어왔다. 그에게는 더 이상 들을 말도, 하고 싶은 말도 없는 상태였다. 마치 기다렸다는 듯 통화 버튼을 눌러 버린 자신의 손이 원망스러웠다. 하지만 이미 받은 전화를 그냥 끊으면 더 이상하게 생각할 것이기에 그녀는 귓가로 핸드폰을 가져다 댔다.

"미디어아침 홍연주입니다."

—지금 미디어아침 정문 앞에 있습니다.

귓가에 다짜고짜 들려온 말에 연주는 자리에서 벌떡 일어서 창가로 걸음을 옮겼다. 창밖을 내다보자 4차선 도로 갓길에 비상등을 켜고 서 있는 검은 세단이 보였다.

"저 지금 밖에 있는데요."

─방금 들어가는 거 봤습니다. 일부러 피하는 거 아니면 잠깐 만나서 얘기 좀 하죠.

"……."

─홍연주 씨.

"전무님 얼굴을 보기가 불편해서 일부러 피하는 거 맞는데요."

잠시 정적이 흘렀다. 짧은 침묵 속에 연주는 자신이 먼저 전화를 끊어 버릴까, 나를 냉정하게 거절해 놓고 무슨 일 때문에 찾아온 거냐고 빈정거려 볼까, 그것도 아니면 정말 공적으로만 그를 대할까 갈등했다.

태완이 다시 입을 열었다.

─ 그 말, 아직 나한테 미련이 남았다고 해석해도 되는 겁니까?

"해석은 마음대로 하시고요. 지금 제가 일도 바쁘고 해서 전무님 뵐 시간을 낼 수가 없을 것 같은데요."

─그럼 내가 잠깐 올라가겠습니다.

그의 대답과 함께 세단 뒷좌석의 문이 열리는 것이 보였다. 그녀가 내려가지 않고 버티면 정말 올라올 생각인 듯했다.

연주의 시선이 재빨리 사무실 안을 훑었다. 몇 사람 남아 있지 않긴 했으나 이들 중 태완을 알아보지 못할 사람은 없었다. 그녀는 더 길게 생각할 새도 없이 출입문을 향해 걸음을 옮겼다.

"잠깐이라면 시간을 만들어 보도록 하죠."

그녀가 계단을 뛰어 내려가 건물을 나섰을 때 태완은 차에서 내려 길에 서 있었다.

매일 같이 미세먼지로 뿌옇던 하늘이 오늘따라 유난히 화창했다. 그 덕분에 비현실적인 분위기를 뽐내고 있는 그를 바라보는 그녀의 표정 관리가 쉽지 않았다.

"바쁘신 분이 여긴 어쩐 일이세요?"

"잠깐 얘기할 시간 되죠?"

"용건이 뭔데요?"

"차에 타서 얘기하죠."

태완은 차 뒷좌석의 문을 열고 그녀를 먼저 태운 뒤 옆자리에 앉았다.

"안 회장님과는 무슨 얘기했습니까?"

태완은 시간을 끌지 않고 곧장 그녀에게 물었다.

"일 얘기죠. 저희 회사에 재원물산 광고도 주셨고요."

"재원물산 광고를 주셨다고요?"

"네, 더 열심히 일하라는 뜻이겠죠. 그리고 회장님께서 해주신 이런저런 말씀까지 듣고 돌아오면서 제가 지금 한가하게 연애나 하며 시간을 흘려보낼 때가 아니구나 하는 사실도 분명하게 깨달았어요. 힘들게 입사한 회사고, 해야 할 일이 얼마나 많은데. 그렇게 생각을 바꾸고 나니까 전무님 말씀이 전부 옳았다는 것도 알겠더라고요. 얼마간은 생각날지 모르겠지만 잠깐 느꼈던 호감이니 금방 시들해질 거예요. 그런 의미에서 제 고백을 거절해 주신 것에 감사드려요. 이제 공적으로든 다른 문제로든 전무님을 찾아가거나 연락드리는 일은 없을 거예요."

음식을 꼭꼭 씹어 삼키듯 천천히 자신의 얘기를 마친 연주는 고개를 돌려 그의 얼굴을 바라보았다.

태완은 심해처럼 깊게 가라앉은 눈빛으로 그녀를 바라보고 있었다. 그 작은 변화만으로도 그녀는 심장이 비틀리는 듯했다.

그가 지금 무슨 생각을 하고 있는지, 정말 찾아온 용건은 무엇인지 알고 싶었다. 아니, 무슨 말이든 해 주길 바랐다. 하지만 이내 마음을 돌렸다. 자신의 이런 마음을 그가 알게 되는 게 그들에게 아무런 도움이 되지 않는다는 걸 잘 알기 때문이다.

"혹시라도 기사 때문에 연락하실 일이 있으시면 앞으로는 저 말고 회사로 연락하셔도 불편 없이 처리될 거예요. 그럼."

"홍연주 씨."

"……."

"안 회장님이 해 주신 이런저런 말씀, 그게 뭡니까?"

"모두 필요한 얘기였어요, 제게는."

"그러니까 그 얘기가 구체적으로 무슨 얘기였냐고 묻는 겁니다."

"그게 왜 궁금하신데요? 전무님은 제게 호감도, 호기심도 갖지 말라고 하셨던 것 같은데."

담담하고, 조금은 차가운 그녀의 목소리에 그의 매끈한 미간이 희미하게 접혔다.

"그리고 재원건설 강훈 사장이 그간 해성건설에 무슨 짓을 했는지에 대한 증거 자료들은 빠른 시간 안에 정리해 전해 드릴게요. 그동안 저희 오빠들도 그 일에 대해 계속 알아봤던 것 같고 어른들도 조만간 어떻게 마무리를 지을지 결정을 내리실 것 같으니까요."

"……."

"다음에는 어디에서 마주치든 정말 아는 척할 필요 없겠네요."

그래도 재원건설 일은 마무리를 지을 수 있어서 그나마 다행인지 모른다. 그녀의 이 작은 보탬이 그에겐 부디 작지 않은 힘으로 쓰이길.

연주는 태완을 향해 깍듯하게 고개를 숙여 보이고는 그대로 차에서 내렸다. 그가 자신을 바라보고 있는지, 어떤 표정을 하고 있는지 궁금했지만 그녀는 정면을 향해 흐트러짐 없이 걸음을 옮겼다.

"홍연주."

"왜?"

연주와 정혁은 술이 센 편이 아니었다. 둘 다 소주 한 병 가량이 주량이었기에 그 이상을 마시면 다음 날 저녁까지 지독한 숙취와 두통에 시달렸다. 술은 마실수록 는다는 소리에 일부러 술자리를 만들기도 하고 독한 술도 마셔 봤으나 모두 소용없는 짓이었다. 그런데 지금 그들의 테이블에는 소주 네 병이 놓여 있었다. 이건 곧 먹고 죽어도 좋다는 뜻이었다.

"나 떠난다."

갑자기 정혁이 울상을 지으며 눈을 내리깔았다.

"갑자기 무슨 소리야? 어디 출장이라도 가?"

"아니."

"그런데 어딜 간다는 거야?"

"우수 사원만 보내 주는 해외 연수 프로그램으로 유럽 간다. 무려 9박 10일간."

정혁이 양손으로 V를 만들어 보이며 방긋 웃었다. 나이 답지 않게 구는 정혁의 모습에 피식 웃음을 보인 연주는 다시 소주병을 들어 자신의 잔을 채웠다.

"왜 네가 직접 따라."

정혁이 서둘러 제 집게손가락 끝으로 그녀의 술잔을 톡 하고 건드렸다.

"그날 아무래도 전무님이 날 진짜 잘 봐주셔서 추천해 주신 것 같아. 10년을 넘게 다닌 우리 과장님부터 그 밑에 있는 다른 직원들 중 아직 한 명도 해외 연수자 명단에 이름이 올랐던 직원이 없는데. 겨우 3년 차인 내가, 하하하……. 난 죽을 때까지 전무님께 충성을 다 하기로 마음을 먹었다, 연주야."

정말 기분이 좋은 듯 정혁의 입가에서 미소가 떠날 줄을 몰랐다.

"나한테도 이런 날이 오다니. 오늘 술은 내가 사는 거야."

연주는 자신의 주머니 안에서 핸드폰을 슬그머니 끄집어냈다. 퇴근 후 줄곧 꺼 두었던 핸드폰. 혹시 신문사에서 급한 일이 생겨 연락이 올지도 모르니 다시 켜 놓을까 망설이던 그녀는 테이블 위에 그것을 뒤집어 올려놓고 술잔을 집어 들었다.

"야, 천천히 마셔."

그녀와 쨍그랑 잔을 부딪친 정혁이 한입에 제 잔의 술을 털어 넣었다.

"너는 어때? 특종도 터트리고 재원물산 광고까지 가져갔는데 휴가 안 주시나?"

"나는 어쩌다 운이 좋았던 거였는데, 뭐."

"이런 겸손쟁이 홍연주. 네가 모르나 본데 운도 실력이다."

기분이 좋아진 정혁의 목소리는 점점 커졌고 혼자 늘어놓는 얘기가 장마에 그칠 줄 모르는 비처럼 끝없이 이어졌다.

"나 화장실 좀 갔다 올게."

"응, 빨리 갔다 와."

연주는 자리에서 일어서 비틀비틀 화장실을 향해 걷기 시작했다. 이미 제 주량의 술을 마셨음에도 앉아 있을 때는 멀쩡한 것 같던 정신이 막상 자리에서 일어서니 어지럽고 땅도 흔들렸다.

그래도 다른 사람들에게 피해가 가지 않게 조심조심 테이블을 피해 화장실 앞에 도착했을 때였다.

쿵.

"아, 죄송합니다."

누군가와 부딪혀 곧장 사과하고 고개를 드니 눈앞에 버티고 있는 것은 화장실 문이었다.

"뭐야, 문이잖아."

문을 닫고 화장실 안으로 들어가니 졸음이 밀려왔다. 이제 그만 집으로 돌아가 잠이나 자야겠다고 생각한 연주는 손을 씻고 정혁이 앉아 있는 테이블로 돌아왔다.

"연주야, 한 병 더 시켰는데."

"이제 그만 일어나자. 너 너무 많이 마셨어."

"나 아직 멀쩡해. 내일 토요일인데 한 병만 더 마시자."

"난 그만."

"아이, 딱 한 병만."

취한 그녀의 눈에도 정혁의 얼굴에 올라온 취기가 보이는데 그는 계속 고집을 부렸다. 내 몸 하나 가누기도 힘겨운 상태였기에 연주는 다시 자리에 털썩 주저앉았다.

"그럼 너 혼자 마시고 와."

"사실은 전무님이 어디냐 물어보셔서 내가 여기로 오시라고 했단 말이야."

"뭐? 야, 너 미쳤어?"

갑자기 술이 확 깨는 느낌이었다.

"전무님이 어떻게 아셨는지 내 전화번호까지 알고 있더라고. 내가 진짜 마음에 드셨나 봐."

그 순간 연주는 자신과 연애할 마음은 없다고 했던 태완의 목소리가 귓가에 다시 들려오는 듯했다.

"그런데 둘이 있으면 아직은 좀 어색할 것 같아서⋯⋯."

"전화해서 갑자기 급한 일이 생겨서 들어가야 하니까 다음에 만나자고 해."

연주는 테이블 위 자신의 핸드폰을 정혁에게 내밀었다.

"벌써 출발하셨을 텐데 어떻게 이제 와서 그런 전화를 해."

정혁이 핸드폰을 받아 들고는 또 실실 웃음을 흘렸다. 그의양 볼을 잡고 마구 흔들어 주고 싶은 마음을 꾹 누른 채 그녀는 가방을 집어 들고 자리에서 일어섰다.

"그럼 둘이 오붓하게 마시든지. 나는 더는 못 마실 것 같으니까."

계산대로 걸어가 계산을 하는 동안 정혁이 부르는 소리가들렸지만 연주는 모르는 척 술집을 나왔다. 연주는 그대로 허둥지둥 오피스텔 방향으로 걸어가기 시작했다.

"홍연주 씨."

그녀가 얼마간 정신없이 걷다 잠시 걸음을 멈추고 숨을 고르고 있을 때였다. 어딘가에서 그녀의 이름을 부르는 듯한 소리가 들려왔다. 분명 환청이었다. 그러나 그녀가 멈췄던 걸음을 옮기려 하자 다시 소리가 들렸다.

"홍연주 씨."

이번에는 두 눈으로 직접 확인해야 할 것 같은 마음에 그녀는 걸음을 멈추고 천천히 고개를 돌렸다. 어둠 속에서 장신의남자가 그녀를 향해 뛰어오고 있는 모습이 보였다.

"기다려요."

상대를 알아보고 서둘러 걸음을 옮기려던 연주를 그가 먼저 잡았다.

"내가 부르는 소리 못 들었습니까?"

"……"

"전화는 왜 꺼 놓은 겁니까? 무슨 일 있는 줄 알았잖아요."

"……"

"그리고 왜 여기에 혼자 있는 겁니까? 우 대리는요?"

태완도 숨이 찬 듯 호흡이 거칠었다.

"저 먼저 집에 가는 길이었는데요."

그녀가 사뭇 냉정한 목소리고 대꾸했으나 그는 신경 쓰지 않는 듯 어깨에서 흘러내려 바닥에 떨어진 그녀의 가방으로 손을 뻗었다.

"술 많이 마셨습니까?"

"아니요."

그는 그녀의 대답을 믿지 않는 눈치였다. 하긴 이곳까지 걸 어오는 동안 돌에 걸려 한 번 넘어졌고 전봇대에도 스치듯 부 딪혔으니 그녀의 옷 어딘가에는 흔적이 남아 있을지도 모른 다.

"얘기는 내일 하죠. 집까지 데려다주고 갈 테니까 업혀요."

그가 그녀 앞에서 몸을 낮췄다.

"그냥 가세요."

연주는 그를 지나쳐 그의 손에 들린 자신의 가방으로 손을 뻗었다.

"업히지 않으면 안고 갈 겁니다."

이미 그에게 마음을 접었다는 사실을 밝혔다. 안 회장의 협박 때문이었든 그녀를 지켜주기 위해서였든 그는 결국 안 회장의 말에 따르게 될 테니 자신의 결정에 후회 같은 건 없었다.

그런데 이렇게 다시 얼굴을 마주하고 나니 자신이 장담했던 것처럼 감정이 쉽게 시들해지지 않을지도 모른다는 생각이 들었다. 목은 메이는데 가슴은 버겁게 뛰었다. 머리로는 이미 이별을 받아들였는데 심장은 그를 반기고 있었다. 그녀는 이를 악물고 더욱 담담하게 입을 열었다.

"다시는 얼굴 보는 일 없을 줄 알았는데요."

그녀의 말에 그가 몸을 일으켰다.

"아까도 말했지만 전무님한테 잠깐 마음이 흔들렸던 것뿐이에요. 혹시라도 미련 때문에 힘들어하는 거라고 짐작하신 거라면 그런 거 아니니까 신경 쓰지 마세요."

연주는 있는 힘껏 가방끈을 당겼으나 가방은 꿈쩍도 하지 않았다. 공연히 가방에게 화가 번져 두 손으로 잡고 당기려는 순간 그도 같이 힘을 주는 바람에 그녀의 몸이 힘없이 그에게로 딸려 갔다. 당황한 그녀가 서둘러 그에게서 멀어지려 하자 태완이 손을 뻗어 그녀의 어깨를 움켜잡았다.

"홍연주 씨."

연주는 고개를 들지 않았다.

"사실 나 당신한테 잠깐 마음 흔들렸던 거 아닙니다."

"······."

"당신이랑 연애할 마음 없다고 했던 것도 진심 아니었습니다."

"······."

"연애, 그게 얼마나 좋은 건지 당신이랑 해 보고 싶었어."

거칠었던 그녀의 숨결이 일순간 잠잠해졌다.

"그런데 이제는 아니야."

"······."

"당신이랑 자고 싶어."

연주는 이마를 깊게 찌푸렸다. 멈췄던 숨결도 다시 거칠어졌다.

"그러면 미련 정도가 아니라 죽어도 당신을 놓지 못할 거야. 무슨 일 있어도 놔주지 않을 거라고."

"홍연주!"

그녀가 아무런 대꾸도 하지 못하고 태완의 목덜미만 바라보고 있을 때, 멀리서 정혁의 목소리가 들려왔다. 왜 하필 지금인지. 당황한 그녀가 서둘러 어깨를 잡고 있는 손을 뿌리치려 했으나 그는 꿈쩍도 하지 않았다.

"정혁이에요."

"알고 있습니다."

"그럼 어깨 좀······."

"내 얘기 아직 끝나지 않았습니다."

그의 손이 아쉬운 듯 느리게 그녀의 어깨에서 떨어졌다.

"너 핸드폰 놓고 갔어."

그녀 앞까지 느리적느리적 달려와 핸드폰을 내밀던 정혁이 그녀와 함께 있는 사람이 태완이라는 사실을 확인하고 허리를 굽혔다.

"전무님, 저는 가려던 게 아니고 연주가 핸드폰을 놓고 가는 바람에 가져다주려고 잠깐 나온 겁니다."

"네, 그런데 우정혁 대리도 이미 많이 마신 것 같아 보이는군요."

방금 그녀에게 자자고 말한 남자가 맞나 싶을 만큼 정혁을 바라보는 태완의 시선은 무뚝뚝했고 목소리는 차분했다.

"네, 기분이 너무 좋아서 조금 마셨습니다. 그런데 취하려면 아직 멀었으니까 딸꾹, 걱정 마십시오. 딸꾹."

"오늘은 시간이 늦었으니 그만 들어가고 다음에 한잔하죠."

"저 때문에 일부러 여기까지 와 주셨는데 어떻게……."

"다음에 내가 아주 괜찮은 곳으로 초대하죠."

"영광입니다, 전무님."

태완을 향해 다시 한 번 깊게 고개를 숙였다 들던 정혁이 제 몸을 가누지 못하고 비틀거렸다.

"그런데 제가 술값을 아직 계산을 안 하고 나와서 잠시 다녀와야……."

"내가 하고 왔어."

"진짜? 역시 홍연주 짱."

정혁이 그녀를 덥석 끌어안았다.

"우 대리, 많이 취한 것 같은데 어서 집으로 가죠."

태완이 억지로 그녀에게서 정혁을 떼어 냈다.

"전무님, 여기까지 오신 김에 오늘도 저희 집에서 주무시고 가시죠. 제가 언제든 주무시고 가실 수 있게 어제 방 정리도 싹 해 뒀거든요. 아, 칫솔도 사다 놓고 트레이닝 복은 세탁해 걸어 놨습니다."

"그래도 되겠습니까?"

당연히 거절할 줄 알았던 태완이 그녀를 바라보며 물었다. 마치 그녀에게 묻고 있는 것처럼.

"당연히 되죠. 그리고 아시는지 모르겠는데 제가 다음 주에 9박 10일로 연수를 다녀오게 돼서요. 혹시라도 우리 연주같이 끈질긴 기자들 때문에 피난처가 필요하시면 누추하지만 언제든 저희 집에서 주무시고 가셔도 됩니다, 딸꾹."

정혁은 태완의 대답도 듣지 않고 제 집 비밀번호를 몇 차례 반복해 말했다. 함께 서 있는 연주의 머릿속에도 저절로 입력이 될 정도였다.

"그럼 저희 집으로 가서 한잔하시죠. 너도 같이 가자, 연주야."

정혁이 끊임없이 비틀거리고 딸꾹질과 헛구역질도 수시로 해 가며 오피스텔을 향해 걸어가자 태완과 연주도 그의 양옆에서 함께 걸었다.

"아직 얘기 안 끝났으니까 기다려요."

자신의 집에 도착했을 때 정혁은 태완의 등에 업혀 있었다. 걷다 말고 다른 오피스텔 현관 앞에서 신발을 벗고 바닥에 누워 버렸던 것이다. 연주가 서둘러 정혁이 말해 줬던 비밀번호로 현관문을 열자 태완이 그녀에게 다시 말했다.

"우 대리만 눕혀 놓고 금방 나올 겁니다."

"아니에요. 저도 그만 올라가 볼게요. 피곤하실 텐데 전무님도 그만 가 보셔야죠."

"기다리지 않으면 내가 홍연주 씨 집으로 올라갈 겁니다."

그는 정혁을 업고 집 안으로 들어갔다.

잠시 복도 벽에 등을 기대고 서 있던 연주는 이내 무릎을 두 팔로 감싼 자세로 바닥에 앉았다. 술에 취해, 혹은 그가 정말 자신의 집으로 올라올까 하는 불안 때문에 기다리는 것은 아니었다.

그에게 묻고 싶은 말이 있었다. 술기운 때문에 가능한 질문일지 몰라도 오늘이 아니면 다시는 묻지 못할 것 같았다. 그리고 답을 듣지 못한다면 오래도록 오늘을 후회할 것 같았다.

금방 나오겠다던 그가 다시 밖으로 나온 것은 한참이 지나서였다. 술 취한 정혁과 얼마나 씨름을 한 것인지 목에서 넥타이가 사라지고 재킷은 손에 들려 있었다. 손으로 쓸어 넘긴 머릿결도 땀에 젖어 있는 것이 보였다.

"홍연주 씨."

바닥에 앉아 있는 그녀를 발견한 그가 서둘러 손을 내밀었지만 연주는 그의 손을 잡지도, 스스로 일어서지도 않았다. 다만 그의 손에 시선을 고정시킨 채 입을 열었다.

"전무님이 내민 이 손, 그리고 저랑 자고 싶다는 말…… 오늘이 지나면 다시는 기회가 없는 건가요?"

"나는 지금 당신이 잡아 주길 바라는데."

"잡으면 뭐가 달라지는 거죠?"

"다시 당신을 두고 뒷걸음질 치는 일은 없을 겁니다. 홍연주의 강태완이 되는 거니까."

그제야 연주가 손을 내밀자 그가 그녀의 손을 잡아 단번에 몸을 일으켜 세웠다.

8. 녹는다

"앗!"

술기운 때문인지, 힐 때문인지 그녀의 몸이 휘청하는 순간 태완이 나머지 손으로 재빨리 그녀의 허리를 감싸 자신에게로 끌어당겼다. 허리에 닿은 그의 손은 뜨거웠고 복도는 고요했으며 그들의 숨결은 거칠었다.

그녀의 심장은 그 모든 부조화를 뒤덮어 버릴 만큼 버거운 속도로 뛰고 있었다.

"술을 얼마나 마신 겁니까?"

"조금 아니, 조금보다는 조금 더 많이……."

얼굴을 가까이 마주하는 자세로 서니 술 냄새가 좀 더 진하게 풍기는지 그가 살며시 미간을 모았다.

"설마 내가 방금 술 취한 여자한테 고백한 겁니까?"

그랬다. 그녀는 방금 그에게 좋다, 싫다 짧은 단답형 대답이 아니라 고백을 들은 것이다. 연주는 그제야 그의 말뜻을 정확하게 알아들은 것처럼 살며시 입가를 끌어 올리며 느리게 고개를 저었다.

"술을 마시긴 했는데 방금 들은 고백은 아마 죽을 때까지 기억할 것 같아요."

그녀는 자신의 집게손가락을 들어 그의 가슴 정중앙을 콕 찔렀다.

"오늘은 강태완, 이 남자가……."

그에게서 떨어진 손가락이 이번엔 제 가슴으로 향했다.

"스스로 이 홍연주의 것이 되겠다고 한 날이니까."

그런 그녀가 마냥 사랑스러우면서도 신기한 듯 태완의 얼굴에 부드러운 미소가 스르르 번졌다.

"무르고 싶어도 그럴 수 없어요. 제가 소유욕이 좀 강하거든요."

나직하게 중얼거리며 연주는 뒤꿈치를 들어 올렸다. 그의 입술에 자신의 입술을 가져다 대자 그도 잡고 있던 손을 놓고 양손으로 그녀의 등을 감쌌다. 그리고 숨도 쉴 수 없을 만큼 강하게 그녀를 끌어안았다.

조심스럽고 부드럽게 시작된 입맞춤은 어느 틈엔가 농도 짙은 키스로 바뀌어 가고 있었다. 불규칙하던 숨결도, 수줍던 입 안의 살결도 뜨겁게 얽혀 들었다. 어느새 연주의 등은 조금씩 기울어지는 그의 몸 때문에 다시 벽에 닿았다. 하지만 도무지 멈출 수가 없었다.

감정에 완벽하게 지배당한 육체, 지금 그녀의 몸은 딱 그런 상태였다.

고작 열 개 남짓의 계단을 올라가면 완벽하게 독립된 그녀의 공간이 있음에도 그 열 걸음을 떼지 못할 정도로 태완이 자신에게 몰입하고 있는 것이 싫지 않았다. 그녀가 도망이라도 칠까, 이미 맞닿은 그의 몸이 그녀를 압박하는 것조차 짜릿했다.

등을 감싸고 있던 그의 손이 가쁜 호흡으로 거칠게 오르내리고 있는 그녀의 원피스 앞섶으로 움직여 가슴을 살며시 감싸 쥐었다. 그제야 누가 언제 들이닥칠지 모르는 복도에서의 스릴 넘치는 키스는 여기까지여야 한다는 생각이 연주의 머릿속을 스쳤다.

그녀는 그의 팔 위에 얹었던 손을 움직여 그의 몸을 살며시 밀었다.

"전무님."

그녀가 부르자 태완도 숨을 고르며 천천히 고개를 들어 올렸다. 그도 이성을 되찾기 위해 노력하고 있다는 걸 억눌러 내쉬는 숨결로 확인할 수 있었다.

"집으로 올라가는 게 좋을 것 같아요."

연주가 수줍게 말하자 그가 아무 말 없이 그녀를 번쩍 안아 들었다.

"제가 걸어갈게요."

"더는 술 마신 사람과 같은 속도로 걸을 자신 없습니다."

반듯하게 걸어왔으면 10분이면 왔을 거리를 정혁과 함께 오느라 30분이 넘게 걸렸으니 그의 입에서 그런 말이 나오는 것도 어쩌면 당연했다.

하지만 그녀가 그만큼 취하지 않았다고 말할 틈도 없이 그는 빠르게 복도를 가로지른 후 긴 다리를 이용해 두 칸씩 계단을 올라가기 시작했다.

띠링.

서둘러 연 현관문이 그의 등 뒤에서 닫혔다. 그녀의 발도 다시 바닥을 디뎠다.

연주는 고개를 들어 그의 얼굴을 바라보았다. 단지 그것만으로도 그녀의 가슴은 다시 울렁거릴 정도로 빠르게 두근거렸다.

"차 드릴까요?"

지금 상황에는 결코 어울리지 않는 질문이었으나 그녀는 손끝만 대도 타 버릴 것 같은 열기를 조금 누를 필요가 있다는 생각에 나직하게 물었다.

"아니, 괜찮아요."

"정혁이 업고 오느라고 힘드셨을 텐데 저까지 안고 올라오셨잖아요. 물이라도 가지고 올게요."

"그냥 있어요."

태완은 주방으로 가려는 그녀의 팔을 잡아 세우고 냉장고에서 생수병을 꺼내 왔다. 그리고 그녀가 보는 앞에서 뚜껑을 따

벌컥벌컥 들이켜기 시작했다. 그 모습을 바라보지 말았어야 했는데.

물을 삼키며 그의 울대가 한 번씩 꿈틀하고 움직일 때마다 그녀의 심장 박동은 빨라졌고, 그가 손등으로 입술을 훔칠 때는 그녀도 함께 무언가를 삼키고 있었다.

"이제 됐습니까?"

그가 마시고 난 물병의 뚜껑을 잠그며 물었다.

연주는 그 진지한 모습과 질문에 공연히 웃음이 나올 것 같았다. 다른 누구도 아닌 태완이, 항상 무표정한 얼굴과 차가운 말투로 쓸데없는 말이나 행동 같은 건 한 적 없는 이 남자가 지금 너무 그답지 않게 행동하고 있었다. 그것도 그녀 때문에.

"왜 웃는 겁니까?"

"그냥 신기해서요."

"뭐가 말입니까?"

그의 질문에 연주는 더 활짝 미소를 지었다.

"전무님이랑 연애하게 된 게요."

"나도 신기한데 그럼 같이 웃을까요?"

"사실은 신기하기도 하고 좋기도 하고…… 전무님한테 고백을 들었다는 게 아직도 믿기지 않아서요."

"홍연주 씨."

그가 들고 있던 생수병을 바닥에 내려놓고 그녀의 손을 잡았다.

"신기한 건 당신인데."

아무리 신기해도 그녀만큼은 아닐 것이다. 연주는 불과 한 시간 전까지만 해도 지금 같은 상황을 상상도 하지 못했다. 태완의 차가웠던 반응과 자신의 어쩔 수 없었던 거절, 그리고 그들의 관계를 절대 인정해 줄 리 없는 안 회장.

여전히 안 회장을 떠올리면 등줄기를 타고 서늘한 무언가가 흘러내리는 듯했다. 할아버지의 존재까지 알고 있으니 앞으로 그녀를 더 주시할 것이란 것도 알았다. 생각이 깊어질수록 제 선택이 현명했던 것인지, 잘 헤쳐 나갈 수 있을지도 망설여졌다.

하지만 오늘 밤은 그에 대해 고민하지 않을 생각이었다.

태완이 이렇게 그녀의 손을 잡고 있으니까.

"저도 그래요."

연주는 달콤한 아이스크림을 바라보는 어린아이처럼 반짝이는 눈빛으로 그의 그윽한 눈을 올려다보았다.

"제 어떤 매력이 전무님을 사로잡은 건지 너무 신기하고 궁금해요."

그녀의 대답에 이번엔 태완의 입에서 웃음이 터져 나왔다.

"그런데 언제까지 전무님이라고 부를 겁니까?"

그가 입가에서 완전히 웃음을 지우지 못한 채 그녀에게 물었다.

"이제 이름을 불러도 괜찮을 것 같은데."

"이름보다는…… 참, 저 한 가지 궁금한 게 있었는데."

연주의 말에 태완이 진지한 얼굴로 그녀를 바라보았다.

"오늘 회장님 방에서 봤던 그 여자분이요."

유라에 대한 얘기가 흘러나오자 태완의 표정이 희미하게 경직되었다.

"말하지 말까요?"

"그럼 계속 생각할 것 같은데?"

"생각은 나겠지만 되도록 오해는 하지 않을게요."

"그게 다른 겁니까?"

웃음이 어색할 것 같던 차가운 눈매가 또다시 매력적으로 휘어졌다. 혼자 보기 아까운 만큼 아니, 다른 누구에게도 보여주고 싶지 않을 만큼.

"유라는 신한국당 서우찬 대표 딸이고 나와는 같은 대학을 다녔던 후배일 뿐이니까 신경 쓸 필요 없어요."

"서 대표님 따님이면 송현화 씨 딸이겠군요. 어머니 못지않게 딸도 미모가 대단하네요."

의식하지 않으려 해도 화려한 미모의 두 여인이 나란히 서 있는 모습이 머릿속에 그려지자 그녀의 입에서 나직한 감탄사가 절로 터져 나왔다. 뒤이어 송현화의 사진과 병원에서의 일도 떠올랐으나 굳이 지금 그 일에 대해 언급할 필요는 없었다.

"내 눈에는 지금 내 앞에 있는 여자가 더 예쁜데."

생각지 못했던 그의 말에 말문이 막힌 연주가 대답 대신 그를 올려다보며 미소 짓자 그도 입술을 유연하게 끌어 올리며 그녀를 향해 천천히 고개를 숙였다. 그리고 미소로 벌어진 그녀의 입술 위로 자잘한 입맞춤을 쏟아붓기 시작했다. 연주는 자신의 뺨에 닿는 뜨거운 숨결을 느끼며 손을 들어 그의 어깨를 잡았다.

"거짓말인 거 다 알지만 듣기는 좋네요, 아주 많이."

"난 거짓말 안 하는데."

"확인할 방법이 없으니 믿을게요."

연인이 나누는 익숙한 입맞춤처럼 시작한 키스가 점점 깊어지며 뒤엉킨 혀끝의 감각이 감미로운 전율로 변해 그녀를 감쌌다.

몸이 달아올라 다리에서 힘이 풀리자 연주는 어깨를 잡았던 손을 목 뒤로 움직여 그를 끌어안았다. 그러자 그녀의 입속을 헤집던 그의 뜨거운 혀가 입안을 벗어나 목덜미를 타고 아래로 미끄러졌다. 연주는 나직이 신음을 흘리며 고개를 뒤로 젖혔다.

"음……."

밀폐된 공간이 주는 은밀함과 밤의 적막은 그들의 본능을 빠르게 일깨우고 있었다. 아늑한 집 안은 가쁜 숨소리로 메워졌다.

그는 키스를 멈추지 않은 채 그녀의 등 뒤로 손을 움직였다. 지퍼가 내려가고 어깨가 드러나자 그의 입술이 그녀의 쇄골과 어깨 위로 차례로 내려앉았다. 연주도 그의 셔츠로 손을 움직여 단추를 풀기 시작했다.

"근사해요."

그녀의 손길에 천천히 벌어지던 셔츠 사이로 조각처럼 탄탄한 그의 몸이 드러나자 연주는 감탄 어린 시선으로 그를 바라보며 셔츠에서 손을 뗐다.

"오늘 한 말, 내일 다 물어볼 겁니다."

그는 놀리듯 말한 뒤 그녀의 무릎 뒤로 손을 넣어 번쩍 안아 들었다. 그리고 침실을 향해 걸음을 옮겼다.

"침대가 좁을 텐데……."

"내가 딱 원했던 사이즌데."

그가 똑바로 누우면 발이 밖으로 삐져나오지 않을까 싶을 정도로 아담한 싱글 침대 위로 그녀를 내려놓으며 말했다.

그리고는 연주가 다른 말을 하기 전에 그녀의 입술을 덮었다. 침대가 좁은 만큼 밀착된 상태에서 그들이 나누는 키스에는 더 많은 자극을 바라는 마음과 아끼고 싶은 마음이 모두 고스란히 담겨 있었다.

연주가 키스에 집중하는 동안 그녀의 등을 천천히 쓸어내린 태완의 커다란 손이 제 손에 닿자 두 사람은 깍지를 껴 서로의 체온을 느꼈다.

연주는 더욱 깊게 그의 입술에 자신의 입술을 밀어붙였다. 뜨거운 서로의 체온과 가쁜 호흡, 그리고 집요한 그의 손길 아래 그녀의 달뜬 몸이 다시 가볍게 떨렸다.

그녀의 떨림에 그의 손길은 점점 더 거칠어져 갔다. 지금 태완은 그녀가 알던 이성적이고 차가운 남자가 아니었다. 내면의 들끓는 욕망을 주체하지 못하는 평범한 사내였다.

물론 이런 그가 싫다거나 저지해야 한다는 생각이 든 건 아니었다. 분명 그녀의 저릿한 심장도, 혼미한 이성도 그가 주는 더 많은 자극을 원하고 있었다. 그렇기에 그가 갑자기 입술을 떼고 서둘러 자신의 셔츠와 바지를 벗을 때 그녀도 스스로 캐미솔을 벗어 바닥으로 떨어뜨렸다.

"전무님."

그는 대답이 없었다. 그 대신 달콤한 정적, 그 안에서 둘의 시선이 뜨겁게 얽혀 들었다.

"전무님 말고 아까 뭐라고 부르려고 했습니까?"

"아까요?"

그녀의 질문에 그가 고개를 끄덕였다.

"……오빠."

잠시 망설이던 그녀는 간혹 큰오빠에게 애교를 부릴 때 사용하는 비음이 섞인 발음으로 태완을 불렀다. 그러자 그가 재빨리 손을 뻗어 그녀의 허리를 휘감았다.

"한 번 더."

"오빠."

"다시."

"그만해요."

사실 유라가 그를 너무 자연스럽게 오빠라고 불렀을 때 그 긴장되는 공간에서도 이유 없이 샘이 났었다. 그녀처럼 세련되고도 청순하게 그 단어를 말할 순 없었지만 그녀가 부르는 소리가 듣기 좋은지 태완의 입매가 은근하게 휘어졌다.

더는 기다릴 수 없다는 듯 태완은 곧장 그녀의 등 뒤로 손을 움직여 속옷을 풀었다. 그녀의 속옷이 그의 손끝에 걸리자 햇볕에 적당히 그을린 목선 아래 소담히 솟아오른 가슴이 모습을 드러냈다.

자신에게 고정된 그의 시선에 연주는 꿀꺽 침을 삼켰다. 그가 천천히 그녀의 가슴을 향해 고개를 숙였다.

"하아……."

그녀의 신음이 마치 도화선이라도 된 듯 그녀의 붉은 정점은 이내 그의 입안으로 깊숙이 빨려 들어갔다. 곧 나머지 가슴도 그의 손길에 점령당했다. 연주는 몸이 떨릴 만큼 짜릿한 감각에 몸을 떨다 손을 뻗어 그의 목덜미를 감쌌다. 한동안 날렵한 그의 목선을 헤매던 그녀의 손길이 어느 틈엔가 어깨를 스치고 가슴 위로 미끄러졌다. 그러자 그의 거센 심장 박동이 손바닥을 요란하게 두드렸고 그도 그녀의 가슴에서 입술을 떼고 고개를 들었다.

"홍연주."

낮게 쉰 목소리로 그가 그녀의 이름을 불렀다. 그녀를 바라보는 그의 눈동자 안에 욕망이 흐드러지게 피어 있었다. 그 눈빛을 보는 순간 연주는 땀에 젖은 손바닥을 동그랗게 말았고 그 과정에서 엄지가 그의 정점 끝을 살짝 스치자 그의 몸이 움찔하며 굳어졌다.

"당신 때문에 미칠 것 같아."

그가 다시 그녀의 입술을 거칠게 집어삼켰다. 빠르게 입안을 헤집고 혀를 휘감아 빨아들이기 시작하자 그의 가슴 위에서 그녀의 주먹이 다시 펼쳐졌다.

그녀 역시 아무리 숨을 몰아쉬고 그의 입술을 받아들여도 타는 듯한 갈증에, 끓어오르는 욕망에 피가 말라 가는 느낌이었다.

"하아⋯⋯."

깊게 감긴 그녀의 눈가가 가늘게 떨렸다. 그의 몸이 더욱 밀착되었다. 하지만 그것만으로 만족이 되지 않는 듯 그가 그녀에게서 고개를 들고 나머지 옷을 벗겨 냈다. 그리고 빠르게 자리를 잡았다.

연인이 되겠다는 결정을 내린 지 얼마 되지 않았는데 모든 게 너무 빨랐다. 하지만 전혀 어색하지 않았다. 오히려 간절했다.

둘의 시선이 다시 마주치고 숨결도 뒤엉켰다. 연주는 천천히 자신의 문을 열어 그를 맞았다. 그가 점점 더 깊게 안으로 들어올수록 그의 어깨를 잡은 손에 힘이 실렸다. 그러나 그는 멈추지 않았다.

마침내 숨도 마음껏 내쉴 수 없을 만큼 둘의 몸이 완벽하게 겹쳐졌다.

"흐읏⋯⋯."

받아들이기 버거운 그로 인해 그녀의 몸이 지금까지와는 다른 의미로 파르르 떨리자 태완이 힘주어 그녀를 안았다. 그녀의 거친 호흡이 잦아들 때까지, 떨림이 완전히 멈출 때까지 말없이 꼭 안고 있었다.

이윽고 그녀의 거친 호흡이 정상적으로 돌아왔을 때 그는 다시 연주의 입술을 남김없이 집어삼켰다.

방 안의 공기도, 밤하늘의 별도 그 열기가 좀처럼 잦아들지 못하는 밤이었다.

창으로 스며드는 햇살에 저절로 눈이 떠졌다. 아니, 그가 일어난 건 이미 한참 전이었다. 그럼에도 움직임 없이 누워 있었던 건 지금 있는 공간이 몸을 뒤척일 수도 없을 만큼 좁았기 때문이다.

이렇게 좁은 공간에서 잠을 자 본 건 난생처음이었다. 너무 좁아 연주의 얼굴을 똑바로 바라볼 수조차 없었는데 이 불편함이 싫지 않았다.

그와 맞닿아 있는 부드러운 살결이, 속삭임처럼 그의 귀를 간질이는 나직한 숨소리가 앞으로 지켜야 하는 여자의 것이란 생각만으로도 가슴 한구석이 간질거리며 벅차오르는 느낌이었다.

어제 아침까지만 해도 지켜 주지 못할까 봐, 어떤 선택을 내려도 후회가 뒤따를까 봐 괴로웠는데 이제는 그때의 고통이 오랜 과거의 일처럼 느껴졌다.

"음……."

작은 소리를 내며 뒤척이려던 연주도 자리가 여의치 않자 고개만 살며시 움직였다. 얼굴로 쏟아지는 햇볕 때문에 미간이 바짝 죄어들었음에도 그녀의 해사한 얼굴은 여전히 사랑스러웠다.

그는 유혹을 참지 못하고 상체를 일으켜 세운 뒤 그녀의 이마 위로 입술을 내렸다.

홍연주.

태완은 소리 내지 않고 입술만 움직여 이름을 불렀다. 그러자 마치 그가 부르는 소리를 듣기라도 한 듯 그녀의 입술이 활시위처럼 느른하게 휘어졌다.

어린아이처럼 해맑게 웃는 그 입술에 태완은 자신의 입술을 겹치고 싶은 욕구를 누르고 지난 밤 무음으로 바꿔 머리맡으로 가져다 둔 핸드폰으로 손을 뻗었다.

그답지 않게 시간을 확인할 생각조차 하지 않고 있었는데 핸드폰을 켜니 10시가 다 되어 있었다. 이렇게 늦은 시간까지 잠을 잔 건 출장을 다녀와 시차에 적응하지 못할 때조차도 거의 없던 일이었다.

하지만 그는 예삿일인 양 핸드폰을 집어 든 용건을 떠올렸다.

〈제가 결단을 내리면 돕겠다고 하셨죠? 그 생각, 지금도 변함없으십니까?〉

강훈 사장에게 메시지를 보내고 난 뒤 잠시 핸드폰을 바라보고 있을 때 연주의 나직한 말소리가 들려왔다.

"언제 일어났어요?"

"방금."

그가 아무 일 없었다는 듯 핸드폰을 다시 머리맡으로 내려 놓는 모습을 지켜보던 연주가 고양이처럼 양팔을 길게 뻗으며 기지개를 켰다.

"너무 좁아서 불편하셨죠?"

"아니, 너무 편하게 잘 잔 것 같은데."

"거짓말 안 하신다더니. 이제 보니 그 말이 거짓말이었던 것 같네요."

"난 정말 잘 잤는데. 그런데 왜 오늘은 다시 전무님입니 까?"

"네?"

"어제는 다르게 불렀던 거 같은데."

"제가요?"

연주가 눈을 동그랗게 떴다가 이내 피식 웃었다. 눈을 뜨자 마자 미소부터 보이는 그녀가 너무 사랑스러워 태완은 참지 못하고 연주의 뺨을 감싸며 입술을 겹쳤다.

"음……."

하지만 그녀가 주먹으로 가슴을 두드리는 바람에 그는 가벼 운 입맞춤으로 만족을 해야 했다.

"양치질하고요, 오빠."

내숭은 서툴고 애교는 책으로 공부한 듯한 홍연주는 오늘도 어디로 튈지 모르는 공처럼 신기했다. 그 모습이 어제보다 더 사랑스러웠다.

"아……."

그런데 양치질을 하고 오겠다며 자리에서 일어나 앉으려던 연주가 다시 시트를 끌어당겨 얼굴을 덮으며 낮게 신음을 흘렸다.

"왜 그래요?"

"머리가 좀 아파서요."

"갑자기 머리가 왜요?"

"술 마신 다음 날은 꼭 이렇게 머리가 아프더라고요. 두통약도 다 떨어졌는데……."

"그럼 술을 마시지 말았어야지. 도대체 얼마나 마셨기에."

"이게 다 전무님 때문이거든요."

머리를 감싼 채 연주가 밉지 않게 눈을 흘겼다.

"나 때문이니 내가 얼른 씻고 나가서 두통약을 사 와야겠군요. 약 먹고 우리 밥 먹으러 나갑시다."

"그래 주시겠어요? 약국은 어제 올라왔던 길 따라 다시 쭉 내려가면 보일 거예요."

"그럼 빨리 갔다 올 테니 기다리고 있어요."

침대에서 내려온 태완은 서둘러 샤워를 마치고 옷을 챙겨 입었다. 오피스텔을 나와 어제 걸어왔던 길을 걷다 보니 연주의 말처럼 길 끝에 작은 약국이 보였다.

Rrrrrr.

숙취 해소제와 두통약을 산 뒤 약국을 나온 그가 다시 오피스텔로 향해 걷고 있을 때 전화가 걸려 왔다.

"강태완입니다."

—자네, 진심인가?

강훈 사장이 그가 전화를 받자마자 다짜고짜 물어왔다.

"제게 묻기 전에 사장님께서 먼저 답을 주셔야 하는 거 아 닙니까?"

—이건 자네가 먼저 대답을 해 줘야겠네. 우리가 같은 편이 되는 건가?

같은 편이라는 강훈 사장의 말에 태완의 표정이 서늘하게 굳었다. 그러나 그의 표정이 보일 리 없는 강훈 사장은 눈치 없이 한마디를 더 보탰다.

—그게 아니라면 나는 자네를 믿을 수 없네.

지금 같은 편 운운하고 있는 강훈 사장이 안 회장에게 연주 와 그의 사진을 넘긴 장본인일 것이다. 하지만 그와 안 회장의 사이에서 자신이 취할 수 있는 이득을 양쪽으로부터 취하려는 것인지, 둘 사이를 적으로 만들려는 것인지 아직 그 속내까지 는 확인을 하지 못했다.

물론 그가 아는 강훈 사장은 후자 쪽에 더 가까운 인물이긴 했지만. 그러니 그도 어떻게든 강훈 사장을 자신의 편으로 만 들어 재원그룹을 손쉽게 손에 넣되 그 과정에서 생겨난 잡음, 또는 지금껏 그가 저지른 모든 과오에 대한 책임은 반드시 물 을 생각이었다.

"동맹 관계 정도라고 해 두죠."

—동맹 관계?

되묻는 목소리에는 의심이 다분히 배어 있었다.

"제 제안이 꺼림칙하면 거절하셔도 됩니다. 그런데 만약 그렇게 하신다면 강 사장님이 해성건설을 비롯해 몇몇 건설사에 무슨 짓을 하셨는지가 낱낱이 공개될 겁니다."

—지금 날 협박하는 건가?

"협박이라고요? 공사 입찰을 조작하고, 부실 공사 루머를 퍼뜨리고, 직원들을 매수한 게 전부 없는 사실이 아닐 텐데요. 그간 건설사들 쪽에서 심증만 있을 뿐 결정적인 물증 부족으로 특별한 조치를 취하지 못해 온 모양인데 이번엔 다를 겁니다. 해성건설 측에서는 이미 물증을 확보한 듯하니 일이 수면 위로 드러나면 이사회에서는 빠르게 덮기 위해 해임안을 안건으로 상정할 겁니다. 그럼 최악의 경우엔 재원건설 사장 자리에서 물러나셔야 할 수도 있고. 그렇게 된다면 회장님께서 무척 기뻐하시겠군요."

—해성건설에서 물증을 확보했다고?

"네."

—자네는 그걸 어떻게 알고 있는 건가?

"해성건설 쪽에 제 사람이 여럿 있습니다. 이 정도면 저를 도와야 하는 이유로 충분할 것 같은데요."

—그럼 해성건설 쪽 일을 자네가 해결해 주겠다는 뜻인가? 하지만 어떻게?

"거기까지 말씀을 드릴 순 없죠."

강훈 사장의 목소리가 꽤나 다급하게 들렸으나 태완은 느긋하게 대화의 흐름을 끊었다.

—그래, 내가 뭘 어떻게 도우면 되는 건가?

"전에 제게 말씀하셨던 안 회장님 건강 악화설을 증권가에 흘려주세요. 단, 누가 흘렸는지 아무도 몰라야 합니다."

—나보고 회장님에 대한 소문을 내라고? 자네, 나를 돕는 게 아니라 나를 아예 쫓아 버리려는 속셈인 건가?

"재원그룹을 지켜보는 눈이 얼마나 많은데 누가 무슨 명분으로 강 사장님을 쫓아낸다는 겁니까?"

강훈 사장이 선대 회장의 혼외자라는 것도, 그런 연유로 안 회장과 척을 지고 있다는 것도 알 만한 사람들은 이미 다 알고 있는 얘기였다. 그러니 제아무리 안 회장이라도 구설수에 오르지 않기 위해서는 사사로운 감정으로 그를 쫓아낼 수 없었다.

하지만 이번 일은 앞으로 강훈 사장의 큰 약점이 될 것이며 머지않은 미래에 그를 나락으로 떨어뜨리게 될 것이다.

—그래서 뭘 어쩌겠다는 건가?

태완은 강훈 사장이 지금 '어차피 자네가 가만히 있어도 안 회장은 자네에게 재원그룹을 물려줄 것인데'라는 말은 잘라내고 물었다는 걸 안다.

안 회장 건강의 적신호는 곧 재원그룹 주가 하락으로 이어질 것이다. 그렇게 된다면 그룹과 그룹 이미지의 타격으로 사주의 입장에서는 골치가 아픈 일인데 그의 생각이 선뜻 이해가 되지 않는 것은 당연한 일일 것이다.

"그건 지켜보시면 차차 아시게 될 거고 소문은 병원과 병명에 대해서까지 구체적이어야 합니다."

—그래도 뭘 어쩌려는 건지 대충이라도 말을 해 줘야 내가 눈치껏 움직일 게 아닌가? 설마 안 회장 몰래 지분 점유율을 높이려는 생각은 아닐 테고.

"재원건설에 피해가 가는 일은 없을 테니 걱정 마십시오."

—잠깐, 한 가지만 더 대답해 주게.

"……."

—강국건설과의 혼담은 거절한 건가?

"제가 아직 강 사장님에 대한 완전한 믿음이 없으니 모든 대답은 소문이 제 귀에 들어오면 그때 드리겠습니다."

태완은 강훈 사장의 대답을 기다리지 않고 전화를 끊었다.

송현화는 서우찬 대표와 결혼하기 전, 톱스타로 지낸 수년간 모아 두었던 재산을 그의 이름으로 된 스위스 은행 계좌에 보관해 두었다. 그리고 그가 성인이 되던 해, 외삼촌을 통해 계좌의 비밀번호를 그에게 전달해 주었다.

처음엔 돈이 넘칠 만큼 많은 아니, 깔려 죽어도 이상하지 않을 집안으로 그를 보내 놓고도 그 돈을 그에게 주려고 했던 그녀의 뜻을 헤아릴 수 없었다. 오히려 이런 식으로 마음의 빚을 청산하려는 것은 아닐까 원망스런 마음도 생겼다.

그러나 안 회장과 지내며 강재우 사장에게 송현화가 잠깐 스쳐 간 바람이 아니었기에 그녀에 대한 안 회장의 미움이 더 크다는 사실을 알게 되었다. 그리고 MBA 과정을 마치고 재원그룹에서 일을 시작하면서 변호사를 통해 강재우 사장이 그에게 엄청난 지분과 재산을 남겼다는 사실도 알게 되었다.

그가 그 모든 걸 물려받기 위해선 송태완이 아닌 강태완이 되어야만 했지만 달라지는 건 없었다. 누군가의 따듯한 사랑을 받고 자란 적은 없어도 그에게 물질이 궁했던 적은 없었으니 오히려 강재우의 유산은 자신을 옭아매는데 결정적인 역할을 했다고 여겨졌을 뿐이니까.

하지만 시간이 흐르고 안 회장의 곁에서 직접 그녀의 경영 스타일을 겪으며 본처의 아들이 있는 강재우 사장이 유산을 그의 앞으로 남기기까지 안 회장과 엄청난 대립이 있었으리란 사실을 짐작할 수 있게 되었다. 그리고 송현화는 많은 재산을 그의 앞으로 예치해 두면서 원치 않으면 그 스스로 그들을 버릴 수 있는 선택권을 주려고 했던 것은 아닐까 하는 생각도 들었다.

스위스 은행의 돈은 처음 송현화에게 물려받을 당시보다 수백 배로 늘어나 있는 상태였다. 그에게 자금과 시간, 그리고 인맥은 풍족했고 안 회장은 그에게 절대 실패가 불가능한 경영과 투자의 엘리트 코스만을 밟게 해 주었으니.

또한 그가 재원그룹을 갖게 된다면 송현화를 놓아주겠다던 안 회장의 약속 역시 여전히 유효한 상태였다. 그렇게 되면 안 회장의 사람들도 곧 그의 사람들이 되는 것이니 약속은 어떻게든 지켜질 것이다. 그러니 태완은 반드시 재원그룹을 가져야 했고, 가질 것이다.

이번엔 절대 실패하면 안 되는 이유가 한 가지 더 늘긴 했지만.

어느새 오피스텔에 다다른 태완은 3층으로 올라간 엘리베이터를 기다리는 대신 계단을 택했다. 그가 긴 다리로 성큼성큼 계단을 오르는 동안 그의 손에 들린 작은 비닐봉지도 경쾌한 몸짓으로 흔들렸다.

3층 복도로 올라선 순간 그의 눈에 연주의 집 앞에 서 있는 남자의 뒷모습이 들어왔다.

딩동딩동.

문 앞에 선 남자는 장난스러운 손길로 초인종을 누르고 있었다.

"누구시죠?"

태완의 목소리에 남자가 천천히 고개를 돌렸다. 복도에 있는 사람이라고는 둘뿐이었으니 남자도 곧 태완이 자신을 불렀다는 사실을 눈치챈 듯했다.

"저 말입니까?"

희고 긴 손가락으로 스스로를 가리키는 남자는 180cm가 넘을 것 같은 키에 예쁘다는 표현이 어색하지 않을 만큼 곱상한 얼굴, 그리고 군살 없는 몸매가 블랙 셔츠와 바지에 보기 좋게 감싸여 있었다.

"그러는 그쪽은……."

그를 바라보던 남자의 시선도 점점 가늘어지고 있었다.

하지만 다른 말을 하는 대신 그는 태완을 향해 천천히 다가
오기 시작했다.

"저는 왜 부르신 겁니까?"

그렇게 두 남자가 서로를 뚫어지게 바라보고 있을 때 연주
의 집 현관문이 열렸다. 고개만 문밖으로 살며시 내밀었던 연
주가 마주 선 그들을 발견하고는 이내 문을 활짝 열고 복도로
뛰어나왔다.

"홍연주."

"홍연주 씨."

"오빠."

나직하게 오빠를 부르는 연주의 목소리에도 두 남자의 표정
은 달라지지 않았다.

"우리 연주랑 아는 사이십니까?"

긴 손가락으로 연주를 가리키며 혁주가 태완에게 다시 물었
다.

사실 직접 인사나 대화를 나눈 적은 없으나 그들은 경제
인 관련 모임과 세미나에서 몇 차례 마주친 적이 있는 사이였
다. 게다가 안 회장이 연주에게 허락했던 기사의 파장 또한 엄
청났으니 혁주도 그가 누구인지 정확히 알고 있는 눈치였다.

"오빠!"

연주가 조금 전보다 더 크게 오빠를 부르며 혁주의 팔을 잡
았다. 그리고 어떻게든 주위를 돌려 보려는 듯 서둘러 다른 질
문을 건넸다.

"오빠가 이 시간에 여긴 어쩐 일이야?"

"왜는? 어제부터 네 핸드폰이 계속 꺼져 있으니까 엄마가 아침부터 가 보라고 등 떠미셔서 온 거지. 나도 집에 들어간 지 몇 시간 안 됐는데 너 때문에 이게 무슨 고생인지 모르겠다. 이럴 거면 그냥 집으로 들어오게 하시지."

"엄마도 참, 내 나이가 몇인데 핸드폰 좀 꺼져 있는 걸 가지고……."

"그러니까 제발 엄마 연락은 바로바로 좀 받아. 이제 다시 본론으로 돌아와서 재원그룹 회장님 손자분이 이 시간에 네 집에는 무슨 일로 오신 걸까?"

혁주의 시선이 다시 태완에게로 옮겨졌다. 눈도 깜빡이지 않으며 그를 바라보고 있는 것이 어설픈 변명에 쉽게 속아 넘어갈 것 같아 보이진 않았다.

"홍혁주 씨, 우리 구면이죠?"

"구면이라고 할 수 있죠."

연주의 우려 섞인 시선을 느끼면서 태완이 내민 손을 혁주가 잡았다. 곱상한 외모와는 달리 그의 손을 감싸 쥐는 악력은 제법 강했다.

"제 동생 집에는 무슨 일로 오신 겁니까?"

혁주의 시선이 태완의 모습을 천천히 훑어 내렸다. 남자에게 이토록 노골적인 시선을 받는 일이 흔하진 않았지만 다행히 어젯밤 급하게 벗어던졌던 옷가지를 연주가 걸어 둔 덕에 아침에 다시 입은 옷은 깨끗하고 정갈한 상태였다.

"제가 설명할게요, 전무님."

연주가 재빨리 두 사람 사이를 가로막았다. 그리고 그를 전무님으로 부름으로써 아직 자신들의 관계를 가족들에게 밝힐 생각이 없음을 은연중 전했다.

"그러니까 내가 어제 아래층에 사는 내 대학 동기랑 술을 마셨거든. 아, 그 동기는 재원그룹에 다니고 있고. 그런데 정말 우연히 그곳에서 전무님과 만나게 됐던 거야. 내가 전무님 기사 썼던 건 알고 있지? 서울이 넓은 것 같아도 어느 때 보면 정말 좁다니까. 그리고 하필 내 동기가 엉망으로 취하는 바람에 전무님이 집까지 데려다주고, 시간이 너무 늦어서 그곳에서 하룻밤을 주무셨던 거지."

"아, 그렇게 된 거구나?"

그녀를 보며 알겠다는 듯 가벼운 미소를 보이던 혁주가 다시 얼굴에서 미소를 지우고 태완을 바라보았다.

"그런데 오늘은 왜 우리 연주 집에 올라오신 거죠?"

남매라 그런지 능청스럽고 집요한 성격도 닮았다.

그래도 연주의 오빠이니 그는 인내심을 끌어모아 예의를 갖췄다.

"홍연주 씨랑 같이 아침 식사를 하러 가려고 온 겁니다."

"어머. 그렇지 않아도 속이 너무 쓰렸는데 저까지 챙겨 주시다니 정말 감사합니다, 전무님. 저희 오빠는 금방 갈 거니까 옷 갈아입고 바로 내려갈게요."

"그럼 아래층에서 기다리겠습니다."

그는 손에 들고 있던 비닐봉지를 연주에게 건넸다.

"아침 먹으러 가자고 온 거라면서 그건 뭡니까?"

"전무님."

그가 건넨 봉지를 혁주가 뚫어지라 바라보고 있을 때 어제와 마찬가지로 기가 막힌 타이밍으로 정혁이 그를 부르는 소리가 들려왔다.

태완은 자신들을 향해 다가오고 있는 정혁을 향해 고개를 돌렸다.

"역시 연주가 걱정돼서 올라와 보신 거군요? 저는 제가 너무 늦게 일어나서 그냥 가신 건 아닌가 깜짝 놀라 부랴부랴 올라와 봤습니다."

정혁은 정말 잠자리에서 일어나자마자 그를 찾아 올라온 듯 어제 입고 있던 와이셔츠와 구겨진 정장 바지, 그리고 정리되지 않은 머리까지 굳이 긴 설명이 필요 없는 모습이었다.

"이쪽은 어제 술에 떡이 됐다던 동기?"

혁주가 정혁을 보며 연주에게 물었다.

"응, 이제 됐지? 그럼 그만 가 봐, 오빠."

"혹시 연주 오빠세요?"

그때 눈치 없는 정혁이 안경까지 고쳐 쓰며 감탄 어린 시선으로 혁주를 바라보았다.

"친오빠?"

"네, 그런데요."

"와, 연주한테 이렇게 잘생긴 오빠가 있었다니. 그래서 연

주가 눈이 높았던 거군요? 얘가 학교 다닐 때도 어지간히 잘
생긴 남자들 아니면 쳐다도 보지를 않더라고요. 뭘 믿고 눈이
높은가 했더니, 역시."

"제가 본의 아니게 동생 인생에 그런 영향을 끼쳤군요."

"정혁아, 너 속 쓰리지 않니? 전무님이 해장국 먹으러 가자
고 하시는데 빨리 내려가서 옷 갈아입고 나와."

잠시 두 사람의 모습을 지켜보던 연주가 더 이상은 참지 못
하겠다는 듯 정혁에게 빨리 내려가 보라는 손짓까지 해 보이
며 말했다.

"그래. 그럼 다음에 뵙겠습니다."

정혁은 내려가기 전 혁주에게 깍듯하게 인사를 하는 것도
잊지 않았다.

"다음에 또 뵙겠습니다."

"네. 다음에는 어디에서 뵐지 벌써부터 기대가 되네요."

태완에게 건네는 혁주의 대답에 알쏭달쏭한 표정을 짓던 정
혁도 복도를 걷기 시작하는 태완의 뒤를 따라 서둘러 걸음을
옮겼다.

"뭐냐?"

태완과 정혁이 아래층으로 내려가고 연주를 따라 집으로 들
어오며 혁주가 물었다.

"뭐긴 숙취 해소제겠지."

"아니, 아까 그 설명 안 되는 상황."

"그게 무슨 소리야?"

"강태완 전무가 이 시간에 부하 직원도 있는데 겨우 해장국이나 먹으러 가자고 직접 너를 부르러 왔다니? 그것도 숙취해소제까지 직접 사 들고?"

"그게 뭐?"

"솔직히 내가 본 강태완 전무는 자기 부하 직원이 술에 떡이 됐든 말든, 길바닥에서 잠을 자든 말든 그런 거 절대 신경쓸 사람이 아니었거든. 그래도 네 동기가 부하 직원인 건 사실이니 상황은 인정한다 해도 너는 재원그룹 직원도 아니잖아?"

"무슨 말이 하고 싶은 거야?"

두통약을 먹기 위해 주방으로 향하는 연주의 뒤를 혁주가 따라왔다.

"게다가 너, 동기가 이 오피스텔에 산다는 얘기도 한 적 없었던 것 같은데?"

"이 오피스텔에 동기가 사냐고 물어본 적도 없었잖아? 그리고 나도 이사하고 나서 우연히 오피스텔 앞에서 만나서 걔가 여기 사는 거 알았던 거야."

"그건 됐고. 전에 내가 엄마랑 찾아왔을 때 오피스텔 앞에서 같이 있었던 그 남자, 강태완 전무였지?"

"갑자기 그게 무슨 소리야?"

"시치미 뗄 생각 마. 아까 걸어가는 뒷모습이 분명 그때 그 남자였으니까."

"아주 소설을 쓰시네요."

"사귀는 거야? 언제부터?"

혁주가 집요하게 물고 늘어졌다.

"억지 좀 쓰지 마."

"내가 이 말은 하지 않으려고 했는데 요즘 아버지가 네 선자리 알아보고 다니신다. 네가 지난번에 재원그룹 기사 쓴 걸 하필 할아버지가 보시고 집안에 한바탕 난리가 났었거든. 어디 쫓아다니면서 취재할 곳이 없어서 재원그룹 사람을 취재하고 다니느냐고. 그쪽에서 네가 해성건설 사람인 걸 알게 되면 할아버지 체면은 또 뭐가 되냐고. 그래서 아버지한테 너 더 큰 사고 치기 전에 시집보내라고 하셨다."

혁주의 말을 듣는 둥 마는 둥, 물과 함께 두통약을 삼킨 연주는 태연히 가방에서 핸드폰을 꺼내 전원을 켰다. 핸드폰에는 엄마와 최 기자, 그리고 중요하지 않은 몇몇 사람들에게 온 부재중 전화와 왜 전화를 받지 않느냐는 문자 메시지가 와 있었다.

"아버지는 평범한 집안에서 자란 착하고 성실한 남자들 중에 내 매부 감을 찾으시는 것 같더라. 하지만 내가 원하는 매부의 조건은 절대 그런 게 아니거든."

혁주의 심각한 설명에도 연주는 대꾸 없이 핸드폰만 만지작거리고 있었다.

"난 최소한 해성건설보다는 재력과 권력이 막강한 회사의 사주 아들이 매부가 됐으면 좋겠다는 바람이 있다. 할아버지의 말이 곧 법인 이 집안에서 이제 그만 벗어나고 싶다고. 그러니까 나랑 손잡는 게 어때, 홍연주."

"오빠가 그냥 해성건설보다 막강한 재력의 사주 딸과 결혼
하는 게 어때?"

"관두자."

그제야 그녀는 핸드폰에서 시선을 떼고 혁주의 얼굴을 바라
보았다. 그녀와 눈이 마주치자 그가 입술을 느른하게 끌어 올
리며 사악한 미소를 지어 보였다. 이대로 포기하지는 않겠다
는 의미였다.

"그 얘기는 잠시 접어 두고, 노 이사 일 말이야. 내가 지난
번에 할아버지 사무실에서 도청기 찾아냈다고 문자 보냈었지?
어제 사직서 제출했다."

"그럼 그대로 수리하고 끝내는 거야?"

"아버지는 그간 노 이사랑 함께 일한 세월도 있고, 경제적
인 상황 때문에 잠깐 나쁜 마음을 먹었던 거니 고소나 뭐 그런
것까지는 하고 싶어 하지 않는 것 같은데 할아버지는 생각이
좀 다르신 모양이야."

"어떻게?"

"정확히는 아직 우리도 모르고."

"하긴 할아버지 성격에 그냥 좋게 넘어가는 게 더 이상하긴
하지. 강훈 사장도 참, 재원그룹이라면 아직도 파르르 하시는
분을 건드리다니. 거기다 이렇게 똑똑한 손자들까지 있는데
말이야."

연주는 오랜만에 혁주를 추켜세웠다.

"그래서 말인데 할아버지 생신날 강훈 사장 얘기를 우리 쪽에 해 준 사람이 강태완 전무였다고 내가 가족들한테 슬쩍 말해 둘까?"

"얘기가 왜 그쪽으로 흘러?"

"홍연주, 너 우리 집에서 대놓고 네 편들어 줄 사람은 나밖에 없다는 거 정말 모르겠어? 아니다, 이럴 게 아니라 나도 오늘 같이 밥이라도 먹으면서 강태완 전무랑 직접……."

"오빠!"

Rrrrrr.

그때 갑자기 그녀가 손에 쥐고 있던 핸드폰이 울리기 시작했다. 연주는 혁주를 한 번 바라본 뒤 곧장 전화를 받았다.

"여보세요."

—나야, 연주야.

"네, 차장님."

—나 정혁이라고.

"정말이요? 죄송합니다. 제가 어제 과음을 하는 바람에 늦잠을 잤습니다."

—뭐라는 거야? 나 우리 부장님이 어젯밤에 병원에 입원하셨다고 연락이 와서 지금 직원들이랑 같이 병원에 가 봐야 할 것 같아. 그러니까 전무님이랑 둘이 밥 먹으라고. 전무님한테도 그렇게 말씀드렸어.

"아, 병원에요? 네. 제가 당연히 가 봐야죠."

—그리고 전무님 오피스텔 주차장 말고 공영 주차장에 차

세워 두셨다니까 그쪽으로 가 봐.

"네, 도착해서 현장 상황 파악되는 대로 바로 전화 드리겠습니다."

—얘가 아직도 술이 덜 깼나? 어쨌든 난 전했다.

"들어가십시오."

연주는 전화를 끊은 뒤 핸드폰을 바로 뒷주머니 안으로 밀어 넣었다.

"나 지금 나가 봐야 할 것 같은데 오빠는 어떻게 할 거야?"

"강태완 전무랑 같이 밥 안 먹고?"

"지금 통화하는 소리 못 들었어? 당장 취재 나가야 한다니까."

"설마 그 차림으로?"

혁주가 지나치게 캐주얼한 그녀의 옷차림을 쭉 훑었다.

"아, 참."

연주는 옷장에서 검은색 면바지와 하늘색 남방 하나를 꺼내들고 화장실로 향했다. 서둘러 옷을 갈아입고 조금 전에 하다만 화장도 마무리한 그녀는 다시 거실로 나와 가방 안에 카메라와 수첩 등 취재 도구들을 분주하게 챙겨 넣기 시작했다.

"급하면 데려다줄까?"

"아니, 괜찮아. 나 먼저 나갈 테니까 갈 때 문이나 잘 닫고 가."

"너 지금 이러는 거 상당히 의심스러운 거 알지? 의심받지 않으려면 데려다준다고 할 때 타라."

연주를 따라 오피스텔을 나선 혁주는 괜찮다는 그녀의 팔을 잡아 기어이 자신의 차에 태웠다.

"어느 병원으로 가면 돼?"

"한성대병원."

머릿속에 딱히 떠오르는 곳이 없었다. 조금 더 신중하고 치밀하지 못했던 자신에게 짜증만 밀려와 되는대로 대답한 연주는 창밖으로 시선을 돌렸다.

"너 요즘 그 병원에 자주 가는 것 같다. 이번엔 누군데?"

"누구라고 말하면 오빠가 다 알아? 빨리 달리기나 해."

차가 속도를 내 달리기 시작할 무렵, 연주는 주머니 안에서 핸드폰을 꺼내 태완에게 어쩌다 보니 오빠와 함께 한성대병원으로 가고 있다는 문자를 보냈다. 태완에게 자신도 그쪽으로 움직이겠다는 답장을 받고 나서야 조금 편안해진 마음으로 창밖을 응시했다.

"홍연주."

"왜?"

"몸조심하고 다녀."

"싱겁기는."

"그리고 나는 재원그룹 매부 찬성이니까 언제든 도움 필요하면 말해라."

한성대병원 앞에 도착해 차에서 내리려는 연주에게 혁주가 마지막으로 건넨 말이었다.

대답 없이 서둘러 차에서 내린 그녀는 혁주의 시선을 의식해 빠른 걸음으로 병원 안으로 들어섰지만 딱히 갈 곳은 없었다. 그래도 만만한 것이 엘리베이터라고 무작정 올라타자 몸에 밴 습관 탓인지 손가락이 저절로 VIP 병동이 있는 12층을 누르고 말았다.

주말이라 그런지 병원은 전체적으로 한산했고 12층도 예외는 아니었다. 연주는 시간이나 때울 요량으로 병실 문 앞에 적힌 환자의 이름을 하나하나 확인하며 천천히 복도를 가로질렀다. 흔치 않은 경우이긴 했지만 언젠가 이런 식으로 확인을 하다 본명으로 입원했던 유명 인사를 발견하고 그의 기사를 썼던 적도 있었기 때문이다.

하지만 행운은 흔하게 찾아오는 것이 아니기에 사람들은 그것을 그토록 간절히 바라는 것인지도 모른다. 끝까지 걸어갔던 복도를 되짚어 올 때 그녀의 머릿속에는 요령을 피우면 안 된다는 깨달음만 남겨져 있었다.

"주말인데 수고가 많습니다."

1층으로 다시 내려가기 전 잠시 화장실에 들러 손을 닦은 연주가 복도로 나왔을 때였다. 데스크에 혼자 서 있는 간호사에게 말을 건네고 있는 정장 차림의 중년 남자가 보였다.

"뭘 좀 여쭤 봐도 될까요?"

"네, 말씀하세요."

"다름이 아니라 며칠 전에 이 병동에서 재원그룹 안명희 회장님이 입원 치료를 받으셨다고 들어서요."

무심히 엘리베이터로 향하려던 연주의 걸음이 재원그룹 안명희 회장이라는 말을 듣는 순간 그 자리에 멈춰 섰다. 눈에 보이는 건 옆모습 뿐이었지만 자세히 보니 분명 강훈 사장이었다.

"실은 내가 아들인데 그때 출장 중이어서 병원에 다녀가지도 못했지 뭡니까. 아들 된 도리로 귀국을 하자마자 주치의 선생님이라도 만나 뵈러 이렇게 달려왔는데 하필 주말이라……. 주치의 선생님은 뵙지 못해도 어머니 병명이라도 정확히 확인하고 싶은데, 가능하죠?"

"환자분께서 알고 계실 텐데요."

"알고 계시겠죠. 그런데 내가 알면 걱정할까 봐 별거 아니라고 무조건 괜찮다고만 말씀을 하시니……."

"보호자분께서 병명을 확인하시려면 환자분과 가족 관계인 걸 저희가 확인을 해야 해서요."

"이를 어쩐다, 내가 내일 다시 출국을 해야 하는 상황이라 서류를 떼고 할 시간이 안 되는데. 혹시 이걸로는 안 될까요?"

강훈 사장이 주머니 안에서 무언가를 꺼내 간호사에게 건넸다. 간호사는 안 회장의 하나뿐인 아들은 이미 세상을 떠났다는 사실을 알지 못하고 있는 듯 강훈 사장이 건넨 물건을 공손히 받아 들었다.

"아, 재원건설 사장님이시군요?"

"이 정도면 확인이 될까요?"

"잠시만요."

그래도 어딘가로 전화를 걸어 확인을 하려는 듯 수화기를 집어 드는 간호사에게 강훈 사장이 다시 무언가를 건넸다.

"이런 일은 우리 회사 기밀 사항에 속하는데 여러 사람이 알아 일이 시끄러워지는 건 내가 원치 않아서."

연주는 자신들을 주시하는 눈이 없는지 조용히 병원 내부를 훑는 강훈 사장의 시선에 재빨리 비상계단 쪽으로 몸을 숨겼다.

〈지금 12층에서 강훈 사장이 안 회장님 병명을 알아내려고 하고 있어요.〉

그녀는 재빨리 태완에게 문자를 보냈다.

〈강훈 사장과 마주치면 안 됩니다. 나도 곧 도착합니다.〉
〈네.〉

답장을 보낸 뒤 연주는 계단을 내려가기 시작했다. 11층으로 내려온 그녀는 엘리베이터를 타고 다시 지하 주차장으로 향했다.

"여긴 어쩐 일입니까?"

엘리베이터에서 내린 그녀가 태완을 기다리며 주차장으로 들어서는 차들을 초조하게 바라보고 있을 때였다. 뒤쪽에서 불쑥 들려온 말소리에 고개를 돌리자 검은 양복 차림의 남자가 그녀 쪽으로 다가오고 있었다. 남자가 가까이 다가왔을 때

연주는 그가 지난번 자신을 안 회장 본가로 데려갔던 이라는
걸 알 수 있었다.

"저 말인가요?"

"네."

"그러는 그쪽은 무슨 일로 오신 건데요?"

연주는 한 걸음 뒷걸음질 쳤다.

"오늘은 홍연주 씨 미행한 거 아닙니다."

"그럼 무슨 일로……?"

입은 질문을 건네고 있었지만 그녀의 머릿속은 복잡했다.
조 실장이 이곳에 있다는 건 안 회장도 지금 병원 어딘가에 있
을 수 있다는 뜻이고, 그럼 강훈 사장과 마주치게 될지도 모른
다는 데까지 생각이 미쳤다. 연주의 시선이 저절로 조 실장이
걸어온 방향으로 향했다.

"혹시 안 회장님도 지금 이 병원에 계신 건가요?"

"주치의 선생님과 만나고 계십니다."

"어디에서요?"

그녀의 심장이 평상시보다 빠르게 두근거리기 시작했다.

안 회장을 걱정하기 때문은 아니었다. 태완까지 이곳으로
와 마주치게 된다면 사태가 걷잡을 수 없게 될 것이다.

"그건 왜 묻는 겁니까?"

"12층에 재원건설 강훈 사장이 와 있어요."

그녀의 말을 믿을 수 없는 것인지, 아니면 듣고 놀란 것인
지 남자의 표정이 어둡게 굳어졌다.

"조금 전에 간호사에게 안 회장님에 대해 묻고 있는 걸 봤어요. 언제 내려올지 몰라요."

"지금 옥상 실외 정원에 계십니다."

"그럼 당장 올라가서 얼마간 이쪽으로 내려오지 못하시게 하는 게 좋……."

"조 실장."

연주는 대화에 집중하고 있던 탓에 그의 뒤로 누군가 걸어오고 있다는 사실조차 눈치채지 못하고 있었다. 안 회장의 목소리가 불쑥 들려온 순간 그녀의 몸이 얼음처럼 굳었다.

"또 아가씬가?"

"회장님."

조 실장이 재빨리 안 회장 곁으로 걸어가 그녀의 팔을 부축했다.

"차에 타서 얘기하지."

조 실장은 안 회장이 차의 뒷좌석에 앉는 것을 도운 뒤 재빨리 반대쪽으로 달려가 문을 열었다. 연주도 타라는 뜻이었다.

"회장님, 강훈 사장이 지금 12층에 있는 모양입니다."

연주가 차에 올라타자 문을 닫기 전 조 실장이 안 회장에게 말했다.

"오 박사는 아직 옥상에 있을 테니까 전화 넣어서 오늘은 바로 집으로 들어가라고 전하게."

"네, 회장님."

짧은 대답과 함께 조 실장이 차 문을 닫았다.

둘만 올라탄 차 안에는 잠시 무거운 침묵이 흘렀다. 연주가 섣불리 그 침묵을 깰 생각을 하지 못하고 있을 때, 안 회장이 먼저 입을 열었다.

"강훈 그놈이 와 있다고 자네가 알려 준 건가?"

"12층에 올라갔다 우연히 보게 됐습니다."

"그래?"

"회장님께서 이 병원에서 치료를 받는 것도 알고 있는 것 같았습니다."

"그놈은 내가 하루라도 빨리 세상을 뜨길 꽤나 바랄 게야. 그러니 지금 얼마나 신이 나 있을까?"

안 회장의 목소리에는 한탄도 노여움도 없었다. 꽃을 보고 예쁘다 말하듯, 바람이 불어 차다고 말하듯 혼잣말 같은 나직한 중얼거림이었다. 매일 젊은이 못지않은 기력과 목청으로 소리를 지르던 그녀의 할아버지도 가끔 당장 내일이라도 떠날 사람처럼 노곤한 표정으로 세상을 바라볼 때가 있었는데, 안 회장이 지금 딱 그런 표정이었다. 그녀답지 않게 세상에 달관한 사람처럼 얼굴이 평온해 보이기까지 했다.

"그런데 자네도 내가 그다지 곱게 보이지 않을 텐데 뭐하러 그런 얘기까지 전해 주는 건가? 사람들이 말하길 싸움 구경이 가장 재미있다고들 하던데."

"……."

"그냥 죽지는 않을 모양이야. 수술을 하지 않아도 골골거리며 얼마간은 더 산다니. 내가 죽고 싶다고 결정한 날 딱 죽으면 괜찮겠지만, 그게 맘대로 안 된다면 갈 때 가더라도 이승에 빚은 적게 남기고 가야 할 텐데."

"……."

"그런데 홍 회장은 별말 없던가?"

"네?"

"어제 홍 회장이 재원건설 일로 내게 연락을 해 왔더군. 하는 얘기를 들어보니 누군가 하나는 책임을 지게 해야 그 화가 풀릴 모양인데……."

연주는 본능적으로 안 회장의 줄인 말 속에 태완도 속해 있다는 사실을 알 수 있었기에 고개를 돌려 안 회장의 매서운 눈을 마주 보았다.

"전무님은 그 일과 아무 연관도 없는 거로 아는데요."

"죄라면 내 손자인 것도 죄가 되겠지. 특히 홍 회장에게는 말일세."

안 회장의 말을 끝으로 차 안에 다시 긴 침묵이 이어졌다.

"강훈, 그놈은 내가 넘겨도 어떻게든 빠져나올 거야. 그 약은 놈이라면 진즉 검찰에 제 사람을 서넛은 심어 뒀을 테니. 강 전무도 빠져나오겠지. 내가 그렇게 만들려고 지금껏 버텨온 거니까. 하지만 그러지 못하게 만들 수 있는 것도 나야."

"……."

"자네, 아직도 강 전무를 좋아하나?"

지금 상황과 어울리지 않는 질문이었다. 예전에 그를 사랑

331

한다고 했던 거짓 고백은 한순간의 망설임도 없이 흘러나왔었
다. 반면, 지금 그녀는 한마디밖에 되지 않을 짧은 대답을 내
뱉기 전에 자신의 마음을 깊게 들여다보았다. 역시 그녀가 할
수 있는 대답은 한 가지였다.

"네."

"얼마나?"

연주는 무릎 위에 올려놓은 두 손을 맞잡았다.

"회장님께서 전무님을 지켜 주셨으면 합니다."

그녀의 조심스러운 대답에 안 회장의 입술 끝이 희미하게
말렸다. 딱히 웃었다고 볼 수도 없는 모습이었는데 연주는 그
모습에서 바늘구멍처럼 작은 희망을 본 느낌이었다.

"강 전무를 지켜 달라. 자네가 먼저 내게 부탁을 하니 그럼
나도 자네에게 한마디를 해야겠군."

"……."

"사람이 옷을 입을 때 제자리가 아닌 자리에 잘못 채운 단
추는 풀었다 다시 채우면 되지. 하지만 사람 관계는 그렇지가
않아. 둘러 말할 필요도 없이 강 전무와 자네가 서로를 어떻게
생각하든 홍 회장과 내 관계가 그렇고 나와 자네의 사이가 그
렇지. 그러니 홍 회장과 강 전무의 관계도 불 보듯 뻔해. 자네,
홍 회장이 알게 되기 전에 이쯤에서 그만두게."

안 회장이 그녀에게 한 말은 해성건설 일은 강훈 사장에게
책임을 물을 테니 태완에게서 떨어지란 뜻인 듯했다. 그러면
그녀가 원하는 대로 태완은 지켜 주겠다는 대답이기도 할 것

이었다.

"하지만 회장님……."

"하지만은 없어. 나한테는 강 전무 하나야. 그 녀석 하나가 나한테는 전부라고."

안 회장이 잠시 말을 끊더니 나직하게 한숨을 내쉬었다. 보통의 할머니와 손자처럼 다정하지도, 살갑지도 않은 두 사람이었다. 하지만 태완이 전부라는 안 회장의 말에서 진심이 느껴졌다. 무슨 이유로 이렇게 비틀려 버린 건지는 알 수 없었지만 분명 지금의 관계를 그녀가 달가워하지 않고 있다는 걸, 조금이라도 바꾸고 싶어 한다는 마음을 느낄 수 있었다.

"홍 회장은 나 보란 듯 강 전무를 무릎 꿇리고 싶겠지만 그건 내가 용납할 수 없다는 뜻이네."

"그럼 제가 어떻게 하면 될까요?"

"자네한테 18년 세월을 되돌릴 수 있는 능력이 있다면 모를까, 안 되는 건 안 되는 거네. 아니지, 세월을 되돌려도 나는 똑같은 선택을 할 테니 자네가 강 전무를 포기하는 게 가장 빠른 방법일 게야."

"만약 18년 전으로 다시 돌아가 전무님을 보신다면 그때는 다른 선택을 하실 수도 있지 않을까요?"

무엇이 그들의 사이를 틀어 놓은 건지는 몰라도 안 회장이 18년 전으로 돌아간다면 왠지 그들의 관계를 바로잡으려 노력할 것 같았다. 안 회장도 그 사실에 안타까워하는 그녀의 표정을 묘한 눈빛으로 바라보고 있었다.

"자네……."

"전무님."

그때 차 밖에서 조 실장의 말소리가 들려왔다. 이어서 차 밖의 상황을 확인하기도 전에 뒷좌석의 문이 벌컥 열렸다.

"전무님!"

깜짝 놀라 고개를 돌린 연주의 눈에 잔뜩 화가 난 얼굴의 태완이 보였다.

"내려요."

그가 그녀의 손목을 잡았다. 힘을 실어 당기지는 않았어도 내릴 때까지 절대 놓지 않을 듯 그의 손에는 힘이 잔뜩 실려 있었다.

"이게 뭐하는 짓이냐?"

"저야말로 묻고 싶습니다. 언제까지 이런 식으로 사람들을 괴롭히실 겁니까?"

"지금 네가 나를 가르치려 드는 게냐?"

안 회장이 서늘한 눈빛으로 태완을 바라보았다.

"전무님."

"그냥 있어요."

차에서 내린 연주가 그가 움켜쥔 손을 놓으려 했으나 그는 그럴 생각이 없는 듯 더욱 힘주어 그녀의 손을 잡았다.

"제가 결혼할 여자는 직접 데려오겠다고 말씀드렸었죠?"

그가 그녀를 자신의 옆으로 더 바짝 잡아당겼다.

"여기, 이 여자가 저와 결혼할 여잡니다. 그러니까 앞으로 이 여자는 물론이고, 제 사람과 관련된 어느 것에도 손가락 하나 대지 마십시오."

"네 말대로 하지 않으면?"

"15년 전 분명히 제가 재원그룹을 갖게 되면 제 사람은 건드리지 않겠다고 약속하셨습니다. 원하시는 대로 재원그룹, 제 손에 넣어 보이겠습니다."

태완의 엄포와도 같은 말에 안 회장은 눈 하나 깜짝하지 않았는데 옆에 선 조 실장은 몸을 비틀며 쩔쩔매고 있었다.

태완은 그들을 싸늘한 시선으로 바라본 뒤 그녀의 손을 더욱 단단히 움켜잡으며 자신의 차가 세워진 곳을 향해 걷기 시작했다.

9. 그대라서

"전무님."

차가 주차장을 막 벗어났을 때 연주가 태완을 불렀다.

"강훈 사장이 12층에 있어요."

걱정 어린 그녀의 목소리에 그가 운전대를 잡지 않은 손으로 그녀의 손을 잡았다.

"알고 있어요."

"그냥 이렇게 가 버리면 회장님은⋯⋯."

"연주 씨가 생각하는 것만큼 회장님은 마음 여리거나 쉽게 무너지는 분 아니에요. 본인의 위기쯤은 얼마든지 기회로 만들 수 있는 분이니 오히려 이럴 때 내 생각이나 능력을 똑바로 보여 드리는 게 나을 겁니다."

"하지만 그래도⋯⋯."

태완이 그녀의 손을 더욱 힘주어 잡았다.

안 회장은 분명 태완을 지킬 생각이었다. 표정이 한결같고 표현이 서툴러 본인이 직접 말해 주기 전에는 누구도 그 속내를 알 수 없겠지만 그를 지키기 위해 지금의 자리에서 버텨 왔다고 말했으니.

그런데 태완이 자신 때문에 이렇게 행동하는 걸 그냥 지켜봐야 하는 건지 연주는 혼란스럽기만 했다.

"그리고 저희 할아버지가 회장님께 전화를 하셨던 모양이에요."

"홍 회장님 쪽도 내가 방법을 찾아볼 테니 연주 씨는 그냥 조용히 지켜봐 줘요."

"실은 제가 저희 할아버지와 사이가 그다지 좋지 않아요."

"네?"

"원수 관계처럼 나쁜 건 아닌데 제가 할아버지와 안 회장님 사이의 일에 도움을 드릴 수는 없을 것 같아요."

"그런 건 걱정 말아요."

"전무님……."

안 회장과 태완의 사이만 걱정할 게 아니라 자신도 할아버지와의 관계를 변화시키기 위해 노력하지 않았던 현실에 연주는 아쉬움과 후회가 밀려왔다.

"그런데 지금 그거 말고 다른 얘기해야 하는 거 아닌가?"

"네?"

반문했지만 연주는 지금 그가 안 회장 앞에서 자신과 결혼

하겠다고 했던 말을 얘기하고 있다는 걸 깨달았다. 그의 말을 듣고 기절할 만큼 놀랐지만 안 회장의 반응에 제대로 숨조차 쉴 수 없었다.

그런데 이 남자, 이렇게 태연한 목소리로 묻고 있다니.

"나는 절대 안 놓겠다고 말했습니다."

연주도 자신의 나머지 손으로 그의 손등을 감쌌다. 두렵거나 확신이 필요한 것은 아니었다. 지금처럼 막막한 순간에도 이 남자와 있는 시간이 너무 설레었고 행복했다. 그도 자신으로 인해 마음이 따뜻해지길 바랐다. 그렇게 될 거라 믿고 싶었고, 믿음을 주고 싶었다.

"우리 지금 어디 가는 거예요?"

"연주 씨 해장국 먹어야 할 것 같아서 식당으로 가는 중인데 다른 거 먹고 싶으면 말해요."

"아니요."

얼마간 달려 시내를 벗어난 그의 차가 한적한 길가에 자리 잡고 있는 해장국집 앞에 멈춰 섰다.

"밥 먹고 난 다음에는 어디로 가실 거예요?"

연주는 안전벨트를 풀고 있는 그를 바라보며 물었다.

"왜요? 어디 갈 데 있어요?"

"아니요."

"말해도 괜찮아요."

"그런 건 아니고……."

"밥 먹고 오피스텔까지 데려다줄 테니 걱정 말아요."

"아니에요, 바쁘실 텐데."

주말이니 출근은 하지 않아도 될 테고 그럼 같이 있을 수 있는 건지를 묻고 싶었는데 엉뚱한 말이 흘러나와 버렸다.

"아무리 바빠도 내 여자 집에 데려다줄 시간은 되니까 걱정 말아요."

결론은 바빠서 그녀와 같이 있을 수는 없다는 말이었다. 그런데 기대했던 말이 아니었음에도 연주는 얼굴이 뜨거워지며 입꼬리가 저절로 위로 당겨지는 느낌이었다.

"그 대신 바쁜 일 정리되는 대로 전화할게요."

태완은 자신의 안전벨트를 풀고 그녀의 것을 풀어 주기 위해 손을 뻗다가 그녀의 손등을 제 손으로 감쌌다.

"사실은 지금 데려다주고 싶은데."

"네? 왜요?"

"낮에도 같이 있고 싶은데 당분간은 그럴 수 없을 것 같아서."

"전무님……."

"다시 오빠라고 안 부릅니까?"

안전벨트를 풀어 준 뒤에도 그가 그녀의 얼굴을 빤히 바라보다 물었다.

"오빠에 대한 기억이 갑자기 안 좋아져서요."

"난 좋았는데."

희미하게 입술을 끌어 올리며 조금 더 고개를 기울인 그가 그녀의 입술을 덮었다. 길고 뜨거운 입맞춤과 그녀를 향한 애절한 손길에 연주도 손을 올려 그의 목을 꼭 끌어안았다.

"홍 기자도 소문 들었지?"

연주가 책꽂이에서 며칠째 꺼내지 않았던 스케줄 다이어리를 빼내고 있을 때 최 기자가 물었다.

"무슨 소문이요?"

"재원그룹 안 회장, 암이라는 소문."

신문사 안에서도 기자 둘 이상만 만나면 그 얘기뿐이었으니 듣지 못했다면 오히려 이상할 정도였다.

"소문만 돌았을 뿐인데 재원그룹 주가가 이틀째 하락세야."

"그래요?"

"재미있는 건, 개미들은 계속 주식을 던지는 분위긴데 던지는 족족 쓸어 가는 손이 있다는 거야. 하긴 재원그룹이야 잠깐 쉬어 가는 타임이니 돈 있는 사람은 미리 사 둬도 손해 볼 건 없겠지만."

최 기자가 아예 연주 쪽으로 의자를 돌려 앉으며 그녀를 쳐다보았다.

"우리 홍 기자는 이 중요한 시기에 뭐 아는 거 없나?"

"제가 뭘 알고 있어야 하는데요?"

연주는 부담스러울 정도로 빤히 자신을 바라보는 최 기자의 시선을 슬쩍 피하며 말했다.

"정말 없는 거야? 그러면 모르는 사이도 아닌데 요즘처럼 어수선할 때 안 회장님 댁에 안부 인사라도 다녀오는 게 어떻겠어?"

"안부 인사요?"

"말 그대로 소문이잖아. 당사자 입장에서 소문이 사실이 아
니면 얼마나 답답하고 황당하겠어. 이럴 때 우리 홍 기자가 안
부 인사 겸 찾아뵙고 일이 커지기 전에 건재하신 모습을 한 번
보여 드리는 게 어떻겠냐고 말씀을 드리면 또 안 회장님이 흔
쾌히 허락하실 수도 있는 거잖아. 그렇게 기사를 가져오면 우
리 사장님은 홍 기자를 더 예뻐하실 테고."

그녀 덕에 스타 특집 기사를 맡게 된 뒤로 최 기자는 부쩍
연주를 돕고 싶어 했다. 그 마음이 고맙고 힘이 되긴 했지만
그녀도 여러 가지로 생각과 상황이 복잡했기에 조용한 미소로
대답을 대신했다.

"저 지금 취재 금지 상태잖아요. 사장님은 출장 중이시고."

"안부 인사를 무슨 허락을 받고 가? 홍 기자는 그냥 안부
인사를 갔는데 안 회장님이 불쑥 기사를 주시면 어쩔 수 없이
받아 와야 하는 그런 입장인 거지."

"요즘 같은 때는 기자들이 재원그룹이며 안 회장님 본가
주변으로 잔뜩 진을 치고 있을 텐데 저라고 들여보내 주겠어
요?"

"아, 그런 문제가 있었구나. 내가 생각이 짧았네."

딴에는 그녀를 생각해 해 준 얘기가 그다지 도움이 되지 않
자 최 기자가 풀 죽은 목소리로 중얼거리며 의자를 다시 제 자
리로 끌어당겨 앉았다.

연주도 책상 위로 내려놓은 다이어리를 펼쳤다. 고작 며칠 사용하지 않았을 뿐인데 낯설게 느껴지는 종이의 촉감을 손끝으로 느끼고 있을 때였다. 중간에 살짝 떠 있는 공간이 눈에 들어왔다.

무엇이 끼워져 있기에 떠 있는 것인지 확인하기 위해 사락 사락 종이를 넘기자 안 회장 본가에서 찍었던 송현화의 사진이 그녀의 눈에 들어왔다.

"여기다 뒀었구나."

그녀는 사진을 들어 올렸다. 안 회장 손자의 정체를 확인하기 위해 잠복하다 의도치 않게 찍게 된 사진. 이 사진 덕에 태완과 만나게 됐지만 여전히 송현화가 안 회장 본가에 갔던 이유는 알지 못했다.

그래도 태완이 말을 꺼내지 않는 한 그의 말대로 친분이 있어 다녀갔던 사이 정도로 알고 잊어야겠다고 생각하며 그녀가 사진을 원래 있던 페이지에 다시 꽂아 두려 할 때였다. 최 기자가 의자에 걸어 두었던 재킷을 잡아당기며 일으킨 바람에 사진이 날아가 바닥으로 내려앉았다.

"미안, 홍 기자."

최 기자가 자신의 발치로 떨어진 사진을 주워들었다.

"그런데 무슨 사진이야? 아, 그때 그 송현화 씨 사진이구나?"

잠시 사진을 바라보던 최 기자가 사진을 다시 연주에게 건네주었다.

"여기가 안 회장 본가라고 했던가?"

"네."

"그 뒤로 뭐 더 알아낸 건 없었지?"

"네."

"방금 뭐랬어? 송현화가 안 회장 본가에 갔었다고?"

줄곧 그들의 대화에는 신경도 쓰지 않고 바쁘게 기사를 작성하고 있던 박 기자가 불쑥 끼어들었다.

"전에 박 기자한테 우리가 이 사진 보여 준 적 없었나?"

아예 의자에서 벌떡 일어서 연주의 옆으로 걸어온 박 기자가 그녀의 손에서 사진을 빼앗아 갔다. 그리고 어둠 속에서 흐릿하게 찍힌 사진인데 단번에 송현화를 알아본 듯 나직하게 중얼거렸다.

"진짜 송현화네."

"박 기자, 뭐야? 뭐 아는 거라도 있는 거야?"

"어떻게들 생각할지 모르겠지만 사실 나 고등학교 다닐 때부터 송현화 팬이었거든."

"그게 뭐 어때서? 우리 학교 다닐 때는 송현화가 최고였지. 그때 송현화 안 좋아했던 남학생이 어디 있었나?"

"미모는 그때보다 오히려 복귀하고 붉은 늪 찍을 때가 전성기였지."

"그랬나? 하긴 그때 그 드라마 할 시간에는 거리에 차도 없을 정도였잖아. 시청률도 거의 50% 가까이 나왔던 걸로 기억하는데."

"내가 송현화 한 번 보려고 기자가 된 사람이잖아. 그때는 나 말고도 주변에 그런 애들이 꽤 있긴 했지만."

주거니 받거니 이야기를 나누다 박 기자가 갑자기 자신의 과거사를 풀어 놓기 시작했다.

"그때는 정말 자다가도 송현화 이름만 들으면 벌떡 일어났을 정도였는데."

"직접 만나 본 적도 있으세요?"

"만나만 봤겠어? 내가 초짜 시절에 작은 잡지사 연예부에 잠깐 있었는데, 그때 시간 날 때마다 송현화 뒤를 얼마나 캐고 다녔는지 몰라. 거의 스토커 수준이었다고나 할까."

"그래서요? 뭐 혼자만 아는 중요한 정보라도 있는 거예요?"

"사실은……."

박 기자가 목소리를 낮추면서 손짓으로 모이라는 시늉을 해 보였다.

"재원그룹 안 회장 죽은 아들 있잖아, 강재우 사장."

"돌아가신 지 15년도 넘지 않았어요?"

"하여튼 그 강재우 사장이랑 송현화랑 썸이 있었는데 안 회장 반대로 깨진 것 같다고, 그때 송현화 전담 기자들 사이에서 소문이 무성했거든. 붉은 늪 찍기 전에 몇 년 잠적해 있는 동안 자살했다, 애를 낳았다, 강재우 사장이랑 살림을 차렸다 등등 루머가 장난 아니었는데 안 회장 무서워서 기사 한 줄 쓴 기자가 없었다니까."

"그때쯤인가, 나도 하와이에서 송현화 닮은 여자가 자주 보인다는 얘기를 얼핏 들은 적이 있었던 것 같네. 그럼 애를 낳았으면 하와이에서 낳은 건가?"

"그건 아무도 모르지."

"원래 연예인 닮은 사람 봤다는 얘기는 여기저기서 많이 들려오잖아요. 연예부 기자가 추측성 기사도 많이 쓰긴 하지만 송현화 씨는 당시에도 그런 기사가 없었던 걸로 아는데요."

"당사자가 미혼 남녀인 경우에는 추측성 기사가 가능하지. 어차피 아니면 그만이니까. 그런데 강재우 사장은 그때 이미 유부남이었잖아. 그것도 재벌가 장남에 어머니는 안명희 회장이었고. 그때부터 이미 강재우 사장 기사 허락 안 받고 한 줄이라도 쓰는 기자는 재원그룹에서 죄다 불러들여서……."

"또 일 안 하고 잡담들이야?"

하필 그 순간 사무실 문이 열리고 황 차장이 들어오며 그들을 향해 버럭 소리를 질렀다.

"아닙니다. 지금 막 취재 나가려던 참이었습니다."

이미 가방까지 어깨에 둘러멘 최 기자가 잽싸게 의자를 책상 안으로 밀어 넣으며 말했다.

"홍 기자, 나는 지우개 좀 빌려 갈게."

박 기자도 그녀의 책상 위에 놓여 있던 지우개를 집어 들고는 자신의 자리로 재빨리 돌아갔다.

모두를 쫓아 보낸 황 차장은 연주에게는 시선도 주지 않고 자신의 자리로 유유히 걸어가 버렸다.

혼자 남겨진 연주는 박 기자가 놓고 간 송현화의 사진을 다시 집어 들었다.

강재우 사장과 송현화라. 그녀의 머릿속에 송현화가 차 안에서 직접 자신의 명함을 건네주며 지었던 온화한 표정이 떠올랐다.

루머는 루머일 뿐이라는 걸 알면서도 연주는 그녀의 고운 이목구비와 태완의 반듯한 이목구비를 조금씩 비교해 보고 있었다.

그러다 문득 그녀의 머릿속에 의문 하나가 떠올랐다. 태완은 그의 형과는 달리 어릴 적 공식적인 자리에 모습을 내비친 기록이 없었다.

물론 형이 사고를 당하고 난 뒤로는 그 자리를 태완이 대신하긴 했다지만 그전까지, 정확히 형이 살아 있을 때 공식 행사에 모습을 드러냈던 자료나 기사는 어디에서도 확인할 수 없었다.

게다가 박 기자의 말이 사실이라면 송현화는 아버지의 내연녀였던 것인데 기자들로부터 그녀를 보호하려 했던 것도 석연치 않기는 마찬가지였다.

"박 기자님."

연주가 모니터 사이로 고개를 내밀고 박 기자를 부르자 황차장의 눈치를 먼저 살핀 박 기자가 대답 없이 그녀를 응시했다.

"강재우 사장 장남이랑 강태완 전무랑 공식적으로 한 자리에 모습을 드러냈던 적이 있었어요?"

"내가 알기론 없는 것 같은데. 나도 들은 얘긴데 안 회장이 처음부터 형제간 권력 다툼도 막고 국내랑 국외 책임을 각각 맡기겠다며 장손은 국내, 강태완 전무는 아주 어릴 적부터 해외에서 지내게 했다고 하더라고. 안 회장, 자기 핏줄 앞에서도 어쩜 그리 냉정할 수 있는 건지."

"부모님이 다 국내에 계시는데 어린 막내아들만 혼자 외국에서 지내게 했다고요?"

"나도 어디에서 우연히 들은 얘기야. 안 회장이라면 그렇게 하고도 남을 사람이긴 하지만 너무한 부분이 없진 않지."

분명 뭔가 석연치 않았다. 있는 집안에서 어린 아들을 어느 나라에서 키우건, 얼마나 큰 목표를 가지고 키우건 그것이 문제가 되지는 않겠지만 부모와 조모가 전부 장남 곁에서 그 하나만을 보살폈다는 건…….

이런저런 생각으로 깊은 상념에 빠져들려 하고 있을 때 갑자기 들려온 핸드폰의 짧은 진동 소리가 그녀를 현실로 불러들였다.

〈재원그룹 안 회장 암이라는 소문이 있던데, 사실이냐?〉

문자는 혁주에게서 온 것이었다.

〈그리고 할아버지가 방에서 아버지와 얘기하시는 걸 얼핏 들었는데 강태완 전무 아버지랑 우리 아버지가 아는 사이였던 것 같

다. 혹시 어릴 적에 아버지들끼리 자식들의 결혼을 약속했다거나 하는 그런 엄청난 과거사는 없겠지?〉

아버지와 강재우 사장이 아는 사이였다니, 왜 그 생각을 못 했을까. 할아버지들이 절친한 친구였으니 당연히 아버지들도 어릴 적부터 자연스럽게 만날 수 있었을 텐데.

똑똑.

한 손에는 핸드폰을, 나머지 한 손에는 송현화의 사진을 들고 있는 연주의 책상 모서리를 박 기자가 두드렸다.

"홍 기자, 지금 검색어에 안명희 회장 떴어."

"네? 왜요?"

"쓰러진 모양이야."

모니터 옆으로 겨우 한쪽 눈만 내밀고 박 기자가 말했다.

"그게 무슨 말이에요?"

"오늘 오전에 재원그룹 본사 현관 앞으로 한성대병원 앰뷸런스가 왔었대. 앰뷸런스를 직접 목격한 사람들이 있어서 제법 신빙성 있는 모양이야."

송현화의 사진이 그녀의 손에서 툭 떨어졌다.

"지금 한성대병원 앞이랑 재원그룹 주변으로 기자들이 쫙 깔렸다는데 아무래도 안 회장보다 강태완 전무 쪽을 더 기다리는 눈치들이야."

태완의 이름을 들은 연주는 자리에서 벌떡 일어섰다.

서둘러 도착한 병원 앞에는 이미 기자들로 인산인해를 이루고 있었다. 틈을 비집고 다니며 아는 얼굴이 없나 찾아 헤맨 끝에 연주는 낯익은 타 신문사 기자 하나를 만날 수 있었다.

"언니, 안 회장이 정말 실려 온 거예요?"

"모르지. 안 회장 얼굴은커녕 12층 엘리베이터 앞이며 비상계단 입구를 경호원들이 죄다 지키고 있어서 우린 들어갈 수도 없다."

"그럼 어떻게 해요?"

"누구 다른 사람들이 찾아오는지 지켜보는 수밖에. 강태완 전무라도 나타나면 정말 대박인 거고, 아니면 어쩔 수 없는 거지 뭐. 우리가 허탕 치는 거 어디 하루 이틀 일인가."

"아, 강태완 전무……."

"참, 너는 강태완 전무 기사도 쓴 적 있지 않았나? 그쪽 주변 사람 중에 건너건너라도 아니, 그쪽 집안에 뭐 배달해 주고 그런 사람이라도 아는 사람 없어?"

"없어요."

"같이 살자, 홍 기자."

"그런 사람 알고 있었으면 제가 지금 여기 언니랑 같이 이러고 서 있겠어요?"

"하긴, 나도 답답해서 그냥 물어본 거다."

안 회장의 상태도 걱정이었지만 기자들이 태완을 노릴 것이란 박 기자의 짐작은 그대로 들어맞았다. 연주는 대화에 집중하는 척하며 주변을 둘러보았다.

병원 내부로 들어서는 입구마다 삼삼오오 기자들이 모여 있는 것이 보였다. 간간이 카메라를 든 방송국 사람들까지 모인 것으로 보아 쉽게 물러설 기세들이 아니었다. 이런 상황에 만약 태완이 이곳으로 오기라도 한다면 쉽게 들어서지도, 돌아가지도 못하는 상황이 될 것이다.

"저는 병원 주변 좀 둘러볼게요."

"같이 갈까?"

"둘이 움직이면 눈에 띌 테니까 혼자 돌아볼게요."

"뭐 건지면 같이 좀 살자."

"알았어요."

"그래, 수고."

연주는 병원 주변을 재빨리 한 바퀴 둘러본 뒤 건물에서 조금 떨어진 인적이 드문 벤치로 향했다. 그리고 주변에 아무도 없는지를 재차 확인한 뒤 태완에게 전화를 걸었다.

—연주 씨, 무슨 일이에요?

"전무님, 지금 어디세요?"

태완의 목소리를 확인하는 순간 그녀가 물었다.

—회사예요. 연주 씨는요?

"오늘 한성대병원 앰뷸런스가 재원그룹 본사 앞에 갔었다는 기사 때문에 병원에 와 있어요."

—그럼 지금 한성대병원이에요?

"네, 기자들이 쫙 깔려 있는데 다들 전무님 기다리는 눈치예요. 그러니까 이쪽으로는 절대 오시면 안 돼요."

─기자랑 연애하니까 이런 건 좋네. 그런데 회장님도 안 계신 곳에 내가 갈 일은 없을 테니까 안심해요.

그가 많이 놀라거나 당황한 것 같지는 않아 내심 안도하고 있던 참에 오히려 연주가 깜짝 놀라 물었다.

"그럼 회장님 괜찮으신 거예요?"

─한성대병원으로 간 앰뷸런스는 빈 차였고 회장님은 조실장님이 본가로 모셨어요. 주치의가 본가로 와 있고요.

"아, 그래도 다행이네요."

─회장님 주변 사람들도 그렇게 허술하지 않으니까 너무 걱정 말아요.

"상태는 어떠신 거예요?"

─아직 오 박사를 만나 보진 못했지만 이제 고집부리셔도 수술을 더는 미룰 수 없을 것 같아요. 오늘 같은 일이 또 일어나는 것도 너무 위험하고.

"제가 찾아가도 뵙긴 힘들겠죠?"

이 질문은 기자로서보다는 홍연주로서 묻고 있는 것이었다. 하지만 태완은 잠깐의 고민도 하지 않고 곧장 대답했다.

─나는 가지 않았으면 하는데.

"네, 그럴게요."

─홍연주, 이제 말 잘 듣네.

오빠처럼 말하는 태완 때문에 연주는 피식 웃음이 나왔다.

"말 잘 들었으니까 상도 주는 거예요?"

─뭐 받고 싶은데요?

"음, 이따 말할게요."

─일 끝내고 전화할게요.

"네."

전화를 끊고 한동안 먼 곳을 응시하던 그녀는 자꾸만 하늘을 향해 올라가려는 입꼬리를 힘주어 잡았다.

태완에게는 가지 않겠다고 말했지만 연주는 늦은 오후 안 회장의 본가 앞에 서 있었다. 사회부 기자들이 전부 자리를 비운 상태라 황 차장이 어쩔 수 없이 그녀에게 본가 주변의 움직임을 살펴보고 오라는 지시를 내렸기 때문이었다. 하지만 그녀는 대문 앞으로 걸어가 벽에 붙은 벨을 눌렀다.

한성대병원에서 다시 회사로 돌아가니 책상 위에 박 기자가 두고 간 듯한 옛 기사 복사본 두 장이 놓여 있었다.

첫 번째 기사는 30년 전쯤 송현화를 인터뷰한 기사였다. 흔하게 묻는 근황 중간에 오빠가 하와이에서 사업을 하고 있어 쉬는 동안 그곳에서 지냈고, 지금도 시간이 날 때는 종종 찾아가 휴식을 취하다 온다는 부분에 밑줄이 그어져 있었다.

두 번째 기사는 재원그룹 '강재우 사장 일가족 사망'이란 타이틀의 기사였다. 기사는 강재우 사장과 그의 아내, 그리고 19살 아들이 모두 사고 장소에서 사망했다는 소식과 그 충격으로 안 회장이 실신해 병원으로 실려 갔다는 사실을 전한 후 심심한 애도를 표한다는 문장으로 마무리를 짓고 있었다.

일가족이란 타이틀이 붙은 기사에조차 태완에 대한 언급은 없었다. 안 회장의 상태에 대해서까지 거론이 될 정도면 그의 소재, 그에게 전해질 충격이나 앞으로의 거취에 대한 내용 또한 한 부분을 차지해야 했는데 어디에도 그런 내용은 없었다.

원래부터 이 가족의 일원으로 존재하지 않았던 것처럼.

어린 시절 자료를 찾을 수 없는 태완과 아들이 세상을 떠난 후 아들의 내연녀를 집으로 불러들인 안 회장, 그리고 태완이 보호하려 했던 송현화.

회사에서 요구했던 태완에 대한 기사는 이미 마무리를 지은 상태였다. 이제는 안 회장의 마음을 돌리기 위해 더 노력을 해야 했다.

그런데 굳이 안 회장이 묻으려 했던 일을 다시 들춰도 괜찮은 걸까.

이 일이 태완에게 미칠 영향은 없는 것인지, 어느 때보다 조심스럽고 고민이 됐다. 하지만 이제 와 모두 덮고 잊어버리기에는 그녀의 머릿속에 자리 잡은 의문이 너무 커져 버린 상태였다.

—누구시죠?

그때 스피커를 통해 지긋한 나이의 남자 목소리가 들려왔다.

"해성건설 홍철문 회장의 손녀 홍연주라고 합니다."

—무슨 일이십니까?

"안명희 회장님을 뵈러 왔는데요."

—잠시만 기다려 주세요.

얼마의 시간이 더 흐르고 나서 철컹 소리와 함께 웅장한 대문이 열렸다.

소란스러운 병원과는 달리 스산할 정도로 적막한 정원을 가로질러 그녀가 현관 앞에 이르자 기다렸다는 듯 현관문이 열렸다.

"들어오시죠."

안에서 자신보다 한참 어린 연주를 향해 깍듯이 예의를 갖추는 남자는 그녀가 지난번 안 회장의 집에 찾아왔을 때 안 회장 뒤에 그림자처럼 서 있었던 사람이었다.

"저는 회장님을 모시고 있는 박 집사라고 합니다."

"안녕하세요."

박 집사가 그녀를 향해 정중히 예의를 차리자 연주도 고개를 숙이며 다시 인사를 건넸다.

"실례가 되지 않는다면 무슨 일로 찾아오신 건지 여쭤 봐도 될까요?"

그녀가 신발을 벗고 중문으로 들어설 때까지 말없이 지켜보던 박 집사가 거실 중앙을 지나칠 무렵 조심스럽게 물었다.

"회장님께서 편찮으시다는 얘기를 들어서 걱정이 돼서 와 봤습니다."

"혹시 오늘 여기에 찾아오신 거, 홍 회장님이나 전무님도 알고 계십니까?"

"아니요."

"그렇군요."

"개인적인 이유로 찾아온 거니까 굳이 알릴 필요는 없다고 생각했습니다."

"네, 이쪽으로 오시죠."

박 집사는 말을 아끼며 다시 걸음을 옮겼다. 복도 안쪽으로 위치한 방 앞에 도착해서야 걸음을 멈춘 그는 문손잡이를 잡고는 다시 그녀를 돌아보았다.

"이 방입니다."

"감사합니다."

그녀가 방 안으로 들어서자 박 집사는 함께 안으로 들어서지 않고 문밖에서 조용히 문을 닫았다.

그녀의 눈에 가장 먼저 들어온 것은 침대 가장자리에 앉아 있는 안 회장이었다. 자리에 누워 있다가 일어난 지 얼마 되지 않은 것처럼 안 회장은 평소의 빈틈없이 정갈한 모습이 아니라 약간은 흐트러지고 긴장이 풀어진 듯 보였다.

"그래, 홍 회장 손녀가 내 집엔 어쩐 일인가?"

농담인지 빈정거림인지 표정으로는 도무지 알 수 없었다. 대신 질문은 건넨 뒤 안 회장은 연주에게 조금 더 다가오라는 손짓을 해 보였다.

"편찮으시다는 얘기를 들어서 걱정이 돼 찾아와 봤습니다."

안 회장의 앞으로 조금 더 다가간 연주는 예의를 갖춰 깍듯이 인사를 건넨 뒤 입을 열었다.

"내가 자네를 잡아먹기라도 할까 봐 강 전무가 두 눈을 똑바로 뜨고 내게 대들던 모습을 보고도 내 걱정을 했다고?"

"제가 왜 찾아왔는지 진짜 이유를 물으시는 거라면 회장님이 걱정이 돼서 찾아왔다는 말은 진심입니다. 다만 그다음으로 회장님 건강이 빠른 시일 내에 좋아지지 않으면 전무님도 힘들어지실 것 같아 그 점도 함께 걱정이 되기는 했습니다."

그녀의 대답을 들으며 안 회장이 미간을 희미하게 접었다. 인상을 쓰는 것 같기도 하고 컨디션이 좋지 않은 듯도 했으나 이내 천천히 미간을 편 그녀는 노곤한 시선으로 연주를 바라보았다.

"그래서 내게 하고 싶은 말이 뭔가?"

"지금 재원그룹과 한성대병원 주변으로 기자들이 쫙 깔렸습니다. 그곳 상황이야 회장님께서 저보다 더 잘 아시고 통제를 하시겠지만 이런 상황에서 어떤 입장이나 설명도 내놓지 않으신다면 뜬소문만 무성해질 거라고 생각합니다. 기자들이 회장님에 대한 기사를 함부로 쓰지는 않겠지만 거래처의 상황이나 재원그룹 주변의 소상인들을 인터뷰하는 것까지 막으실 수는 없을 겁니다. 게다가 이런 상황이 길어진다면 재원그룹이나 회장님, 그리고 전무님께도 결코 득이 되지는 않을 거라고 생각합니다."

"그래서?"

"하지만 저라면 이제 와 해명 기사를 내지는 않겠습니다."

"그럼?"

"치료를 받으신 뒤 바로 회복 단계라고 발표하시는 게 어떠실지……."

태완은 안 회장이 수술을 받지 않으려고 고집을 부리고 있다고 말했다.

아무것도 아닌 자신이 주제넘은 말을 하고 있다는 걸 알면서도 연주는 방금 한 말을 절대 후회하지 않겠다고 마음속으로 다짐했다.

"자네, 내가 어디가 아픈지는 알고 있는 건가?"

"담낭암이라고 들었습니다."

"이런 짓을 할 놈은 강훈, 그놈뿐이지. 그 미련한 놈이 결국 일을 벌였어. 제가 판 무덤에 결국 제가 묻히게 될 것도 모르고."

나직하게 혼잣말을 중얼거린 안 회장의 입술이 비릿하게 말렸다.

겉으로는 강훈 사장을 탓하는 소리로 들렸다. 하지만 그녀의 말뜻을 가만히 헤아려 보면 강훈 사장 때문에 득을 보는 누군가도 있다는 뜻이었다.

재원그룹 내에 강훈 사장의 적수가 될 만한 사람은 태완뿐이니 지금 이 상황을 그가 이용하고 있다는 뜻으로 해석을 해도 무리가 없었다.

"자네가 이러고 다니는 거, 홍 회장은 알고 있나?"

"모르십니다."

"내가 알리면 어쩌려고?"

"굳이 그러실 이유는 없다고 생각합니다."

"왜?"

"이런 사소한 일로 연락하실 만큼 돈독한 사이는 아니라고 회장님께서 제게 직접 말씀해 주셨던 것으로 기억합니다."

"그래, 돈독하지 않지. 하지만 자네가 내 말을 듣게 하기 위해 홍 회장을 이용할 수도 있다는 생각은 못 했나 보지?"

안 회장은 지금 그녀를 협박하려는 게 아니었다. 그 사실을 알기에 폐부에서 조금씩 비어져 나오는 마른 숨결이 파르르 떨리고 있었다.

그렇지만 오늘 꼭 물어야겠다고 생각한 말들을 다음으로 미룰 수는 없었다.

"회장님께서 저를 마음에 들어 하지 않으시는 이유, 저희 할아버지와의 관계 때문이라고 말씀해 주셨습니다. 그리고 할아버지의 마음을 돌리는 게 쉽지 않을 거라고도 말씀해 주셨고요."

연주는 어느 때보다 진지하고 차분하게 말했다. 그런 그녀를 바라보는 안 회장 역시 어느 때보다 속을 알 수 없는 표정을 짓고 있었다.

"저희 할아버지가 어떤 분이신지 누구보다 잘 알고 계시고 관계도 좋지 않으시니 말씀처럼 그 관계를 이용해 얼마든지 제가 말을 듣도록 하실 수 있으시겠지요. 그런데 회장님께서 저희 할아버지가 마음을 바꾸길 바라지 않고 계시는 건 아닌지 하는 의문이 듭니다."

"그게 무슨 소린가?"

"저희 할아버지가 전무님의 과거를 알고 계실 테니까요."

"뭐라고?"

"회장님께서 국외 지사를 맡기겠다는 의지로 어릴 적부터 전무님을 해외에서 키우셨다고 들었습니다. 하지만 어린 시절 전무님에 대한 얘기는, 심지어 강재우 사장님의 사망 기사에조차 없었습니다. 회장님께서 돌아가도 같은 선택을 하실 거라고 말씀하신 그 18년 전에 전무님은 어디에 계셨던 겁니까?"

"어디에서 무슨 소리를 듣고 와 이러는 건지 모르겠군. 그런데 지금 내 몸이 그리 좋지가 않아. 자네가 지금 늘어놓는 그 말도 안 되는 헛소리에 대꾸할 기운도 없다고. 그러니 오늘은 그만 돌아가지."

"두려우신 겁니까?"

안 회장의 이마가 불편함으로 깊게 구겨졌다.

"분명 전무님이 전부라고 하셨습니다. 그런데 회장님 말씀대로라면 전무님은 회장님을 지켜 드리지 않을 겁니다. 지켜야 하는 대상에서는 멀어지라고 가르쳤으니까요. 똑똑하고 강한 사람한테 비겁하게 도망치라고 가르쳤으니까요."

"그래서?"

"알려고 하면 저희 할아버지나 아버지를 통해 저도 18년 전의 일에 대해 얼마든지 알 수 있다는 걸 회장님도 알고 계실 겁니다. 하지만 그런 식으로 알고 싶지는 않습니다. 다만 회장님께서 무엇을 감추려 하시던 간에 결국 모든 선택은 전무님의 몫이라는 사실은 받아들여 주셨으면 합니다."

"선택?"

"꼭 제 얘기를 하는 건 아닙니다. 그렇지만 회장님이 바뀌시면 전무님도 바뀌실 겁니다."

"이래서 피는 못 속인다는 건가 보군. 고집 세고, 제가 제일 잘난 줄 아는 홍철문이를 빼다 박았어. 아주 구변까지 청산유수야."

안 회장이 혼잣말처럼 나직하게 중얼거렸다.

"제가 그다지 마음에 들지 않으시다는 거 알고 있습니다. 지금은 많이 부족하지만 더 노력하겠습니다. 그리고 할아버지 마음도 돌릴 수 있도록 노력하겠습니다."

"무슨 수로? 그리고 내가 홍 회장이 마음을 바꾸길 원치 않는다고 방금 자네가 말하지 않았던가?"

안 회장이 가당치도 않다는 듯 비웃음을 흘렸다.

"솔직히 지금 당장 할아버지의 마음도, 회장님의 마음도 바꿀 자신은 없습니다. 재원건설을 떠난 후 시간이 많이 흐르긴 했어도 저희 할아버지, 재원건설에 누구보다 큰 애정과 관심을 가지고 계셨던 분이라고 알고 있습니다. 미약하나마 우선은 그 애정에 기대를 걸어 볼 생각입니다. 그리고 회장님께서는 전무님이 전부라고 하셨으니까 저희 할아버지를 적으로 두지 않는 게 전무님께 도움이 될 거란 사실 정도는 알고 계실 거라고 생각합니다."

사뭇 긴 침묵이 흘렀다.

"그런가?"

"……."

"그럼 어디 한 번 해 보든지."

"……."

"허나 만에 하나라도 강 전무에게 무슨 일이 생기면 그때는 자네가 전부 책임져야 하는 상황이 될 게야."

"각오하고 있겠습니다."

연주는 깊게 허리를 굽혔다. 안 회장은 여전히 속내를 알 수 없는 눈으로 그녀를 바라보고 있었다.

안 회장의 눈을 똑바로 마주 보며 마음먹은 얘기를 끝까지 해 버린 사람이 자신이 아니었던 것처럼 뒤늦게 두 다리가 후들거리는 듯했다.

"이제 할 얘기는 다 한 건가?"

"네."

"그럼 나가지 않고 뭐하고 있는 거지?"

"네, 그럼 쉬십시오."

연주는 다시 한 번 깍듯이 인사를 한 뒤 안 회장의 방을 나섰다.

방문을 열고 나가자 문 앞에 서 있던 박 집사가 그녀를 다시 현관으로 안내했다. 그리고 현관 근처에 도착했을 때 연주에게만 들릴 정도의 목소리로 입을 열었다.

"혹시 그날 새벽, 저희 사람들이 쫓았던 분이 아가씨였습니까?"

"네?"

"전무님께서 입단속을 시키셔서 회장님은 그날 일에 대해 전혀 모르고 계십니다."

"그게 무슨……?"

연주는 박 집사의 얼굴을 똑바로 바라보았다. 박 집사의 말 대로라면 태완은 이미 그날 송현화가 이곳에 왔다 갔고, 그녀가 송현화의 사진을 찍었다는 사실까지 알고 있었다는 뜻인가. 그럼에도 끈질기게 그녀가 누구의 사진을 찍은 것인지를 확인하려 했던 것이고. 지금 이 상황을 어떻게 받아들여야 하는 것인지, 그가 지키기 위해 멀어져야 했던 사람은 정말 누구였던 것인지 연주의 시선이 다시 안 회장의 방을 향해 움직였다.

그녀 곁에 선 박 집사는 아무 일 없었다는 듯 그런 그녀를 향해 정중히 고개를 숙이고 있었다.

마치 아무 말도 하지 않았던 것처럼.

연주는 안 회장을 만나고 온 뒤 며칠째 주머니 안에 들어있던 송현화의 명함을 생각날 때마다 만지작거렸다. 하지만 주머니 밖으로는 꺼내지 않았다. 마치 이 명함이 그녀의 주머니 안에 있느냐, 밖에 있느냐의 차이가 극명한 기로라도 되는 것처럼.

그러다 오늘 드디어 명함을 세상 밖으로 꺼냈다. 네모반듯한 명함은 한쪽 테두리만 금색으로 장식이 되어 있었고 적힌 글자도 송현화의 이름과 전화번호가 전부인 아주 심플한 디자인이었다.

주인을 닮아 치장 없이도 세련되고 고급스러워 보이는 명함을 연주는 한동안 바라보다 나직하게 중얼거렸다.

"그래서 그렇게밖에 대답할 수 없었던 건가요?"

돌아오는 건 침묵뿐이었다. 연주는 두 눈을 꼭 감았다.

그녀가 명함을 이토록 심각하게 대하는 데는 사실 다른 이유가 더 있었다.

안 회장을 만나고 온 후 만나는 동료 기자마다 송현화에게 명함을 받은 적이 있는지를 물었으나 그녀에게 명함을 받은 사람은 아무도 없었던 것이다.

심지어 그녀를 스토커처럼 따라다닌 적 있다고 했던 박 기자도 송현화의 명함을 본 적조차 없다고 말했다. 그런데 그녀는 송현화에게서 직접 건네받은 명함을 들고 있었다. 이 상황을 어떻게 받아 들여야 하는 것인지, 송현화는 그녀에게 왜 명함을 건넸던 것인지, 혹시 그녀가 언젠가 이 퍼즐을 완성해 찾아와 주길 바랐던 것은 아닌지.

결국 그날 퇴근 시간 무렵, 연주는 송현화에게 전화를 걸었었다. 하지만 그녀는 전화를 받지 않았다.

퇴근 후 택시를 타고 무작정 송현화의 집으로 향했다. 택시에서 내려서자 요새를 둘러싸고 있는 보호막처럼 높고 으리으리한 담장이 그녀의 눈에 들어왔다. 연주는 곧장 벨을 누르거나 송현화에게 다시 전화를 거는 대신 잠시 담장을 올려다보며 그 자리에 서 있었다. 송현화가 숨기고 있는 진실을 자신이 물을 자격이 있는 것인지, 듣게 된다면 감당할 수 있을지 마음의 준비가 필요했기 때문이다.

"누구시죠?"

그녀가 한동안 같은 자리에 서 있을 때 등 뒤에서 가시처럼 날카롭고 차가운 남자의 목소리가 불쑥 들려왔다. 시선을 돌린 그녀의 눈에 들어온 이는 깡마른 체구의 신한국당 서우찬 대표였다. 그의 뒤로 보좌관인 듯한 덩치 큰 남자도 한 명 서 있었다.

"누구신데 여기 있는 겁니까?"

"안녕하세요, 대표님."

서 대표를 알아본 그녀는 곧장 인사를 건넸다. 언론에 보도되는 그의 모습은 언제나 진중하고 신사적이었다. 목소리도 교양 있고 매너가 넘쳤다. 그런데 자신을 알아보고 인사를 건네는 그녀를 바라보는 그의 표정은 불편하게 경직되어 있었다.

"혹시 기잔가요?"

"네, 미디어아침의 홍연주 기자라고 합니다."

"우리 집에는 무슨 일입니까?"

"송현화 씨를 만나 뵈러 왔습니다."

순간 그의 표정이 확연하게 일그러졌다.

수많은 정치인들은 대부분 언론에 드러내는 모습과 판이한 진짜 모습을 지니고 있었다. 이미지 관리를 위해 자신의 본 모습을 숨긴 채 하루를 보내는 그들이니 집 주변을 기웃거리는 기자들과 마주하는 것이 반갑지는 않을 것이다. 하지만 지금 처럼 상대를 앞에 두고 그런 속내를 드러내는 경우는 극히 드 물었다.

"그 사람, 지금 없습니다."

"그럼 어디 계신가요?"

"윤 실장, 나 먼저 들어갈 테니까 여기 정리하고 들어가지."

"네, 대표님."

"그리고 앞으로는 집 주변 관리 좀 더 철저히 하고."

"알겠습니다."

그녀를 무시하고 집 안으로 들어서는 서 대표를 향해 덩치 큰 남자가 깍듯이 허리를 굽혔다.

"대표님, 잠시만요."

연주가 다급하게 서 대표를 불렀으나 육중한 쇠문은 요란한 소리를 내며 눈앞에서 보란 듯 닫혔다. 커다란 덩치의 남자가 그녀에게 성큼 다가왔다. 인적도, 소음도 아무것도 없는 조용 한 골목에 둘만 남겨진 것이다.

"경찰 부르기 전에 그냥 가시죠."

"사실은 송현화 씨가 만나 주겠다고 해서 온 건데요."

그녀가 말했지만 남자는 믿지 않는 눈치였다. 서 대표 앞에 서는 하지 않았던 얘기를 뒤늦게 하니 믿음이 가지 않는 것은 당연한 일일 것이다.

"사모님께서 기자들을 얼마나 싫어하는데, 좋은 말로 할 때 그냥 가라고요."

"들어가서 송현화 씨한테 얘기만 전해 주세요. 미디어아침 기자가 밖에서 기다리고 있다고."

"대표님 말씀 못 들었어요? 오늘 대표님 가뜩이나 컨디션도 좋지 않으시니 그냥 좀 돌아갑시다."

이미 기자들의 거짓말에 단련이 된 사람이었다. 설령 진실을 말한다 해도 이 남자는 그녀의 말에 귀 기울일 마음 같은 건 없을 것이다.

"좋아요. 그냥 갈게요."

"처음부터 그렇게 나올 것이지."

남자가 쓸쓸한 표정으로 말했다. 차고로 향해 걸음을 옮기면서도 연주의 동태를 확인했기에 그녀도 할 수 없이 저택을 등지고 반대 방향으로 걸었다.

그렇게 얼마간 걷다 보니 집 안으로 들어갔는지 남자가 보이지 않자 연주는 걸음을 멈추고 다시 송현화에게 전화를 걸어 보았다.

그러나 끝없이 들려오는 신호음 뒤로 끝내 송현화의 목소리는 들려오지 않았다.

⟨따님 검진하던 날 한성대병원에서 뵌 적 있는 기잡니다. 잠시 만나 뵙고 싶은데 시간 되실 때 뵐 수 있을까요?⟩

혹시나 하는 마음에, 언젠가는 보지 않을까 하는 마음에 문자를 보냈다.

〈시간이 조금 걸릴 것 같은데 집 앞 골목에서 기다려 주세요.〉

방금 전 전화도 받지 않았으니 당연히 답장 같은 건 기대도 하지 않았는데 그녀의 예상과 달리 답장은 바로 도착했다.

〈알겠습니다.〉

그러나 다시 답장을 보내면서도 기분이 조금 이상했다. 이 답장을 보낸 이가 정말 송현화가 맞는 것인지. 하지만 명함은 송현화가 직접 준 것이니 번호를 의심하는 건 억지였다. 거기까지 생각이 미치자 전화를 못 받은 데는 그만한 이유가 있었을 것이라 여겨졌다. 그녀는 서 대표와 함께 왔던 덩치 큰 남자의 시선을 피해 있을 생각으로 다시 걸음을 옮기기 시작했다.

대저택들 사이로 자리한 골목은 무척이나 정갈하고 고요했다. 그녀는 사람의 기척이라곤 느껴지지 않는 심심한 적막 속을 느릿하게 걸었다.

시간이 조금 걸린다고 했으니 멀리서 그녀의 집이 보이는 골목 어귀까지 걸어갔다 다시 왔던 길을 되짚어가기를 몇 차례 반복하고 있을 때였다.

빵빵.

긴 고요를 깨고 들려온 클랙슨 소리에 길을 비키라는 뜻인 줄 알고 연주가 몸을 길가 담장 쪽으로 바짝 붙였다. 하지만 차는 그녀의 앞까지만 달려와 더 이상 움직이지 않았다. 혹시 이 차에 송현화가 타고 있을지도 모른다는 생각이 들어 연주는 차 안을 바라보며 자동차 쪽으로 걸음을 옮겼다.

그녀가 짙게 선팅이 된 뒷좌석 앞으로 다가갈 때까지 차는 움직임 없이 같은 자리에 서 있었다. 차 문을 열기 전에 창문을 내려 달라는 의미로 그녀가 차창에 가볍게 노크를 하려는 순간이었다.

빠앙.

차창에 그녀의 손이 닿기 직전, 다시 요란한 클랙슨 소리가 들려왔다. 방금 들었던 것보다 훨씬 웅장하고 무게감이 느껴지는 소리에 고개를 돌리자 그녀의 눈에 유명 연예인들이 흔히 타고 다니는 고급 밴이 서 있는 것이 보였다. 그녀의 시선이 다시 누가 타고 있는지 사람의 형태도 전혀 분간할 수 없게 선팅이 된 자신 앞의 차로 옮겨졌다.

창문을 향해 뻗어 있던 손이 본능적으로 제자리로 돌아왔다. 뒤이어 발도 한 발 물러섰다. 등줄기를 타고 흘러내리는 알 수 없는 섬뜩함.

그녀가 본능적으로 무언가 잘못됐다는 생각을 하는 순간, 그를 증명하듯 그녀 앞의 차가 갑자기 후진을 하기 시작했다. 노련하게 뒤를 향해 달려가던 차는 송현화의 집을 지나쳐 순식간에 골목을 벗어나 시야에서 사라졌다.

"무슨 일이에요?"

연주가 텅 빈 골목을 응시하고 있을 때 밴에서 내린 송현화가 그녀에게 다가왔다. 송현화도 차가 사라진 방향을 잠시 응시했다.

"괜찮아요?"

"네."

"부재중 전화가 많이 와 있었는데 내가 촬영 중이어서 확인을 너무 늦게 했어요."

"아, 그러셨군요."

"그런데 방금 그 차, 아는 사람이었어요?"

"아니요. 클랙슨을 울리기에 송현화 씨인 줄 알고……."

"가끔 집 앞에 기자들이나 스토커 같은 사람들이 불쑥불쑥 나타나요. 전에 우리 딸도 저렇게 접근했던 차 때문에 위험했던 적이 있었는데 내가 늦지 않게 와서 정말 다행이네요."

유명 연예인의 화려한 삶, 그 이면에 숨겨진 그늘과 서 대표의 차가웠던 반응이 떠오르자 연주의 입가에 씁쓸한 미소가 번졌다.

그런 그녀를 걱정하는 듯 다정하게 손을 잡고 있던 송현화가 다시 말을 이었다.

"그런데 나한테 무슨 중요하게 할 얘기라도 있는 모양이에요."

"그냥 좀 여쭤 보고 싶은 게 있어서요."

"그럼 차에서 얘기할까요?"

그녀들이 밴에 올라타자 차는 다시 골목을 벗어나 어딘가를 향해 달리기 시작했다. 목적지가 어디든 상관없었다. 송현화는 그녀가 무슨 얘기를 꺼내려는 것인지 궁금한 표정을 지으면서도 조용히 기다리고 있었다.

연주는 송현화에게 무엇부터 물어봐야 하는 것인지 머릿속으로 잠시 생각을 정리했다.

"이 사진."

연주는 우선 자신의 가방 안에서 사진 한 장을 꺼내 송현화에게 내밀었다.

"무슨 사진이에요?"

그녀에게 사진을 받아 자세히 들여다보던 송현화의 시선이 점점 어둡게 굳어졌다.

"이 사진을 찍던 날, 전무님과 처음으로 만났어요."

"……."

"그리고 전무님은 제가 무슨 사진을 찍었는지 확인하기 위해 다시 절 찾으셨고요."

송현화는 여전히 사진에서 시선을 떼지 않고 있었다.

"전에 전무님과 어떻게 알게 된 사이인지 기억이 나지 않는다고 하셨죠? 사실 저 그 말씀 믿지 않았어요. 전무님, 아무나 막 도와주고 그러는 분 아니라는 거 알고 있었거든요. 더구나 기자인 제게 부탁을 하실 정도면 반드시 지켜야 하는 이유가 있는 분일 텐데 어떻게 아는지 잘 기억도 안 난다고 대답을 하시니 말이 안 되잖아요?"

"정말 그랬겠네요. 그래서 강 전무한테는 들었나요? 우리가 어떻게 아는 사이인지."

"아니요. 전무님한테는 물어보지 않았어요."

"왜요?"

"그냥 물어보지 않는 게 좋을 것 같아서요."

송현화가 사진에서 시선을 들고 그녀의 얼굴을 가만히 응시했다.

"강 전무를 많이 좋아하나 보네요?"

"네."

"강 전무도 연주 씨…… 아, 우리 딸한테 얘기 들었어요. 강 전무도 연주 씨를 좋아하는 건가요?"

"네."

"얼마나?"

"글쎄요."

"그럼 결혼까지 생각하고 있는 사인가요?"

"네."

"그렇군요."

그녀를 바라보는 송현화의 표정이 지금까지와는 달랐다. 만감이 교차하는 듯 복잡 미묘한 표정이었다.

"전무님에 대해 궁금한 게 많으신가 봐요?"

"들켰네요. 그런데 연주 씨는 나와 강 전무의 관계를 어떻게 짐작하고 있는 건가요?"

"저는……."

이미 그녀의 결론은 한 가지에 도달해 있었다. 태완에 대한 얘기를 할 때 그녀의 표정과 눈빛으로 그 결론이 틀리지 않았음을 확신했다.

하지만 이유 없이 목이 메어 잠시 시간을 가졌다 천천히 입을 열었다.

"송현화 씨가 전무님의 어머니가 아닐까 생각하고 있습니다."

그녀의 대답에 송현화의 눈시울이 왈칵 젖어 들었다. 눈물이 뺨을 타고 주르륵 흘러내리는데도 그녀는 닦아 낼 생각조차 못 하는 것 같았다.

얼마간 차 안에 무거운 침묵이 흘렀다.

"왜 그렇게 생각한 건지 이유를 물어도 될까요?"

"여러 가지 이유가 있는데 우선 송현화 씨가 전무님이 태어난 32년 전 하와이에서 몇 해간 머물렀다는 기사를 찾았습니다. 그리고 전무님의 어린 시절에 대한 자료는 강재우 사장님 사망 전까지 어디에도 존재하지 않더라고요. 단지 해외에서 자랐다는 소문만 있었는데 확인은 불가능했고요. 안 회장님께도 직접 물었는데 과거 전무님의 거취에 대해서는 묵비권을 행사하셨죠. 그리고 가장 큰 이유는 전무님에 대한 얘기를 할 때 송현화 씨의 표정 때문입니다."

"내 표정이?"

"네, 그리운 아들의 얼굴을 떠올리는 어머니의 표정이요."

오빠들이 군대에 가 있는 동안 오빠들 사진을 볼 때 엄마의 표정이 딱 그랬었다. 가족들이 맛있는 걸 먹을 때도, 오빠들 생일날에도, 날이 추워질 때 역시 그랬다.

고작 2년 안팎의 시간을 떨어져 지내는 것도 그녀의 엄마는 그토록 힘들어했는데 32년을 숨겨야 했으니 그 속이 오죽했을까.

어느 순간 연주의 눈시울도 함께 젖어 있었다. 송현화에게 아직 아무 말도 듣지 못했지만 태완이 왜 지켜야 하는 사람에게서 멀어져야 했던 것인지에 대해 이해가 돼 가슴이 더욱 미어지는 듯했다. 그에게 아무것도 묻지 않았던 일에 대해서도 깊은 안도가 밀려왔다.

"어디부터 얘기를 해야 할까요? 난 그 아이의 삶에 그냥 스쳐 가는 바람 정도밖에 되지 않는 사람이었어요. 아무것도 해 준 것도, 해 줄 수 있는 것도 없었거든요."

"……."

"남편의 혼외자를 안 회장님이 얼마나 매정하게 대했는지 전부 알고 있었어요. 태완이가 그런 대우를 받을 게 겁이 나 숨어서 그 애를 낳아 세상 사람들은 내가 그 아이의 엄마인 줄도 모르고 있죠. 그랬는데 그 아이를 그 집으로 억지로 들여보낸 게 결국은 나였네요. 내 핏줄로 숨어서 살아가는 삶보다는 아버지의 아들로 살아가는 삶이 더 많은 것을 줄 것 같아서. 더 당당하고, 더 빛나고, 더 멋질 거라고 생각해서……."

"지금도 후회하지 않으세요?"

"나는 후회하지 않아요. 단지 그 아이가 조금만 더 행복해지길 바랄 뿐이죠."

"……."

"해성건설 홍 회장님 손녀라고 들었는데."

"네."

"두 사람, 안 회장님이 쉽게 허락하시지 않을 거예요."

연주는 희미하게 고개를 끄덕였다.

"그래도 연주 씨는 포기하지 않을 거죠?"

"네, 전무님이랑 그러지 않겠다고 약속했거든요."

"고마워요."

연주는 이미 흘러내린 눈물로 엉망이 된 송현화의 얼굴을 바라보았다.

"날 괴물로 보지 않아서. 자격도 없는 날 그 아이의 엄마로 생각해 줘서……."

"저도 한 가지 부탁드릴 게 있는데."

"뭐든지 말해요."

"제가 찾아와 만났다는 사실을 전무님이나 안 회장님 아니, 누구도 몰랐으면 해서요."

연주의 부탁에 송현화가 그녀의 손을 말없이 움켜잡았다. 한동안 손을 잡고 있다 갑자기 자신의 목에서 목걸이를 풀어 연주의 손바닥에 쥐여 주었다.

"이건 태완이 낳은 뒤에 그 애 아버지한테 받았던 목걸이에요. 연주 씨한테 주고 싶어요. 나와 그 사람, 우리가 두 사람을 축하해 준다는 의미로."

"감사합니다."

송현화는 연주를 오피스텔 근처에 내려 주었다. 그녀를 내려 준 뒤 송현화를 태운 차가 완전히 사라진 뒤에도 연주는 쉽게 걸음을 떼지 못하고 한동안 같은 자리에 우두커니 서 있었다.

얼마나 그렇게 서 있었는지 알 수 없었다. 차에서 내리니 이미 세상에는 어둠이 내려앉아 있었고 그녀는 텅 빈 정면을 무심히, 하염없이 응시하고 있었을 뿐이니까. 그러다 태완에게 전화를 걸어야겠다고 생각하며 천천히 오피스텔을 향해 걸음을 옮기려 하자 마침 그녀의 주머니 안에서 핸드폰이 울렸다.

Rrrrrr.

—연주야.

"아버지."

전화를 건 사람은 홍 사장이었다.

—바쁘니?

"아니요. 어쩐 일이세요?"

—어쩐 일은. 우리 딸 목소리 잊어버릴까 봐 전화했지.

건물 안으로 들어서 엘리베이터를 향해 걷던 걸음이 방향을 틀어 계단으로 향하고 있을 때 홍 사장이 다시 말했다.

—혁주가 네 오피스텔에 찾아갔었다면서?

"아, 지난 주말에요? 엄마 심부름으로 잠깐 왔다 갔었죠."

—그런데 거기서 누굴 만나고 왔다고 하던데.

"네? 누굴요?"

―그건 아버지가 물어야 하는 질문 같은데?

"······."

―연주야, 아버지는 연애결혼 반대 안 한다. 아버지도 엄마랑 연애결혼 한 거 너도 알고 있잖아. 그러니까 만나는 사람 있으면 편하게 말해도 돼.

그녀를 설득하는 홍 사장의 목소리에서 숨기지 못한 은근한 즐거움이 느껴졌다.

―아무 말 안 하는 거 보니까 누가 있기는 있는 모양이구나? 그럼 언제 한번 집으로 데려와 봐.

"언제 한 번 집으로 데려갈게요. 그런데 이미 아는 사람일 거예요."

그녀의 발걸음은 이제 2층의 조용한 복도를 돌아 3층을 향해 올라가고 있었다.

―내가 아는 사람이라고? 그렇게 말하니 더 궁금해지는데.

"있잖아요, 아버지."

―응.

"돌아가신 재원그룹 강재우 사장님이랑 아버지랑 친분이 있는 사이였다는 얘길 우연히 들었는데 사실이에요?"

―어디에서 그런 얘길 들었어? 맞아. 강재우 사장이랑은 잘 아는 사이였지. 할아버지랑 강재우 사장 아버지랑 친구였고, 또 아버지도 강재우 사장이랑 대학을 같이 다녔으니까. 할아버지가 재원건설 그만두신 뒤로 바빠서 자주 못 만나긴 했지만 가끔 만나도 데면데면하진 않았지. 그런데 갑자기 그건 왜

물어?

"사실 제가 만나고 있는 사람이 그 강재우 사장님 아들이에요."

—누구라고?

잠시 침묵이 흘렀다. 3층으로 향하는 마지막 계단 하나를 남겨 두고 연주는 다리에 힘이 풀려 걸음을 멈추고 계단 벽에 등을 기댔다. 몸보다는 마음이 지치는 하루였다. 하지만 아버지에게 사실을 털어놓는 것도 더는 미룰 수 없다는 생각에 연주는 이번엔 그의 이름을 분명하게 말했다.

"강태완 씨요."

—연주야.

그녀의 이름을 부르는 아버지의 한마디가 얼마나 많은 뜻을 품고 있는지 알 것 같았다. 앞으로 아버지를 많이 힘들게 할지 모른다는 사실도. 그것만으로도 연주는 마음이 무거워졌다. 태완을 생각해도 그랬지만 지금 느끼는 감정은 그것과 완전히 다른 것이었다.

자랑스러운 딸은 못 되어 드려도 부모님 가슴에 못을 박는 자식은 되고 싶지 않았는데.

"저도 이렇게 될 줄은 몰랐어요. 그런데 지금 그만두라면 그건 어려울 것 같아요."

—사랑하니?

"네."

홍 사장은 한동안 아무 말이 없었다. 그만큼 충격인 것이다.

연주는 핸드폰을 잠시 얼굴에서 멀리 떼고 눈을 빠르게 깜빡이며 뜨거워진 눈시울을 손바람으로 식혔다.

—연주야, 전화로 이럴 게 아니라 집으로 와서 아버지랑 엄마랑 얼굴 보며 얘기하자.

"네, 조만간 들릴게요."

—그래, 연주야.

"아버지, 제가 직접 말씀드릴 때까지 할아버지한테는 비밀로 해 주세요."

—그러마. 그런데 안 회장님은 알고 계신 거냐?

"네."

—그 집안에 먼저 얘기를 한 걸 보니 우리 연주가 정말 많이 좋아하긴 하는가 보구나.

"죄송해요, 아버지. 그리고 고마워요."

전화를 끊은 그녀는 참으려고 애쓰다 결국 뺨을 타고 흘러내린 눈물을 손등으로 꾹꾹 눌러 닦아 냈다. 그리고 씩씩하게 마지막 계단을 향해 발을 뻗었다.

날은 저물었지만 맞은편 건물의 간판에 들어온 불로 3층의 복도는 그다지 어둡지 않았다. 그 때문에 그녀의 눈에 집 앞에 서 있는 사람의 형태가 그대로 보였다. 큰 키에 검은 슈트 차림의 남자가.

"전무님."

연주는 다시 눈가를 꾹꾹 눌러 눈물의 흔적을 말끔히 지운 뒤 그에게 다가갔다.

"언제 오셨어요?"

그녀의 목소리에 돌아보는 그의 표정은 평소와 크게 다를 것이 없었다.

하지만 연주는 복도가 너무 조용해 계단에서 그녀가 아버지와 했던 통화를 그가 전부 들어 버린 것은 아닐지 마음 한편이 불편하기만 했다.

"오셨으면 전화를 주시지."

"전화했는데 통화 중이어서."

문을 열고 집 안으로 들어선 그녀의 뒤를 따라 그도 함께 들어왔다.

"아, 제가 방금 검찰청을 사칭하는 스팸 전화 한 통을 받았거든요. 이 사람들이 요즘은 어떤 방법으로 사기를 치는지 궁금해서 가만히 듣고 있었는데 하필 전무님도 그때 전화를 하셨나 보네요. 그런데 회장님은 좀 어떠……."

그가 갑자기 허리를 감싸 몸을 끌어당기는 바람에 그녀의 말이 끊겼다.

"무슨 일 있었어요?"

"아니, 당신이 너무 보고 싶어서."

"저도 보고 싶었어요."

"홍연주 씨."

"네."

그가 한 손을 들어 그녀의 뺨을 감쌌다.

"미안한데 나는 죽어도 당신 안 놔줄 겁니다."

"저 놔 달라고 한 적 없는데요."

그가 다시 양손으로 그녀의 등을 감싸며 몸을 끌어당겨 으스러뜨릴 듯 그녀를 안은 채 입술을 겹쳤다. 다른 말은 필요가 없었다. 그의 입술이 절실하게 그녀를 원하고 있었고, 그녀 역시 그를 원했다.

"그런데 집 앞에 차가 안 보이던데?"

태완의 입술이 떨어지자 그녀가 숨을 몰아쉬며 물었다.

"한 실장이 내려 주고 갔어요."

연주의 이마 위에 닿았던 그의 입술이 그녀의 눈꺼풀과 콧잔등에도 차례로 내려앉았다. 그리고 다시 그녀의 입술 위로 겹쳐졌다.

처음엔 부드럽고 달콤했던 입맞춤이 어느 순간부터인가 서로의 입술을 짓이기고 들이마시듯 다급해지기 시작했다. 그만큼 두 사람의 몸도 점점 더 밀착되어 가고 있었다. 그러다 연주가 어느 순간 입술을 떼고 거친 숨을 몰아쉬자 태완도 말없이 그녀의 붉어진 얼굴을 내려다보았다.

"당신을 어쩌면 좋을까?"

그의 나직한 목소리와 따뜻한 숨결에 그녀는 더욱 애틋함에 사로잡혔다. 잠시 떨어져 있던 두 입술이 다시금 맞닿았다.

태완은 어느 때보다 달콤한 키스를 퍼부으며 그녀의 셔츠 단추를 풀기 시작했다.

아무리 키스의 열감으로 몸이 달아오르고 그를 원한다고 해도 아직 그의 온기와 손길이 익숙지 않은 그녀의 양 볼은 수밀

도처럼 붉게 달아오르고 있었다.

"당신을……."

잠시 그녀의 모습을 바라보던 그가 뜨거운 호흡을 쏟아 내며 낮게 속삭이더니 이번엔 자신의 넥타이로 손을 올렸다. 넥타이는 순식간에 바닥으로 떨어졌고, 뒤이어 하얀 셔츠도 벗어 버린 그가 그녀를 번쩍 안아 들었다. 그리고 침대가 있는 방을 향해 성큼성큼 걸음을 옮겼다.

그녀를 침대 위에 내려놓기 무섭게 그가 입술을 겹쳤다. 굶주린 사람처럼 태완은 연주의 목덜미와 가슴까지 쉬지 않고 입을 맞추며 타액으로 흔적을 남기기 시작했다.

"음."

그사이 그녀의 입술에서는 연거푸 신음이 터져 나왔다.

"하아……."

그의 어깨를 잡은 그녀의 손에도 점점 더 강한 힘이 실리는 걸 느낀 듯 그가 천천히 입술을 떼고 그녀의 얼굴을 내려다보았다.

"당신 때문에 적어도 내 몸의 어느 한 곳은 고장이 난 것 같아."

속삭이는 그의 숨결이 그녀의 목덜미와 쇄골에 와 닿았다.

"어떻게 하면 고칠 수 있는데요?"

그녀의 목소리도 낮게 잠긴 채 갈라져 있었다.

"그건 내가 물어야 하는 거 아닌가?"

뜨거운 시선으로 그녀를 내려다보며 그가 손끝으로 어깨와 팔을 쓸었다. 그러다 점점 더 손을 내려 그녀의 벨트를 잡았다.

연주는 그대로 눈을 감아 버렸다. 그의 입술은 다시 그녀의 어깨 위로 내려앉았다.

연주는 자신의 몸을 어루만지는 손길에 바르르 떨며 그의 목을 팔로 감쌌다. 그리고 귀 가까이 입술을 가져다 대고 나직하게 속삭였다.

"사랑해요."

"지금 뭐라고 한 겁니까?"

"원래 사랑은 모든 병을 낫게 하잖아요."

"그러고 보니 정말 조금 나은 것 같기도 하고."

그가 웃음기 없는 진지한 얼굴로 그녀를 내려다보며 말했다.

"사랑해요."

다시 한 번 나직하게 고백하는 소리를 들으며 태완은 타액으로 반짝거리는 그녀의 가슴을 손끝으로 느리게 쓸었다. 그 자극적인 손길에 그녀의 몸이 다시 떨렸다.

떨림이 온전히 잦아들기도 전에 그의 입술은 다시 그녀의 가슴 위로 내려앉았다. 그녀도 그의 목을 감싸고 있던 손을 풀고 머리카락 안으로 손가락을 밀어 넣었다.

"나도 사랑해, 홍연주."

가슴에서 입술을 뗀 그가 나직하게 속삭였다. 그리고는 그녀의 입술을 머금은 채 자신의 나머지 옷들도 황급히 벗어던졌다.

화인 같은 그의 입맞춤은 다시 그녀의 몸 구석구석, 아주
은밀한 곳까지 이어졌다.

10. 그들의 특종

건강 악화설과 함께 행방이 묘연했던 재원그룹 안명희 회장이 잠적 5일 만인 오늘, 한성대병원 오석호 박사의 집도하에 성공적으로 수술을 마쳤다고 재원그룹이 공식 입장을 밝혔습니다. 재원그룹은 안명희 회장의 수술 전 강태완 전무를 재원그룹 등기이사로 등재했고 회복 과정 동안 안 회장을 대신해 책임 경영 전면에 나서게 될 것이라는 입장도 함께 밝혔습니다. 뉴욕에서 MBA 과정을 마치고 2년 전 재원그룹 경영 기획 팀 이사로 업무를 시작한 강태완 전무가 안명희 회장의 부재 동안 자신의 경영 능력을 어떤 식으로 보여 줄지 여러 곳에서 그를 주목…….

Rrrrrr.

뉴스를 보고 있던 홍 사장은 갑자기 울린 벨소리에 깜짝 놀라며 시선을 핸드폰으로 옮겼다.

"여보세요?"

―늦은 시간에 죄송합니다. 홍영기 씨 핸드폰이죠?

누구인지 발신자가 뜨지 않는 전화였다. 하지만 전화를 건 차분한 목소리의 여자는 그가 누구인지를 정확하게 알고 있었다.

"맞는데요, 누구시죠?"

핸드폰을 손에서 놓지 않은 채 홍 사장은 리모컨을 찾아 재원그룹 로비를 걷고 있는 태완의 모습을 비추고 있는 TV 화면을 껐다.

"제가 홍영기인데 누구십니까?"

―저 송현화예요.

낮고 차분한 목소리가 어쩐지 귀에 익다 싶더니 여자는 자신을 송현화라고 밝혔다.

"아, 안녕하세요?"

짧은 순간 홍 사장의 손바닥 위로 진득한 땀이 차올랐다.

―갑자기 연락드려서 놀라셨죠?

"네, 조금. 그런데 저한테는 무슨 일로……?"

―다름이 아니라 직접 뵙고 드리고 싶은 말씀이 있는데 시간이 되시는지 여쭤 보려고요.

그 순간 홍 사장은 태완과 연주의 일로 그녀가 전화를 했다는 사실을 직감할 수 있었다.

"그러죠. 언제 뵐까요?"

그의 물음에 현화는 만날 시간과 장소를 조곤조곤한 목소리로 얘기하고는 전화를 끊었다.

"방금 누구랑 통화했어요?"

마침 방 안으로 들어오던 고 여사가 그에게 물었다.

그러나 홍 사장은 자신이 방금 꿈을 꾼 것은 아닐까 하는 생각이 들어 고 여사의 질문에 바로 답하지 못했다.

재우가 죽고 난 뒤 공식 석상에서 우연히 송현화를 만날 기회가 있었지만 그녀는 그를 마치 모르는 사람처럼 대했었다. 그뿐 아니라 안 회장이 그 장소에 나타났을 때도 그녀의 표정은 변화가 없었다. 태완을 재원그룹으로 데려가면서 안 회장과 모종의 거래가 있었을 거라고 짐작은 했었는데, 연주의 갑작스러운 통보에 이어 그녀의 연락까지 받고 나니 모든 것이 꿈이라고 해도 그다지 놀랍지가 않을 듯했다.

"여보."

고 여사가 보기에도 그의 표정이 평소와 많이 달랐는지 그녀가 옆으로 다가와 살며시 어깨 위로 손을 얹었다.

"무슨 전화였는데 그래요?"

"송현화 씨 전화였어."

"네?"

고 여사도 적지 않게 놀란 듯 그의 얼굴과 핸드폰을 번갈아 바라보았다.

"송현화 씨가 당신 번호를 어떻게 알고 아니, 무슨 일로 전화를 한 거예요?"

"아무래도 안 회장한테 얘기했다던 연주의 말이 거짓말이 아니었나 봐."

홍 사장의 말을 듣고 있는 고 여사의 표정에도 근심이 어렸다.

"왕래가 전혀 없는 줄 알았는데 송현화 씨한테까지 알린 걸 보면 그쪽 집안에서는 진작부터 알고 있었던 모양이네요."

"이미 안 회장님이 아시니 이제 아버지가 알게 되는 건 시간문제라고 생각해서 나한테도 곧바로 실토한 거겠지."

부모만큼 자식을 잘 아는 이도 없을 것이다. 그도 그랬다. 홍 회장의 말은 팥으로 메주를 쑨다고 해도 그대로 믿고 따랐던 그였다. 그런데 같은 회사에서 동료로 만난 영희와 사랑에 빠지게 되었고 그녀가 미혼모의 딸이라는 사실을 안 홍 회장이 길길이 날뛰며 반대를 했지만 그는 끝까지 사랑을 포기하지 않았다.

그때 홍 회장이 꼭 너 같은 자식을 하나 낳으면 지금 내 맘을 이해할 날이 올 거라고 하더니 연주가 그를 똑 닮았다. 연주 역시 그가 말린다고 쉽게 말을 들을 아이가 아니었다. 언젠가 저를 똑 닮은 아이를 낳아 그처럼 지금을 회상하게 될 날이 올지도 모르겠지만.

"이렇게 되면 우리도 아버님께 말씀을 드려야 하지 않을까요?"

"아직 연주가 말하지 말아 달라고 했으니까 조금만 더 기다려 줍시다."

"그거야 어렵지 않죠. 안 회장님도 당분간은 치료 때문에 저희 집안 상황은 신경 쓰지 못하실 테니. 하지만 언제 알리든 아버님이 쉽게 허락하지 않으실 텐데 그게 걱정이네요."

홍 사장은 고 여사를 가만히 바라보다 이제 제법 주름이 잡힌 손을 천천히 쓰다듬었다. 결혼 전부터 아버지를 모시고 살아온 긴 세월 마음고생이 많았을 아내에게 어느 때보다 미안함이 들었기 때문이다.

"당신도 그때 힘들었지?"

"우리 결혼할 때요? 힘들긴 했지만 그때 아버님이 저를 덥석 반겨 주셨으면 그게 더 이상했을 거예요."

"그래도 지금은 아버지가 당신 얼마나 의지하고 고마워하는지 알지?"

"그럼요."

시간이 약이라는 말은 살아보지 않으면 알 수 없는 말이다. 아니, 누군가에게 시간은 약이 아니라 독이 될 수 있을지도 모른다. 그래도 고 여사는 그 긴 시간 홀시아버지를 묵묵히 모셔 이제는 아들 못지않게 홍 회장의 믿음을 받고 있었고, 해성건설의 지분 상당 부분은 이미 그녀 앞으로 되어 있었다.

그건 홍 회장이 하는 사과이자 마음이었을 것이다. 홍 사장도 말로는 다 담아낼 수 없는 진심을 아내의 손을 살며시 움켜잡는 것으로 대신 전했다.

"강 전무는 많이 배웠고 그만큼 똑똑한 사람일 테니 아버님 역정 잘 참아 내고 기다려 줄 참을성만 있다면 언젠가는 받아

주시지 않겠어요?"

"당신은 그렇게 생각해?"

"아버님, 예전 같지 않으세요."

"그렇긴 하지. 사실 나는 강 전무보다 우리 연주가 더 걱정이야. 할아버지 허락받을 때까지 기다리기나 할까."

"우리 연주가 참 착하고 밝은데 가끔 한 번씩 젊은 시절 당신이 보여요."

"그때 아버지가 꼭 너 닮은 자식 하나 낳아야 한다고 하신 악담을 그 녀석이 어디에서 들은 게 아닌지 몰라."

"설마요."

부부는 손을 맞잡은 채 서로의 얼굴을 마주 보며 웃음을 터뜨렸다.

다음날 정오 무렵, 홍 사장은 한적한 카페 창가 자리에 앉아 있었다.

딸랑딸랑.

출입문 여닫는 소리와 듣기 좋은 풍경 소리의 여운이 사라져 갈 무렵 분홍색 모자와 선글라스를 쓴 여자가 그의 테이블 앞으로 걸어와 정중히 묵례를 했다.

"오랜만에 뵙겠습니다."

"이쪽으로 앉으시죠."

자리에서 일어선 홍 사장은 현화가 자리에 앉기를 기다렸다.

"주문하시겠습니까?"

홍 사장이 일행이 오면 주문을 하겠다고 말해 두었기에 현화가 자리에 앉는 것을 확인한 직원이 재빨리 다가와 메뉴판을 내밀었다.

"홍차로 두 잔 주세요."

"네, 알겠습니다."

메뉴판을 보지도 않고 그가 홍차를 주문한 이유는 현화가 가장 좋아하는 차가 홍차라는 사실을 알고 있기 때문이었다. 커피만 입에 달고 살던 재우가 어느 날부터인가 사무실에 찾아오는 손님에게 홍차를 권하기 시작해 이유를 물었다 들은 사실이니 틀림없을 것이다.

그런데 재우가 없는 자리에 자신들만 마주 앉아 홍차를 주문했다는 사실이 홍 사장은 서글프고 허망하게 느껴졌다.

"홍차 괜찮으시죠?"

"네."

"재우 형과 마지막으로 만났던 날도 형이 제게 홍차를 권했었습니다."

재우는 그가 만났던 어떤 사람보다 자신감이 넘치고 이성적인 사람이었다. 하지만 수많은 재벌가의 자제들이 그렇듯 집안에서 조건을 맞춰 정해 준 상대와의 결혼은 피할 수 없었고, 그런 애정 같은 건 기대할 수 없는 결혼 생활도 잘 참아 내던 그였다. 그랬던 그가 현화를 처음 본 순간 눈을 뗄 수 없었다고, 마음이 온전히 제 생각대로 움직이지 않았다고 말했다.

시간이 많이 흘렀음에도 천하의 강재우를 단번에 사로잡았던 그녀는 여전히 우아하고 아름다웠다.

"그동안 잘 지내셨어요?"

"저야 늘 그렇죠."

"제가 갑자기 연락해서 많이 놀라셨죠?"

"네."

"저도 제가 이렇게 연락을 드릴 일이 생길 줄은 몰랐어요."

두 사람 사이에 잠시 어색한 침묵이 흘렀다.

"짐작하고 계시는지 모르겠지만 연주 양 때문에 뵙자고 했어요."

역시 그의 예상대로였다.

"사실 연주 양이 제 기사를 쓴 적도 있었는데 얼마 전까지 홍 사장님 따님일 거라고는 상상도 못 했네요."

"그 녀석 외모가 저보다는 집사람을 많이 닮았죠."

"사모님이 미인이신가 봐요."

현화가 입가에 희미하게 미소를 머금은 얼굴로 묻자 홍 사장은 기분이 좋은 듯 고개를 작게 끄덕여 보였다.

"그러고 보니 처음 연주 양과 만났던 그날, 태완이도 같이 있었네요."

"그랬군요."

"연주 양이 집에는 어디까지 말했는지 모르겠는데, 안 회장님은 두 사람 관계를 진작부터 알고 계셨던 것 같더라고요."

"그런 모양이더라고요. 연주한테 처음 그 얘기 들었을 때 정말 많이 놀랐었습니다."

"네, 그러셨을 것 같아요."

그때 직원이 테이블 위로 찻잔을 소리 나지 않게 내려놓았다.

"처음엔 도무지 믿어지지 않았는데 또 가만히 생각을 해 보면 말이 전혀 안 되는 얘기는 아닌 것도 같고⋯⋯."

그의 얘기를 들으며 현화가 선글라스를 벗었다. 그리고 찻잔을 들어 홍차를 한 모금 마신 뒤 다시 받침대 위로 내려놓았다.

"그러고 보니 언젠가 재우 씨한테 홍 사장님 따님 얘기를 들은 적이 있었던 것 같아요."

"재우 형한테요?"

"그 사람 생전에 마지막으로 봤을 때, 태완이 입양 얘기를 하다가 잠깐 말이 나왔었죠. 홍 사장님 댁처럼 딸이었으면 더 좋았을 것 같다고."

재우가 떠난 지 벌써 15년이 흘렀다. 떠나기 얼마 전 그는 본처와 이혼 문제를 논의 중이었으나 안 회장의 중재로 결국 이혼은 무산됐고, 태완을 데려오기로 합의를 봤다고 했다. 하지만 결정을 내리고도 태완을 안 회장의 미움받이 역할로 만드는 게 아닌지 많이 괴로워하는 듯 보였다. 한 번은 술에 잔뜩 취해 그의 얼굴도 보고 싶어 하지 않던 홍 회장 앞에서 무릎까지 꿇고 연주의 짝으로 태완이를 데릴사위 삼아 주면 안 되겠냐고 말했을 정도였으니.

그랬던 그가 아내를 별장으로 데려다주기 위해 나섰던 길에 가족들과 함께 세상을 떠났다. 태어나는 순간에도 함께해 주지 못했다던 태완을 다시 홀로 남겨 두고 떠나 버린 것이다. 연주에게 말해 준 적은 없으나 홍 회장이 연주를 해성건설에 발도 들일 수 없게 만들었던 이유에는 안 회장에 대한 증오가 여자에 대한 불신으로 바뀐 탓도 있었지만, 더 깊은 바닥에는 태완의 존재에 대한 불안도 함께했는지 모른다. 재우가 떠나기 전 연주에 대한 얘기를 안 회장에게도 했다면 안 회장의 가슴 속에도 그 말이 유언처럼 줄곧 남아 있었을 것이니.

그래서 해성건설과 관계된 일이나 모임에 그가 연주를 조금이라도 끌어들일라치면 여간 역정을 내는 것이 아니었다. 게다가 여린 여자아이의 마음은 달래고 어루만져 줘야 한다는 것도 모르고 그저 아랫사람 다루듯 호통이나 쳐 대니 연주와 홍 회장의 사이는 좀처럼 가까워질 수가 없었다.

그런데 결국 이렇게 둘이 만나게 됐다니…….

"안 회장님 수술 전에 잠깐 통화를 했는데 저보고 떠나라고 하시더라고요."

"왜 갑자기 그런 말씀을…….."

"갑자기가 아니라 태완이 본가로 데려가실 때 이미 제게 말씀하셨는데 제가 태완이 결혼할 때까지만 머물겠다고 했거든요. 안 그러면 못 보낸다고. 홍 회장님과 사이가 좋지 않으신지라 좀 의외이긴 했는데 회장님은 태완이와 연주 양을 억지로 떼어 놓을 마음은 없으신 것 같아요. 사람이 한 번 크게 아프고 나면 달라진다더니 그래서 그러신 건지."

현화는 그 갑작스러운 변화가 여전히 믿기지 않는다는 표정으로 말했다.

"그러실 수도 있겠네요. 그런데 떠나실 것까지야."

"그렇지 않아도 제 딸이 다음 달에 유학을 갈 예정이었거든요. 딸아이와 같이 떠나면 서로 의지가 돼서 외롭거나 심심하지 않을 거 같아서요."

"그럼 서 대표님은 혼자 계셔야 할 텐데."

"그 사람도 이제 은퇴를 준비할 생각인 것 같아요. 몸도 마음도 많이 지친 모양이더라고요. 그런데 국내는 아무래도 지켜보는 눈이 많으니 좀 더 여유 있는 곳으로 떠나서 조용히 살려고요."

한동안 오가던 얘기가 갑자기 끊겼다. 분명 할 말이 더 있을 것 같은데 선뜻 떠오르지 않아 홍 사장이 쉽게 입을 열지 못하고 있을 때 현화가 다시 말을 이었다.

"제가 오늘 뵙자고 한 건 홍 회장님 허락을 받기까지 시간이 얼마나 걸릴지 모르겠지만 우리 태완이 좀 잘 봐 달라고 부탁드리려고요. 마음 의지할 곳 없이 외롭게 자란 아이라 부족한 부분도 많겠지만 그래도 아버지를 닮아 영리하고 심성도 올곧은 아이니까 크게 실망시켜 드릴 행동은 하지 않을 거예요. 물론 제가 그런 말할 자격이 없는 건 알지만 홍 사장님과는 모르는 사이도 아니니 염치 불구하고 부탁드립니다."

이미 세상 사람들은 안 회장이 짠 각본대로 태완을 재우와 그의 본처 사이에 태어난 아들로 알고 있었다. 아마 연주도 그렇게 알고 있을 것이다.

그렇기에 홍 사장은 무슨 말을 해야 할지 알 수가 없었다. 그녀가 바쁜 일정 중에도 하와이로 태완을 보러 오가는 걸 재우가 안타까워했던 기억이 어제 일처럼 생생한데 하나뿐인 아들 곁을 완전히 떠나겠다는 그녀에게 무슨 말을 해야 하는 것일까.

"제가 쓸데없는 얘기를 너무 많이 했죠?"

"아닙니다."

"저는 다음 주에 떠날 거예요."

"그렇게 빨리요?"

"아이 학기 일정이 그렇게 돼서요."

붉게 물들어 있는 눈자위를 서둘러 선글라스로 가리며 현화가 조심스럽게 미소를 지었다.

"오늘 시간 내주셔서 감사합니다. 먼저 일어나겠습니다."

현화는 오늘 처음 만났을 때처럼 그를 향해 정중하게 고개를 숙여 보인 뒤 먼저 카페를 나섰다. 그녀가 떠난 빈 자리를 물끄러미 보던 홍 사장도 천천히 자리에서 일어났다.

"강 전무는?"

"일어나셨습니까?"

조 실장은 안 회장의 기척에 자리에서 벌떡 일어섰다.

"회의 마치는 대로 들어오시겠다고 하셨습니다."

"강훈 사장은?"

"회장님께서 지시하신 대로 해성건설 홍 회장님을 직접 찾아뵙고 공단 입찰 건에서 재원건설은 완전히 손을 떼겠다고 말씀드렸답니다."

"홍 회장 반응은?"

수술을 받은 지 이제 고작 사흘이 지났건만 안 회장은 무서운 정신력으로 벌써부터 주변을 살피고 있었다.

"별 반응은 없으셨던 모양입니다."

"그래, 그 양반도 고집이 보통이 아니지. 그럼 강 전무한테도 찾아가 보라고 해야겠군."

"굳이 전무님까지⋯⋯."

"강훈 사장을 보낸 게 성에 차지 않았던 거면 강 전무를 보내고, 그걸로도 부족하면 내가 직접 가 봐야지 어쩌겠나?"

"회장님께서 왜⋯⋯?"

똑똑.

조 실장이 믿기지 않는다는 표정으로 묻고 있을 때 병실 문에 노크 소리가 들려왔다.

"네."

조 실장이 서둘러 대답하자 병실 문이 조용히 열렸다.

"전무님 오셨습니까?"

태완을 발견한 그는 깍듯이 허리를 굽힌 뒤 침대에서 멀찍이 물러섰다.

"좀 어떠십니까?"

"내 상태는 오 박사한테 물어보는 게 더 정확하지. 그보다는 네가 홍 회장한테 좀 다녀와야겠다."

"해성건설 홍 회장님께요?"

태완의 표정이 희미하게 굳어졌다.

"왜? 연주, 그 아이 할아비라 겁이라도 나는 게냐?"

"무슨 일로 다녀오라는 겁니까?"

"지난번 공단 입찰 건 말이다. 강훈, 그놈의 장난질로 해성건설에서 피해를 봤다는 건 너도 알고 있을 게다. 내 그놈을 직접 보내 공단 일에서 손을 떼겠다고 사과까지 시켰건만 홍 회장이 반응이 없구나."

"제가 찾아뵙고 똑같은 사과를 드린다고 화가 풀리시겠습니까?"

"그래서 못 가겠다는 거냐?"

버럭 소리를 지르려다 수술 부위로 통증이 전해진 듯 안 회장이 미간을 좁히며 이마 위로 팔을 얹었다.

"지금은 네가 내 대신인데 다녀오라면 다녀와야지."

하지만 안 회장의 방식으로는 수십, 수백 번을 다녀와도 홍 회장의 화를 풀 수 없을 것이다.

안 회장은 오래전 홍 회장의 자존심을 멋대로 짓밟아 놨고, 이번 강훈 사장의 행동에 대한 초기 대응도 너무 미흡했다. 만약 그가 안 회장이었더라면 처음 홍 회장이 사과를 바란다는 의중을 파악했을 때 그 즉시 강훈 사장을 데리고 자신이 직접 찾아가 사과하거나 뒤늦게라도 그를 데리고 찾아가 머리를 숙이는 시늉이라도 했을 것이다. 곧 죽어도 사과는 하지 못하겠다면 해성건설에서 사과할 일을 다시 만들던지.

"다녀오라시면 다녀오겠지만 선물도 없이 빈손으로 찾아가 봐야 그다지 효과는 없을 겁니다."

"선물? 그럼 근처 백화점에 가 산삼이라도 한 뿌리 사 들고 가던지."

"그렇게 손으로 들 수 있는 선물 말고, 강훈 사장을 두바이 지사로 보내시죠."

"뭐?"

"이건 회장님 선물이고, 제 선물은 따로 있습니다."

안 회장이 적지 않게 놀란 듯 두 눈을 느리게 깜빡거렸다.

"해성건설에서 두바이에 건설 예정인 테라타워의 미분양 물량을 일괄 매입하도록 하겠습니다."

"뭐라고?"

"테라타워의 미분양 물량을 매입하겠다고 말씀을 드렸습니다."

"무슨 돈으로?"

"회장님과 약속한 대로 제 힘으로 회사의 법적 책임자인 등기 이사가 됐습니다. 회장님 체면을 생각해 수술 전 서둘러 등기 이사 등록을 마쳤다고 보도했지만 엄밀히 말하면 그건 회장님 수술과는 무관하게 제 노력과 의지로 이룬 일입니다. 제 판단으로 재원그룹의 투자를 주도하고 임원 인사를 주관하기 위해서죠. 그러니 강훈 사장의 거처도, 테라타워의 매입 건도

상의가 아닌 이사회 대표로 통보를 드리는 겁니다."

"뭐, 뭐라고? 네놈이 지금……."

"회장님."

급기야 목덜미로 손을 올리는 안 회장 곁으로 조 실장이 재빨리 뛰어갔다.

"오 박사님을 모셔 올까요?"

조 실장의 질문에 안 회장이 손짓으로 됐다는 표시를 해 보였다.

"진정하시죠. 수술은 성공적으로 마쳤다고 하지만 담낭암은 다른 암에 비해 재발률이 높으니 당분간은 치료에만 전념하시는 게 좋을 것 같습니다. 회장님의 부재는 이사회 이사들과 함께 무리 없이 메우도록 할 테니 제게 맡겨 주시고요."

"조 실장!"

"네, 회장님."

"저놈, 내 눈앞에서 당장 치워!"

그 힘든 수술을 끝내고도 꼬장꼬장한 안 회장을 보니 태완은 그제야 마음이 조금 놓이는 듯했다. 하지만 그의 표정에는 여전히 어떤 감정도 드러나 있지 않았다.

"그럼 지시하신 대로 해성건설에는 지금 다녀오도록 하겠습니다."

대답 대신 다시 손을 휘젓는 안 회장에게 가볍게 고개를 숙여 보인 태완은 병실을 나서 곧장 자신의 차에 올랐다.

똑똑.

"네."

안에서 나직하게 들려온 대답 소리에 태완이 문을 열고 사무실 안으로 들어서자 정면의 비서 책상에 앉아 있던 한 명이 그를 보고 자리에서 벌떡 일어섰다.

"회장님을 뵈러 오십 겁니까?"

"네."

보통의 경우 회장실로 들어서면 정갈한 용모에 잘 훈련된 여비서들이 정중히 손님을 맞아주게 마련이었다. 그런데 홍 회장의 사무실 앞을 지키고 있는 건 건장한 체격에 거뭇거뭇 수염이 올라와 있는 남자 둘이었다.

"재원그룹 강태완 전무라고 전해 주시면 됩니다."

"잠시만 기다려 주십시오."

이미 그가 누구인지를 알고 있었던 듯 남자는 태완에게 정중히 양해를 구한 후 홍 회장의 사무실 안으로 들어갔다.

"전무님, 지금이라도 홍연주 씨한테 연락할까요?"

"그럴 필요 없습니다."

"해성건설 홍 회장님, 우리 회장님 못지않게 성격이 불같기로 유명하신데."

한 실장이 다른 직원에게는 들리지 않을 정도로 작은 목소리로 웅얼거렸다.

"혹시라도 홍연주 씨한테 연락하면 한 실장님 내일부터는 집에서 편히 쉬시게 될 겁니다."

그제야 한 실장이 두 손으로 자신의 입을 막았다.

그때 홍 회장의 사무실 안으로 들어갔던 남자가 다시 그들 앞으로 다가왔다.

"회장님께서 기다리고 계십니다."

"네."

남자는 사무실 앞으로 걸음을 옮겨 문을 열었다.

"한 실장님은 여기에서 기다리세요."

"네, 전무님."

사무실 안으로 들어선 그의 등 뒤로 조용히 문이 닫혔다. 태완은 정면의 책상에 앉아 있는 홍 회장을 발견하고 곧장 그를 향해 걸음을 옮겼다. 그리고 책상 앞에 도착해 정중히 고개를 숙이며 인사를 건넸다.

"처음 뵙겠습니다, 회장님."

그가 해성건설 일가 중에 직접 대면했던 사람은 연주와 혁주뿐이었다. 그들과 많이 닮지는 않았지만 젊은 시절에는 외모가 제법 준수했을 듯 보이는 홍 회장이 날카로운 시선으로 그의 움직임을 주시하고 있었다. 그 매서운 시선을 온몸으로 느끼며 태완은 자신을 소개했다.

"재원그룹 강태완 전무입니다."

"누군지는 다시 말하지 않아도 알고 있으니 불쑥 찾아온 이유나 말하게."

아랫사람을 바라보듯 거만한 안 회장의 시선에 이미 숙련이 된 그였다. 홍 회장이 불편한 심기를 조금도 숨기지 않고 있었으나 그는 신경 쓰지 않고 자신이 해야 할 말을 꺼냈다.

"재원건설의 강훈 사장이 찾아와 사과를 하고 갔다고 들었습니다."

"그런데?"

"앞으로 재원건설을 실질적으로 책임지는 이는 강훈 사장이 아니라 제가 될 것 같아 인사를 드리러 왔습니다."

"그래?"

홍 회장의 눈빛에 이제 노골적으로 궁금증이 드러나고 있었다.

"얼마 전 불미스러운 사건으로 심기를 상하게 해 드린 점에 대해서는 진심으로 죄송스럽게 생각하고 있습니다. 그리고 그에 대한 책임을 물어 이사회에서 강훈 사장을 두바이 지사 책임자로 보내기로 결정을 내렸습니다."

"겨우 그런 말이나 전하려고 직접 찾아왔다는 건가?"

다혈질이 분명한 홍 회장이 일부러 심드렁한 표정으로 물었다.

물론 홍 회장이 관심을 가지고 있는 건 강훈 사장의 거취가 아닐 것이다. 그건 태완도 알고 있었다. 하지만 자신이 홍 회장의 뜻을 거스를 의사가 없고 안 회장과는 달리 교만하게 굴지 않겠다는 뜻은 분명히 밝혀 둘 필요가 있었다.

"해성건설에서 더한 처단을 바란다면 저를 비롯해 이사회는 그 뜻을 존중할 생각입니다."

"아니, 됐네. 재원건설 사장이 누가 되든 내 관심 가질 일도 아니니."

"그럼 그 일에 대해서는 용서를 해 주신 것으로 알고 제가 직접 찾아온 용건 한 가지를 더 말씀드리겠습니다."

"……."

"해성건설이 두바이에 건설을 계획 중인 테라타워 미분양 건을 저희 재원그룹에서 일괄 매입하겠습니다."

순간 홍 회장의 눈이 매섭게 가늘어졌다.

국내에서 점점 좁아지고 있는 건설 시장 때문에 얼마 전부터 해외로 눈을 돌리는 건설사들이 늘고 있었지만 새롭게 기회를 찾아 떠난 곳에서 희망이 아닌 절망을 경험하는 건설사도 적지 않았다. 아직 결과를 비관할 수는 없지만 해성건설에서 비즈니스 베이의 토지를 직접 사들일 당시와는 달리 중동지역의 분양 실적도 점점 저조해지고 있는 상황이었다. 게다가 토지 매입 단계에서 테라타워의 50% 선매입 얘기가 오갔던 글로벌 기업인 리치 파이낸셜에서 재정난을 겪고 있다는 소문이 도는 것을 봐 해성건설은 선매입이 취소될 가능성에 대해서도 대안을 준비해 두어야 하는 상황이었다.

"그건 매입해서 무얼 하려고?"

지금까지와는 분위기가 사뭇 달라졌다는 걸 태완은 온몸으로 느낄 수 있었다.

"앞으로 두바이 지사에서 근무할 직원들과 그 가족들을 위해 매입을 하려는 겁니다."

"건설사에서 타사의 미분양 물량을 매입하겠다니, 안 회장과는 상의가 이루어진 일인가?"

한동안 지그시 눈을 내리뜨고 있던 홍 회장이 얼마의 시간을 그냥 흘려보낸 뒤에야 다시 입을 열어 물었다.

"저희 회장님께도 말씀은 드렸지만 테라타워 매입은 사죄의 뜻은 아닙니다. 홍 회장님께서 지금의 재원건설을 만드셨다는 걸 알고 있기 때문입니다. 재원건설을 만들고 해성건설을 만든 회장님의 건설에 대한 노하우와 철학을 믿고 따르고 싶었기에 저희 재원그룹 이사회는 테라타워의 매입을 기쁜 마음으로 결정한 것입니다."

"하."

홍 회장의 입가에 정확한 의미를 알 수 없는 웃음이 느리게 번졌다.

"안 회장이 결국 사자 새끼를 키웠군."

뒤이어 홍 회장의 나직한 중얼거림이 태완의 귓가에도 어렴풋이 들려왔다.

책상 위에서 진동하는 핸드폰을 집어 든 연주는 자신의 눈을 의심하지 않을 수 없었다.

〈강태완 전무가 할아버지를 만나러 우리 회사에 왔다. 너도 강훈 사장이 두바이 지사로 쫓겨나는 거 알고 있었냐?〉

오피스텔에서 태완을 보고 간 뒤 아무 때나 불쑥불쑥 찾아와 집을 염탐하고, 심지어는 한밤중이나 이른 새벽에도 문자를 보내는 혁주에게 그녀는 결국 두 손을 들고 말았다.

그리고 안 회장을 찾아가 할아버지에게 허락을 받겠다고 말했던 사실도 태완에게 털어놓았다.

아무래도 두 사건의 결과가 그녀에게 한꺼번에 몰아닥친 듯했다.

〈일단 큰 소리는 안 들려오고 있음.〉

혁주에게 또다시 문자가 왔다.

〈그런데 너는 안 오냐?〉

〈내가 왜?〉

〈강태완 전무 혼자 사지로 몰아넣고 기다리는 것보다는 같이 무릎 꿇고 허락해 달라고 하는 게 더 효과가 있지 않을까 해서. 네가 원한다면 나라도 대신해 볼까?〉

이어진 혁주의 답장에 연주는 끙 소리를 내며 한 손으로 이마를 짚었다.

"홍 기자."

혁주에게 이제 연락 그만하라고 문자를 보내려던 연주는 헐

레벌떡 뛰어 들어와 그녀를 부르는 최 기자 때문에 핸드폰을
얼른 등 뒤로 감췄다.

"아, 최 기자님. 무슨 일 있으세요?"

"특종이야, 홍 기자."

"왜요? 무슨 사건이라도 터졌어요?"

"터졌지. 재원그룹 강태완 전무가 아무래도 연애를 하는 모
양이야."

"네?"

연주의 눈이 조금 전보다 더 휘둥그레졌다.

"어디에서 나온 정보예요? 상대는요?"

"상대는 아직 모르겠고 홍 기자도 서울레커 채 사장 알지?
채 사장이 서울 근교 해장국집 앞에서 강태완 전무가 웬 아가
씨랑 같이 해장국집 안으로 들어가는 걸 봤다고 전화를 줬는
데 애인이랑 데이트하는 분위기 같았다고 하더라고."

"분위기만 봤으면 얼굴은 분명하게 못 봤나 보네요?"

심장이 철렁 내려앉는 듯했으나 채 사장이라면 그녀도 알고
있는 사람이었다. 그런데 그녀를 콕 집어 얘기하지 않는 걸 보
니 멀리서 스치듯 그들을 본 것이 틀림없었다.

"그리고 무슨 애인이랑 해장국집에서 데이트를 해요? 그것
도 재원그룹 전무가. 그냥 아는 사람 아니었을까요?"

연주는 손까지 휘휘 내저으며 말했다.

"아니면 혹시 누가 도와 달라고 해서 거기까지 부축해 줬다
거나."

"강태완 전무가 그 정도로 서민과 밀착형 삶을 살아갈 사람 같지는 않은데."

"하여튼 재원그룹 전무의 해장국집 데이트 얘기는 근래 들은 얘기 중에 제일 재미있는 얘기긴 하네요."

"혹시 모르는 일이잖아. 형제나 사촌이라고는 아무도 없는 강 전무가 여자랑 단둘이 교외에 있었다는 건…… 아, 모르겠고. 나 이제 특집 기사도 거의 마무리되어 가는데 그냥 내가 한번 붙어 봐야겠다."

"차장님 허락은요?"

"내가 보고하고 캐 보겠다면 허락해 주시겠지 뭐. 어차피 고생도 내 몫인데."

"다들 여기로 모여 봐."

그때 박 기자가 사무실로 들어서며 그들에게로 곧장 다가왔다.

"박 기자님은 또 뭐예요?"

"재원그룹 강태완 전무가 웬 젊은 여자랑 같이 해장국을 먹으러 갔다는 제보가 들어왔어."

"뭐야, 채 사장이 박 기자한테도 전화한 거야? 이 인간, 나한테만 특별히 알려 주는 거라고 큰소리치더니."

"내 말 먼저 들어 봐. 여자의 나이는 20대 중반 정도에 키는 160cm대 초반, 체형은 호리호리하고 머리는 웨이브 진 검은 머리에 눈에 띄는 서구형 미인이라기보다는 귀엽고 아담한 인상인 모양이야. 그리고 애교도 많은지 강태완 전무한테 글쎄

오빠라고 불렀다더라고."

연주는 구체적인 외모 설명에 이어 태완과 나눈 얘기까지 박 기자의 입을 통해 듣고 있자니 공연히 얼굴이 뜨거워지는 느낌이었다. 이래서 연예인들이 밤늦게 차 안에서만 데이트를 하는구나, 하고 공감이 되었다.

"채 사장이 나한테 외모 얘기는 안 하던데 박 기자한테는 그런 거까지 말해 줘?"

"아니지. 나는 지금 막 해장국집 주방 아줌마한테 듣고 오는 길이거든."

"우와 빠르네. 그래서 CCTV도 확인했어?"

"그게 아쉽게도 그 해장국집 CCTV가 얼마 전에 고장이 났다고 하더라고."

그 순간 연주는 소리 나지 않게 안도의 한숨을 내쉬었다.

"강태완 이사, 자기가 모델 같으니까 여자도 모델 같은 여자만 만날 줄 알았는데 취향이 귀여운 여자라니. 외국에서 오래 살아 서구형 미인은 많이 만나 봤을 테니 이제 귀여운 호감형 미인이 신선하게 느껴지는 건가?"

"취향이 돌고 도는 거긴 하지. 그렇지 않아도 안 회장 수술 전후로 강태완 전무 약혼 기사가 터질 거라고 내가 짐작은 하고 있었는데 약혼이 아니라 열애설이라니? 정략결혼 말고 재벌 3세의 풋풋한 열애설은 진짜 오랜만 아닌가?"

박 기자가 잔뜩 신이 난 목소리로 어깨까지 흔들며 말했다.

"박 기자, 터뜨리면 한턱 쏘는 거 잊지 마."

벌써 해장국집까지 다녀왔다는 박 기자 앞에서 최 기자가
슬그머니 꼬리를 내리며 말했다.

"나 그렇게 쪼잔한 사람 아니니까 걱정 마, 최 기자."

"그런데 박 기자님."

연주는 특종을 눈앞에 두고 잔뜩 흥분한 박 기자를 조심스
러운 목소리로 불렀다.

"왜, 홍 기자?"

"안 회장님 수술이 잘 끝났다고는 하지만 그래도 담낭암은
췌장암과 견줄 정도로 재발 위험이 높고 예후도 좋지 않은 암
이잖아요. 지금 재원그룹 쪽에서는 모든 면에서 촉각을 곤두
세우고 몸을 사리고 있을 텐데 그런 기사를 허락도 받지 않고
그냥 써도 괜찮은 건지 걱정이 돼서요."

"그렇지. 하필 시기가 이래서 나도 그 점이 좀 신경이 쓰이
긴 하더라고."

"그러면 제가 강태완 전무를 먼저 만나 보고 오는 건 어떨
까요?"

"홍 기자가?"

"네. 저는 안 회장님이랑 강태완 전무님, 두 분 다 안면이
있는 사이잖아요. 그러니까 회장님 안부도 물을 겸 찾아가 분
위기도 살피고, 또 전무님한테 사실 확인을 먼저 해 보고 시인
하시면 기사를 내는 시기에 대해 미리 상의를 해 두는 것도 나
쁘지 않을 것 같아서요. 무엇보다 재원그룹 기사를 함부로 실
었다가 재원물산 광고라도 빼겠다고 하면 그건 정말 큰일이잖

아요."

"하지만 채 사장 입이 워낙 가벼워서 다른 기자들이 그 주방 아줌마 만나러 가기라도 하면…… 이런 특종은 진짜 시간이 생명인 거 다들 알잖아."

조금 전까지 어깨춤을 추던 박 기자가 울상을 하고 말했다.

"내가 지금 이런 말할 분위기인지는 모르겠는데, 재원물산 광고 빠지면 사장님이 아마 박 기자 책상도 빼실 거야."

"홍 기자."

박 기자가 다 죽어 가는 목소리로 다시 그녀를 불렀다.

"강태완 전무 만나면 언제든 연애 기사 진짜 예쁘게 뽑아 드릴 테니까 꼭 우리한테 먼저 달라고 말 좀 잘 전해 줘."

"네, 그럼 제가 다녀올게요."

"홍 기자만 믿을게. 잘 부탁해."

박 기자가 고개까지 끄덕이며 말했다.

"너무 걱정 마세요. 제가 얘기 잘해 볼게요."

"고마워, 홍 기자."

일단 급한 불은 껐지만 박 기자의 표정을 보니 마냥 다행스럽기만 한 기분도 아니었다. 연주는 퇴근 시간이 다 된 것을 확인하고 서둘러 자리에서 일어나 가방 안에 주섬주섬 취재 도구들을 챙겨 넣기 시작했다.

"저는 그럼 재원그룹 들렀다 바로 퇴근할게요."

"그래, 꼭 열애설 확인하고 와야 해!"

꾸벅 인사를 하고 사무실을 나선 연주는 택시에 올라타자마자 핸드폰을 꺼내 태완에게 전화를 걸었다.

"전무님."

—네.

"지금 어디세요?"

—지금 막 사무실 나서려던 참인데.

"우리가 같이 있던 모습을 누가 봤나 봐요. 혹시 전무님 미행하는 기자가 있을지도 모르니까 오늘 만나기로 한 약속은 취소해야 할 것 같아요."

—그게 무슨 말이에요?

"아무래도 당분간은 조심해야 할 것 같아서요."

—그럼 내가 우 대리 집으로 갈 테니까 거기에서 얘기해요.

"네?"

—차는 집에 두고 다른 차로 움직일 테니까 우 대리 집에서 봅시다. 우 대리 지금 연수 가서 집 비어 있잖아요?

"아, 맞다."

—나 오늘 연주 씨 보고 싶고 할 얘기도 있으니까 거기에서 봐요.

"사실은 저도……."

그 순간 백미러 안에서 젊은 기사와 그녀의 시선이 마주쳤다. 연주는 깜짝 놀라 황급히 고개를 아래로 숙였다.

"김철수 전무님, 그럼 그렇게 알고 그만 끊을게요."

연주는 태완의 대답도 듣지 않고 전화를 끊었다. 그리고 오피스텔에서 한참 떨어진 길가에서 택시를 세웠다.

택시에서 내려 한참을 걸어 올라왔음에도 정혁의 집에 먼저 도착한 사람은 역시 그녀였다. 태완의 회사는 그녀의 회사보다 거리도 먼 데다 빌라에도 들렀다 와야 했기에 시간이 한참 더 걸릴 것이다. 연주는 주인 없는 집 거실에 홀로 앉아 다이어리에 무언가를 끄적이기 시작했다.

똑똑.

그녀가 급하게 쓰느라 틀린 글씨 위로 하트를 덧칠하고 있을 무렵 밖에서 노크 소리가 들리더니 이내 문이 열렸다. 태완도 그날 정혁이 쉬지 않고 불러 댔던 비밀번호를 아직 기억하고 있는 모양이었다.

"오셨어요?"

연주는 테이블 위에 다이어리를 내려놓고 자리에서 일어섰다.

"한참 기다렸어요?"

"아니요."

그런데 정혁의 집 안으로 들어온 그의 표정이 그녀의 염려와 달리 밝았다. 눈빛도 기쁨을 숨기지 못하고 있었다.

"오늘 할아버지 만나러 가셨었다면서요?"

"어떻게 알았어요?"

"작은오빠요."

"아."

"그래서 할아버지가 뭐라고 하셨어요?"

"우리 얘긴 아직이요. 우리 얘기하기 전에 회장님 환심을 먼저 사야 할 것 같아서."

"잘하셨어요."

그가 그녀를 위해 어려워하는 할아버지의 환심을 사려 노력하고 왔다니. 연주는 조금 미안하기도 하고 감격스럽기도 한 기분이었다.

"그런데 뭘 그렇게 열심히 적고 있었어요?"

태완이 연주의 다이어리를 테이블 위에서 집어 들었다.

"아무것도 아니에요."

"재원그룹 강태완 전무와 해성건설 홍 회장의 손녀가······."

"그냥 심심해서 적어 본 거예요."

"열애 중인 것으로 확인이 됐다. 두 사람은 집안에서 만남을 주선한 것이 아니라 각자의 일로 바쁜 와중 운명처럼 만나 자연스럽게 가까워지며 사랑을 싹 틔운 사이로······."

"아, 제발이요."

"자신들이 예쁘게 사랑하는 모습을 지켜봐 달라고 말하는 표정이······."

손을 뻗고 까치발을 들어 점프를 해도 그녀보다 20cm는 더 큰 키에 팔까지 긴 태완의 손에서 다이어리를 뺏을 수는 없다. 연주는 그의 허리를 와락 끌어안고는 애원하듯 말했다.

"너무해요."

"······참으로 행복해 보였다."

"정말 심심해서 적어 본 거라니까요."

"그래서 설마 그냥 버릴 건 아니죠?"

"네?"

연주는 고개를 들고 태완의 얼굴을 올려다보았다.

"나는 이 기사 너무 마음에 드는데."

"정말이요?"

"강태완 전무가 먼저 호감을 드러내고 아주 적극적으로 따라다녔다는 내용이 추가되면 더 좋을 것 같고."

"진심이에요?"

"어차피 누군가는 우리 기사를 쓰게 될 텐데, 연주 씨가 쓴 기사로 내보내면 더 의미 있지 않을까요?"

그가 그녀를 바라보며 싱긋 웃자 시원한 눈매가 길게 휘어졌다.

"하지만 안 회장님이……."

"연주 씨, 이 기사 쓰면서 행복했던 거 아니었어요?"

"행복했어요."

태완은 다시 자신의 가슴에 얼굴을 기대고 있는 그녀의 뺨을 한 손으로 감싸 고개를 들게 했다.

"나도 당신 사랑하니까. 당신이랑 있으면 이렇게 행복하니까. 홍연주, 이 여자가 내 여자다 세상에 알리고 싶은데. 안 됩니까?"

"안 된다는 게 아니라……."

이래서 사랑은 유치하다고 말하는 것인지도 모른다. 그가 방금 한 말을 만약 어느 책이나 드라마에서 보게 됐다면 주먹을 움켜쥐고 바들바들 떨었을 것이다. 세상에 소리친다고 세상 사람들이 다 듣는 것도 아니고, 그런 유치한 고백에 감동하는 여자가 요즘 같은 세상에 어디 있겠냐고 냉소적으로 중얼거렸을 것이다. 하지만 지금 그녀는 마냥 행복했다. 태완이 그녀를 자신의 여자라고 세상에 알리고 싶다니.

"저는 아직 시기적으로 너무 이른 게 아닌가 싶어서요."

"그럼 나한테 딱 한 달만 시간을 줘요. 그 전에 홍 회장님한테 점수 제대로 받아 두고 기사 터뜨립시다."

연주는 다시 태완의 가슴에 얼굴을 기댔다.

"홍연주, 이 여자가 내 사람이 되는구나. 그러면 당신 가족도 다 내 사람들이 되겠구나 생각하니까 벌써 가슴이 막 뛰는데."

쿵쾅거리는 심장 박동이 그녀에게도 고스란히 느껴졌다.

"사랑해요."

연주는 다른 말은 아무것도 필요치 않았다.

"나도 사랑해요."

"그런데 정혁이 연수 보내신 거 정말 전무님이었어요?"

"우 대리가 그래요?"

"네, 정혁이가 전무님이 자기 잘 봐서 보내 주신 것 같다고 하더라고요."

"사실은 연주 씨 만나러 올 때 우 대리와 마주치면 불편할 것 같아서. 그래서 가장 긴 연수를 골라 보냈던 건데 시기가 잘 맞았네요."

"역시."

"우리 기사 나가면 이제 우 대리도 알게 될 테니까 우 대리 집은 필요 없을 것 같은데."

"방금 제 기사 읽어 보셨잖아요. 그 기사는 전무님과 해성 건설 회장 손녀의 열애 기사예요."

"그게 무슨 뜻이죠?"

"제가 해성건설 회장 손녀라는 거 아무도 모르거든요."

"그럼 기사 나가면 앞으로 연주 씨 만나러 여기 오면 안 되는 겁니까?"

"기사가 나가면 아마도……."

그의 표정이 갑자기 심각해졌다.

"아무래도 기사는 안 되겠죠?"

"그럼 열애설 말고 나중에 결혼 기사로 바로 갑시다."

그가 그대로 그녀를 끌어안았다.

"그건 괜찮겠죠?"

"네."

세상이 고요했다. 그녀의 귓가에 들려오는 건 오직 그의 심장 소리뿐이었다. 줄곧 뭔가 복잡하고 아슬아슬했는데 지금은 귓가에 들려오는 이 소리 말고는 아무것도 신경이 쓰이지 않았다.

"혹시 저 취재 내보내지 말라고 회사로 전화했던 사람도 전무님이었어요?"

"아마도."

듣기 좋은 목소리가 그녀의 머리 위에서 나직이 울렸다.

"이 남자, 안 되겠네. 그동안 하는 일도 없이 사무실만 지키느라 얼마나 눈치가 보이고 답답했는지 알아요?"

"나는 당신 다칠까 봐."

정수리에서 그의 입술의 온기가 느껴졌다.

"지금 생각해 보니까 아마 그때부터였던 것 같은데."

"뭐가요?"

"이 여자가 내 여자라고 세상에 알리고 싶었던 거."

그가 나직하게 속삭이며 그녀의 얼굴을 손으로 감쌌다.

그리고 미소로 벌어진 연주의 입술에 가볍게 입을 맞췄다. 그녀의 얼굴을 바라보는 시선도, 입을 맞추는 그의 입술도, 그녀를 끌어당기는 손길 모두 사랑을 속삭이고 있었다.

세상에 하나뿐인 내 사람에게…….

에필로그

　오늘 연주는 평소와 달랐다. 흰 장미 꽃잎처럼 반짝이는 매끄러운 뺨에 조금은 과감하고 화려한 눈 화장, 그리고 앵두처럼 붉은 입술과 어깨선이 밀착된 하늘거리는 원피스까지.

　그녀의 얼굴에 가득 맴돌고 있는 표정 또한 더없이 우아하고 여성스러웠다. 지금 그녀의 모습에서는 이글거리는 뙤약볕이건, 이슬이 내려앉은 새벽녘이건 몸 사리지 않고 맨발로 뛰어다니던 기자 홍연주의 모습은 찾아볼 수 없었다.

　곁에 선 태완도 그녀가 마냥 예쁘고 사랑스러운 듯 입가에서 미소가 떠나지 않았다.

　"어때요?"

　연주가 부채처럼 긴 속눈썹을 들어 올려 곁에 서 있는 태완을 올려다보았다.

"예뻐요, 최고로."

"너무 오버한 건 아닐까요?"

"나는 적당한 것 같은데."

짧게 대답하면서도 그의 입가에는 잔잔한 미소가 맴돌았다.

오늘 두 사람은 안 회장과 홍 회장, 그리고 가족들과 함께 식사를 할 예정이었다. 상견례를 위해 그동안 태완은 홍 회장에게 점수를 따려고 다방면으로 노력했다. 연주도 틈나는 대로 안 회장을 찾아가 그녀의 건강을 살피고 냉대에도 굴하지 않고 이야기 상대가 되었다.

안 회장과 홍 회장, 두 사람 다 워낙 고집이 센 사람들이다 보니 처음에는 그들의 노력이 조금도 통하지 않는 듯했으나 어느 순간부터인가 점점 못 이기는 척 눈길과 관심을 주었다.

그리고 마침내 오늘의 자리를 만들 수 있게 되었던 것이다.

"시간 맞춰 와 주시겠죠?"

"걱정 말아요."

그가 의자에서 일어서는 연주의 허리를 손으로 감쌌다.

"연주 씨."

"네?"

"앞으로 시간이 얼마나 남았죠?"

"도착하면 오빠가 전화한다고 했어요."

그녀의 대답에 힐끗 벽에 걸린 시계를 바라본 태완이 재빨리 그녀의 입술에 입을 맞췄다.

"안 돼요."

"전화 오면 그때 고쳐요."

그의 입술이 그녀의 입술 위로 다시 내려앉았다. 처음엔 짧게, 그다음엔 조금 더 길게. 그리고 이내 처음 것과는 비교도 되지 않을 만큼 길고 뜨거운 입맞춤이 이어졌다.

"이제 그만……."

연주가 두 손으로 그의 가슴을 밀어내며 말했다. 사실 그녀도 오늘따라 더욱 근사해 보이는 태완과 짧은 입맞춤밖에 할 수 없는 것이 아쉽긴 마찬가지였다.

하지만 날이 날이니만큼 차분하고 이성적으로 행동할 필요가 있다는 생각에 모든 인내심을 끌어모으고 있는 중이었다.

"우리 오빠가 진짜 전화를 하고 올 확률은 50%예요. 우리가 뭐 하고 있나 궁금해서라도 일부러 전화도 안 하고 갑자기 문을 열어 볼 걸요."

그녀가 투덜거리며 언제 발랐었냐는 듯 흔적도 없이 사라진 립스틱을 다시 바르고 있던 그때, 정말 예고 없이 문이 벌컥 열렸다. 얼굴을 내민 사람은 역시나 혁주였다.

"매제."

태연히 대기실 안으로 들어서며 혁주가 태완을 향해 손을 내밀었다.

"오빠!"

"어, 홍연주도 있었네."

"전화한다면서!"

서둘러 화장을 마무리한 그녀는 태완과 악수를 나누고 있는 혁주를 돌아보았다.

"그러려고 했는데, 두 사람 좋은 시간 방해하면 안 될 것 같아서."

"이렇게 불쑥 문 여는 게 더 방해일 거란 생각은 못 했나 보지?"

"뭐야, 설마 내가 두 사람 방해한 거야? 매제, 내가 정말 두 사람을 방해한 겁니까?"

혁주는 태완이 홍 회장을 만나고 온 뒤로는 어디에서건, 심지어 그가 없을 때도 그를 매제로 칭했다. 태완도 혁주의 매제란 호칭이 싫지 않은 표정이었다.

"그럴 리가요, 형님."

"내가 나이는 조금 어리지만 형님 소리를 들으니 기분이 정말 좋군, 매제."

이제 둘이 죽이 척척 맞았다.

"우리 이대로 영원히 변치 말자고."

"그런데 할아버지는 지금 어디에 계신 거야?"

약속 시각이 다 되어 가고 있는 시계를 바라보며 연주가 다시 물었다.

"아마 예약한 방으로 올라가셨을 걸."

"누가 모시고?"

"아버지와 어머니께서지."

"그럼 안 회장님은?"

"벌써 와 계신 것 같던데."

"맙소사."

태완이 모시고 오려고 했지만 뭔가 서운한 것이 있는지 안 회장은 조 실장과 움직이겠다며 본가로 찾아간 그를 그냥 돌려보냈다고 했다. 자신이었다면 안 회장이 그렇게 나와도 끝까지 기다렸다 함께 나왔을 것 같은데 태완은 가란다고 그냥 나와 오피스텔로 그녀를 데리러 왔던 것이다.

"우리 얼른 올라가요."

세 사람은 대기실을 서둘러 나와 엘리베이터를 타고 예약을 해 두었던 5층의 방으로 향했다.

"왜 이렇게들 늦은 거냐?"

예약된 방으로 들어서는 그들을 보고 홍 회장이 말했다.

태완이 어떻게 구워삶았는지 호랑이 같던 홍 회장은 그를 제법 마음에 들어 했지만 그가 안 회장의 손자라는 사실에 한 번씩 아쉬워하는 기색을 내비쳤다.

그래서 혹시라도 오늘 안 회장과 함께 식사하기로 한 자리에 나오지 않으면 어쩌나 걱정했는데 이렇게 참석해 준 것만으로도 연주는 너무 감사해 눈물이 다 날 것 같았다.

"늦어서 죄송합니다."

"어서들 앉지."

연주는 홍 사장과 고 여사, 그리고 혁주까지 옆자리를 채우고 있는 홍 회장과는 달리 넓은 자리에 홀로 덩그러니 앉아 있는 안 회장의 모습이 마음에 걸렸다. 그러나 이내 태완이 그녀의 옆자리로 가 앉는 것을 보고 고 여사의 옆에 앉았다.

"성주 오빠는요?"

고 여사에게만 들릴 정도의 작은 소리로 그녀가 물었다.

"오는 중이래."

"네."

"성주는 언제 도착하는지 전화 좀 넣어 봐라."

이런 자리에서도 홍 회장은 성주 타령이었다. 그렇지만 연주는 맞은편 자리에 앉은 태완 덕에 오늘은 홍 회장이 어떤 말을 해도 미소를 잃지 않을 자신이 있었다.

"오는 길이라지 않습니까?"

홍 회장부터 옆에 앉은 가족들을 죽 훑어보던 안 회장이 그녀 특유의 꼿꼿한 목소리로 말했다.

"아들, 며느리, 손자, 손녀가 다 함께 있으니 보기 좋으십니다, 홍 회장님."

절대 먼저 자존심을 굽히지 않을 것 같던 안 회장이 조금 더 매끄러운 목소리로 말을 건넸다.

"안 회장님도 옆에 강 전무가 있지 않습니까?"

앞자리에 앉은 안 회장에게 한마디도 건네지 않던 홍 회장도 그제야 입을 열었다.

"네. 우리 강 전무 덕분에 제가 이 자리에 앉아 있지요."

"그게 뭐, 싫으시다는 겁니까?"

"누가 싫다고 했습니까?"

"그런 게 아니시면 인상 좀 펴시죠."

"늙어서 인상이 펴지질 않는 겁니다."

"거참 노력도 안 해 보시고……."

"흠!"

두 사람의 은근한 신경전에 홍 사장이 낮게 헛기침을 하며 목을 가다듬었다.

"할아버지, 회장님. 늦어서 죄송합니다."

잠시 어색해질 뻔했던 분위기는 때마침 나타나 준 성주 덕분에 위기를 면했다.

"그래, 홍 상무는 이렇게 외모도 출중하고 일도 잘하고 나무랄 데가 없어 뵈는데 장가는 언제 갈 계획인가?"

안 회장이 성주에게 물었다.

"지금은 만나고 있는 사람이 없습니다. 조만간 좋은 사람 만나 늦지 않게 가야겠죠."

안 회장에게 대답한 성주는 홍 회장의 빈 물컵에 자연스럽게 물을 따랐다. 안 회장은 부러운 듯 살뜰하게 홍 회장을 챙기는 성주에게서 한동안 눈을 떼지 못했다.

"연주랑 강 전무가 함께 밥 한 끼 하자고 해 나오긴 했지만 이제 만난 지 겨우 한 달 남짓 됐다는 아이들이니 오늘은 식사만 하는 걸로 하시죠."

"그런 게 어디 있습니까? 저는 오늘 이 자리, 상견례 자리로 알고 나온 겁니다. 우리뿐 아니라 여기 앉아 있는 사람들 죄다 시간 내기 어려운 사람들이니 오늘 애들 결혼 얘기까지 끝내도록 하시죠."

더 꼿꼿하고 거만할 줄 알았던 안 회장이 의외로 쉽게 이야기를 이끌었다. 아무래도 홍 회장의 다복한 모습이 그녀의 마음을 자극한 덕도 있는 듯했다. 반면 홍 회장은 이런 상황이 싫지 않은 듯 선뜻 답을 내놓지 않고 있었다.

"뭐가 그리 급하다고 이러십니까? 더구나 우리는 아시는 것처럼 장손도 아직 결혼을 못 했습니다. 어찌 오라비를 건너뛰고 막내부터 출가를 한답니까?"

"남녀가 엄연히 다르지 않습니까."

"요즘 세상에 남녀를 따지시다니, 참 여전하십니다. 성주 어미야, 네 생각은 어떠냐?"

"저야 아버님 결정대로 따르겠습니다."

"성주 아비는?"

"저도……."

그 순간 연주는 간절한 눈빛으로 아버지를 바라보았다.

"저도 연주와 같은 입장이었던 적이 있어서. 이제 그만 허락을 해 주시지요, 아버지."

"흠."

아들의 대답이 성에 차지 않는 듯 홍 회장이 길게 목을 가다듬었다. 그리고 한동안 뜸을 들이다 모두의 주목을 받으며 입을 열었다.

"솔직히 말해 강 전무가 마음에 들지 않았으면 내 오늘 이 자리에 절대 나오지 않았을 겁니다. 강 전무를 내 식구로 만든다 생각해 허락은 하겠지만 평창동 본가에서 아이들을 데리고 사시는 건 안 됩니다."

"당연히 태완이 빌라에 신혼살림을 차려야지요. 아이들이 더 좋은 집을 원하면 내 그것까지도 원하는 대로 해 줄 생각입니다."

"진심이십니까?"

"제가 어디 없는 소리 하는 사람입니까?"

수술을 무사히 마친 안 회장은 예전보다 많이 부드럽고 여유 있는 사람으로 변해 있었다. 오늘만 해도 태완이 상견례가 마냥 신이 나 전에 없이 들뜬 표정을 보이자 그것이 마음에 들지 않아 공연히 화를 냈었다. 그러다 슬며시 풀어져 이제 막 시작하는 두 사람을 위한 결정을 내려 주었다.

"그럼 뭐, 식사하면서 날짜에 대한 얘기도 천천히 해 보도록 하죠."

"그러시죠. 그리고 이참에 아이들 기사도 좀 내보냈으면 하는데."

"기사요?"

줄곧 침묵을 지키고 있던 연주가 깜짝 놀라며 물었다.

"당연히 기사를 내보내야지. 이런 경사스런 소식을."

안 회장의 말에 그녀는 태완을 바라보았다.

"연주 씨가 기잔데 어느 신문사를 말씀하시는 겁니까?"

"미디어아침에 연락을 넣어 뒀으니 곧 도착들을 할 거야."

난처해 하는 연주의 표정은 신경도 쓰지 않고 안 회장이 호출 벨을 누르자 문밖에서 대기하고 있던 직원이 문을 열고 안으로 들어섰다.

"식사 준비할까요, 회장님?"

"아니, 우선 1층에 미디어아침 기자들이 기다리고 있을 테니 올라오라고 전해 주게."

"알겠습니다."

직원은 공손히 고개를 숙여 보인 뒤 다시 방을 나섰다.

얼마 후 조심스러운 노크 소리 뒤로 다시 문이 열렸다. 얼굴을 내민 사람은 최 기자와 박 기자였다.

"홍, 홍 기자? 홍 기자 맞아요?"

그녀를 알아본 최 기자가 말까지 더듬으며 그녀를 불렀다.

"네, 최 기자님."

"그럼 그 해장국집 아가씨가?"

태완과 자신을 번갈아 바라보다 말끝을 흐리는 최 기자에게 연주는 씩 미소를 지어 보였다.

"오늘 진짜 예쁘네, 홍 기자. 호감형 미인이 아니라 그냥 절세미인인데."

반면 자리에 앉아 있는 안 회장과 홍 회장, 그리고 홍 사장 내외와 나머지 사람들에게도 일일이 고개를 숙여 인사를 한 박 기자는 연주에게 태연히 농담을 건넸다.

"오늘 기사는 미디어아침에서만 내보내는 기사니 특별히 더 신경을 써야 할 걸세."

"알고 있습니다, 회장님."

최 기자와 박 기자 두 사람이 합창하듯 말했다.

"사진은 어떻게 찍을까요?"

"여기 모인 사람들 다 같이 찍도록 하지. 하지만 기사에는 강 전무 사진만 내보내기로 하고."

연주는 안 회장의 얼굴을 바라보았다.

"그리고 오늘 사진 찍으러 온 두 기자 양반."

"네, 회장님."

"여기 내 손자며느리가 누군지는 비밀을 지켜야 할 걸세."

"네."

"네, 회장님."

자리에서 일어선 가족들이 하나둘 몸이 불편한 안 회장 쪽으로 자리를 옮겨 섰다. 홍 회장도 마지못해 자리에서 일어서 성주 옆으로 섰다.

"홍 회장님께서 안 회장님 옆으로 자리하시는 게 어떠실지요?"

감히 입을 열지 못하고 있는 최 기자와는 달리, 박 기자가 용감하게 말을 꺼냈다.

"이리 오세요, 홍 회장님."

안 회장의 재촉에 홍 회장도 못 이기는 척 중앙으로 다시 자리를 옮겼다.

"그럼 찍겠습니다. 하나, 둘, 셋."

홍 회장과 안 회장을 중심으로 모여 선 가족들을 향해 플래시가 하얗게 터졌다.

"한 번 더 찍겠습니다. 하나, 둘, 웃으세요."

다시 한 번 플래시가 터진 뒤 연주는 미소를 숨기지 못하고 옆에 선 태완의 얼굴을 바라보았다. 그도 웃음기 가득한 시선으로 그녀를 바라보고 있었다. 그의 눈에 쓰인 '행복합니다'라는 글자가 그녀의 눈에 보이는 듯했다.

사랑과 행복은 일상의 순간순간, 따뜻한 눈빛 한 번에, 사소한 말 한마디에서 시작되는 것인지도 모른다.

그리고 그들은 언젠가 오늘을 떠올리며 미소 지을 것이다.

오늘을 회상하는 그날도 어김없이 빛나는 사랑을 하고 있을 테니까.

—fin

작가 후기

　뜨거운 여름에 첫 페이지를 쓰기 시작한 글이 가을을 거쳐 겨울에 끝을 맺고 봄이 되어서야 세상에 나오게 되었습니다. 한 편의 글과 사계절을 보냈는데 그 시간이 너무 빠르게, 바람처럼 스쳐 간 느낌입니다.

　처음 이 글을 쓸 계획을 잡을 때 밝은 이야기를 쓰고 싶다는 생각이었습니다. 사실 제가 밝은 글을 잘 못 쓰는 사람이라 제 딴에는 도전이기도 했던 것 같습니다. 잘 쓸 수 있을까 걱정 반 설렘 반으로 시작한 글이었는데, 다행스럽게도 연주가 제가 그려 준 밑바탕 위에서 지치지 않고 밝고 야무지게 잘 뛰어 준 것 같아 더없이 고마운 마음입니다. 물론 태완도 그런 연주에게 아주 잘 어울리는 반쪽이었다고 생각합니다.

　이 글을 쓰는 동안 여러 가지 일들이 있었습니다. 중간에 시놉시스를 바꾸기도 했고, 개인 사정으로 몇 달간 주인공들의 얼굴을 보지 못한 시간도 있었습니다. 이렇게 글을 접었다 다시 쓸 때는 반갑기도 하지만 떨어져 지낸 시간만큼 서먹하기도 하고 제 자신감도 줄어 열정과 즐거움보다는 숙제를 하는 마음이 들기도 합니다. 그럴 때 저는 저처럼 평범한 사람이 처음 글이란 것을 쓰기 시작했을 때, 글을 쓰는 일이 마냥 즐겁고 설레었던 시절을 떠올려 봅니다. 그러면 여전히 제 앞에 펼쳐져 있는 하얀 여백에 그저 감사한 마음이 드는 같습니다.

여러 우여곡절을 거쳐 이렇게 글을 한 편 마치고 나면 저 혼자의 힘으로 만들어 낸 글이 아니구나, 하는 생각과 함께 감사한 사람들이 하나둘 떠오릅니다. 지금껏 한 번도 언급한 적 없었는데 주말에 컴퓨터 앞에 앉아 있는 시간이 많은 엄마 대신 개구쟁이 동생과 놀아 주는 의젓하고 야무진 큰 아이에게 가장 고맙고 미안하고, 엄마 힘들다고 말하면 회사 가지 말고 집에서 쉬라고 말해 주는 작은 아이에게도 많은 위로를 받습니다. 연재하는 동안 그다지 성실하지 못했는데 잊지 않고 함께 해 주신 독자님들도 너무나 감사했고, 제 부족한 글을 다듬어 세상에 나올 수 있게 해 주신 봄 출판사와 힘든 작업하시느라 말로 다 못 할 고생해 주신 편집자님들께도 진심으로 감사드립니다.

더 어렸을 적에 저는 뭐든 할 수 있는 사람인 것 같았습니다. 그런데 한 해 한 해 더 살아갈수록 경험은 느는데도 저 혼자 힘으로 할 수 없는 일이 많다는 걸 깨닫게 됩니다. 그럴 때면 감사할 분들이 곁에 있어 저의 부족함이 채워진다는 사실에 문득문득 위로와 힘을 얻게 되는 것 같습니다.

멋진 말로 후기를 적는 작가님들을 볼 때면 항상 부러웠는데, 이번에도 근사한 후기는 아닌 것 같습니다. 하지만 분명 이번 글을 쓰면서 저는 많은 것을 얻었다고 확신합니다. 지금 이 순간 머릿속에 떠오르는 사람들과 단어가 있는데, 지금의 감사한 마음을 간직하며 차기작을 준비하려 합니다. 차기작으로도 여러분을, 활짝 웃는 얼굴의 새로운 누군가를 더 만날 수 있기를 희망해 봅니다.

여러분들 모두 항상 건강하시고 행복하세요.

—2017년 봄,
최효희 올림.